美人谋律

柳暗花溟/著

上

重庆出版集团 重庆出版社

图书在版编目（CIP）数据

美人谋律 / 柳暗花溟著. — 重庆：重庆出版社，2022.3
ISBN 978-7-229-16143-9

Ⅰ. ①美… Ⅱ. ①柳… Ⅲ. ①长篇小说—中国—当代 Ⅳ. ① I247.5

中国版本图书馆 CIP 数据核字(2021)第 222197 号

美人谋律
MEIREN MOULÜ
柳暗花溟　著

丛书策划：李　子
责任编辑：李　子　李　梅
责任校对：李小君　郑　葱
封面绘图：清　茗
装帧设计：九一设计

重庆出版集团
重庆出版社　出版

重庆市南岸区南滨路 162 号 1 幢　邮政编码：400061　http://www.cqph.com
重庆升光电力印务有限公司印刷
重庆出版集团图书发行有限公司发行
E-MAIL:fxchu@cqph.com　邮购电话：023-61520646
全国新华书店经销

开本：720 mm×1000 mm　1/16　印张：36.75　字数：810 千
2022 年 6 月第 1 版　2022 年 6 月第 1 次印刷
ISBN 978-7-229-16143-9
定价：89.80 元

如有印装质量问题，请向本集团图书发行有限公司调换：023-61520678

版权所有　侵权必究

目 录

第一章 春家有女名荼蘼 / 1

第二章 小样的，跟我斗 / 11

第三章 这个丫头有意思 / 22

第四章 撕破脸 / 33

第五章 情绪污染者 / 44

第六章 死了人，就是大事 / 56

第七章 太不老实了 / 67

第八章 美男如玉 / 78

第九章 女游侠儿 / 90

第十章 挖坑让你跳 / 102

第十一章 姑娘我就是会赢 / 113

第十二章 我要走了 / 125

第十三章 防的就是她 / 136

第十四章 药 / 148

第十五章 多美好啊，少年！ / 160

第十六章 一个贴心，一个贴身 / 171

第十七章 自信的女人最美丽 / 182

第一章　春家有女名荼蘼

俗话说，一场秋雨一场凉，九月的幽州范阳县已有瑟瑟之感。

趁着晌午时分那丝丝暖意，春荼蘼歪在靠窗的榻上看书。阳光透过厚厚的窗纸，晒得她有些昏昏欲睡。这时，她所住的西厢门帘一挑，继母徐氏与她的贴身丫鬟小琴急吼吼地走了进来。

因为正迷迷糊糊的，春荼蘼一时没有反应过来，窝在暖被中没动。小琴见了，立即不满地低声道："大小姐好大的架子，见了母亲也不起身行礼，自己躺得舒服，倒叫长辈站在一边等。"

春荼蘼还没回话，以八扇屏相隔的里间就跑出个十二三岁的小丫头，像母鸡护小鸡似的站在床前，半点不怯地冷笑："这话说得倒奇了，要不是亲家老太太多事，我家小姐能病了足足三个多月吗？如今才能勉强下地，起身猛了都还眼冒金星呢。太太还没说话，你一个奴婢不知道体恤主家小姐，还要撺掇着挑刺怎么着？还有，你扶着太太进屋之前也不言语一声，就这么直闯，打量着抓臭贼呢？"

这小丫头名叫过儿，是春荼蘼的贴身丫鬟，刚才正在里间收拾东西。

小琴顿时大怒："过儿，还有没有点规矩了？你也太泼了！一个丫头，小小年纪，在当家主母面前指三指四，你活腻歪了吧！"

"我可不敢对太太不恭敬，就是看不得人狐假虎威。再者说了，老太爷有话，虽是住在一起，但各过各的。若要教训数落我，甚至打死发卖，自有老太爷和我们小姐做主，还轮不到你说话！"过儿嘴上说得厉害，但手上却轻轻扶了春荼蘼一把。

春荼蘼借机坐起，因为床边满满当当站着三个人，她也没法下去，只在床上略施一礼，态度大方地问："不知太太这么急着找我，可有事？"

继母徐氏年方二十，只比她大六岁，况且进门的过程实在不怎么光彩，于是那一声"母亲"，她实在叫不出，所以和过儿一样，称呼一声"太太"。

听了过儿不客气的话，徐氏本来气得脸都涨红了，但此时听春荼蘼一问，立即想起自己要说的事，又转为煞白，急道："荼蘼，不好了，你爹让人告了，已经被拘去了衙门！"

"啊？怎么回事！"春荼蘼大吃一惊。

徐氏的脸像开了染坊，又红又白。她本就是个蔫了吧叽的性子，这时候更说不出话，只向小琴猛使眼色。

小琴没办法，嗫嚅道："有个女人……告老爷意图……意图……奸淫……"说到最后两个字的时候，声音比蚊子哼哼大不了多少。

但就是这样小的声音，却如同在春荼蘼脑袋上闪过一道晴空霹雳，顿时让她炸了毛，差点从床上跌下来。

早上出门还好好的,这简直是飞来横祸!不过转瞬,她心中立即生出坚定的信念:这绝对是诬告!

要知道有一个特别真理的真理就是,一般情况下,帅哥在女性群体中是很吃香的。她家老爹春大山老爷正是男人三十一枝花的年纪,长得"花容月貌",又有女人最爱的健美体格,人品更是没得说。有女人想要跟着她老爹,她信。说她老爹犯了强奸罪,那是绝对不可能的!

"到底怎么回事?派人去衙门细细打听过了吗?"春荼蘼强迫自己冷静下来问。这事要放在别人头上,她会很理智。但是关心则乱,事情发生在自家人身上,她整个人也乱成一团。

"派谁去啊?"小琴抢先道,"老太爷押送人犯到岭南,这一来一回,能赶上老爷十一和十二月的集中兵训前回来就算快的。偏犯事的是老爷,家里再没顶事的男人。我们太太是妇道人家,我又是个没用的,哪能上公堂!就算没吓着,名声传出去也坏了。"

过儿怒极反笑道:"嗬,这话说的。妇道人家上不得公堂,我们小姐还是未出阁的大闺女呢,难道就上得不成?!同为奴婢,你是没用的,我还比你小四岁呢,哪里又是个顶梁之人?!"

春荼蘼拉了一把过儿,低声道:"事关我爹。这都什么时候了,还吵?"

过儿嘟着嘴不说话了。

春荼蘼问:"门上的老周叔呢?"

"刚才隔壁的何嫂子看到你爹给带进衙门,打听了事由,急急跑来告诉我。我一急,就派老周头去给我娘家送信了。"徐氏愁道,"我娘家在西边涞水县,一来一回最少三天,就怕赶不及烦请说项的人。"

过儿闻言就撇了撇嘴,春荼蘼也是暗中皱眉。

她这位继母徐氏虽已嫁作春家妇,但凡事特别喜欢扯上娘家。其实真正的名门望族,对儿孙后代的教育往往是严格的,就算也有纨绔,至少大事小情上还拎得清。反倒是小门小户的发了财,会教养出不知所谓的儿女来。

徐家正是如此,徐氏未嫁之前娇生惯养,模样生得还算不错,生活能力却非常低下,每天除了风花雪月,什么也不懂。而她的娘,也就是过儿口中的亲家老太太,却是个凡事都要插一手的人。而且说是老太太,也只是依着春荼蘼的辈分叫的,其实也才四十岁。这样一个精力旺盛、为人强势、控制欲超强的中年妇女有多么惹人厌,用脚指头也想得出。

"怎么办哪,荼蘼。"徐氏眼泪汪汪的,"若你爹给定了罪,我……我……"

她"我"了两声,后面的话却说不出来了,抽出帕子就要哭,唬得春荼蘼连忙劝:"我爹还只是被收监,哪怕今天立即就审一堂也没关系。依《大唐律》,事必过三堂才能判决,而且必须是隔一天审一堂。除非是录囚[1]的上官来本县,时间上不太够,才

---

[1] 录囚:皇帝和各级官吏定期或不定期巡视监狱,对在押犯的情况进行审录,以防止冤狱和淹狱,监督监狱管理的执行司法制度。

能一天连三审。这也就是说，不算今天，离最后的判决至少还有四天时间，还有转圜的余地。"

徐氏和小琴一听，顿时愣住，难以置信地望着春荼蘼，不知曾经文静温柔的娇娇女，怎么会懂得衙门和官司的事。过儿却心中了然：小姐养病那三个月，把那本残缺的《大唐律》都翻烂了，真不知道那有什么好看的。她时常劝小姐仔细眼睛，若是实在闷得慌，还不如背背诗，作作画儿呢，没想到今天居然派上了用场。

"你说的可是真的？"徐氏有点不相信，"没哄我吧？"

春荼蘼用力点头："那可是我爹，我哪能顺口胡诌！"心里却想，若春大山陷在牢里，甚至丢了性命，大不了徐氏和离，或者当个寡妇。这个年代的礼教对女性并不严苛，不阻止妇人另嫁，何况徐氏那个极品的娘早就看春家不顺眼，巴不得领女儿回娘家。那时候，徐氏可自奔着新前程去。她呢？爹就一个，换不了。祖父的儿子也只这一个，更加换不了。所以，她比徐氏更紧张春大山，也更介意这桩莫名其妙的案子。

听到春荼蘼的保证，徐氏轻吐一口气，拍了拍胸口："那就好，那就好。我娘家一定来得及叫人过来。到时候无论花多少钱，不管怎么打点，好歹也要让你爹平安回来。"

"话不是这么说的，还是要尽早想办法。至少，不能让我爹自己上堂。"春荼蘼皱眉道。

"一屋子妇道人家，有什么法子好想？"徐氏闻言又要哭。

春荼蘼心中厌烦，转过身去，不看徐氏那张让人冒火的脸。她最不喜欢徐氏这种人，遇事后，第一时间想的就是找谁帮忙，总要依赖别人，而不是冷静下来想想，自己要先怎么做。自己尽了最大的努力，当真办不了，再借用外力才是正理。

而且现在的关键问题是官员问案时用刑本是合法的，犯人不认罪，有可能就是一顿板子，哪用和犯人讲什么道理。春大山犯起拧来是个死硬的脾气，审一堂就屈打成招还不至于，可自家老爹挨打，她难道就不心疼？再者，父亲是军籍，这类人犯法，司法管辖权很是混乱。如果县里审完了，军中再把父亲提溜去，补打一顿怎么办？

徐氏目光短浅，只是要把丈夫救出来，以后能长长久久守着她就行，没有顾及其他。到底徐家是涞水首富，拿银子上下通融打点，大事化小，小事化无还是办得到的。反正，罪名只是"意图"奸淫，就是说并没有发生这个事情。

可从春荼蘼的角度来说，还要还父亲一个清白才行。不然，难道让父亲一辈子顶着这不清不楚的罪名吗？她做事，从来力求不留后患，因为所谓"后患"，都是"无穷"的，哪天条件成熟，被有心人利用，不知道会演变出什么可怕的结果。自家的美貌老爹才三十岁，正是年富力强的时候，以后说不定还能升几级官呢，不能埋下隐患，被一桩不清不楚的案子给毁了。

"那不如这样。"春荼蘼想了想，当机立断，"麻烦小琴跑一趟临水楼，请方老板娘派个机灵点的伙计，先到衙门去打听打听，得了信儿，咱们心里好有个准谱。过儿，立即帮我更衣梳头。下晌有晚衙，万一衙门叫咱们家的人去应对，也省得到时候慌神儿。"说着，春荼蘼掀被下床，硬从人缝中挤出个地方来。

可才一站起,她就觉得眼前发黑,金星乱冒,幸好过儿用力扶住了她。过儿生得瘦小,好在手脚麻利,干巴劲儿也大。但她这身子,也太体虚气弱了,得了空儿必须改善。

耳边却听徐氏赌气道:"不行!临水楼的老板娘可不是什么好人,名声更差,咱们平时都要绕着她走的,不敢沾惹她这狐媚子,现在还要主动上门求她?"

"太太,您到底还想不想救父亲?"春荼蘼忍着怒,冷着脸道,"春家是军籍,祖父是衙门的差役,父亲还是队副,若犯的是小事,上上下下好歹有几分薄面,断不可能直接叫人拘去衙里。若是大事,就必须尽快打听到事情的前因后果,好做应对。左邻右舍的人全是兵丁,不敢招惹是非,能求的,也就是方老板娘而已。这时候避嫌,难不成让父亲被人诬陷了去?"

徐氏抿着唇,露出她那又蔫又蹩的标准神色来,挣扎了一会儿才极不情愿地对小琴说:"你快去快回,把咱们家大姑娘的话带到了,别说些有的没的。"

她发了话,小琴自然不能违背,但临走时仍然嘟囔了一句:"平白给那贱人接近老爷的机会。哼,倒不知道大小姐什么时候懂得官司的事了。"声音不大,但绝对能让屋里的人都听清。

徐氏有些尴尬,不等春荼蘼再说什么,绞着帕子就出去了,气得过儿跳脚:"您听那个贱婢说的什么话?全身上下就那张嘴利索,平时干活怎么慢吞吞的?!还好意思说人家临水楼的老板娘,自家主子是什么……唉!"后面的话不好听,到底说不出口,只恨恨地跺了下脚。

"行行,别气了,小小年纪,就养成个事儿妈脾气,可怎么得了。"春荼蘼哄道,"事有轻重缓急,这种节骨眼儿了,你还和她打什么嘴仗,把我爹从衙门里捞出来要紧。"

过儿性格泼辣,嘴上不肯吃一点亏,但对自家小姐和老太爷都忠心耿耿,从不违背,此时也只是气得咬牙,哼哼两声就忙活起来。

春荼蘼借着这个工夫,强行把心静了下来。犹豫了片刻,她还是选了男装打扮,因为方便跑来跑去的办事。最后,她身上穿了清爽利索的天青色圆领窄袖胡服,配黑色裤子,脚下是舒适合脚的平底布鞋。一头长发梳了髻,戴上黑色幞头。

本朝民风开放,女子穿胡服上街,甚至纵马游玩也是平常。

春荼蘼所处的朝代被称为大唐[1],当今圣上姓韩,如今是第二代君主,年号庆平,定都长安。在大唐之前,中原广袤的土地曾经被突厥人占领过一百余年,后被韩氏取代。现下正是庆平十五年,南方还好,北方则是胡汉杂居。不过韩氏总领天下后并没有搞种族清洗,风气基本算是开明自由,胡人的地位低下些就是了。可恶的是突厥人不怎么消停,虽退回到阿尔泰山脉那边,但是内部政权分裂混乱,阿史那部自诩正统,不时骚扰大唐边境,狼子野心不死,所以幽州就成了北方边疆的军事重镇。

---

[1] 文中所提大唐,并非我们熟知的中国历史上的李唐王朝,而是作者构架的一个政治、经济、文化等方面与中国历史上的唐朝类似的朝代。

春家比上不足，比下有余，不是朱门绣户，却也吃穿不愁。尽管在社会地位上，军籍比不得民籍，良民甚至不愿意与军户联姻，父亲春大山却好歹是个小队副——折冲府最低级的、从九品下阶的武官。祖父春青阳是县衙大牢的差役，属父子相传的贱业，但大小算得公门中人。

春荼蘼在春家，最幸福的就是虽然她的亲娘白氏早死，祖父和父亲却都把春荼蘼当掌上明珠一样疼爱。春大山生得好，桃花旺，却硬生生熬到女儿十三岁才再继娶。之前他妾也没讨一个，生怕女儿年幼，受了委屈说不出。就算后来娶了徐氏，还是因为事出有因，才不得不抬进门。

春家最大的不如意是子嗣单薄。春青阳这辈子三房兄弟，就春大山一个男丁。到春大山这辈，如今都是而立之年了，膝下却只有和正妻白氏生的一个女儿，正在向绝户发展。

春家最奇怪的地方是，从没有人提起过白氏，她似乎是个禁忌。

"小姐，您说老爷这回……会没事吧？"帮春荼蘼系好革带，挂上香包，过儿担忧地问。

"还不知道。"春荼蘼摇摇头，"不过我爹必不会做那种事的，难道你不相信？"

"我当然相信老爷！"过儿坚定地说，随后小脸扭成一团，"就是这世上屈打成招的事情太多了，咱们范阳的县令人称张糊涂，可不敢指望他能为民作主。"

春荼蘼失笑。生病的三个多月，祖父和父亲天天把她当小猪养。她在病床上无聊，缠着祖父讲了好多县衙里的事，还从主典那里借了本残缺不全的《大唐律》来翻阅。别人觉得枯燥，她却看得津津有味。

虽说她的兴趣从诗词歌赋转到了国家律法，性格也由沉静变为活泼，但身边的人也接受了她的转变，并且还更喜欢现在的她。同时，她也知道了一些内幕。比如本县县令张宏图，他也没有什么大的恶行恶迹，就是为人好大喜功，偏偏本人又是竹子和木头的结合体，一个字：笨！所以，如果表面证据确凿，他可能被迅速并彻底蒙骗，做出很昏庸的判决。

要知道一个昏官对百姓的伤害和打击，并不比一个贪官弱多少。

那么，春大山的案子到底有什么确凿的证据，让张宏图没有丝毫犹豫，将他直接拘拿下监呢？如果证据很充分，那设计陷害的可能性就更大了。毕竟，若没有预谋以及详细的事先准备，不可能面面俱到。若是如此，是谁陷害春大山？又有什么原因，要达到什么目的？

府兵们都是住在一起的，有驻地，称为地团。春家的邻居也都是府兵家庭，彼此间守望相助，纵与有些人家略有小矛盾，关系也算过得去。加之春青阳、春大山父子为人厚道、乐于助人，也不曾得罪权贵，不管是军里，还是衙门，平时人缘倒是挺好。

顶多是这父子二人为人正派，不懂巴结上司，升职很慢，以至于春青阳四十八岁了，在县衙大牢苦熬了三十年，却连个典狱官也没混上，就连押解犯人这种苦差事也得亲自去。但，不会媚上踩下也不至于遭到这样恶意的陷害吧？到底是谁，要置春大山于险地？

依《大唐律》，强奸罪处流刑，强奸致人折伤处绞刑。若罪名成立，是很大罪过的，所以她才急于知道细节，所谓的受害人死伤如何、人证、物证、验体的情况……

范阳折冲府的府兵每旬练兵两天，在家务农八天，每年十一、十二两月再集中训练。而幽州是军事重地，也不必上番，也就是不必到京师宿卫。今天，是这轮休息的最后一天。她家美貌老爹大早上就神神秘秘、兴冲冲地跑出去，显然有什么事，但绝对不是去搞针对女性的犯罪案件。否则，他不可能对着女儿露出一脸"好好在家，等爹的好消息"的神情。

"你去前面看看，可有消息传回来？"春茶蘼在屋里团团转了一会儿，吩咐过儿。

"是。"过儿出去了，但没过片刻，消息没来，争吵声来了。

春茶蘼叹了口气，快步出屋。

唉，这个家，怎么就不能安生呢？气场这么不合，家也不合，所以才会平白生出灾祸吧？

春家家境小康，在低级武官和军士混住的地段，春宅算得上数一数二的豪宅：四合院式的青砖大瓦房，门前有棵大枣树。本来是一进，但以土墙分隔成内外。外门处很窄，东边的庑舍归老周头住，西边堆放杂物。内院正房三间，一明两暗，是春青阳的屋子。东次间是卧房，西次间平时上锁，放着春家的贵重东西。明间作为全家会客及吃饭的厅。本来，春青阳想把正房让给体弱的宝贝孙女，或者已婚的独子住，但是谁也不敢这么不孝。在大唐，不孝是与谋逆位列同等的十大罪之一。

内院的院子挺大，西厢一大一小两间。大间以八扇屏分隔，里面是春茶蘼的卧室，外面是她看书、做针线的地方，小间则是过儿的住处。紧挨着西厢房的，是间挺宽绰的厨房。东厢也是一大一小两间，归了春大山和徐氏夫妇。旁边的小东厢是小琴住着，外加存放了徐氏的嫁妆。

徐氏的娘不满闺女嫁给一个带着女孩的鳏夫，又生怕徐家的银子给了春家花，亏了自己的女儿，所以徐氏嫁妆看着挺多，但没什么值钱的。老太太平时带给女儿的吃用东西，也尽是只能徐氏用，别人却沾不到光的。

此时，争吵声就是从外门庑舍那边传来的。春茶蘼出门探看时，正巧徐氏也听到动静，从东屋里走出来。但见到春茶蘼，她才迈出门槛的一条腿又缩了回去，摆明要春茶蘼去处理。

春茶蘼暗中摇头，很是烦恼。

徐氏性格内向，而且为人糊涂。嫁到春家，就是一家人了，不管有什么想法，直接说出来就是，偏她扭扭捏捏，问上半晌也不吭声，只沉着脸在那儿赌气，看得人窝火。若逼得急，她就哭哭啼啼，摆出娇怯怯的样子来，想让春大山怜惜，简直就像是牛皮糖，沾不得、甩不得。现在什么时候了，她还有心思避嫌，任两个丫头在外门那儿吵翻天，就跟没她事似的。

"过儿，你什么意思？难道我就不担心老爷吗？"春茶蘼走到内门时，听到小琴怒问，"但再怎么着，规矩礼仪也不能乱，闹得像市井人家似的！"

"你少拿规矩两个字压我！"过儿冷哼道，"这都火烧眉毛了，你摆什么谱！不知道的，还以为徐家是公侯门第呢，也不过就是商家，有两个臭钱而已。"

"商家也是良民！还是有钱的良民！"小琴的语气里有一丝轻蔑，"春家却是军户，世代承袭，老太爷还是在衙门做事的，将来如果家里丁员不足五人，后代连科考也不许。我们徐家肯把女儿嫁过来，算是下嫁！"

"少说得情深义重。说到底，太太还不是贪图我家老爷的美色！"

"你说什么？说你没规矩，你果然耍泼，可见你就是个没教养的野丫头！"

"规矩？你还敢跟我说规矩，徐家要是真讲规矩的，太太也不会这样进了春家，亲家老太太更不会凡事都插一脚，到处瞎掺和！"

"闭嘴！"春荼蘼低喝一声，打断过儿，同时迈步走到外廊，看到外门倒还关着，不至于让邻居看了笑话。

"平时倒没看出来，一个个都是有本事的，背后编派起主家来。"春荼蘼冷冷地把目光定在小琴身上，"什么民籍军籍，什么春家徐家，什么上嫁下嫁，也是你一个丫头敢多嘴的？你既随你家主人进了我春家的门，生是我春家的人，死是我春家的鬼，就连想被放出去，也得看我春家点不点头！怎么？如今你是太太跟前得力的人，也想当家做主吗？"

不知是不是这两个丫头心虚的缘故，只觉得春荼蘼板着的小脸倒真有些令人不敢直视。小琴更是冒出一个念头：小姐自从山上滚下去，伤了脑子，在床上躺了足足三个月后，脾气倒变得硬气多了，突然就不好惹起来，也不好糊弄了。

顿时，小琴慌忙跪了下去，哆嗦着声音辩解："小姐，奴婢该死，往后再不敢多嘴了。"

"说，到底怎么回事？"春荼蘼勉强压下火气问。

春家小小一户人家，三主三仆，总共也才六口人就有这么多矛盾，若是高门大户，岂不要累死烦死！但平时冷眼看来，这个家也确实过得不平顺，只是现在她没心思管这些。

"刚才小姐要奴婢找人帮忙，奴婢已经去了临水楼说项。"小琴低着头道，"方老板娘即刻叫了小九哥去衙门打听事，说好一会儿就送信儿来。偏过儿等不得，要亲自去看看。可是天底下哪有这样的事，已经托了人的，还要三番五次地催促不成？让人家怎么想？于是奴婢就不让她去，她不听，三言两语就吵嚷起来。是奴婢不好，闹到小姐。"

小九哥是临水楼的伙计，与春家相熟，是个机灵的十六岁少年，很得方老板娘信任。如果是派他出马，说明方老板娘很关注这件事。不过话说回来，以方老板娘和春大山的关系，不用心才怪了。

"今天家里有事，你的错处先记下，回头再罚。先下去侍候太太，这里的事交给我。"春荼蘼瞄了过儿一眼，却没有责备。

小琴很不服气，却到底没敢多说什么，气哼哼施了一礼，快步走了。

春荼蘼这才板起来脸道："过儿，你这个心里不藏事，嘴上不饶人的脾气可得改一改了。"

过儿知道自己冲动之下说错了话,低着头道:"请小姐责罚,奴婢就是怀疑她们主仆两个阳奉阴违,根本没去找方老板娘,所以才要再去看看。"

"我知道你心急,我爹出了事,难道我不急吗?可你也不能嘴上没个把门的。"春荼蘼低声教训道,"太太进门虽不光彩,知情的人却只有我们两家,如今你嚷嚷出来,丢的可不仅是徐家的脸,难道我爹脸上就好看?春家就有脸面了?再者,你一时图个痛快,可小琴不会把这话告诉太太吗?太太得知,自然怨恨你。她到底是当家主母,若存心要辖制你,你为我办事就会事倍功半,耽误我的工夫。她若糊涂起来,把怨恨加在我头上,会以为是我这个女儿给她这个继母暗中下绊子。家宅不宁就不说了,以后她不断在我爹面前哭诉,我爹这么疼我,又舍不得责骂,到头来岂不是他两面为难,受夹板气?还有,亲家太太不是个省油的灯,太太又什么都跟她说,那时她不会怪自己女儿不会管教奴婢,却会认为我们春家人联手欺侮她徐家女。等老太爷回来,她夹枪带棒的一通废话,还不是得他老人家听着?"

"奴婢错了,没想这么多。"过儿垂头丧气,真的后悔了,"奴婢真是错了,我就是一时忍不住。"

春荼蘼只感觉无奈。过儿年纪虽小,却是个火爆脾气,必须要磨一磨,不然以后有事倚仗她,忠心处虽然不用担心,可她被人略刺激一下就不管不顾,那等于在自个儿身边埋炸药。刚才就很不像话,连"老爷的美色"这种话也说出来了。

但过儿对徐氏这么不客气,固然有骨子里的轻蔑,还因为徐家老太太的所作所为。再者说过儿的怀疑也不是完全没有道理,以徐氏的脾气,不夸张地讲,就算家里着了火,她也得先给她娘家去送信,问问她娘,是先救东屋呢,还是先救西屋。

"算了,以后你不管说话还是做事,都先在心里数五下,不冲动时再动手动嘴。"春荼蘼点了一下过儿的额头,"现在罚你面壁,本小姐亲自在这儿等小九哥。"说完,她从杂物间搬了个小凳子来,就这么直眉瞪眼地坐在内门和外门的夹道上。

春荼蘼心急如焚,却足足等到未时中,门外才传来敲门声。她生在小门小户和风气开放的年代,虽然祖父娇宠,有丫鬟侍候,却到底没那么多规矩讲究,情急之下,自己打开了门,倒把临水楼的小九哥吓了一跳,连忙施礼:"春大小姐好。"

"进来说话。"春荼蘼一闪身。

小九哥是个机灵的,知道此时春大山被抓到衙门的消息已经传开了,不知有多少好事的人正盯着这处宅子,当下也不多话,快速进门。

那边过儿才要跑过来,又想起小姐的吩咐,快快地数了五下,过来拉住小九哥的袖子,忙慌慌地问:"我家老爷那边,到底情形如何?"

过儿又犯了急脾气,不过春荼蘼更急,也顾不得许多,直接问道:"告诉者是谁?可有人证物证,今天过堂了没有?我爹如何辩称的?受刑了没有?结果是什么?"

"告诉者是镇上前街的一个年轻寡妇,倒也有几分姿色。人证、物证俱在,下午已经过了一堂,春家老爷喊冤,声称绝对无此事。没动大刑,但挨了十杖。"小九哥口齿伶俐,说得清清楚楚,但春荼蘼的心却渐渐沉了下去。

她闻到了阴谋的味道,因为这案子表面上听起来毫无破绽,却又漏洞百出。现在,她能断定有人要害春大山,幕后人为此还下了大功夫,徐氏那种私下了结的手段是行不通了。

所以,这官司已经不能回避,必须打!

因为她之前和祖父聊过关于刑律和诉讼的问题。大约千年前,已有类似状师的人出现。后来搞这行的,多为运途不畅的士人,具有一定社会关系的吏人、干人、衙役宗室的子弟,以及胆大横行的豪民。不过,状师的地位和名声都不好,甚至神憎鬼厌。在普通人眼里,状师全是挑词架讼的讼棍,绝对不是以法维权的帮手。

大唐自开国以来,重视以律法治国,所以状师也成了一种职业。但同时,大唐更重视道德教化,这叫德主刑辅,礼法结合。因此,状师还是恶棍的代名词。虽然律法上也没有明文规定不允许女子担当状师,虽然春荼蘼也很愿意当状师,但却仍然不行。因为事关她的名声,祖父和父亲都不会同意的。

那么,必须快点请到一位比较好的状师才行!

"过儿,去屋里拿五两银子,跟我去衙门一趟。"春荼蘼深吸了口气,做了决定。

"小姐,您不能去!"过儿一听就急了,"那是什么好地方,传出去名声就坏了。"

"你别管那么多,我自有分寸。快去!难不成你要我自己去?"

过儿见春荼蘼目光坚定,不容拒绝,就知道她说到做到,必是拦不住的,跺了跺脚就跑进去了。自家小姐自从转了性子,就是个说一不二的,与其放小姐一个人乱跑,倒不如她跟着。

小九哥在旁边听着,不禁有些瞠目结舌。固然,春家现在没有男人在家,但若要妇道人家奔走,也得是徐氏吧,没想到让个没出阁的、才十四岁的小丫头出马。就连银子,也得春家小姐自己出。

春荼蘼也知道小九哥的疑惑,但是自家事自家知。徐氏在某种程度上来说,根本就是个担不起事的,手上也没有现银。为了防止春家占徐家的便宜,她花一个,她娘家妈给一个,没有余额。这样做事,那位亲家老太太也不怕女儿被婆家厌弃,偏春氏父子是厚道的,也从不贪徐氏嫁妆银子,倒还真没为此而为难、看轻过徐氏。

而此时大唐的一两银子是一千文钱,春大山从九品下阶,月俸正是一两。春青阳属于吏人,工钱也有约莫一两。再加上春家分到的几亩耕地,足能维持小康之家的生活,还略有盈余。不过春荼蘼的私房钱,却是来自白氏的嫁妆收益。临水楼的房契地契都属于白氏,年租有三十五两,春氏父子全给了春荼蘼自管自用,一来可以让她吃好穿好,二来要给她多存嫁妆银子,所以家里从不曾动用过。

可惜在方老板娘开酒楼之前,店面常有租不出,或者租金很低的时候,再加上春荼蘼生病时花了不少,现在只有不到两百两存银。说来,她本是小有身家的小富婆,可惜这一打官司,指不定要扔到水里多少钱呢。

很快,过儿揣着银子跑了出来。再看东屋,连一点动静也没有。估计这时候徐氏正烧香拜佛,祈祷她娘家快来人,好解救她的夫君。

"春小姐,且等我把马车赶过来。"小九哥拦了一下道,"这里虽然离镇上不远,走路也要一个时辰，坐车却只半个时辰就到了。"

"你驾了车来？"春荼蘼惊喜地问道。

本朝的衙门都是卯时开衙，中间午休时间相当长，然后申时末闭衙，至于当日是放告，还是听审，会在衙门前挂上牌子。现在她出门，时间上确实比较紧了，但有了马车自然不一样。

"我们老板娘吩咐的。"小九哥道，"她说了，恐怕这几天春家要用人，来来回回的，出门没车也不方便，叫我暂时不用上酒楼了，就在这边伺候着。若有什么事，春小姐直接吩咐我就行。"说完，快步跑走了。

"方娘子多好个人，真不知老爷为什么没有娶她。"过儿低声咕哝。

春荼蘼瞪了自个儿的丫头一眼，怪她多嘴，心中却颇以为然。

患难见人心，且不提春家与临水楼的租赁关系，也不提方菲方娘子和春大山的交情，就是人家想得这么周到，惹了官非不避嫌，就足见其心。不过她不是婆婆妈妈的人，先大大方方收下这份心意，有情后补就是。

片刻，小九哥赶了车过来。

马车在大唐是比较昂贵的交通工具，速度比较快，富裕人家才用得起，普通人多乘坐驴车或者牛车。春家惹了官非，早就有好事的八卦之徒盯着，所以不管多么小心，被人指指点点是免不了的，春荼蘼干脆目不斜视，镇定自若地上车而去。

"果然日久见人心。"过儿摔下车帘，"平时里倒还热络，现在春家有事，一个个唯恐避之不及。这倒罢了，怎么还有好多看笑话的！"

"也不能对人强求。"春荼蘼倒是看得开，"隔壁何婶子特意跑来送信，就是帮了大忙。咱们这片住的全是普通兵丁，贫户居多，被人称为'糠地'，那些人无权无势，生存不易，遇事当然要自保了。至于其他，这世上气人有、笑人无的人多了去了，不理就是。"

"对，恨不得人家倒霉的人，全是贱人！"过儿骂道，随后又担忧，"那……小姐要去县衙干什么？"

"今天已经审过一堂，我要从主典大人那儿，看看双方的供词。如果可能，再见我爹和那个寡妇一面。打听到的消息固然重要，但什么也不如当事人的第一手口供更直接。"

依《大唐律》，告诉者，也就是原告，在所告之事没有判决前，也要暂时收押，称为散禁，只是不戴刑具，监内条件也相对好些。

其实，她应该第一时间就自己去县衙打听的，到底因为身份束缚了手脚，没敢行动。可现在事急从权，如果等到徐氏娘家来人，黄花菜都凉了。而她是嫌犯之女，本无资格查阅第一堂审的记录，所以才要花银子找门路。

祖父就在县衙做事，为人老实忠厚，就算不被人看中，薄面也有几分。不过祖父现在人不在本地，她不出点血，所求之事肯定被推诿、拖沓。

一行人到了县衙门口，被一句"无事不得擅入"给拦了，幸好小九哥机灵，说自个儿是主典的亲戚，好话说尽，又塞了银子，三人才得以进去。主典也不是官，是吏，但所有案件的文案工作都是由他处理的，县官不如现管，二两银子高于他的月俸，只求他行个方便，肯定能成。

很快到了县衙刑司的签押房，见正好只有主典一人，春荼蘼连忙上前说明原委。那欧阳主典倒是个和气人，与春青阳也认得。只是人家毕竟是文吏，有点看不上卒吏，平素没什么交往。而且让人随便查阅案件的记录是不允许的，当下就踌躇道："国有国法，家有家规，你要相信县大人必定会秉公执法，明察秋毫，还你父清白。至于内衙文书，是不能外阅的。"

"民女不是不信任官大人，只是祖父不在，父亲冤枉，民女心急如焚，惶惶不安，只想弄个明白，心里好有个数，还请大人垂怜。"春荼蘼说着，跪了下去。

让她装可怜，求同情都没问题。她皮厚心黑，膝盖又不值钱。只要能达到目的，她不介意演戏。说话的同时，她已经膝行两步，快手快脚把银子塞到欧阳主典的袖袋中。

欧阳主典坐在椅上，从他的角度只看到幞头下春荼蘼白皙的额头以及浓睫下的阴影，小姑娘红唇微微颤抖，似是要哭出来了，真是柔弱可怜，手里的银子就有点发烫。又想到她年纪这么小，却不得不抛头露面，实在是为难，心也跟着软了。

他想了想，起身从书架上取出一份文书，丢在案上，义正词严地说："无论如何，于法度有碍的事，本主典是不做的。"然后又轻轻拍了拍那份文书，叹了口气，"你乃同僚之孙女，也算是我的晚辈，大老远的来了，喝口茶再回吧。我去煮水沏茶，一炷香时间就回。"

第二章 小样的，跟我斗

这是明显的暗示！

春荼蘼当然懂得，所以当欧阳主典一离开屋子，她立即蹦起来，快速翻看文书。刚才逼出的眼泪弄得她视线模糊，当即又不在意地抹了一把，连帕子也没用，直接上袖子了，惊得过儿和小九哥目瞪口呆。

"别闲着，快帮我记点东西。"春荼蘼一指桌上的笔墨纸砚，"小九哥可会写字？"

小九哥点了点头，过儿不用人吩咐，麻利地铺纸磨墨。

时间紧，任务重，但春荼蘼知道，这已经是欧阳主典能给的最大权限了。家属或者百姓看审是可以的，非重大案件，并不秘审，但一旦形成文书，非有功名且担任状师者，就不能阅看。

大唐律法也有相应的诉讼程序和听告、立案、抓捕、堂审事项等的规定。正因为知道这些，她才没有立即往县衙赶。可张宏图违反了这些程序，连差票都没往家里送，春大山入狱，还是邻居通知的，明显失职。

可是法归法，下头操作起来是否严格遵守，就不那么好说了。张宏图就算是违反了诉讼程序，难道她还敢越级上告县官不成？官官相护，军籍又不能随意迁走，春家以后还混不混了？除非人命关天，否则她不会捅这马蜂窝。

当状师实在很难啊。没身份、没地位、被人误解、诸多掣肘、法治屈服于人治、动不动就给状师定罪，真的……很有风险啊。

三人第一次合作，却分外默契，等欧阳主典晃荡回来的时候，春荼蘼已经把文书放回桌面上，就像从没有动过一样。

她长得并不像美人老爹春大山，算不得顶顶漂亮，但却继承了白氏的细白皮肤、讨喜的细眉弯眼，加上高挑玲珑的身姿，虽然身量容貌才只初初长开，也是姿色上佳。给人的感觉绝对是人畜无害的类型。

所以当她狠掐了自己一把，之后眼泪汪汪地向欧阳主典问起状师的事时，欧阳主典毫不藏私地告诉她："我在本县已经供职十年，大部分官司都是双方自辩，偶有事关大户的案子，有些富家翁不愿意自己上堂，觉得丢了面子，倒是有一位状师相帮。"

"不知是哪一位，恳请主典大人告知。"春荼蘼连忙问。

"你往镇东头去，一问孙秀才，人人皆知。他平时就帮人写诉状，倒是刀笔锋利，只是他的要价可不低呀。"

听起来像个只为富人谋利的黑心肠讼棍啊，春荼蘼想。但是，管他呢，只要他在公堂上真有本事，顺利还春大山清白，她才不管状师是不是卑鄙无耻的小人。

对欧阳主典郑重道谢后，春荼蘼并没有直接去找孙秀才，而是去了县衙大牢。

狱卒们薪俸低，又常年工作在大牢这种阴暗的地方，如果没点外快，也是无法养活一家老小的。就连祖父那一个月一两的工钱，里面也是包括了非正常收入。至于辛苦押送犯人到流刑之地去，一是因为别人怕累，推托；二也是为了多拿点差旅费。

所以有人觉得狱卒狼心狗肺，其实和他们的工作环境与性质有相当大的关系。像洪洞县的崇公道，范阳县的春青阳，算是少见的善心人了，算得出淤泥而不染的类型。

当然，这塞银子也要讲究个度。太抠门了，人家犯不着为点小钱冒风险。太大方了，对方反而不敢收。只有求帮小忙，给的银子既不少，又不扎眼，这才算是没风险。

春荼蘼孝敬了牢头一两，又拿出一两说是请人家帮助照看春大山，其实也就是分给其他几名狱卒的。一共扔出了二两，这才顺利地见到了美人老爹。

春大山在堂审时挨了十杖，打的是背部，不过他是同行家属，还是武官，哪怕是低级到几乎没品的呢，也不算平民。所以差役们做事留一线，日后好见面，下手并不重。但他因为神情沮丧，就显得有点蔫蔫的。春荼蘼一见，顿时眼泪就下来了，真心疼啊。

"荼蘼，你怎么来了？"春大山愣住，随后急道，"快回去，这地方污秽，哪是你一个姑娘家应当来的。"

"这世上没有污秽的地方，只有污秽的人。"春荼蘼哽咽着，咬牙切齿地说。

春大山误会了，以为女儿恨自己不争气，连忙解释："荼蘼，女儿，爹没有！爹没有干坏事！"

"我信爹。"春荼蘼摆摆手，心知牢头给的探视时间有限，不是诉衷情的时候，"但是爹你告诉我，到底是怎么回事，是谁害你的！"

"你问这个干什么？爹没做过的，抵死也不会招。他们没有口供，就定不了我的罪。"春大山从牢门的栅栏中伸出手，温柔地抚摸了一下春荼蘼的头发，"你先回去，明天是到营里点卯的日子，我不去，军里自然会着人来问。"

"这案子，县衙已经接下，军中知道也没有用呀。"府兵卫士犯事，是归当地衙门管，还是归折冲府自管，这管辖权一向混乱。不过如果不是大人物，双方也没必要争执。说不定，军中还有其他处罚追加。说起来，不管什么年头，也是锦上添花的多，雪中送炭的少啊。

春大山摇摇头，劝慰："别人不管，你魏叔叔却不会放任的。他出门公干，估摸着还有七八天就回来了。到时候，他一定会想法子救我。你就别管了，好生在家里待着，注意门户，谁说什么也不要出来乱跑。"

折冲府的府下有团，团下有旅，旅下有队，队下有火，火下有卫士。队中有队长一名及队副两名。春大山是一队之队副，另一名队副就是他的好友魏然。两人负责日常的基层士兵练兵，那位队长是个凡事不管的甩手大爷。

确实，在祖父不在家，徐氏娘家不大靠得住的情况下，魏叔叔是最好的外援，也必定会插手的。

可是，七八天后？！

县令张宏图好面子，在所谓证据确凿的情况下结不了案，他必动大刑。春荼蘼不能让自家老爹受那种皮肉之苦，而一旦动了大刑，不死也得脱层皮。如果犯人还不招，县令等于骑虎难下。张糊涂绝对不是个有容人之量的，有了错，抵死也不会认，只会想办法掩盖，那就更得置春大山于死地不可。到那时案子已经判了，再想翻案就更难。她绝不能冒这个险！

"我自然是信得过魏叔叔的，但女儿也不能坐视父亲受苦不理。"春荼蘼抓住春大山的衣袖，"至少，您得让我知道发生了什么事，不然我哪里吃得下、睡得着。若是再病了，父亲和祖父都不在身边，您叫女儿怎么办？"

在家人眼里，她前些日子已经大病一场，现在又听说她吃睡不宁，春大山不禁担心不已。不过，他实在不想女儿掺和进这腌臜事，犹豫着问道："你母亲呢？她怎么叫你一人出门？"

小九哥机灵又有眼色，看到人家父女相见，怕有什么不方便同外人说的话，早早就躲一边去了。但过儿却一直站在旁边，此时听春大山问起，不禁气道："老爷快别惦记太太了，出了这么大的事，太太就只等着亲家老太太来，自己在家求神拜佛，别说小姐，连家也不管了。"

春大山皱眉，张了张嘴，却没能出声。

夫妻相差十岁，算得是老夫少妻，因而他对徐氏多有宠爱，何况他本身又是个怜香惜玉的人。倒也不是说他性格软弱怕老婆，却总是不忍心责备徐氏，所以家里过得不踏实、不顺意，他也是有责任的，此时还能说什么？春氏父子对家里人向来温和，过儿从来又是个敢说的，直接就给了春大山一个没脸。

春荼蘼对家务事的感触并不深刻，此时怕话题歪了，连忙道："父亲，您知道亲家老太太是个成事不足、败事有余的，您趁早把实话告诉我，我帮您请个状师来料理，省得她来瞎搅和，没事也变有事了，最后还要在祖父面前炫耀。"

春大山是极孝顺的人，想到老父可能要吃挂落儿，再也顾不得许多，一咬牙道："有人要害你爹！"

"怎么说？"春荼蘼追问。

"前几天，爹私下存了一点钱，不多，但足够给你打一根银簪子的。"春大山深呼吸几次以平静心绪，慢慢地说，"镇上万和银楼的首饰样子时新，都是长安来的款式，爹琢磨你十四岁生辰就快到了，想着送你……"

春荼蘼很感动，她家美貌老爹是很疼她的。所谓私下存的钱，是自己的那点私房吧？他俸禄也不高，平时都交了家用，军里还有些应酬，能攒下一根银簪的钱，恐怕要很久。

东西不分贵贱，在乎的是这份心意。若她爹是大富豪，就算给她大钻石、大珍珠还有大元宝，也及不上这根普通的银簪难得。

"然后呢？"她声音有点发颤。一想到父亲为自己去买东西，结果遭人陷害，就感觉自己也有很大的责任似的。

春大山哽了一哽，望着女儿那温温柔柔的小脸，还有抓着牢门栏杆的白嫩小手，心中颇为愧疚，分外心疼。如果不是自己莽撞，怎么会害得才十四岁的独生女儿跑到牢房来探望他。只怕还要给牢头和狱卒们塞银子，受到不少嘲笑和委屈，真难为她小小年纪就要如此。

想到这儿，又不禁怨怪徐氏。徐氏虽年轻，却也比荼蘼大了六岁，还已为人妇，如今却这么不顶事。父亲日渐年迈，女儿过两年就要出嫁。以后的日子，还能指望她担起这个家吗？

"爹，快说，然后怎么样？"见春大山发愣，春荼蘼催促。时间有限，不能耽误。

可春大山却犹豫了："荼蘼，你问这些做什么？别担心，官司的事，爹自有主张，你不能插手。不然，你的名声坏了，将来怎么找个好婆家？"

就算大唐风气开放，自个儿的爹提起婚事，一般姑娘都会害羞的。可春荼蘼完全不在意，反而死抓着刚才的话道："爹您放心，我只会来看审，不会亲自上公堂。但现在这件事透着蹊跷，若不小心应对，怕是难过这关，所以女儿为您请了状师。"

"状师？"

"对，镇东的孙秀才。他常年给人写状纸，也上堂代打官司，经验丰富。有他代讼，这案子的赢面很大。"

"可是，我听说孙秀才的润笔费很高，上堂银子怕是更高吧？"

"只要能把爹救出来，多少银子也值！"春荼蘼急了，"再说，若不能还您清白，女儿的婚事也会有碍，只怕没人肯娶。所以您的清白，是千金难换的。唉，您快别磨叽了，快给我细细说说事发当天的情况，我好转告孙秀才，后天晚衙就会过第二堂的！"虽然要过三堂才能判决，但基本上第二堂时，犯人不给口供就会用刑了。之前的十杖，只是小小惩戒罢了。她提起自个儿的婚事，也是为刺激春大山配合。

在春荼蘼再三保证不会亲自上堂之后，春大山才把当天发生的事细细说了一遍。最关键的部分，春荼蘼还细细地反复追问了好些问题。春大山回答之余，心里又产生了那种本已经消失的怪异感：这个女儿真的和以前不一样了。他说不清这种转变是好是坏，但以前他为女儿操心，现在女儿却为他操心。这让他有种为人父的骄傲之感，却也又更心疼了。想当年，女儿初生下来时，才比自己的手掌大一点点……

狱卒来催后，春荼蘼才依依不舍地和春大山告别。然后，她把最后一两银子也拿出来了。唐律有规定，如果犯人家属出资，可以请狱卒改善一下犯人的生活质量。虽说会被克扣一部分，但能让自家老爹吃得好一点，添床干净的被褥，再涂点伤药也行呀。顺便，她还捞到一个方便，到女牢那边去转了转。

这个案子的告诉者名叫张五娘，据唐律规定，在罪名查清前，告诉者也要关押，所以她也被散禁于此。春荼蘼站在牢门外，透过木栅栏往里看。见那张五娘倚在墙角，才只有二十多岁的样子，姿色普通偏上，但一看就是个不安分的。

"你是……"见春荼蘼站在那儿，张五娘不禁眯起了眼问。

"呀？找人陷害，还不找个漂亮点的？"春荼蘼忽而一笑，"你这模样，还真不够瞧的。"

"你到底是谁？"张五娘的眼睛中闪过厉光，"难不成是那畜生家里的？"

"你说谁是畜生？你才是畜生，你们全家都是畜生！"过儿顿时大怒，反骂。

春荼蘼抬起手，阻止过儿再说下去。果然，被她一下就试了出来。但凡女人，都不喜被人说长得不美，哪怕真的不漂亮也是这样。但是都到这种时候了，若是个正经人，一定又惊又气，又委屈又愤怒，哪还顾得到别人谈论自己的相貌美不美。可见，这个张五娘绝对不清白。

"你可知道诬告罪是要反坐的吗？幸好你不是诬告谋逆，不然直接就是死罪。"春荼蘼神情淡淡的，可威胁力十足，"你又知不知道什么叫反坐？就是你告的罪如果不成立，你所告之罪该受的刑罚，就要由你来承担。强奸罪判处流刑，未遂嘛，根据程度减一等或者两等，也就是判处徒刑一年半或者杖一百。我看你全须全尾的，没受什么伤害，大约杖刑的可能性大些，希望你能顶得住，别直接被打死了。"

"你威胁我？"张五娘站起来。嗬，看起来还挺好斗的。也是，如果是个温顺的性子，怎么会伙同他人做这种诬陷之事？

"是啊是啊，我威胁你。"春荼蘼无辜地眨了眨黑白分明的大眼睛，继续用着威胁的语气，脸上却笑眯眯的，"后天在堂上学乖点，如果直接承认诬告，还少受些苦楚。如若不然,倒了大霉可别怪我没提醒你。"说完,也不管张五娘的目光闪烁,直接离开了县衙大牢。

看着天色已晚,她一个姑娘家,也不好去贸然打扰别人,只好先回家,准备第二天一早去找孙秀才。

小九哥的家在镇上,送了她们回去后再往回走,天太晚了,再者第二天一早再过来也辛苦,春茶蘼就叫过儿把小九哥领到隔壁何嫂子家借宿。春家现在全是女人,招外男来住,实在不太方便,会惹来闲言闲语。

敲了老半天的门,小琴才站在门内,哆哆嗦嗦地问了句:"谁啊?"

"是小姐回来了,快开门!"过儿没好气地道,然后又低声咕哝,"门户倒严紧,却不知派人随行保护小姐,哪怕托付街坊呢?这会儿倒来问。"

春茶蘼失笑,知道如果不让过儿把窝在心里的气话说出来,那是不可能的,干脆由她。再者,过儿说得痛快,其实她心里也跟着痛快。对继母徐氏,她也有很大的意见。只是徐氏是父亲的老婆,她这当女儿的也不好插手。

才进了内门,徐氏就从东屋里跑出来,急切地问:"可见到你爹了?他有没有受刑?"

"我爹还好,太太暂且放心吧。明天我还要再出去走动走动,您看好家就行。"春茶蘼一边说,一边故意露出疲倦的样子来,好摆脱纠缠,回屋去考虑切实的问题。

徐氏倒也乖觉,没死拉着她没完没了地说话。不过春茶蘼真心不理解这个女人,说她对父亲没感情吧,她明明又关心得很,当初要死要活地嫁进来;说她对父亲有感情吧?遇到事,她就躲,很有点"夫妻本是同林鸟,临到大难各自飞"的意思。

"小姐,我刚往厨房看了一眼,冷锅冷灶的,想是买着吃的,也没给咱留着。"过儿对西屋抬了抬下巴道,"小姐先等等,我这就去烧火,先给小姐煮水沏茶,再做晚饭也不迟。"这年头的庄户人家大多只吃两餐,但家有余粮的,还是三餐。而且今天跑了一下午,她们主仆实在有些饿了。

过儿虽说只有十三岁,家里外面的活计却都拿得起来,让春茶蘼一阵心疼,语气不禁就软下来:"西屋那边你别理了,反正这样也不是一天半天了。跟她们生气,自己多划不来。走,我跟你一起去厨房。两个人动手,好歹会快点。"

"我的好小姐,您就老实在屋里歇会儿吧!当初老太爷把我买回来时,我发过誓,只要有我过儿在一天,就不让小姐干任何粗活。再说了,您能帮什么,倒碍手碍脚的麻烦。"

春茶蘼笑着,在过儿光洁的额头上点了一指。过儿吐了吐舌头,跑出去了。

其实以春家的条件来说,实在不是用得起丫鬟奴仆的家境。

两代男主人,一个是小得不能再小的武官,一个是县衙的差役,日子过得虽然算不得紧巴,但也不见得多富裕。只是春家人丁少,春青阳和春大山忙起来的时候,之前只有一个姑娘独自在家,后来又添了一个不担事的媳妇,若没个老奴照应,春氏父子都放心不下家里,于是就买下一个价钱最便宜的、没人要的老奴和一个奄奄一息的小女孩,也就是老周头和才六岁的过儿。

当时这两人都生着重病，几乎就是半买半送。春青阳心肠极好，买下他们，也有救人一命的意思。没想到花了心力和银子救治了一番后，两人身子都大好了。老周头年纪比春青阳还小着好几岁，就是被上一家主人折磨得狠了，看起来苍老了些，病好后感恩戴德，在外院守门，还承担了打扫院子、劈柴挑水的重活。过儿更不用说，虽然性子是粗率急躁了些，但忠心程度和手脚麻利却是没得说的。

奴隶本算是主人的私人财物，连户籍都要挂在主家下面，可春氏父子是难得的好心人，对老周头和过儿非常好。月钱嘛，家里宽裕时就多给，窘迫时就少给。老周头和过儿从来没有怨言，毕竟对于他们这样像牲口一样被贩卖的奴仆而言，只要管吃管住就行。若遇到好主家，就是上天的恩德了。

但不管过穷日子还是富日子，春氏父子都坚持不动白氏的嫁妆，说以后全留给春荼蘼。徐氏的娘根本就是杞人忧天，总怕春家贪了女儿的嫁妆贴补春荼蘼，陪嫁了一大堆个头大，但不值钱的物件。至于女儿的私房和日常花度，是她每月派人送到徐氏手上，还不断嘱咐："这银子自个儿花，别给别人。哪怕是自己的夫君和公爹也不行。"小家子气十足，真真极品。其实春家父子虽然不是有钱人，眼界却高，为人立身又正，哪会靠徐氏的嫁妆生活。

甩甩头，把春家这堆烂事抛开，春荼蘼好好把案情在心里重演了一遍。第二天一早，她仍然是男装胡服，由小九哥当车夫，过儿陪着，一起到镇上走访调查。她的行为引起了过儿和小九哥的强烈好奇，两个人积极配合她问事寻人，倒省了春荼蘼不少事。

后响的时候，春荼蘼才找到孙秀才的家，一个两进的小院。与普通民宅不同的是，孙家第一进不仅用作下人房，还有间外书房，他们到的时候，正看到一个满面愁苦的老者，千恩万谢地从外书房出来，边走边把一张诉状小心翼翼地放在怀里。

"春小姐，刚才在咱们吃中饭的时候，我找人打听过了。"小九哥低声道，"这个孙秀才不像别的给人写状纸和书信的那样在街上摆摊，是在家坐候的，写一张诉状要一两银子，若要代为上堂应诉，价钱另定，而且不能还价。"

"这么贵！"过儿瞪大了眼睛，"一两银，相当于我家老爷一个月的俸禄了，这还只是写两张破纸而已。难道，他一个字就值十几二十文钱吗？"

"据说，在打官司这事上，孙秀才名气很大，连临近几个州县的人也特意远道而来找他写状子呢。想必，物有所值吧。"

"那他不是发财了？"过儿惊讶，"没想到当状师这样有前途，比做官也不差嘛。"

"可不是。"小九哥也咂舌，"不打听不知道，一打听吓一跳。孙秀才之前只是个连屋都没有的穷酸，吃了上顿没下顿，在赢过几个大案后，连娶了两房妻妾。你可别看这院子小，人家属螃蟹的，肉在骨头缝儿里，在城外正经买了地，有庄子呢。"

过儿瞪目结舌，一边的春荼蘼笑笑没说话。状纸，识字的人就能写，毕竟是有相应格式的。但若要写得好，那就难了。一般来说，必须写清名当事人姓名、所告事由、具体的事实，以及要达到的诉讼要求。在状纸下方，还要罗列证人、证据，是很复杂的。能写出这样状纸的人，不仅要熟知《大唐律》，文笔好，表达能力强，逻辑条理清晰，还要有相应的说服力和一手好字。看起来，孙秀才之前可下了不少苦功。

向官府投诉状称为下牒，由主典先过目，决定是否受理。受理之后，对于一般性的案子而言，只要事实清楚，证据确凿，并附上律法中的处罚条款，主典仔细读过，会直接书面给予审判意见。然后叫来当事人，当堂问几句就读鞫了，也就是宣告判词。

若有不服，三个月内允许乞鞫，也就是请求复讯。比较大的案子，县令才会过目相应的文书，或者亲审，还必须审足三堂。从这一点上看，诉状写得好坏，那是非常非常的重要。

而且下层百姓识字的都不多，更不用说具备以上素质了，所以过儿有一句话说得非常对：做状师真的是很有前途，物以稀为贵嘛。可惜状师地位低下，在人们眼中属于恶棍一类，除非惹了官非，不然谁也不愿意接触。也就是说，状师做好了确实能赚大钱，但名声这种东西，基本上就别想要了。若得罪了官府，以后的日子也不太好过。

不过，这个孙秀才确实是乱收费，简直像是蚂蟥一样，咬一口就要吸足了血。这对于下层百姓而言，诉讼的成本实在太高，打一场官司确实要倾家荡产。不过如果找个识字的人，随便写写诉状，输了官司就损失更大了。

春荼蘼快速简洁地向过儿和小九哥解释了几句，这两个家伙先是惊叹做状师的难度和重要性，接着就对她流露出了崇拜的意思。养在闺中的娇小姐，居然懂得这么多，怎么能不让人佩服呢。待到孙家的仆人把他们三人请进屋，孙秀才听了春荼蘼的叙述，开出上堂代讼的价钱是三十两，预付五两时，过儿虽然肉疼那相当于临水楼一年的房租，小九哥虽然暗暗吃惊，两人表面上却都还平静，没有失态，倒让孙秀才有点刮目相看了。

这孙秀才三十来岁，中等身量，白净清瘦，本来也算是斯文文雅的模样，但眼珠子上总像包着一层流动的水似的，给人一种很不舒服的感觉。

"咱们的县衙逢单放告，逢双听审。不过早衙处理日常公务，晚衙才讯问案件，但当天告示牌上会写明具体时辰。春小姐明日一早就派人去盯着，下午按时到达，就在县衙里面的大照壁处等我。"孙秀才收起这时节根本用不着的羽扇，"这个案子陷害之意明显，但情况又比较复杂，我要斟酌一下才能下笔写状，明日上堂才带去。"

"先生不听听我对本案的看法吗？"春荼蘼急忙道，"之前，我们也是调查了一番，确有诸多疑点。"自信满满虽是好事，但她却知道再优秀的状师，也要事先做详尽而认真的准备才行。

"不巧，我有些急事，必须马上处理。"孙秀才有些为难地站起来说，斟酌道，"不然这样吧。请小姐把疑点先写下来，我叫人侍候纸笔。等我回来，自然细细揣摩。"

时间短，任务重，状师又有其他事，也只好这么办了。

春荼蘼应下，在孙秀才走后，坐在书房中足写了一个多时辰，事无巨细，都写明白了。而在她离开之后不久，孙秀才就回来了。他见了桌上的纸，还有纸上那如小狗爬行的字体，立即轻蔑地把纸团成一团，扔进纸篓。

仆人纳闷，问："老爷不看看吗？"

孙秀才哼了一声："一个丫头,还是军户出身的,家里连考科举的生员也没有,能懂得什么？不过些许识得两个字,打量着自己聪明,捣乱罢了。我由着她去,只是想她别烦我,难道真指望她还能给我出主意吗？"

仆人点头称是,又说："老爷,有一位郎君求见,衣着华丽,不像是平常人,要请进来吗？"

"快请。"孙秀才整了整衣冠,吩咐道。

孙家这边的事,春荼蘼毫不知情。只是不知为什么,她总有些心神不宁,饭也吃不下,后半夜连觉也睡不着了,干脆悄悄地披衣下床,来到以八扇屏相隔的外间,到书桌边练习写诉状。

过儿住在隔壁,年纪又小,睡起来死沉死沉的,不会过来唠叨她。直到天色微明,过儿起床,这才赶着她又去睡了个回笼觉。中午时,小九哥已经打听到晚衙听审的时间,春荼蘼匆匆吃了几口素面,就套车去了县衙。

在此期间,听说徐氏犯了头疼病,和小琴窝在东屋里,连面儿也没露。

可是,她在县衙内的大照壁前左等右等,也没见到孙秀才的人影,眼看就要升堂,急着差了小九哥去看看。可带回来的结果却是：孙秀才有急事离开镇子了,三天内不会回来。

这也太没有职业道德了！春荼蘼立即就蒙了。但转念一想,却又觉得疑点重重。三十两银子啊,在这种偏远的军事重镇是一笔很大的收入,孙秀才那么贪财,怎么可能随意放弃！他家又没死人,有什么大不了的事！

关键时刻玩失踪,其中肯定有猫腻。

其一,有更大的案子找来,他能获得更大的利益。但两个案子的时间有冲突,他选了更赚钱的,而不是先应下的。但如果是那样,他怎么不派人来和她说一声,退回那五两订金？

其二,就是她大意了。昨天,她犯了个错误,重大的错误,她出了个大昏招！当时她只想着威慑张五娘,却忘记这样做会打草惊蛇,泄了自己的底。假如张五娘背后有黑手,那人知道她请了状师,可能让春大山无罪释放,当然会中途破坏。而今天这事,上上下下透着那么一股子要打她个措手不及的阴谋感觉。

"小姐,怎么办？"过儿急得直跺脚,"现在请状师也来不及了！还有一刻就要过堂,老爷要是不招,是会被动刑的啊。"

春荼蘼把心一横,吩咐道："刚来的时候,我看衙门外有摆摊代写家书的人。"说着从袖袋里摸出一张纸,"昨夜我闲来无事,也试着写了诉状,今天幸好带在了身上。你立即过去,请人誊写一份儿。拿五十文钱给人家,终归是够的。"

在衙门前摆摊的,都是识字的,或者有小小功名,却没有固定事做的人。这些人做的生意之中,其实也有代写诉状一项。可因为他们只按照委托人说的写,只能算是记录,对案件没有帮助,没有切实参与诉讼过程,因而收费才三十文,实在没钱又不识字的人才会请他们。

过儿忙忙地跑出去,春荼蘼又转向小九哥,正色道："麻烦小九哥跑一趟,把昨天咱们找到的证人都给叫到县衙候着。就说如果肯来帮助，只要说出实话，我春家必有厚报。倘若不肯……你就好言相求。死活说不通的话……"春茶蘼咬了咬牙，"就告诉他们，《大唐律》中有规定，证不言情或者知情不报，也是有罪的。我爹若被人陷害入狱，我春茶蘼一个小女子，也没什么情面道义好讲，不介意把他们全咬出来！"

威逼利诱这种事，为了救父她做起来没有任何心理负担，不过不撕破脸当然最好了。为了救出春大山，她可以无所不用其极，何况这只是让证人实话实说而已，又不用昧着良心。

"春小姐，您放心吧。"小九哥应了一声，转眼就跑得不见人影。

春茶蘼闭上眼睛，又缓慢张开，望着秋日晴朗的天空，坚定心念。

或许冥冥之中自有天意，正因为春茶蘼莫名其妙的不安，所以她才会也写了状纸，现在不至于因为没有诉状而被县令打出来。既然靠山山倒，靠水水干，那么，这青天之下，她靠自己！

"轮到你们了。"约莫一刻后，差役前来通传。

恰好，过儿满头大汗地跑了来。春茶蘼打开一看，状纸上的字清晰明了，虽然带着急切的感觉，却比她自己写的强多了，至少不会让阅状的县令反感。

"快点！难道要让大人等你等小民吗？"差役又催。

春茶蘼深吸一口气，坚定地迈开步子，首次走进了大唐的公堂！

为了父亲和祖父，她本打算安安分分当一个小户千金，不损坏名声，谨守本分，将来平静地嫁人生子，只要让她拥有和守护亲情就好。所以即便是春大山惹了官司，她明明可以自己当状师，却仍然求助于其他人。

可是，命运似乎是一只看不见的、巨大的、无法抗拒的手，各种巧合与形势，把她逼迫到墙角，又把她推向了某条预定的轨道。她有一种预感，就算她不是以状师，而是以女儿的身份为父申冤，她安静的生活还是一去不复返了。

不过，她一点也不后悔，反而有如释重负的感觉，只担心父亲和祖父要伤心了。

但，事到如今，她没有办法。

春茶蘼又深吸了一口气，走向公堂的大门。门口有一副对联，上联是：仁义礼智信，下联是：恭宽信敏俭。她穿过沉重的大门，仰头看到公堂上方的"清正廉明"牌匾。她不害怕，而是斗志昂扬，仿佛身体里的每一个细胞都在叫嚣：小样的，跟我斗？必叫你输得心服口服！来吧！

公堂上，两班衙役已经站好。堂下，分左右站着两个人。右边的是张五娘，一脸正气的模样，好像一朵无辜的小白花。左边的是春大山，脊背挺得笔直，身影如山岳，浑身都表达着一种意思：不管你怎么说，老子就是没做过！

只是当春大山看到自家女儿走上堂来时，不禁惊得张大了嘴巴。看审是在堂外，也就是不能迈过公堂那足有一尺多高的门槛。而且除非是很轰动的大案，平时是没什么人特别来看审的，堵在门口的人，不是才刚刚审结案子的事主，就是等候自己的案子过堂的。

女儿不是说要请个状师吗？怎么状师没来，就女儿带着小丫头过儿来了？

"荼蘼，你这是……"春大山话还没说完，后衙传来三声梆响。

三梆一传，说明县大人就要来审案了，诉讼当事人除非有功名的，必须全体下跪，包括身有九品下阶官衔的春大山在内。

"爹，别问为什么，就信女儿一回，容女儿任性一回。"春荼蘼凑上前，低声道，"您只要想着一件事，如果您不能当堂释放，女儿有再好的名声也没用。爹不在，谁给祖父养老？女儿受了欺侮，又有谁给女儿撑腰？所以今天不管发生什么，爹的清白才是最重要的！切记！"

话音才落，大堂门口值班的衙役擂响堂鼓，而两班衙役则拉长了调子齐声高喊："升……堂……！"县大人张宏图就在这声音的烘托下，慢慢踱进大堂，在公座上入座。

春荼蘼连忙后退几步，老老实实跪下。过儿就跪在她身边，不知是紧张还是害怕，整个人微微颤抖着。春荼蘼悄悄伸出手，紧紧握了过儿的小手一下，算是安抚。

"堂下何人？"张宏图大约五十出头，年纪不算太老，但是他这个岁数还坐在知县的位置上，显然仕途无望了，于是脸上就带着点不耐烦的神气。

听春大山和张五娘自报了姓名，张宏图的目光落在了春荼蘼身上："你又是何人？"

"禀大人，民女是春大山的独生女儿，今日前来，代父申冤。"春荼蘼声音清脆地说。

陪审的欧阳主典坐在公座下首，见到春荼蘼的一刻，他也有些惊讶，因为他以为会是孙秀才前来代讼，没想到这小丫头自己来的，觉得她有点不知天高地厚的同时，又有几分讶然和好奇。普通的小姑娘，遇到这样的阵势，就算不吓得惊慌失措，也不可能如此坦然镇静，她这是初生牛犊不怕虎呢，还是胸有成竹呢？

应该……是第一种吧？可是她这么托大，春大山的案子是没指望了。

"小姑娘家家的，胆敢来扰乱公堂？来人，给我轰出去！"张宏图怒道。

春荼蘼吓了一跳，这个郁闷啊，连忙强调："大人，民女是代父申冤来的！"

"你家没有男人吗？"张宏图更加不耐烦了，"就算我大唐律法规定，准许家属代讼，也不该你一个小丫头前来。叫你家男人出来主事！"

"回大人，我祖父出公差在外，暂时回不了家。我父亲正在堂上，被恶妇诬告，家里确实再无男子。孝字当头之下，民女虽知这般抛头露面，实在有碍名声，但也只好勉力为之，请大人成全！"春荼蘼一个头，规规矩矩磕在地上，但是半点没有用力。

她磕头下跪，是因为这里的规矩、礼仪，可不是真心要这么做，所以意思意思就完了，表面看着真诚，私下傻了才对自己这么狠。她把孝字抬出来，也是因为在大唐"孝"非常重要，不孝是大罪，是可以和谋反这样的重罪并列的。她高高打着孝字旗，不信张糊涂敢多废话。

果然，张宏图听她这么说，情不自禁地望了欧阳主典一眼，见了欧阳主典微微点头，一拍惊堂木道："念你一片孝心，本县准了，起来说话。"

春荼蘼暗舒口气，感觉身边的过儿都快瘫坐在地上了。而这时，外面候审的人及家眷,总共有十来号人,见到代父申冤的新鲜事,都渐渐围了过来。在他们后面,又走过来几个穿军服的人,明显是折冲府的,也好奇地站在门外。

接下来是例行程序:双方陈述案情。每一堂都要如此,不断重复。一来让头次看审的人明白事情的前因后果。二来让县令重温案情,以便回忆。三来也是为防止诈伪之言。要知道,谎言多说几遍就容易出错。于此案,则由原告张五娘先陈情。

"民妇丈夫早亡,尚幸亡夫留下屋舍两处,供小妇人收租度日。九月十八巳时中(早上十点),民妇收了租银,匆匆往家走。哪承想在半路遇到这恶徒⋯⋯"张五娘恨恨地指着春大山,"不知为何,他上前百般调戏。民妇气弱胆小,拼力摆脱纠缠,逃回家中。可是他竟然跟踪而至,趁民女尚未来得及关院门,就强行闯入,之后反锁院门,欲行非礼。民妇不从,高声叫喊,又奋力挣扎。所幸邻居李二哥发觉,进得院来,把这恶徒打晕了送官。"

第三章 这个丫头有意思

张五娘这番话,是有证人证明的。她那两处房舍的承租人,证明她当天早上确实去收了租银。而邻居李二,更是关键中的关键——是他,英雄救美,还用洗衣槌打昏了春大山。

春大山则辩称:"九月十八日早上,我去了镇上万和银楼,给女儿打了一支银簪子,因为想早点回去,所以抄近路,走了飘香居后面的胡同。可不知从哪冒出来一个小贼,抢了我的钱袋和簪子就跑,我一直追到一处院子里。那小贼突然不见了,就见这女人扑过来。"他也很确定地指着张五娘,"拉扯之间,我后脑勺一疼,就什么事也不知道了。醒来时,已经上了枷。"

对于张五娘的供词和春大山的口述,春茶蘼非常熟悉,都能背下来了。她只能说,如果光坐着听听,还挺像那么回事的。陷害春大山的人,可以说下了不少本钱,考虑得也算细致。但这些内容在她眼里几乎漏洞百出,何况她还去现场调查过。但是,到底是什么人,又是什么样的仇怨,促使那个人做出此等无耻行径呢?

"堂下春家女,你既然要代父申冤,在如此确凿证据下,可有什么话好讲?"听完双方的陈述,张宏图问春茶蘼。

春茶蘼从容上前,像男人那样深施一礼,朗声道:"大人明鉴,民女有几个疑点,要问问原告和证人。"

原告张五娘正在堂上，证人李二和另两名租屋的证人都在堂下候着。对租屋的证人，她没有什么异议，李二却必须要细细盘问才行。同时，她希望小九哥快点把她找的证人带来，至少能来一两个，把此案拖到第三堂，保证今天春大山不被用刑。

心念至此，春荼蘼看向父亲，就见春大山面上闪过挣扎、焦虑的神色，几度欲言又止。春荼蘼知道父亲不是为自己，而是为了她。但刚才她的话说得直戳春大山的心窝子，春大山张了半天嘴，也没说出让她快快离开公堂，不要管他的话。

女儿说得对，他不清白，女儿还有什么名声、未来。父亲年纪渐大，若没他在身边，以后又该怎么办呢？他不懂刑律，却也明白虽然人家告他强奸未遂，可他是军户军籍，对方是良民，地位的差异更会加重判罚。他又不傻，既然有人陷害，那么他服刑期间，谁知道会出什么意外，会不会让他把命搭在里面呢？

所以，他必须证明自己无罪。可是看到状师没有来时，他的心都沉下去了。女儿说要代他申冤时，他并不相信一个小姑娘能做什么，但女儿的眼神却充满着一种力量，居然让他相信一定会没事的。

"你且问来。"张宏图望着堂上那苗条的身影，心中有本能的不屑，"不过本官提醒你，若言之无物，胡搅蛮缠，本官可是会判你藐视公堂的。依律例，妇人犯法，罪坐家主。你犯的罪过，会罚在你父之身，你可要想好了。若此时退出，本官念你一片孝心，尚来得及。"

春荼蘼上前一步，再度深施一礼，作出感激涕零的样子："多谢大人抬爱，但民女坚信父亲是被冤枉的。所谓纸包不住火，世上没有完美的犯罪，总会有破绽露出来。大人目光如炬，待民女一问，您自然就明白了。"

她转向张五娘，突然一笑。

春荼蘼的模样生得甜美讨喜，眼神清澈透明，一副人畜无害的样子，笑起来的时候，唇角边还有个小小的梨涡。可她这一笑，不知为什么，张五娘突然一哆嗦，好像整个人都被看穿了似的。春荼蘼那灵动的眼神好像对她说：别装了，我知道你做了什么。于是她忽然就不安起来。

一边的春大山看到这情景，七上八下的心终于放进了肚子。他这女儿果然与众不同，以前怎么没看出来呢？

春荼蘼从袖中拿出新誊写的诉状，走到副座那边，毕恭毕敬地交给欧阳主典。欧阳主典打开后略看了几眼，露出惊讶的神色，然后立即转呈张宏图。

这边，春荼蘼已经开口，进入"对推"，也就是犯人互相质问的阶段，是由告诉者、犯人，或者代讼者进行。

但凡案件，都脱不了时间、地点、谁、做了什么、为什么和怎么做的这几大要素。

辩论的技巧也有很多种，春荼蘼今天打算用以退为进的方法，先假设张五娘说的是实话，再从她所谓的实话中，推论出多种不可能之处，暴露疑点和错误。这样，反而会更让人觉得原告说的是假话，是在陷害春大山。尤其面对张宏图这个张糊涂，让他自己想明白了，比直接对抗要强。不然他为了自个儿的面子使绊子，就会增加她申辩的难度。

"张五娘,我且问你,你说九月十八巳时中事发。那么,巳时中是指你收租银的时间,还是你走在街上的时间,还是我爹追到你家院子的时间?"春荼蘼问。

这是个陷阱问题。

张五娘一愣,没想到春荼蘼问得这么细致,脱口而出道:"是……追到我院子的时间。"

"其实没什么大差别啦。"春荼蘼笑得像只小狐狸,"你出租的屋舍距你家只有一条街,你去收了租银,走回家,再磨蹭也不过一刻。所以巳时中只是估计的时间而已,毕竟,谁也不能随时随地去看土圭对不对?但是,你确认时间是没错的,对吧?"

张五娘惊疑地答:"对。"

"那么,你是直接回家了呢,还是在街上逗留?"

"我是一个寡妇,哪能在外面招摇,自然是立刻归家。"

"所以我奇怪啊,短短的一刻时间,我爹恰巧就遇到了你,迷得神魂颠倒,然后就对你百般调戏,最后又追进你家,欲行非礼,好像很赶啊。"

噗!旁边一个衙役不小心乐了出来。不过,在张宏图严厉的目光扫射过来后,又死死憋了回去。

张五娘倒也奸滑,反驳道:"禽兽之人,哪能以常理度之!"

"问题是,我爹在万和楼打了首饰,为抄近路,巳时中路过了飘香居后面的胡同。本镇的人谁不知道,飘香居的位置离张家颇远,要走上两刻时间才到。试问,我爹怎么可能在同一时间出现在两处地方?"说完,春荼蘼又转向张宏图:"大人,关于这一时间证据,民女也有人证。飘香居每天巳时中都会出第一炉有名的荷花酥,九月十八那天,店中的小伙计到后面的胡同倒泔水,差点泼到我爹脚上,所以记得很清楚。还有,万和楼的掌柜,可以证明我爹确实前些日子订了一根簪子,约定于九月十八日上午去取。"

张宏图看了看诉状下面罗列的证人名单,疑惑地问:"可是春大山说,在飘香居后面的胡同里,有一个小贼抢了他的钱袋和簪子,他一直追过去,这才进了张五娘的院子呀。如果用跑的,春大山身高体壮,一刻之内也是到得了吧?"

"正是如此,大人英明。"春荼蘼毫不脸红地拍马屁,"昨天我还特意实验了一回,用跑的完全可以。只是……必须跑得飞快,到案发地点,人基本上累得快趴下了。试问,一个人连气也喘不过来,如何要调戏妇女,并意图奸淫?"

堂上男人居多,一听这个问题,全体愣住了。是啊,就算再好色的男人,在那种时候也没有那种闲心吧?就算有闲心,也没力气了。

"这是时间上的疑点,此为其一。"春荼蘼伸出左手食指。

她的手嫩白,手指柔软又纤细,但就这一根手指,却不容人忽略。最开始,包括欧阳主典在内的所有县衙公务人员,都不相信春荼蘼会问出个什么花样来,可现在,却突然有了不同看法。

"其二,是地点。"她继续说下去,"张五娘的家在甘草街,那边住的都是贫苦人,每天辰时初刻一过,男人女人们都要去做工,只留部分女人、老人和孩子在家,或操持家务,或关门闭户。诬陷我爹的人,选了这个地方,不是太巧了点吗?那时候,街上无人，不可能有什么有力人证。可偏偏，李二就看到了整个过程。他是闲的，还是早等在那儿？再者，那条路不是我爹回家的必经之路。他为什么会去那里？"

"不是说追贼吗？"张宏图插嘴。

"就是说，我爹所说的是真的，他确实是为追贼而去。"春荼蘼正等着这句话呢，于是马上抓住话尾，随后一指张五娘，"而不是这个女人说的，闲逛到那里，见色起意！此为疑点之二。疑点之三，就是证人李二。求大人传李二上堂。"

那李二是个五短身材，眼神闪烁，虽然常言道人不可貌相，但还有句话叫相由心生，这厮一看就不是个好东西。刚才他就站在堂下，把堂上的情况看得清楚明白，不禁有点肝颤，可是听了县令传唤，又不敢不来，连忙自报了姓名，跪于堂上。

"李二的供词有何疑问之处？"张宏图问，很是气恼。

本来，他对此案确信无疑，想着涉及折冲府最低级的武官，若速判速决，说不定落个不畏权贵、决不官官相护、公正廉明的名声。他一把年纪，这辈子不太可能升官了，于是就想在离任致仕时弄个万民伞什么的。至于九品下阶的武官算不算权贵？好歹也是官嘛，老百姓懂得什么。既然这案子没什么油水，那踩着春大山露回脸也成。

可此时，他却突感不妙，怕是适得其反，不禁深恨起生事者来。若万一被翻了供，他岂不是被这起子草民糊弄了吗？太可耻了！

"李二供词的疑点，在于与原告所述中互相矛盾的地方。"春荼蘼侃侃而谈，"张五娘在诉状中言称，我爹追进了院子，反锁了院门，欲行不轨。可是既然反锁了院门，这李二是如何看到当时的情景，并上前救助的呢？难不成，他会隔墙视物，还能穿墙而过？"

堂上众人都怔住了。显而易见，这样浅显的漏洞就是没人发现。大概因为老百姓都不喜欢打官司，所以诉讼过程非常粗疏。或者说，他们对这个案子根本就不重视。

"是民妇慌张之下，所说有误。"张五娘急中生智，连忙解释道。

"对，小的也是气愤，所以没注意细节。"李二配合得很好，紧跟着说明，"我就住在张五娘的隔壁，那天听到呼救之声，爬到墙头去看，发现了恶徒正欲行那禽兽之行，于是就跳了过去救人。其实，并不是从院门进入的。"

"是这样？"春荼蘼斜睨着问。

情势急转，这两人显然没有更高的急智，双双点头。为了表示真实，还点得挺用力的。

"证人会武功？"春荼蘼又问，"不知师从何人？"

李二很茫然，又觉得春荼蘼这样问必有陷阱，犹豫着答道："并不会……"

春荼蘼"咦"了声："那我就奇了，甘草街那边的房子，墙都挺高的，可能因为白天没有男人在家，为了防贼吧。昨天我还特意去张家看了看，隔断墙也有八尺[1]多高。我爹身高六尺，要直接跳过那墙也不能够，只不知你……"她上下打量李二，不言自明。李二身高五尺，根本无法轻易攀登八尺高的墙，更不用说跳过去。

---

[1] 一尺相当于30.4厘米左右。

李二涨红了脸，强辩道："我是……我是踩了水缸……对，水缸！"

"那我就更奇了。全大唐的人水缸都放在灶间，独你们家的放在外墙下边？接土玩啊？！"

"我……我……我是为了防走水。平时储存了雨水，若有不测，立即就能灭火。"

"我还得再奇一下下，你那几间破土房，穷得家徒四壁。你就是人们常说的，不怕家里着火，就怕掉沟里面，因为全家的财产都穿在身上呢，能有什么可引火的呢？"

"大人，这丫头诬蔑小民的人品，嘲笑小民的家境，实在是不厚道！"李二被逼得无语之下，居然还懂得转移重点，向县大人求助。可是，两班衙役忍笑忍得快内伤了。

张宏图张了张嘴，还没说话，春荼蘼已经改了风向，拱手道："好，是民女失了口德，望大人恕罪。"

她都这样承认错误了，张宏图还有什么好斥责的，只好挥挥手道："继续，继续。"

"那么，我们假定证人说的是真话，他家确实有这么一个莫名其妙的水缸。那请问，现在缸还在不在？"她盯向李二。

"不，不在了。昨天我不小心砸坏了。"李二硬着头皮编瞎话。

"真的好巧啊。"春荼蘼冷冷地拖长了声调说，"好，我再信你。可是有一桩你别忘了，你说那水缸是你放在墙边以备走水时用，可见放的时间不短了吧？既然如此，墙面和地面必留有印迹，要不要差役大哥走一趟，现场调查个清楚？"

李二的脸都绿了，可春荼蘼施展穷追猛打之策，抓住他的弱点不断攻击："还有，水缸是个大物件，既然碎了，碎片扔在了哪里？你从这边爬墙有水缸相助，但从那边跳下去，高度是很可观的。难道你属青蛙的，跳跃能力特别强？要不要一会儿你当着县大人的面，从衙门外的照壁处跳一下，那里也不过八尺余高。"

李二向后缩了一步，不敢答话。好家伙，八尺高的墙，若这么直眉瞪眼地跳下去，他那两条小短腿还不得折成几段，甚至直接插在腔子里啊！

"你说拿洗衣槌打晕了我爹，请问那洗衣槌从何而来？你一个单身男人，平时衣服几个月才洗一次，还是求告街坊四邻的嫂子婶子们帮忙。人家不愿意被你纠缠，不得不答应，都很有怨言。试问，你哪里来的洗衣槌？若说是从张五娘家里拿的，她家的水井在后院，为什么单单扔个洗衣槌在前院，还刚好被你捡到，'顺手'英雄救美？这，不也巧合得像是提前安排好的吗？你若要狡辩，告诉你，你的街坊们都不介意上堂，以证明我所说的真伪。此乃疑点之四。"

"我……"

李二试图解释，但春荼蘼却不再理他了，转而向公座上的张宏图："大人，民女还查到一件事，算是与此案相关的旁证。"

"讲。"张宏图按了按额头，只觉得头疼无比。

"这李二，正如民女所言，是个一无所用的懒汉，平时不事生产，家中的祖业都被他糟蹋光了，穷得叮当响。有时候没饭吃，就四处打秋风，弄得人憎鬼厌。可是就在九月十八日前后的光景，他突然光鲜起来，买了新衣，还出入了临水楼两次。这一点，福意裁缝铺和临水楼都有人可证明。"

"是我最近手风顺,有外财,赢了些银子!"李二连忙嚷嚷。

"哦,是吗?那请问是哪家赌坊?你本钱从何处而来,又是何日何时在何赌局上赢的大把银子?"春荼蘼转过身,目光冷冽如刀,"本小姐教你个乖,一个谎言,是要由无数个谎言支撑起来的,你没有思量好何去何从,就如无地基的房屋,风一吹就跑了,根本不经查。如果我是你,或者张五娘,刚才不妨说院门没有关紧,你才从外面破门而入的,何必绕了一大圈,越说破绽越多?"

"对对,其实就是院门没有关紧。"张五娘愚蠢地接了一句。

春荼蘼的目的达到了,因为她画了这个圈,张五娘真的自己往里钻了。此言一出,堂上有人还相信她的话才怪。

"李二。"春荼蘼见他脸上已无血色,看样子快吓得尿裤子了,又毫无同情心地加上重重一击,"那笔钱的来路你若说不清楚,大人说不定会问你盗窃罪的。虽说民不举,官不究,没有苦主,就没人上告,但毕竟,本县的治安更重要。张大人身为一县之官长,民之父母,公正廉明,岂容盗匪横行乡里?这个,可算疑点之五。"

"没有……我没有做贼……没有……"李二冷汗满面,只重复着这两个无力的字。

"那你就解释清楚,怎么突然你手里就有了银子。哈,看你不懂律法的样子,来,我好心给你讲讲。"春荼蘼冷笑道,"诈伪之罪,或者证不言情,就是说你作伪证,只比照所诬陷之罪反坐。因为你们诬告我爹是未遂之罪,想必只是杖刑。但你若有主动自首的情节,还会减等。咱们张大人如此仁慈,爱民如子,就算有罪之人,仍然会给予机会,所以按律仍可折刑,就是打个折。可你若是犯了窃盗之罪,虽然没有死刑,可却要按你所获赃物来判定刑罚,最高可加流役。我琢磨着……你的银子可不少呢,怕是罪过不轻。还有,别想狡辩说是从你家祖坟里挖掘出来的,那样若想查明,可是得掘祖坟。刚才我说了,一个谎言,要无数个谎言来弥补,你有那么大的能力吗?你理得清前因后果吗?还是想想吧,是挨上几十杖好呢,还是把你送去东海边盐滩做苦工?"

在李二内心挣扎之际,春荼蘼往堂下看了一眼,见小九哥找的证人来了一位,立即非常不厚道地笑了起来。

哼,敢欺侮她爹?不踩得这二位永远记住这疼,她就白来了!

"大人,我还有个旁证!"她举起小手,幸好衣袖是窄口的胡服男装,只露出一段雪白晶莹的皓腕。可就算是这样,也把躲在侧衙偷看的两个人,眼睛都晃花了。

"还有旁证啊?"张宏图都无力了,脑袋里乱哄哄的,只有一件事是清楚的:春大山是被陷害的无疑。可让他抓狂的是,之后他怎么让那两个没事找事的贱人招供。难道打了被告,还要打原告?

因为有这个想法,他看向张五娘和李二的目光凶狠起来。而这二人,之前根本没有把春家小丫头放在眼里过,现在却只感觉有一根鞭子,抽得他们无所遁形,吓得脑子空空如也。

"这位证人,可以侧面证明此案中之动机。"春荼蘼笑笑,"也就是疑点之六。"

"是谁?"张宏图翻了下诉状,快速浏览下面的证人名单,惊讶地看到一个熟悉

· 27 ·

的名字。

红莲！

这个女人没有姓氏，只有名字，响当当的名字。在范阳县，但凡是男人，有两个女人是必然会知道的。一个是临水楼的老板娘方娘子，不过方娘子是做正经生意的。一个就是红莲，听雨楼的头牌红姑娘。朝廷有规定，官员不得眠花宿柳，但……也只限于规定。同僚们聚个会，上级视察或者路过，总得有个娱乐的地方对不对？好歹也要红袖添香是不是？

只不过欢场女子，越矜贵就越金贵，名声就越响，与她们春宵一刻，能摆脱"下流"这两个字所表达的低级趣味，上升到"风流"的文化高度，甚至传出佳话，那也是一种境界啊。而红莲，就是这样的存在。

"大人，请传证人红莲上堂。"春荼蘼清亮的声音，惊醒了还在遐想的张宏图。

"传。"他咳嗽了一声，坐得更端正了些。

红莲上身穿着蜜粉色交领短襦，下系同色水纹凌波裙，配着白色半透明的半臂和翠绿轻纱披帛，在深秋的天气里，整个人嫩得却如三月春桃。她油黑水润的长发绾了个复杂的灵蛇髻，簪着堆纱的牡丹花，旁边配着银镶红珠的蝴蝶钗，走路之时，蝴蝶的翅膀都似乎会飞舞一样，格外诱人。

论五官样貌，她不及春荼蘼，但那种风情，却是十分吸引人的。所以她一出现，堂上堂下的人议论声嗡嗡一片。当她跪倒行礼时，更有人恨不得上前把她搀扶起来。

"堂下何人？"张宏图按公堂的程序问，只是不自然地清了清喉咙。

"奴家听雨楼红莲。"红莲毕恭毕敬地答，丝毫没有乱飞媚眼儿，一派规矩老实。

"咳咳，为何而来？"

"应春小姐所请，为春大山郎君作证。"说着，红莲坦然大方望了春荼蘼一眼。

春荼蘼立即上前一步道："大人，刚才说了，红莲的证词，可证明我父被冤枉之案，从动机上就是无稽之谈。没有动机，又何谈后面的事实呢？"

"你怎么证明？"张宏图这回好奇了。

春荼蘼一指张五娘道："原告一直声称，我父是因贪恋她的容色，方才调戏非礼，乃至后来欲行不轨。不知大人，以为这张氏容貌如何？"

张宏图一愣，这叫他怎么回答啊？可春荼蘼也没指望他回答，反而转向堂下，目光所到之处，终于有看审的人忍不住道："也算有几分姿色吧？"

"比之红莲如何？"春荼蘼紧接着问。

"自然是差得远了。"几乎同时，好几个男人答。

"我再问，若红莲与这张五娘都欲与各位郎君相……呃……相处，郎君们选谁？"

"那还用说，自然是红莲呀。"立即有人高声答，连犹豫也没有。

"若红莲肯对我笑一笑，我连自家婆娘都能休了。"更有甚者，这种没良心的话都说得出。

"有了稻米饭，谁还吃粟米饭哪。"其实，北方多吃面食，但这两样粮食的产量和价钱差距都很大，普通百姓也是清楚的。

"傻了才不会选。"有人做了总结。

公堂从来都是严肃庄严的,今天让春茶蘪一闹,顿时气氛热烈了起来,一时之间,七嘴八舌者有之,暧昧哄笑者有之,指指点点者有之。张宏图有点无措,只得大力拍着惊堂木,大喊肃静。

再看红莲,虽然阅人无数,到底是女人,此时难免嗫瑟。而张五娘脸色灰白,被这样的集体言语羞辱,气得她几乎晕厥过去。原来,在这些男人眼里,她还不如一个青楼女子!

"红莲,你可认识我父亲?"在众人还没反应过来之时,春茶蘪话题转变。

"奴自然认得。"红莲柔柔地说,目光落在春大山身上。

春大山入了狱,自然穿着囚服,但一来没在牢里待久,二来春茶蘪使了银子,因此他除了神情间略有憔悴郁闷之外,没有受到什么伤害,脸上身上也干干净净的。

他五官立体,有一双大大的丹凤眼,下巴不似壮汉们应有的方正,而是略有些尖削,容色很是不俗。再加上一副宽肩长腿的好身板,若是穿了军装软甲,配着巴掌宽的革带、军靴,头上勒着抹额时……虽说按照礼法,所谓子不言父,但春茶蘪还是想说:自家老爹不愧是美色超群!所以虽说春大山年纪稍大,已经三十了,却还是非常吸引女人的。

此时,红莲的一双眼睛就水汪汪的:"春军爷日常去训练时,会路过听雨楼。有一次奴家为个外乡来客所扰,外人都道奴家是下贱女子,不肯援助,还是春爷仗义出手,解了奴家的危急。"

"这么说,我父亲是个正派的好人喽?"春茶蘪问。

让一个妓女来提供他人的人品保证,听起来是个笑话,但若放在男女关系上,却变得非常有说服力了。这样美丽、风情万种,没有地位和金钱的男人不可能得到的女人……若她肯反追一个男人,而这个男人还不理她,足以证明这男人心如精钢,坚定而且纯粹。

所以当红莲点点头,含羞却又大胆地说出,她爱慕春大山已久,愿意与他春宵一刻却分文不取,并多次明示暗示春大山,后者却都明确拒绝之时,满堂的男人都又羡慕又妒忌又恨。不过,却再也没人相信春大山会对张五娘有其他想法了。

说白了,红莲那种大餐级别的,让春大山白吃他都不吃,又怎么会喝张五娘那种寡淡的菜汤。所以,这最后一个疑点,就连动机都不存在了。

"本案有疑点六处,大人英明,是青天之所在,望大人详查,还我父一个清白!"春茶蘪的结案陈词简单有力,带着吹捧、愤怒的情绪,之后跪地,一个头重重磕在地上。

公堂之上,再一次议论纷纷。随后,所有的声音都被一声嘶哑的大叫给压下去了。

"我招!我招!我全招了!"李二终于想明白了,知道再没有退路,红莲的证词成了压倒他心理防线的最后一根稻草,他哭喊着,"请大人恕罪,草民做了伪证!所有的事,都是张五娘那贱妇布置的!"

他一指张五娘,后者脸无血色,又惊又恨地叫:"你胡说八道!你血口喷人!"

"明明你才是血口喷人!"李二已经豁出去了,激烈反驳。

他向着公座上的张宏图跪行几步,又重重磕了几个头道:"大人,草民不知那张五娘为什么要针对春大山,但她半月前给了我一两银子,叫我打探春大山的行踪。草民以为,不过是女人爱慕那长得俊俏的郎君,欲行那风流事,也就答应了。可巧,我得知了春大山去万和楼打了簪子,约定了九月十八号上午去取,就转告了张五娘。张五娘得知后,又使了一两银子,叫我雇上镇上的乞丐偷儿,让那杀千刀的贼小子于九月十八日守在银楼之外,跟着春大山,到僻静处抢了他的东西,再跑回到张五娘的后院去躲藏。之后,她又给了我三两银子,安排我守在院门之后,等人冲进来,她扑过去拉紧春大山,我就用事先准备好的洗衣槌,把春大山打晕在地。她还许诺,事后让我为她作证,诬陷春大山欲行不轨,事若成了,再有五两银子与我。草民财迷心窍,一时糊涂,还请大人饶命啊!"

"你胡说!"张五娘尖叫着,"一定是春家使了银子,叫你反诬于我!你……你……你这混账东西!你不得好死!大人,请您为民妇做主,民妇冤枉啊!"

张五娘哭得满脸鼻涕眼泪,呼天抢地,但没有人再相信她了。事实,胜于雄辩。当事实摆在眼前,再周密的布局,再深沉的心机也是丑陋又苍白。何况,这个案子本就漏洞百出,就连张宏图这个糊涂蛋,都心里明镜儿似的。

春荼蘼看着堂上狗咬狗,心情格外舒畅。当她看到春大山那激动又欣慰的目光时,心里就更愉快了:她救了父亲!她真喜欢在公堂上的感觉啊!

然而,她无意间看到张五娘求助的眼神瞄到了堂下的人群之中,连忙循迹望去,却只见到看审之人一张张兴奋的脸,没瞧见什么人特别需要她留意的。

她不禁暗暗皱眉。这个案子,她是赢了,甚至小九哥紧赶慢赶又带来的几个证人,她都已经不需要了。而张宏图就算再糊涂,也不会再判春大山有罪。顶多,再关押个一天,到第三堂时例行公事,给她找的证人做了笔录,然后读鞫宣判。可事实上,她感觉这件事还没有完。至少,留下了不干净的尾巴。

因为,为了陷害春大山,张五娘前后花了十两银子,还只是在李二的身上。想她一个寡妇,怎么会下这么大本钱去害一个不相干的人呢?若说是贪图春大山的美色,因爱生恨,也太说不通了。她还冷眼观察过,张五娘看向春大山的眼神,并没有一点情意在,连目光复杂都算不上。

说到底,幕后人还没有揪出来,绝对是个隐患。那人下了大力气,不可能就这么轻易放过春大山吧。但现在张宏图心情正不好,她必须见好就收,不能多生事端,提出疑问,否则就是多生麻烦。也只好等回到家,细细盘问自家老爹,看他在外面得罪了什么人,或者有什么他和张五娘有关联的事,而他忘记了、忽略了。

要知道,哪怕最微不足道的事,都可能酿出大祸,所谓魔鬼藏身于细节之中,往后她必须要小心提防,以免再着了人家的道。

不出所料,张宏图宣布退堂,后日晚衙,也就是本案的第三堂再读鞫。春大山和女儿依依惜别,张五娘和李二则是被差役拖下去了。除了下面要审的案子所涉及的当事人外,众人也意犹未尽地散了。他们把这场官司当成说书先生的故事一般议论,想必不出三五天的时间，整个范阳县都会传遍春家女上堂救父、小丫头扭转乾坤的段子。

春茶蘼很享受这样的成功，但她也害怕这将给她带来麻烦。而就在她整个人不知该喜还是该忧地上了马车，和喜气洋洋的小九哥、过儿离开后，衙门侧门闪出两个男人来。

他们都很年轻，二十出头的样子，一个穿着不起眼的普通卫士军装，一个只着灰色的布衣襕衫，看起来很是低调，但仍然掩盖不住骨子里散发出的光华。所谓居移气，养移体，那是属于权贵子弟的气质，而且绝不是普通权贵。

"这个丫头有意思。"穿着军装的男人笑说。

他个子高大，身形矫健，似乎小麦色的健康皮肤下面涌动着无尽的力量。他的五官也很英俊，额头上的那根抹额只是细细的一条黑色带子，却衬得他那入鬓长眉分外英气，鼻梁特别挺直。那双明亮的大眼，目光流转间，像是盛满了阳光一般。不，应该说，他站在哪里，哪里就是光源。他身上，有一种非常坦然的、张扬自信的气质，偏偏不让人反感，好像他生来就应该如此。

"拉你来看审，你还不来。怎么样，若非跑这一趟，看不到这么精彩的堂审吧？"另一个男人笑骂道，"别只盯着人家小姑娘。"

这个男人身材只是中等，身形瘦削，皮肤很白，五官柔和，说话的声音缓慢，似乎含着笑意。任何人站在那军装帅哥的身边，都应该是会被忽视的，可他没有。他的举止间有一种非常优雅的散漫感，好像天塌下来，他也只是掸掸身上的土似的。正是那份从容，令他看来略显羸弱的身体有一种掩盖不住的美感，就像一块上品美玉，触手冰凉，片刻之后却又让人感觉回暖。

"可你不觉得，整个案子其实并没有什么，反而那个小丫头是最大的惊奇吗？"军装帅哥说，"真没想到，我手下的最低级武官，还能教导出这样的女儿来。小正你说，咱们自小走南闯北，也算见识过不少女人了吧？但像这样的，是不是从来没有过？说起咱们《大唐律》，真是一套一套的，似乎比你这个大理寺丞还熟悉。"

被称为小正的男人微笑摇头道："是没见过。一个小姑娘，以律法威胁起证人来，刀刀见血，口口见肉，眼睛都不眨一下，想必心性也很坚忍。"

"是心够黑吧？"军装帅哥哈哈一笑，显得有些兴奋，"不行不行，我得赶紧回军府，调来那个春大山的档案好好看看。能教出这样女儿的人，说不定是人才，可不能因为出身问题而埋没在军中啊。你也知道的，皇上常说，英雄莫问出处嘛。"

"急什么啊，先吃了饭再说。你不是说，镇上临水楼着实有几个很是别致的菜式，是长安吃不到的吗？"

"你一个从长安来的天子近臣，为什么叫我一个没油水的守将请客？告诉你康正源，表亲归表亲，钱财要分明。我只负责介绍本地风土人情，银子得是你掏！"

"韩无畏你太不要脸了！"大理寺丞康正源拍了拍军装帅哥的肩，"我才官至从六品上，你却是从四品下的折冲中府都尉，整个范阳折冲府以你为大，这里算是你的地头。怎么，在你的地盘还得我用银子吗？"

"你的官职是比我小这么两三级啦。"折冲都尉韩无畏理所当然地眨眨眼睛，"但你领了幽州地界的录囚差事，算是代天巡狱。幽州这么大，上上下下的官员谁不巴结你？"说着，以胳膊肘拐了康正源一下，"收了不少好处吧？给表哥这穷武官花用花用，别这么小气。"

"皇上施德政，一片仁慈之心，怕各地冤狱、淹狱[1]过多，才派了人下来。我领了幽州这边的事，自然尽职尽责，为皇上解忧。"康正源一本正经地说，"不过为官者，哪有完全干干净净的！水至清则无鱼，不然这官也没法儿做了。所以只要不出大事，没有太大关碍的，紧紧敲打几句，让他们弥补、改正，还民一个公道就好，何必弄得官场不稳？我就是皇上的刀，高高举起，他们知道怕了就成，实在不长眼睛的，才砍了去。至于他们的心意……礼太重的，那证明他是心虚，我不能要。若是小小意思，我要是不收，他们是会不安的。"

韩无畏点了点头："是啊，民不平，官不稳，是会动摇我大唐根基的。再说了，你和往常的录囚官员不一样，官职虽小，架不住爵位高嘛，谁敢怠慢？！不过就凭你这身子骨，幽州眼看到冬天了，你顶得住吗？"

"皇上说，人要三分饥与寒才会壮健，我就是从小养出的富贵病。"康正源抓抓头，"我出来前，我娘跑去宫里跟皇上哭了好几场也没用。"

"哈哈，皇上英明。"韩无畏咧着嘴笑，雪白的牙齿衬着小麦色的脸显得特别好看，透着一股天然的野性，"走，我给你弄点乡野的好风味补补。但，还是你出银子。"

"看你那吝啬的样子，真丢宗室子弟的脸……"康正源笑骂，只是话还没有说完，就让韩无畏给提溜走了。

另一边，在天擦黑的时候，春荼蘼到了家。因为事情到底还没有完全结束，小九哥依然留下听用，也依然借住在隔壁何嫂子那儿。

"街里街坊的，给人家银子显得外道，就多拿点肉菜米面和灯油送去吧。"春荼蘼吩咐道。

"知道啦，小姐，您快跟老太爷一样唠叨了，这点子人情，奴婢还是明白的。"过儿一边伸手拍门一边说，"不过得过两天才送，家里所剩的东西不多了。那两位也不操持家务，天天在屋子里关着，打量着要成仙呢。"

春荼蘼瞪了过儿一眼，却没有阻止这丫头。她算看出来了，若不让过儿说痛快了，过儿自己憋得慌，她看着也难受。只要不大出格，就由着这小丫头吧。

这一回，因为知道春荼蘼主仆是去衙门看审，小琴应门倒是很快，而徐氏也站在当院里焦急地等着。见了她，立即迎上来问："怎么样？你爹有没有受刑？没关系，我娘家人最迟明天就会到了，那时事情就能解决。"

当衙门是她徐家开的啊，有钱也不能解决所有的事。徐氏纯粹是被她娘家养迁了，完全不通一点人情世故，别说只是一个小小县城的首富，就是全国首富，遇到大案，也不能只用钱就能平得了事。

"我爹是被人诬告，县大人已经把事情查明。"春荼蘼斟酌了一下才说，没提自

---

[1] 淹狱：久拖不办的案子。

己代父亲申冤，当堂辩论，吓得李二招认的事，免得徐氏反而觉得不真实，不肯相信，"后天晚衙是最后一堂，走个形式就会把我爹放出来的。太太不必再麻烦徐家老太太了，不如赶紧派人送个信儿去，免得白跑一趟。"

"真的？你爹没事了？阿弥陀佛，真是老天有眼！"徐氏高兴得几乎跳起来，回手拉住同样兴奋的小琴的手，"来，快帮我准备香烛，我要酬神谢天。"说着，快步回了东屋，把春荼蘼主仆扔在那里。至于春荼蘼说的后半句，徐氏压根就没听见。

第四章　撕破脸

晚饭后，春荼蘼洗了个舒服的热水澡，窝在已经焐热的被窝里的时候，才感觉到了疲惫。这是精神紧绷后骤然放松的反应，也是因为自己的体力和身体素质不怎么样，看来还是要锻炼身体，必需的。

秉承勤俭持家的方针，为了节省灯油，过儿就坐在春荼蘼的脚边做针线。才十三岁的小丫头，一手女红就非常出色了，绣花、缝衣、做鞋，样样做得又快又好，春荼蘼的贴身衣服和全家人的鞋袜都是她一手包办。

春荼蘼知道阻拦无效，干脆把油灯放远了些，然后在小炕桌上放两个烛台，点上蜡烛，这样又明亮，又能远离灯油的烟熏火燎味。虽然蜡烛比灯油贵不少，但春家有砸锅卖铁也要让春荼蘼过舒服日子的习惯，所以她以看书怕伤眼睛为借口点个蜡烛，倒也没有人有异议。再说，春家到底是公务员和军官之家，也不是用不起的。只是春青阳总恨不能给儿孙留下钱财傍身，家中储蓄当然越多越好，所以平日过日子比较俭省罢了。

只是过儿今天明显不在状态，一个荷包才绣了没几针就扎了手，发出了"嘶"的一声。

"怎么了？"春荼蘼关切地看过来，过儿摇摇头，把手指放进嘴里吮了一下，转眼看到春荼蘼手中那册《大唐律》，不禁想起今天在公堂上的事，赞叹道："小姐，您今天在公堂上真是了不起！您说的那些话，就是让李二和张五娘都听愣了的，就是这本书里写的吗？"

春荼蘼放下书道："是啊。你家小姐我厉害吧？你要学吗？我教你呀。"过儿识字，但是不多，而且不会写。

果然，过儿急急摆摆手道："奴婢可不喜欢读书识字，每当看到小姐捧着书，一看就是半天，连个姿势都不换，纳闷得很呢，这得多闷啊。"

春荼蘼笑了，这就是所谓兴趣和爱好吧。她就是喜欢律法的东西，如果要她去绣花，她才觉得像上刀山、下油锅那么难呢。只可惜这本《大唐律》残破不全，还是她养病时，哀求祖父找欧阳主典借的。但借的东西总要还，她以后就算再不上公堂，也还是渴望有一套完整的、属于自己的，随时可以拿来看看的《大唐律》。

这年代的书籍是奢侈品，这种事关国家律法的书就更贵，只有有特殊许可的大书局才能刻印出版，而且极为稀少。虽说她手里有一笔亲娘白氏的嫁妆出息，也就是临水楼的租金，约有小两百两，春氏父子也言明归她使用，但大宗支出，还是要和长辈说一下。想来整套的《大唐律》，怎么也得有个几十上百两才买得到。对春家这种小门小户而言，实在是太贵了。她估摸着，春氏父子未必同意。

想到这儿，她不禁暗叹：得想办法赚钱啊。可是她除了擅长打官司，别的优点一概没有，可以说百无一用是书生。若她做状师，她有绝对信心能比那个黑心且不守信用的孙秀才赚得多得多，但祖父和父亲是绝对不会点头答应的。

一念及此，她有点沮丧，但随即想起一件事："我想起来了过儿，孙秀才还拿了咱们五两银子的订金呢。他收了银子却不办事，还差点坏事，明天你和小九哥过去，让他把银子怎么吞的，再怎么给我吐出来！"

"放心吧，小姐。"过儿握紧小拳头，"有奴婢在，谁也别想贪咱家一个铜钱！"

看着过儿咬牙切齿的样儿，春荼蘼忍不住捏了下她鼓得圆圆的腮帮子，又顺手胳肢她，主仆二人嘻嘻哈哈笑了一场。但片刻后，过儿却又叹了一口气。

"又怎么啦？小小年纪，总是唉声叹气可不好，有什么愁事啊？"春荼蘼笑问。

"奴婢发愁的事明天就到了。"过儿赌气似的，拿着针在还没有完工的荷包上乱戳，好像眼里看到的是一张讨厌的脸一样，"算算时间，亲家老太太明天就能登门。她一来，咱家就得鸡犬不宁。说起来都要怪太太不好，平时不招惹那位，她还时不时来指手画脚呢，现在她应了求，就像逮到理似的，还不得把咱家改成徐姓才快意吗？她自儿当初招的上门女婿，结果没生出儿子，只这一个女儿，恨不能老爷也去入赘呢。"

春荼蘼听过儿这么说，心情也坏了起来。之前她对徐氏说派人去拦徐家老太太，也是不想让这老太太来家里。只是徐氏没理会，她又琢磨着人已经在半路上了，没有半路给劝回去的道理，也就没再深究，可细想想，还真是头大。偏徐氏也好，徐氏的娘老徐氏也好，全是她的长辈。孝之一字压过来，在自家爹和祖父不在家的情况下，她还真不好反抗。

"算了，明天是二十一，后天二十二，我爹就被放出来了。到时候女婿在，而且我爹才娶了太太不到一年，也不是成亲几十年的老女婿了，她当岳母的也不好住下，至不过一天的事，忍忍熬熬就过去了。"春荼蘼烦恼了片刻，安慰过儿，也是安慰自己道，"不然，我装病好了，你就在屋里伺候我，我们就不用出门应付她了。"

"嗯，这个好。"过儿点头，"反正老爷也没事了，太太跟亲家老太太一说，她安了心，就不会再来烦小姐了。就说……上回因她而起的病还没好利索，看她有没有脸非要小姐去拜见她不可。就看不得她的样子，装谁家的老太太啊，仗着辈分而已，呸！"

春荼蘼叹了口气，她本是伶牙俐齿的人，却不知说什么好。

事情源于今年六月，徐氏苦夏，身上又不爽利，忽然思念起娘家来。春大山虽然不是怕老婆的人，但对徐氏很迁就，也有一份内疚在，于是就答应她回娘家住些日子。其实这样也就罢了，偏徐氏多事，也可能是为了显示继母对她这个前房女儿的关爱，非要带春荼蘼也去住上几天，只当散散心。

春荼蘼本不愿意去，奈何性子软，不善于拒绝，正巧那时过儿生了场不大不小的病，春大山怕过了病气给女儿，也点了头。哪承想到了涞水县徐家，老徐氏就撺掇着徐氏要给春荼蘼议亲。其实老徐氏只是继外祖母，人家父亲祖父俱在，还轮不到她来做主，但徐氏占着母亲的名分，看似很有些意动。

春荼蘼被春氏父子娇养得天真纯良，不谙世事，身边又是徐家的丫头侍候，没人帮她传递消息或者拿主意，偷听到这事后就吓坏了，居然趁着逛集市的机会甩了身边侍候的丫头婆子，一个人想跑回范阳县。

她一个娇小姐，还不到十四岁，哪里认得路，慌乱间迷在山里，足足一天一夜，还淋了一场大雨。惊恐与饥饿令这个小姑娘滚下了山坡，又撞了头。

当时，得了信儿的春青阳和春大山都要急疯了。虽不知道女儿为什么要自己跑回来，想来到底是徐家没照顾好，所以春大山扬言，如果女儿醒不过来，立即就要休妻。徐氏心伤愤怒之下，好不容易怀的胎没能保住，这也是之后春大山对徐氏的愧疚更深一分的原因。

春荼蘼醒来后，对这一段是有印象的。她还记得一个画面，是老徐氏对女儿说："你那夫君疼闺女疼得像眼珠子似的，就算你生下孩子，也得排在第二。就连你，他正正经经娶回去的填房正妻，也越不过他闺女去。更别说春青阳个老东西，恨不得把心都挖出来给孙女吃了。好在那丫头年纪不小，可以议亲了，干脆远远地嫁出去，嫁得越远越好，最好是南边，最多不过多贴几两银子的嫁妆。不是我看不起人，春家把家底都贴出去也没多少。可往后，春家就轮到你做主啦，娘给你什么，也不用担心你耳根子软，手又松，让春大山把好东西都给糊弄到他闺女那儿。"

不过这事，她闷在了肚子里。她不想破坏父亲的生活，反正徐氏是个没成算、没主见的，为人也没有多坏，只要以后想办法摆脱了老徐氏的控制，日子还是可以平稳过下去的。

春大山已经死了一个老婆，如果再休妻或者和离，他以后还怎么成家？！好人家的女儿是不愿意嫁过来的。难不成让父亲孤独终老吗？要知道儿女再好，也替代不了伴侣的作用。

于是苏醒后，面对祖父与父亲的询问，她只说听到了议亲的事，害怕之下就跑回家，没提别的。老徐氏的用心没有暴露，辩称春荼蘼听错了，她只是说留意好亲事而已。

春青阳厚道，没有怪老徐氏多事，也没多说什么，但心里却似乎全明白了。从那天开始，春家分伙不分家，一个院子里住着，各过各的，日常花费也各付各的。他是不愿意让徐家人以为春家沾了徐氏的光，也不愿孙女出嫁时，别人硬诬赖白氏留下的嫁妆不明不白。

春大山是孝子，又是慈父，为此难过得哭了好几场，不知怎么让春青阳劝过来了，但还是坚持把俸禄及种地的所得，分一半奉养老父，养育女儿。

现在，春荼蘼作为春家女，为了自家好，她真诚地希望这个老徐氏不要出现。

然而事实是，她的希望落空了。

第二天的徐家来人中，老徐氏也在内。其实身为涞水县首富之家，女婿惹了官非，身为主母的老徐氏若真正关心，应该多派得力的人前来相帮才对，事事亲自出马，既没规矩，又没用处，还彰显了她极强的控制欲，什么事都要掌握在手中。

过儿一早就跑去镇上，从孙秀才那儿把聘请状师的订金要了回来，匆匆回来时，正好在门口遇到徐家的马车。

这时代的马属于贵重物资，一般人坐驴车或者骡车，女人多坐牛车。而大唐的馆驿和官道虽比较发达，但雇车却非常昂贵，以路程算，走一里路，收费相当于买两斗米，所以普通百姓要么合雇，要么就步行。有车的人家大都有些家底，有马车者更是。

当徐家的马车在春家门前停稳后，老徐氏要摆亲家岳母的谱，不肯在车外等，先由坐在车辕上的老周头上前拍门，车夫则拿出脚踏侍候着。就趁着这点子空隙，过儿在小琴开门的瞬间，滋溜一下先钻进院子，一边给自家小姐报信儿，一边手忙脚乱地扶着春荼蘼躺下装病。

早上过儿出门时，已经透露了春荼蘼身上不爽利的意思，可恨徐氏满心焦虑地等着娘家来人，只客套地问了两句，都没进屋去看看。虽说她不来探病更方便，但这种行为还是说明她对丈夫的前房女儿连起码的关心也没有，实在令人齿冷。

"你去外面代我行个礼。"春荼蘼歪在榻上，吩咐道，"沏茶端水的打个下手，别让那位事后挑刺儿，又夹枪带棒地骚扰父亲。"

"人家自有好茶好水，平时都藏着呢，生怕被咱享用了，这会子我去碍什么眼啊。"过儿哼了声，"就连烧水看炉子也不会让我靠近的。"

"你傻啊。"春荼蘼点了点过儿的额头，"就是走个形式，说两句场面话而已，主要是借机会看看老周叔，给他弄点吃的喝的。徐家这么刻薄，老周叔又一把年纪了，这三天准定遭过罪。"

"对对。"过儿一下子就跳起来，风风火火地往外跑。

这时，正好老徐氏跟凤凰临门似的，已经大摇大摆地被自家女儿请了进来，后面跟着一直得用的王婆子。

那老徐氏皮肤黝黑，个头瘦小，但一脸精明，说话的嗓门儿特别亮堂。但凡她一开口，身边的人就插不进嘴了，处处透着强势。而她身边最得信任的王婆子，春荼蘼一直怀疑是不是男扮女装，不然怎么会长得那么高大强壮，还脸上有痣，痣上有毛，典型的坏人形象。

"过儿给亲家老太太请安。"过儿强抑着内心的反感，规矩地行礼道。

"你家小姐呢，怎么不见出来？"老徐氏果然上来就挑礼儿，"小小年纪，总窝在屋里可不好，仔细头晕。"

"回老太太，自从上回在山里迷了路，我家小姐的身子亏虚得厉害，一直没有大好。这两天担惊受怕，又病下了。刚才听说您往家里来了，强撑着要来见礼，奴婢大胆，给拦下了。老太太也是个疼人的，若因为这点子虚礼让我家小姐病情加重了，您岂不是心疼？！反倒是小姐的不孝。"再者，小姐在山里迷路，没遇着猛兽或者强人已经是天大的幸运，这些全是拜你所赐。

只是这句话，过儿终究没敢说出来。仅仅是提起以前的病根没好利索，就已经噎得老徐氏再不多话，只皮笑肉不笑地道："那可得好好养着。春家老爷和老太爷的命根子呢，可不能有了闪失。"说完，再不理过儿，扶着女儿的手进了东屋。一路走，一路数落嫌弃春家的院子太小、房子盖得不敞亮、院门的木头用得不对、窗纸不是最白最韧的那种、下面侍候的人少、厨房门口挂着的干红辣椒品相差，甚至连春家上空的空气质量似乎都比她徐家差了一截。小小的院子，顶多十几步路，却让老徐氏找出诸多错处来。

春茶蘼装病，本来就是歪在外间的榻上，支棱着耳朵，注意着外面的动静。此时听老徐氏鸡蛋里面挑骨头，不禁闷笑。老徐氏总挑剔春家，以显示徐家是高门大户，却充分暴露了她乡间土财主的嘴脸，而且还是暴发户那种，没有底蕴，处处小家子气得很。

而院中，过儿耐着性子听老徐氏唠叨着进屋，看到一边的小琴戒备又得意地盯着她，冷哼了一声就进了厨房。小琴愣了下，也立即跟了进来。

春家的厨房在西厢的隔壁，很大，自从春青阳决定分伙不分家后，就垒了两个灶，连同着家伙什儿、柴米油盐什么的也是两套，分为左右。左边属于春大山两口子及婢女小琴，右边是春氏祖孙和老周头、过儿做饭的地儿。

"还不到吃饭的点儿，你这是干什么？"见过儿刷锅煮水，和面打鸡蛋，小琴问。

"我给老周叔做碗鸡蛋面，碍着你什么了？"过儿没好气地说，"他老人家被太太支走了三天，风尘仆仆，一早上大约连饭也没吃就赶回来，还不许吃口热汤面？"

小琴哦了声，不客气地吩咐道："既然如此，你多做点吧。我们家老太太虽然吃不惯粗茶淡饭，但外面还跟着两个家仆，想必也是没吃的。还有王妈妈……"

话没说完，就让过儿顶了回去："奇怪了，你们家的人，为什么吃我们家的饭？再说，我用的是这边的米粮，你若是真心疼人的，自己做不就得了。"

"徐家来人，还不是为了老爷！"小琴瞪眼，"这就是春家的待客之道吗？"大约因为徐家老太太在，气势比平时足。

可是过儿不吃这套，看也不看她："我们小姐已经把老爷的麻烦摆平了，用不着别人。至于说待客，谁请来的谁招待呗！老太爷不是说了，各过各的。怎么着？老太爷人不在家，咱们当下人的就反了天不成？"她特地把"下人"两个字念得格外用力，气得小琴恨不能扑过来，抓花她的小脸。

但过儿一向泼辣，虽然比小琴小好几岁，却从来没吃过亏，又长期粗活细活一把抓，很有点力气。结果，小琴也没敢怎么，只扔下一句话："没规矩的东西，猖狂吧！早晚有你好受的！"跺跺脚就走了。

过儿也不理，心想着有小姐和老太爷撑腰，在春家，老徐氏也不好发落她，只管把鸡蛋面做好了，趁热给老周头送了过去。

"老周叔，小姐叫我送吃的给你。"她把香喷喷的面端到桌子上，又张望道，"徐家不是跟来了两个男仆人呢？"

老周头知道小姐向来怜老惜弱，对他更是亲切，心中感动，吃了一大口面，便向对面努了努嘴道："咱春家小门小户的，哪有专门待客的房间！何况他们只是下人，我这里又是住人的地儿，乱得很，只好委屈在杂物间候着。好在，椅子倒是有。不过，太太的娘不是个体谅下人的，早上她自己和那个婆子在马车里吃了东西，也没理会旁人。我怕那两个小子也饿坏了，你如果做得有富余，好歹也给他们送些。小姐一向心软，知道了必是高兴的。"

"就你们心善，我是坏人。"过儿嘟着嘴道，"不过是点子吃食，我还舍不得！不过是看不惯徐家人大方在表面，内里凉薄。"到底还是不忍心，依言而去。

她回到厨房，见小琴正在煮茶，当下也不搭理，只把剩下的面汤倒了一盆子，外加两只胡饼，一碟子咸菜，送到了外院的杂物房。

那两个仆人还以为得生生饿一上午，正揣着手，恨不得啃木头，见状自然千恩万谢。过儿当然借机大大赞扬了自家小姐的仁慈，善待下仆，并隐晦地提及徐家母女的冷漠，然后趁着他们吃东西，跑到老周头那悄悄打听了下这几天的情形。

"我紧赶慢赶，一天一夜就到了徐家。"老周头愤愤地说，"亲家老太太当时就骂咱家老爷不省事儿，害了她女儿。说老爷如果坐了监，定要把太太带回家，又扯了一大堆什么当初就不应该嫁过来的废话。倒是亲家老太爷说，赶紧把人救出来要紧，还烦请了涞水县一个相熟的刀笔小吏，毕竟同行之间好说话。本来亲家老太爷不让亲家老太太来，可你也知道，谁拦得住啊。"

"那位公爷呢？怎么没见着？"过儿好奇。

"让亲家老太太拜托，直接去县衙了。"

"啊？这样不好吧！"过儿吃了一惊，"小姐已经解了老爷的冤屈，就等着三堂读鞫呢。这样……徐家这样，不会坏事吧？"

老周头也是一愣，过儿却已经跑进院子里。

"什么？"春茶蘼一听过儿的转述就参毛了。

现在是多么敏感的时刻啊，案子的真相已经大白，就等着最后的宣判。这种时候，一动不如一静，以"平"字为主，绝对不能生事，也不能给别人任何生事的借口。毕竟官员判案不会完全依照律法的条文规定，自由裁量空间比较大。

德主刑辅，礼法结合，是《大唐律》的重要特征。就是说，德在法之上。如果判官认为此罪在德行上有轻判或者重判的必要，可以在特定的范围内加重或者减轻原有刑罚。

就春大山的案子而言，依律是杖刑。但若张糊涂认为张五娘身为寡妇却诬陷军府武官，用心不堪、性质恶劣，上升到妇德的高度，因而改判徒刑，哪怕只有一年呢，事情就会生出变数。要知道县一级的衙门若判处徒刑、流刑，是要往州以上的衙门申请核准的。这个过程要经过好几位州及县的官吏之手，谁知道其中哪个环节有人刁难，要用大笔银子才能顺利过关。

民间有云：衙门口，朝南开，有理无钱莫进来。这话不是没有道理的。大唐的老百姓之所以不愿意见官，一是因为教育普及与文明程度不够，另一个重要原因就是诉讼成本太高。在县府与州府之间走一趟，不死也要脱层皮，就算清白，遇到贪官污吏，非得弄得倾家荡产不可。

她不怕打官司，毕竟事实确凿，提请州府核准案件也不耽误春大山被放出来。但她怕过手的人多了会生出变数。时间一长，这种好说不好听的事，到底影响自家老爹的前程，还要把她那点家底全耗光了。

另一方面，这个案子令张糊涂分外窝火，还好他现在还糊涂着。可万一有说客上门，还不管不顾地先把银子扔出来……相当于提醒了他还有捞钱的机会。

张糊涂为官多年，这点弯弯绕儿还是懂的，意识到名声没捞着，但却能得到不少实惠，他不故意拖沓才怪。若真判了张五娘徒刑，既显得他官风严厉，遇事不姑息，还能在繁杂的诉讼程序之间做不少手脚，他何乐而不为。

这个姓徐的死女人，真是成事不足，败事有余！

春荼蘼一骨碌跳下床，趿着鞋子就往外跑。因为装病，她的长发只松松绾了个髻，斜插一支白玉簪子。上身是交领海棠红色家居短襦，下面穿着秋香色扎脚的宽腿裤子，素白着一张小脸，冲出屋门的时候，还差点绊了一跤。

幸好过儿紧跟着她，上前扶住，急道："小姐要做什么，吩咐过儿就是了。"

春荼蘼定了定神道："你快去找老周叔，他应该是认识徐家请的那位公爷，叫他立即、马上、迅速地给我把人拦回来。然后直接送到镇上最好的客栈休息，从临水楼订饭菜，好好地款待，然后……就说明天我爹会亲自上门道谢。对了，小九哥有马车，眼色又伶俐，叫他跟着。"

过儿应了一声，抬步就要走。没承想小琴在厨房里给徐氏炖燕窝，把主仆两个的对话听个满耳，闻言就快步跑出来，也来不及进东屋禀报，直着嗓子就嚷嚷："老太太，太太，不好了！大小姐可不是失心疯了，要把咱家请的公爷给劫回来，不许去给老爷请人说情呢。"

春荼蘼一愣，随后大为恼火。可还没等她说话，老少徐氏就一起奔出东屋。徐氏眼里包着泪，哆嗦着声音指责："荼蘼，你这是干什么？你不想救你爹了？"

好嘛，事情还没弄清楚，一顶大帽子先给她扣在头上了！

"太太，老太太。"春荼蘼耐着性子，向二人施了一礼道，"昨天我不是说了，我爹的案子已经审明，他是被诬陷的，明天第三堂读鞫后，他就会回家。这时候再烦请衙门的人，反而不美。若被有心人利用，怕再生事端。"

徐氏一听，立即没了主心骨，侧过脸看她那娘亲。那委委屈屈、惊慌失措、三棍子打不出个屁来的窝囊样子，看着就让人心头冒火。

而老徐氏看到女儿问询的眼神，皮笑肉不笑地对春荼蘼说："哎呀，这事你就别管了。你才多点大的年纪，懂得什么呀。常言道官字两张口，没有银子垫底，他们上嘴唇一碰下嘴唇的话，哪能就信呢。"

照你这么说，律法就是一纸空文喽？可就算再黑暗的地方，就算大唐律法确实是摆设，但表面文章也得做。难道公堂上说的话，只当是狗屁？哪个官的脸皮厚到那种程度？何况当今圣上听说是个英明的，下面的官吏谁敢明目张胆地行恶？

不过心里这么想，嘴里却不能跟这位眼里只有银子的愚昧妇人说，春荼蘼只道："荼蘼谢谢老太太一片援助之意，但事不可急，不妨等上一等。若明日县大人真的不能还我爹的清白，再求人请托不迟。"

她放了软话，退了一步，可老徐氏却仍然觉得受到冒犯，不耐烦地拔高嗓门道："让你别管，你就别管了，小孩子家家的。若春家真有顶事的人，也不会求到我徐家头上了。"

这话说得很不客气，其实本是亲戚之间的事，可老徐氏又把徐家摆在高人一等甚至恩人的层面上，听起来真让人不爽。

过儿忍了半天，终于还是受不得老徐氏那盛气凌人的样儿，插嘴道："是太太硬要去请老太太，我们小姐可没请。"

老徐氏闻言大怒，眼珠子瞪得铜铃似的。春荼蘼伸手把过儿挡在身后，抢在老徐氏开骂之前道："看老太太这话说的。我虽然年纪小，但也知道孝之一字。牢里的人是我爹，我哪能不管呢。"

老徐氏哼了声，脸色尖刻地道："荼蘼，我知道你爹疼你。可你今年都十四了，他就算再疼你，也留不了你几年。到时候你嫁出去，就是人家的人了。所以你要明白，如今春大山首先是我女儿的丈夫，我的女婿。若要做什么决定，还轮不到你一个即将出阁的外人说话。再说句不好听的，就算你爹死了，埋在哪块坟地里也是我女儿说了算，你不过是上前哭上一场罢了！"

这话真毒啊！

春荼蘼不是个好性子，只是一直为了家宅平安，死忍着罢了，此时火顶脑门儿，又明白道理是说不通的，今天若不撕破了脸，只怕不仅这件事，以后还有得好受的。既然如此，还有什么好顾忌的！

她深吸了口气，脊背挺得笔直，小下巴微微扬起，冷冷地笑了："天幸我爹还没死呢，而且有我在，也绝不会让他蒙冤。我就不明白了，如今在这院里，谁才是外姓人？徐家对春家伸出援手，不过是看在亲戚情分上，却不能代我春家做主。再者说了，徐家搭了人情和银子，我春家感激，但帮忙之前，为什么不问问主家，自己就做主行事？到底这儿是春家，还是徐家？"

"你敢这么和我说话？"老徐氏急了眼。

"有什么敢不敢的，我都已经这么说了。"春荼蘼淡淡地说，但眼神坚定无比，"对不起了老太太，事关我爹的清白和前程，少不得要拂了您一番好意。过儿！"

"在！"

"照我说的做，立即叫老周叔去拦人，不得耽误！"

老徐氏见春荼蘼根本无视她的存在，早已经气得七窍生烟。她女儿是个傻的，她却认为春家这丫头是她女儿的眼中钉，应该早早拔了去。不过这丫头以前看着知礼温柔，像是个好拿捏的，听说议亲的事，都能吓得自己往山路上跑，可见是没脾气的。但自从那一回后，虽然接触不多，但她却觉出春家丫头变了，虽然外表还是温良可爱，不过似乎只要一招惹，立即就亮出爪子，好像一只从外头捡回来的野猫。

今日一见，果不其然。也许是死过一回，什么也不在乎了？当初这个臭丫头怎么就没摔死呢？如果死了，就算春大山扬言休妻，但是那个男人心软，总有转圜的余地，胜于今天为难。

老天真是不长眼！

不知老天听到这话，会不会降雷劈她。一心作恶，老天不助，还说是老天的不对了。但这就是老徐氏这种人的思维逻辑，她就没办法和正常人沟通。而她一抬眼，看到春荼蘼头上那支玉簪，虽然式样朴素，但玉质温润，在阳光下似乎隐隐散着柔光似的，绝对不是凡物，也绝对不是自家陪送之物，心中就更为光火。

好啊，春大山，有这么好的东西不给小了十岁的娇妻，却给了女儿，实在不是东西！

她却并不知，那簪子本是白氏的遗物，跟她徐家是半文钱关系也没有的。

"王婆子，给我拦住那贱婢！"老徐氏咬牙道，"不能让个糊涂的姑娘坏了大事。那时我女婿坐了牢，春老爷子回来，他的老脸可往哪儿搁？！倒似我这个长辈没有尽力似的！"

有什么主，就有什么样的仆。那王婆子本身就不是个省油的灯，兼之早就看春荼蘼主仆不顺眼，闻言高声应答，上前两步，抓住过儿的后衣领。

过儿再有劲儿，也不过是个十三岁的小丫头，对上个比男人还男人的婆子，哪里有反击之力，就像被老鹰捉的小鸡似的，瞬间就被提溜了回来，挣扎无果。不仅如此，王婆子得了老徐氏的暗示，还要给过儿几巴掌。就她那手，熊掌一样，真拍在过儿身上，这忠心耿耿的丫头非得吐血不可。

春荼蘼大怒！

撕破脸，她是有准备的，但她怎么也没料到，老徐氏居然趁着春家两代男主人不在，上演全武行。这是以大欺小，以强凌弱，在人家的家里打晚辈的脸，太无耻了！而且，这哪里是要打过儿，分明是要打她。就连那声贱婢，心里也是骂她的。

好，打架是吧？动手是吧？她可不是软柿子！她要保护对自己重要的东西，像个战士一样守护！

于是，她没有含糊，一步蹿上前，抡圆了打了王婆子一个大嘴巴。只可惜，王婆子太高大了，目测得有一米八多，比她爹还高出半寸，所以这一下是打在下巴上了。但她几乎用尽了力气，幸好没有留长指甲，不然指甲都得掀了。

王婆子哎哟叫了声，狠狠地踉跄了几步，放开了过儿。

"你是什么东西！敢打我的人！"春荼蘼喝道，气势十足地指着王婆子的鼻子。明明相比之下，她的身材如此娇小，可却令王婆子弯下了腰，不敢抬头，"你也不睁开眼睛看看这是什么地儿！这是我春家！我爹是折冲府的武官，我祖父是公门中人，就算是军户贱业，也不是什么人都能来我春家撒野的！我告诉你，你再敢碰过儿一下，哪只手碰的，我就砍掉哪只手。别以为回了徐家就没事，我春荼蘼在此发誓，你若是敢，我只要不死,你那手就是我的!" 指桑骂槐谁不会?这种低段数的招儿,都是她不屑于用的。她这是明白告诉老徐氏别打错算盘,这是她的家,谁也不能在她家欺侮她。比彪、比野、比狠,她不会输的!

老徐氏只气得浑身发抖,脸色苍白,好像要犯心脏病。可是她的身体好着呢,真正是老天没眼了一回,仍然坚强地挺立着大叫道:"王婆子,我给你做主,看谁敢要了你的手去!"

可王婆子哪敢动啊,春家那位大小姐眼睛放寒光,比有回在树林子里遇到的野狼还可怕。

老徐氏见王婆子不动,气得眼珠子发红,失去理智,连一直努力维持的假体面也终于挂不住了。她左右一看,从东屋窗下抄起一把扫帚,冲过来道:"下人打不了你的奴婢,我总可以帮你管教。有本事,你把我的手也剁了去!"说着,就朝过儿扑了过来。

春茶蘼终于,打心底服了。

老徐氏泼妇成这个样子,她实在没办法比肩。她武力保护自己及所爱是可以,但撒泼却实在无能。是她低估了老徐氏的战斗力,以为她起码还要点脸。但她错了。而且这年代,孝字最大,就算老徐氏是跟她八竿子打不着的继外祖母,到底在辈分上占着先,她不能还手的。

但是,她也不退!决不退!

她上前一把抱住过儿,转过身去,背上生生挨了一扫帚。顿时,火辣辣的疼从头到脚,瞬间传遍全身,可见老徐氏是下了狠手的。

徐氏自从见到情势由激烈到失控,就哆嗦着嘴唇,说不出话来了。此时见到自己的娘打了春茶蘼,一下就瘫坐在地上。她深知自个儿的丈夫有多疼爱这个女儿,他要知道此事,犯起牛脾气来,那可是八匹马也拉不住的。

"太太!太太!"小琴本来还存了看热闹的心,见徐氏软倒,也慌了神儿,扑过去又是揉胸口,又是掐人中,手忙脚乱的。

老徐氏见状也不追打人了,儿啊肉啊一通乱叫,看向春茶蘼的眼神充满恨意。春茶蘼不理,拍拍过儿吓白了的脸:"快去,不然来不及了。"

"小姐,你……"过儿知道春茶蘼为自己挨了一下,心疼得泪水涟涟,又感动,又自责。

"别婆婆妈妈的,办正事要紧!"春茶蘼皱紧了眉,那神情令人无法拒绝,只能服从。

可过儿才跑向内门,老徐氏却又缓过了神来,大叫道:"快把门堵上!王婆子,你不敢动手,还不敢堵门吗?若你连这件事也办不到,我不如趁早发卖了你!"

王婆子吓傻了,本能地冲向门口,比一扇猪肉还厚实的身板,果然无法撼动,任凭过儿又踢又咬,也不动分毫,还真是"一妇当关,万夫莫开"。

这时,外院也终于听到了内院闹出的动静。因为家里来了外男,内门是从里面反锁的,老周头看不到内院情况,只急得在外面敲着门问:"怎么啦怎么啦?小姐,可有事吩咐?"

春荼蘼还没有回话，老徐氏就对她"哼"了声道："你有本事就叫人进来，我外面还有两个男仆，不如一道来瞅瞅。到时候有个拉拽，那老仆年纪不小，不知受不受得住。"一边说，还一边拦在春荼蘼面前。

她的意思很明确。王婆子怕的是春家大小姐，可不是小丫头。只要她把春荼蘼挡住，过儿就越不过王婆子去。而春荼蘼绝不敢跟她动手，那么只要僵持着，春荼蘼又怎么去拦人？再者说了，虽然女人在街上和男人聊天也不打紧，可外男进内院却又是另一回事了。尤其像春荼蘼这种娇养的，传出去，看这小贱蹄子还有什么脸面！

她不去想春荼蘼为什么要阻拦徐家请的人去找本县的刑事官吏，也想不到女婿的案子，甚至她女儿的未来这时候也顾不得，她就是不能输掉这口气，让一个十四岁的小丫头给治住！

春荼蘼又深吸了一口气。她多么想以礼服人哪！可是人家不讲理，她也只能奉陪到底。虎狼囤于阶陛，她还能谈因果吗？她没那么迂腐。于是，也只好什么鸟，就喂什么食了。

她向厨房移动了两步，但老徐氏反应挺快，一步挡在她面前，冷笑："想以死相逼？我徐家可不落这个把柄于别人手中，你想也别想！"

春荼蘼忍不住向她投去轻蔑的目光。以死相逼？难道以为她要用菜刀抹脖子？老徐氏还不配她用如此激烈的手段。她的小命珍贵着呢，绝对要好好保护。她只是……想喝口水而已。刚才嚷嚷了几声，她的嗓子火烧一样，干得像要裂开了。看来在肺活量上，她还是输给老徐氏不少啊。

"老周叔，没什么事，您在外面歇着吧。"春荼蘼再度深深吸气，对外院高声道，之后压抑怒火，招手叫还在蚂蚁撼大象一般做苦工的贴身丫头，"过儿，快回屋给小姐我搬把椅子。"

"啊？！"过儿大为惊讶，不明白为什么小姐突然变了策略，但她习惯服从春荼蘼了，随后又"哦"了声，麻利地搬了张椅子出来，接着抹了把汗。推那王婆子几下，就像搬山似的，比她干一天的活儿还累。她现在手脚酸软，只不知小姐这是要干什么。

只见春荼蘼施施然坐了下来，神情平静，好像刚才那场激烈的战事与她无关。而一边的老徐氏也很惊讶，心中又实在没底。看样子，这小蹄子是偃旗息鼓了吧？可她那是什么眼神，胸有成竹，带着看不起人……

正思量，春荼蘼发话了："既然老太太死活要拦着我做正事，我也实在没办法。谁让我年小力弱，又占着晚辈的身份呢？总不能做下那忤逆之事，叫人抓我见官。"她声音清亮，脸上甚至挂了一丝丝的笑意，可没来由看得人心里发毛，"不过我把话说在前头，只要徐家请的公爷与我们范阳县的刑吏搭上关系，不管有没有坏了我爹的事，我必把太太怎么嫁给我爹的详情传遍整个范阳和涞水县。让所有人都看看徐家这样的'大户人家'，有什么好家教！"

只听一声抽气声响起，却是才刚醒转的徐氏发出来的。但立即，她两眼翻白，又晕过去了。

老徐氏一听，脸也唰的白了，尖叫道："你敢！"

"您看看，您看看，您又这样说。事，我既然做得出，还谈什么敢不敢的呢？"春荼蘼笑靥如花，看着老徐氏，"除非您杀人灭口，不然我爹、我祖父来了，也拦不住我！"

"你！"老徐氏恨不得咬死眼前的少女，"你以为这是丢我家的脸吗？你爹又有什么颜面？"

"刚才老太太不是说了？我年纪大了，顶多几年就要嫁人了，就是外人。我爹首先是太太的丈夫，老太太的女婿，既然如此，我一个外人还顾虑这么多干什么？到底，我爹故去时，我连坟地都不能帮着选，只能上前哭一场呢。"春荼蘼反问。

哼哼，多好的交叉质证，以子之矛，攻子之盾。用你的话反过来质问你，气死你得了！

老徐氏终于也站不住了，往后退了两步，差点跌坐在地。好在她还真坚强，硬是挺住，咬了半天牙才吩咐说："王婆子，躲开！既然有人不识抬举，硬要送亲爹去坐牢，我们也不管了！走，我们回屋！"

王婆子巴不得得了这个命令，快速走开。在老徐氏的授意之下，王婆子抱了还在晕倒中的徐氏，与小琴等四人，一起进了东屋，门也被重重摔上。

"还不快去！"春荼蘼推了一把过儿，"记得一定要打听清楚，到底那位公爷有没有和咱们县衙的人说上话。如果说上了，还要细打听打听。万一要坏事，咱们得有准备。"

过儿点了点头，飞也似的跑出去了，春荼蘼这才松了口气。

娘的，累死了。不过吵嚷两句，胸腔里倒是挺痛快的。

第五章　情绪污染者

春家所在的这片地方，属于地团，也就是府兵军户聚居的地方，地理位置上处于城外，毕竟府兵们战时是士兵，平时就是农民，还要种地。而普通百姓，还把这里称为"糠地"，就因为这里有很多军户穷困。他们虽说不用缴田税，但这时候生产力低下，出产本就不多，还得看老天爷的喜怒，日常的军务装备还得自己担负，实在过得艰难。

因而，春家的宅子在糠地中很显眼：东边紧邻着家境稍好的何嫂子家，西边是一条容一辆马车通行的阡陌小路，后面是自家菜地，再旁处，就是大片普通民居了。

春荼蘼坐在当院里，提防老徐氏又出幺蛾子。虽然有点冷，好在刚才大战了一场，又是近晌午时分了，身子倒还是温热的。

不过她坐了会儿，忽然觉得不自在起来，感觉似乎有人在窥探着她。循着那种异样感望去，就见到一个年轻男人正趴在西方临街的墙头上，津津有味地凝视她，见到她看过来，咧嘴一笑，牙齿白得闪光，像要咬人似的。

这人是谁？长得很是不错。他在那儿趴了多久了？都听到了些什么？大白天的爬墙也太大胆了！虽说现在这个时辰男人们大多外出做活了，可军户家的女人孩子也都挺厉害，叫嚷起来，他就得被围起来打。可是，看他似乎没有恶意……

因为太突然了，一时之间，她有点发怔。而她自己不知道，迷惑的神情在她的脸上，奇异地形成了微妙的蛊惑力。在那位墙上君子的眼里，她就像一朵含苞待放的小花，饱含着一种急欲怒放的肆意，恨不得让人立即摘下枝头的这朵花。

"小姑娘挺凶的啊。"男人的笑容加大，带点戏谑地说。

"凶你个头！"春荼蘼的胸中正还有点余火，又遇到这种不守礼的爬墙家伙，当即爆发，"还不快滚，等着我叫人来赏你吃小炒肉吗？"

墙头男一愣，定定地望着春荼蘼，不明白她怎么就生气了。

春荼蘼只觉得自个儿的脸都要被那双格外明亮的眼睛灼伤了，怒得站起："看什么看？！再看把你眼珠子挖出来！"

墙头男又一愣，随即唇角上弯，似乎要大笑起来。但这时，因为春荼蘼声音大了，东屋听到了动静，门帘一挑，小琴鬼鬼祟祟地探出头来。

春荼蘼冷冽的目光狠狠甩过去，吓得小琴一哆嗦，赶紧又缩回屋了。春荼蘼再看向西边墙头，那不知哪里跑来的野男人也不见了踪影。想必，是路过西墙外的小路，听到动静，多事地来看热闹。好在她似乎也没说什么紧要的事，应该不碍的。

其实，她根本不会把自家美貌老爹娶徐氏时的那点难言之隐说出来，但她算准了老徐氏不敢赌。道理讲不通，武力上不占优，威胁别人这种事，她做起来并没什么心理障碍。但刚才那个男人是谁啊？虽然大唐风气开放，但随便爬人家的墙，也实在不是正人君子所为。何况她家的墙是很高的，难道外面有垫脚的东西？不行，待会儿得让老周叔去看看。祖父和父亲都不在家，一院子女人加一个老人家，还是安全第一！

就在她胡思乱想之时，墙头男人已经快步离开春家院墙。同行的，还有一个看起来身体有点孱弱，但紧跟着走了半天也没有大喘气的俊俏郎君。

"春家姑娘挺不错的嘛。做事爽利、果决，却还给人留三分余地。"墙头男停下脚步，半转过身回望，正是折冲府都尉韩无畏。不过，他还是穿着低阶卫士服，若不注意他的容貌和气质，他就像普通的军中少年。

跟他在一起的，自然是大理寺丞康正源，也是一般读书人的打扮。

"因为你爬人家的墙，她还要请你吃小炒肉？"康正源伸出手，轻按着自己的唇，似乎把要打的哈欠压了回去。他唇红齿白，手指如玉，两相一衬，说不出的好看，却又丝毫不女气。

"你不懂，这是本地的方言。请吃小炒肉，是指要拿棍子打人呢。"韩无畏英眉一挑，很有兴味地笑笑，"她这是心疼我吗？提醒我快走，而不是直接叫人打我？啊，我就知道，本都尉实在太过英俊，是女人就会生出爱慕之情的。"

"表哥，你恶心人也有点限度好吗？"康正源做了个要呕吐的样子，"若她也像京中贵女们那样，见了你就百般示好，也就不过尔尔了。我看，人家是家里有事，嫌你烦呢，恨不得快把你打发走。我在下面听着，好像人家叫你快滚来着。"

"女人嘛，总是口是心非，说不定她表面凶我，心里是为我好的。"韩无畏耸耸肩，大言不惭地说，"可惜你没看着她那俏模样，明明是旧衣素颜，头发都散了，可就像华服贵履，妆容精美似的，特别坦然大方。你说，别的姑娘突然见到墙头上趴着个不认识的男人，不吓得尖叫，也得惊慌失措吧？至少，因为自己形容狼狈，也得有点尴尬吧？她呢，敢跟我对视，还扬言要挖出我的眼珠子。啧啧，了不得。"说到后面，不由得赞叹。

他却不知道，那是春茶蘼心里放着春大山的事，顾不得别的。

"我又不是登徒子，不做无礼之事，自然看不到墙内春……呃……雷霆。"康正源道，"再者说了，你从小苦练武功，难道就是为了今天爬墙？"

"你站在墙根下头听，就很正派吗？别臭美了，咱俩是一对登徒子，你不过是个放风的而已。"韩无畏坚定不移地把康正源拖下水，"但也怨不得咱们，院内吵的声音这么大，正好路过的人，谁还没点好奇心？"

"是正好路过吗？你是特意拉我来的吧？"康正源毫不留情地揭发道。

韩无畏笑笑，继续向前走，两人边走边说。

"昨天我回军府，急调了春家的记档来看。春大山的父辈，本来是兄弟三人，他们家是三房。因为春青阳那辈上已出两丁，春青阳就没进兵府，而是去县衙当了差役。你也知道，为避免逃避当兵员，律法规定军户不得分家。可是春家大房和二房，居然没生出儿子来，就此绝户了。总共只三个女儿，嫁到了外县。到春大山这辈，没办法，隔房顶了他大伯父的缺。"

"春大山现在也没有儿子吧？若有，也不会叫个姑娘家上堂去代父申冤。"康正源问。

韩无畏点了点头："可若不是有这一出，我也不会注意到春家。只是想不通，一个内宅的小姑娘，我打听过，平时也不像其他军户女那样抛头露面，娇养着呢，却怎么会那么熟悉大唐律法，还能运用得如此熟练？"

"这个……昨天我约见了县衙的部分官吏，倒是私下问了。据说，春茶蘼三个月前大病了一场。养病期间实在无聊，她祖父就从衙门主典那儿借了《大唐律》给她看。想必，是那时候熟悉的吧？但短短三个月就有如此实力，就算不是过目不忘，也是天分超常呀。"

"看她上堂的样子，倒像是个老手。只是她土生土长在范阳，并无特殊经历，也只能以天分来解释了。"韩无畏轻蹙了下眉头，"至于说春大山，他二十一岁为丁，九年时间，从卫士到小火长，再到队副，一级级升得不算快。不过近十几年来，阿尔泰山那边内讧不断，扰边的也只是在幽州北部边界的小打小闹。没什么战事，就捞不到军功，升迁无望。春大山是个忠耿的性子，不擅溜须拍马，家里也没有得力的亲朋，这样还能升官就已经很不错了。"

"春大山长成那般样子，极易招惹女人，上官不妒忌就好了。"康正源笑道，"关于女人缘这事上，你是深有体会。你想提拔他，不会是同病相怜吧。"

"若是人才，没必要不提拔是不是？军府还正好有个职缺。但我是想，他有个如此不俗的女儿，必定也有不俗之处。"韩无畏摊开手，"但今天过来也不是为了什么，就想来看看，哪承想还真遇到好戏了。春大山武艺不错，练兵也有一套，可惜家宅不宁。不能齐家的人，在军中能有大作为吗？我觉着，还是再看看吧。对了，你什么时候走？"

"我身边的幕僚麻烦得很，出门必看黄历。"康正源抓抓头发，"他说三日后正是出门的好日子，所以我那天一早就走。范阳有你坐镇，本没什么大案要案发生，我先往幽州北边去，趁着数九寒天下大雪之前，把那边先巡察完毕，然后再往回走。如果赶不及回长安过年，最后还是落脚在你这儿。"

"行，那我等你，正好可以和我一块儿过年。"说到这儿，韩无畏又一笑，"不知春家那丫头过年时穿得喜庆点，是个什么样子？"

"你别总惦记人家姑娘好不好？"康正源也笑道，"哪有点折冲府最高官员的样子。"

"这你就不懂了。姑娘就是给人惦记的。没有人惦记的姑娘，不是好姑娘。"两人说笑着离去。

春大山不知道，他的升官之路就因为徐氏母女而耽搁了下来。而被惦记着的好姑娘春荼蘼同学，此时还在家中焦急地等待着衙门的消息。

一直等到下晡未时中，春荼蘼派出的人才回来。小九哥不方便进内院，就由老周头来报告。

春荼蘼就一直坐在当院，身上都凉透了。好在听到的是好消息，也算值得。老周头回报说今天恰好县衙非常忙碌，因为有上官巡察狱况，刑房的官吏们急着准备陈年旧案的文档，连那时间超长的午休都省了，还闭了衙。

"老奴和小九哥考虑那位邻县的公爷一时进不了县衙，找不到人，势必要得找个落脚的地儿，于是就沿着县衙外面的茶楼酒肆一间间寻过去，果然找到了。按照小姐吩咐的，我们把那位公爷安排在福清楼先歇下，小九哥亲自去临水楼叫了上等席面，方老板娘还特意找了那位顶顶会说话的二掌柜的亲自作陪，说之后还有乐呵的节目，叫小姐不用操心。"老周头压低声音说，不时瞄一眼东屋。

春荼蘼一笑，也以同样的低声道："放心，我知道她们支棱着耳朵。可是院子这样大，除非她们长了兔子耳朵，否则听不到的。纳闷死她们，急死她们，哈哈。"

老周头从来只见自家小姐的娇柔天真，哪见过这么使坏的模样，也不禁莞尔。

"老周叔做得好，但您是自家人，我就不多说什么了。至于临水楼的方娘子，这次真的帮了大忙，咱们有情后补。"她站起来。

其实她并不太清楚春大山和方菲的交情。是江湖朋友，红颜知己，还是小小暧昧？她不能确定。事实上，她还没见过临水楼的方老板娘呢。但这次她爹的官非之事，人家不惜力地帮忙，从行事风格来看，此女性格豪爽大方，做事又周到，应该是个不错的人。等春大山出来，自己去谢就得了。

"过儿呢？"她忽然发现少了个人。

"那丫头担心小姐午饭没吃，说去买些熟食。我怕小姐着急，先一步回来了。"

"啊，您不说还好。这一说，我还真饿了。"春荼蘼只感觉前心贴后背，空荡荡的胃里咕咕直叫。

但在吃饭之前，她得先办一件事。所以，她安抚地对老周头笑笑，然后抬步走到东屋的外面，朗声道："太太，老太太，荼蘼有一事禀报。"

徐氏没有吭声，像平时一样装死人，倒是小琴打起了帘子。

春荼蘼好像上午那场架根本没打过似的，迈步进屋，姿态怪异地行礼。知道老徐氏必定不会那么容易让她起来，干脆也不等所谓长辈的吩咐，自行起身。站直之时，还低低痛叫了一声，似乎是无意识地反伸出手，轻轻按了按自己的背。

老少徐氏同时变色，老徐氏是怒的，小徐氏是吓的。

上午老徐氏打的那一扫帚，可是实实在在的。春荼蘼此举虽然有故意的成分，但疼，却是真疼的。刚才她悄悄摸了摸，已经肿了起来。

"怎么，是不是坏了事，找大人来给你收拾烂摊子？"老徐氏哼了声，掩饰心虚。

她就是这样的强势人，决不会低头认错的。在她看来，打就打了，能怎么样？虽然在女婿家打了人家的女儿，在理字上站不住脚，但她要打的本是个丫头，是春家女自己撞上的，春大山还能打回来不成？至于女儿，也不会有事的。因为她知道春大山心软，他见不得女人哭，更不会打女人的。

"那倒不是。"春荼蘼细声细气地答，"只是来问老太太一声，眼看就申时了，这时节，天又黑得早，我父亲和爷爷都不在，家里不好留宿外人。老太太就算了，毕竟是太太的亲娘，也是女客。但徐家的那两个家丁，您看要安排哪里住？还有食宿银子……我祖父在时，为了免得占太太嫁妆的便宜，已经分伙而居。如今父亲不在，荼蘼身无余钱，怕招待不周。"

徐氏腾地站起来。

刚才打开窗缝，看那个老仆与死丫头嘀嘀咕咕，还当是在外面受了挫折，回来求助的，特别是看到春荼蘼低眉顺眼地进了东屋时，她很有扬眉吐气的感觉。哪想到，这是赶人哪！居然敢！轰她走！

她这口气如何咽得下去？！可又确实找不到由头发作，也只能暂时憋回去，大声道："你不用多说，既然我徐家帮不上忙，也不叨扰了，这就连夜回去，免得花用些许，小门小户的承受不起！"

"老太太明理。"春荼蘼假装没听懂老徐氏的讽刺，"真是自家事自家知。春家自己过日子时，确实不敢浪费呢。"这话，摆明告诉老徐氏两件事：第一，她是徐家人，少把手伸到春家来。第二，她这次过来根本没有用处，所做一切全是瞎子点灯：白费蜡（啦）。

老徐氏第一次面对春荼蘼的伶牙俐齿，被堵得无话可说，只气哼哼地起身要走。徐氏在旁边见着有点发慌，上前拉住她的袖子，却又不说话，只抽抽答答，看得她气苦，甩开女儿道："自个儿的日子自个儿过吧，别没事就麻烦娘家。到头来别人不领情，出了钱、使了力也不过是白忙活，还让人看低了去，何苦来哉。"

春荼蘼就给她来个不吱声，以行动表示赞成她的话，挤对得老徐氏脚底下像长了钉子，急匆匆离开春家，离开了范阳县，直接回自己家作威作福去了，居然连请来的那位公爷都不理了。

徐氏见自己的娘走了，心中暗恨春荼蘼刁钻，突然觉得娘说得对，这个丫头必须快点嫁出去，不然就没有她的好日子过。不过她生气时不吵不闹，就是不搭理人，所以推说头疼，摆着冷脸进内间歇着去了，春大山官司的事都没有细问。

春荼蘼乐得徐氏别来烦她，虽然徐氏的凉薄和阴沉让她非常不爽，但家家有本难念的经，谁让自家爹娶了这样的女人呢，也只好忍了。

回自己屋后不久，过儿就捧了些温热的熟食来。春荼蘼早就饿透了，就着热茶，风卷残云般吃完，才让过儿侍候着重新梳头换衣服，又灌了汤婆子来焐手焐脚。只是当过儿见到她背上的伤时，一下子就哭了。

"哭什么，又没多疼。只要……不碰的话。"她劝道。

"都是我不好。"过儿自责，"整整一条大血印子，肿了有半寸多高呢。"

"那也不碍事，又不是有生命危险，你一哭，倒怪丧气的。"

过儿一听，立即抹干眼泪道："老爷是武将，兵训回来时，身上总难免受伤。他从前有很多消肿化瘀的药膏，抹起来挺管用的。不过现今都在太太那儿收着，我去要点来给小姐搽。"

"她正不待见我呢，你别去自讨没趣。"

"哼，她敢不给！"过儿一皱鼻子，"明儿下晌老爷就回来了。若知道小姐受伤，还不得心疼死。这孽是谁做下的，太太会不知道？！到时候，她倒要好好给老爷解释解释。"

正说着，就听到外面咳嗽一声。接着，小琴走了进来，把一个茶色的陶罐放在桌上道："小姐，这是我们太太让奴婢送来的。"之后也没说别的，略施了一礼就又惶惶地退了下去。

过儿拿起罐子，打开闻了闻，脸上立即露出笑容："正是这个药膏。"又压低声音，"太太倒乖觉，自己送来了。"

春荼蘼灵机一动。这点伤不算什么，但她也不能让人白打。老徐氏到春家，简直是撒泼一样，如果能借机让那死女人收敛收敛，最好以后少登春家的门，那是再好不过了。

想到这一层，她阻止了过儿要给她上药的举动："明天再用药吧。"

"那样伤口就发作起来了！"过儿着急。

春荼蘼笑得很贼："傻了吧？不懂了吧？正是要它发作起来呢！"

"明明是小姐傻了好不好？"过儿挑挑小弯眉，"老爷又看不到伤口，做做样子喊喊疼就行了，倒不用自个儿受真罪。"

春荼蘼恍然大悟。她大事上算聪明，但细节小事上就有点糊涂。像背上这种"隐私"部位，春大山是不能看的，即使他是亲生父亲。

一夜无话。

第二天才巳时中，春荼蘼就照样换上男装胡服，打算去县衙了。虽然要晚衙才开审春大山一案的第三堂，但她忍不住有些心急。毕竟进城还需要一点时间，到镇上后还可以先四处打听打听。

可没想到才出屋子，就见徐氏和小琴已经打扮停当，站在内门前。徐氏的装扮不可谓不华丽，黄罗银泥裙，樱草色衫子，银红色帔子，头上戴了帷帽，看不见发式和首饰。一边的小琴一身竹青，衣衫贴身，衬出玲珑腰身，也戴着帷帽。那做派不像丫头，倒像是春大山的妾。指不定，她心里正有这种想法。

其实徐氏的五官长得还不错，但她身材扁平，肤色偏黑黄，不适合鲜艳的颜色。但外边好像流行这种风格，春荼蘼也不好多做评价。只是从这二位的姿态上，她知道这是要和她一起去县衙呢。

"太太，您这是？"她明知故问。

"你不是说，你爹今天就能被还以清白吗？"徐氏略掀开帷帽上垂着的轻纱，"身为他的妻子，我自然要亲自接他回来。"

"大堂秽气，县衙外又人来人往，事多且杂，太太身子不好，再让人冲撞了可怎么办？不如您在家等着，我去接我爹。"

"不，我要去！"徐氏突然声音变大，还上前一步，肢体动作表现得十分坚决，"如果大事不好，至不济……我还能见他一面。"说着，声音又有些哽咽。

春荼蘼差点当场发火，好不容易才压下心绪，抬头看了看太阳，冷冷地道："太阳这么老大的，太太可别说丧气话，多不吉利。"

什么叫大事不好？什么叫见他一面？难不成她家美貌老爹是要上刑场砍头不成！

"我是想，总不能叫你一个未嫁的姑娘出头露面。等你爹回家，非要怪我这个当母亲的不担事不可。"徐氏缓了语气，"前两天你辛苦了，跑来跑去的。我听说，一直是临水楼的伙计听你使唤，今天不如你在家好好等着，也歇歇，让他赶车带我过去。"

春荼蘼明显感到身边的过儿绷直了身子，那意思就要打嘴仗，连忙以眼神示意过儿不要开口，然后无所谓地笑笑道："好啊，那劳烦太太了，我就在家坐等好消息。"说完，拉着过儿就进了屋。

徐氏没想到她这么痛快就答应，倒是愣住了。身边的小琴凑过来，小声道："太太，咱快走，免得小姐回过神来，又不肯了。自从老爷下了狱，太太日日担惊受怕，吃不香、睡不着、求着佛祖保佑。就是您诚心感天，老爷才能顺利从牢里出来。小姐天天往外跑，看着好像上下奔走，可谁知道太太的心意和苦楚？老爷本来就疼小姐，若再让小姐这孝女模样感动了，以后太太在老爷心中的位置，就更不及小姐了。"

这话说得，前半段让徐氏非常舒服，因为证明她对春大山出狱很有贡献。后半段又提醒了她，不能让春荼蘼更得脸。于是她立即点了点头，打开内门，叫老周头去叫小九哥了。

其实她有这种想法就很糊涂了，春大山与她是夫妻之义，与春茶蘼是父女之情，疼女儿和爱老婆并不冲突。她若做得好，在男人不在家时能顶家立户，至不济能稳住男人的后院，让男人没有后顾之忧，又需要争什么宠呢？

小九哥知道春茶蘼会心急，所以早早套好了车，只是见出来的是徐氏和小琴，并没有春大小姐主仆，既不敢明着拒绝，又不敢擅作主张，就借着整饬马车的机会，低低求了老周头进去禀明情况。

老周头也纳闷着，于是进了内院，就站在院里，高声问春茶蘼。

"马车小，坐不了四个人。"春茶蘼打开窗子说，"就让太太去吧，我在家等着就好。"

老周头得了准话儿，尽管也很不愿意，却只能去外面传信。

春茶蘼关好窗子，回身就撞上过儿气鼓鼓的模样，不禁笑道："哎呀，小小年纪，肝火这么旺，当心脸上长斑点。"

"小姐您也真是的！"过儿不服气，"怎么就应了太太呢？太太可倒好，先前躲在屋里不管事，然后又叫了她那不省心的娘来捣乱。好不容易，老爷要回家了，她又来抢功了。"

"你也知道她来抢功，小姐我能不知道吗？"春茶蘼点了下过儿光洁的额头，"可我若不退让一步，她能哭哭啼啼地跟我耗上几个时辰，牛皮糖似的，甩也甩不脱。烦人就算了，耽误了去衙门接我爹可怎么办？"

"那就让太太掐尖拔上，净拣好果子吃呀。"

"我只要我爹好，他念不念我的情都无所谓。反正我救他，是因为他是我爹，又不是让他感激我。"春茶蘼很想得开，"再者，我爹虽然心软，不愿意伤人心的时候就和稀泥，但他不是糊涂人，心里明白着呢。他难道不知道自家媳妇是个不顶事的吗？你没瞧见啊，我去牢里看他时，我在堂上为他辩护时，他看着我的时候多心疼啊。若不是我用自个儿的名声吓唬他，他死也不肯让我上堂的。"

过儿想了想，气儿顺了，但仍然有点不甘心："可外人不知道，会以为太太卖力救夫。太太指不定就是打的这个主意，小姐不管，可就成全她了。"

"我管外人做什么呢！"春茶蘼干脆倚在榻上，又把那本《大唐律》拿出来看，"我心里有底线，那就是我爹平安。只要他没事，别的东西我都能无视。"

"那……小姐不去盯着，第三堂不会有变故吧？"过儿又换了个题目担心。

春茶蘼也是不安心，但她强迫自己冷静："应该是没什么问题的，即便有，我在场也没有办法，还得回来再想招儿。对了，你出去关大门时，悄悄叫小九哥细细看审，回来再细细讲给我听。然后，咱们就耐心等吧。"

而这一等，就到了申时。任春茶蘼再有心理准备，也有点坐不住了，过儿更是像热锅上的蚂蚁般，屋里院子的四处乱转。还好，老周头一脸喜色地跑回家报信。

"老爷平安回来了！"老周头喜极而泣，"不过到了咱们这片，好多军中的同僚都来拦车道贺，耽误了时间。老爷怕小姐担心，特地叫老奴回来，先说一声。"

过儿在一边已经念了好几遍上天保佑，闻言又来表示不满："头几天家里着急的时候，一个个当缩头乌龟，没有半个人上门帮忙，哪怕跑个腿儿呢，这时候来装什么好人？"

"不要心生怨气，没落井下石的，基本就算好人。"春荼蘼笑嘻嘻地道，"谁都要先保护自己和家人啊对不对？难道别人有难，你希望我爹舍了一家子的安危，先去仗义救人？所以我才认为，当游侠儿的人，最好是家中没有牵挂的。自个儿落了好名声，却牵连家人的，都不算好汉。所以你也别怪别人，凡事更不要依赖别人帮你，要知道人家帮是情义，不帮是本分，虽说我爹这案子没什么大不了的，帮一把手也害不到自家身上，但人家又不欠你的，又不是亲朋好友，只是邻居和同僚而已，你平常心看待就好。"

"正是这个理呢。"老周头拍拍过儿的头，"跟小姐学学吧，这才叫大度，才叫大家子气派。"

"知道啦，知道啦，全家就我是坏人行了吧？"过儿其实心里是服气的，但面上却还嘟着嘴。在她看来，小姐真是变了，说出来的话，让人的心都宽敞了好多。

"快快，老周叔，麻烦您打开大门，扫干净门前。过儿，煮热水，煮茶，做饭。我爹回来得洗洗身上的秽气，还得吃口热乎的。"春荼蘼一连气儿地吩咐，"我去预备个火盆，我爹进门前要跨过去，把霉运统统挡在咱们春家大门外！"

她的高兴劲儿，感染得老周头和过儿也满心明朗，各自忙活起来。而这一等又是半个多时辰，春大山才到了自家门口，对前呼后拥的人团团揖了一礼，说了好些场面客气话，这才跨过火盆，进了院门。

春荼蘼就在内院门那儿等着，见到春大山的身影，忍不住就无声地笑了。那种发自内心的喜悦和幸福，简直是语言难以形容的。

她可以保护家人！她坚信！

春大山看着女儿穿着半旧衫子和裤子，头发梳成一根大辫子，穿着线鞋。那小模样说不出的古怪，说不出的家居随意，又说不出的俏丽，心中不禁一热，眼睛也跟着涌上热流。不知为什么，他又想起女儿才出生时的模样，躺在他手心里，心脏在他手指下微微地跳着。

她是他第一个孩子，也是唯一的一个，当时他想不通，这样的小东西怎么会长大，会不会活下去？可现在，女儿真的长大了，大到可以保护他了，怎么不让他深感安慰。

"爹，安好。"春荼蘼甜甜脆脆地说。

春大山觉得嗓子堵着，说不出话，只点了点头。他伸出手，想摸摸女儿的头发，又忽然意识到女儿是大姑娘了，他当爹的也不能随意对待，立即改为轻拍女儿的肩膀。

不巧的是，春荼蘼正上前要搀扶春大山，这一巴掌正好拍在她的背上，力量不大，却也疼得她嘶的一声。

春大山吓了一大跳，问："你怎么啦？"

徐氏和小琴本来挤开过儿和老周头，紧跟在春大山后面，听到这句问话，双双白了脸。

"进屋再说吧？"徐氏这次的反应倒快。

可春大山担心女儿的伤,虽然依言进了屋,却是直接到了春荼蘼的西屋,急着问:"伤在哪儿?怎么伤的?"

春荼蘼还没说话,紧跟进来的过儿就道:"是亲家老太太给打的。"

春大山简直难以相信!之后就是暴怒,眼珠子红了;再之后就是有气没地儿撒,拳头捏得咯咯响,额头上的青筋都鼓了起来。他能怎么办呢?老徐氏占着辈分的便宜,他又不能打回去。虽然,他很想。

"爹,其实没那么严重啦。"本来春荼蘼还想利用这件事闹腾一下,但现在看到春大山的神情,不禁有几分害怕。她不怕别的,就怕春大山生气伤心。

很多时候,有的人能伤害我们,不是因为我们无能,而是因为我们有在意和深爱的人。

"过儿这丫头一向心性直,嘴巴利,她说了徐家老太太不爱听的话。徐家老太太本来要教训她,可爹知道,她和我情同手足,我舍不得嘛,于是就一挡……"春荼蘼尽量轻描淡写,但春大山却红了眼圈。

不用说,他都能想象当时的场景。他那位岳母大人借着他被诬陷的事耀武扬威,好像没有她,他就一定得死在牢里似的。过儿那丫头是个倔性的,定忍不住出言顶撞。那老妖婆在家霸道惯了,哪讲什么规矩,也不会以为手伸到亲戚家实在是过分,于是女儿才受了伤。

他的独生女儿啊,从小到大,他连她一根头发都舍不得碰,何况让外人打?

"爹!爹!"春大山心中正纠结,旁边传来有人呼唤的声音,却是春荼蘼看到他眼睛死死盯着桌子,咬牙切齿的不知想些什么,便伸手拉他。

"爹没事,等会儿就摆饭吧,爹饿了。"春大山说着,转向就出去直奔东屋了。

徐氏和小琴早把春荼蘼挨打这件事给忘记了,反正疼的又不是她们,刚才突然被揭穿,这会子正噤若寒蝉。见春大山阴沉着脸进来,赶紧迎上去。

"夫君,洗澡水已经烧好了,您要不要现在沐浴?"徐氏殷勤地问。

但春大山没说话,只冷冷地看了她们一眼。家里总共就这么几个人,徐氏、小琴一直跟在他身边,不用说就知道活是谁干的。他不介意有没有人接他回家,他只是不想女儿做粗活。

徐氏主仆见春大山面色不善,也不敢多说话。好在春大山并没有发作,直接进了屏风后面去沐浴。春家的宅子不错,但远远不是高门大户的豪宅,没有专门的浴房。而且春大山也不习惯由人侍候着洗浴,自己动作又快,不到一盏茶时间就出来了。

在这段时间里,徐氏和小琴不敢说话,却一直在用眼神交流,都非常忐忑,不知道若春大山问起春荼蘼挨打的事,要如何应对。终归,西屋的那二位一定会说出实情,指不定还添油加醋来着,可打人的徐老太太已经走了,她们要怎么办?

但是当春大山一走出屏风,两个人的心思就不在正事上了,眼睛就像黏在春大山身上似的。

春大山本就生得俊美,因为年已而立,就更有一番少年人没有的成熟感。加上他长年不是务农,就是练兵,还要习武,身材锻炼得极好。此时墨发温润,随意垂在脸侧，粗布中衣半敞着，浑身散发着又柔和、又雄健的美感。

徐氏见自家男人如此俊逸，不禁又是得意，又是满足，连忙上前，拿着布巾给春大山把洗过的头发擦干。一边的小琴面色晕红，更是忙前忙后地递热茶、拿梳子、打下手，反正就是不离左右。

"老爷，现在摆饭吗？"两女正沉醉之时，门外传来过儿煞风景的问话。

春大山犹豫了一下道："摆吧。不过先弄一盆炭火，你家小姐一贯怕冷的，如今身上还有伤，不能冻着。"说着，看了看小琴，皱眉道，"你别在这儿杵着了，跟着去帮忙。"

小琴没料到春大山的态度这样生硬，要知道老爷一向很温和的呀，眼里不禁闪过泪影。但她终究不敢造次，低着头去了。在她看来，春茶蘼受伤是老徐氏的错，要怪也该怪太太。如果老爷一赌气，能睡在她房里才好呢，现在为什么拿她撒气？

而徐氏，却又有另一番不高兴，心想：老爷只想着茶蘼怕冷，打从一入秋，我也冻得离不得屋，他却没点嘘寒问暖。她倒忘了，身为当家主母，这些事本应该她记着的呀。

春大山心里有事，没注意妻子的神情，趁着小琴离开的空儿，抓住徐氏的手。徐氏还以为是夫妻间的亲昵，正含羞带怯、欲擒故纵地要把手缩回，春大山的声音就响起了："以后，别总叫你娘过来了。"

"什么？"徐氏一惊，呆呆地看着春大山。

"她是长辈，哪有经常来看晚辈的道理。"春大山神情认真，绝不是开玩笑，"若你想回娘家，我送你回去就是。"

"夫君，可是……"

"没什么可是的！"春大山打断徐氏的话，"你既然嫁给我，就是我春家妇，别什么事都把娘家扯进来。"

"我嫁给了你，也是我娘的女儿，我娘来看看我，有什么打紧？！"徐氏想着这一切只是为了春茶蘼，觉得丈夫为了女儿，不顾老婆，不禁犯了倔性，"你也说我娘是长辈，难不成她要来，我还能赶她走？我知道你是嫌我娘什么事都要插手，大不了……大不了以后我拦着她就是。"

"不行，这事没得商量！"春大山有点火了。

他不是个好脾气的人，在军中好歹管着五十个人，很有点威望的。只是他不愿意伤了女人的心，这才处处容忍，多多迁就。有时候明明心里不愿意，也只有先忍了。可这也是有底线的。老徐氏，就是触犯了他的底线。

"我若不答应呢？"徐氏尖声问道。

"简单。"春大山站起来，自己随手绾上发髻。

他在军中九年，每年年底十一、十二月都要集中兵训，他还当了鳏夫这么多年，女儿都养成一朵花了，生活很能自理，并不用人侍候。

"若你娘再来，我不会做赶她出去的事。只是……"他深吸了口气，告诉自己绝对不能心软，"当她离开春家的时候，你也跟着一起走吧。并且，别再回来！"

这句话扔出来后，徐氏呆若木鸡。这就是说……如果她娘再来春家多事，丈夫就要休了她！在她的记忆里，春大山做事从没这么绝过。看来春荼蘼受伤，根本就是捋了他的虎须。眼见春大山说出这话后，头也不回地去正屋正厅了，她想甩脸子不跟上去，又生怕春大山真的恼了。为了嫁给他，她可是费了不少心机，还和娘寻死觅活的才有今日，怎么能惹毛了他？只好咬着牙，硬着头皮跟上。

此时的正屋正厅，已经摆好了饭。

春家人吃饭，没摆谱到要下人侍候，但也没随便到主仆一桌吃饭。所以过儿和小琴摆了饭后，自去厨房吃，老周头的饭就送到外间。因为今天算是给春大山的洗尘宴，很是丰盛。不过毕竟是小户人家，没有什么精致美食，所谓丰盛也就是猪肉、鸡肉俱全，加上一条鱼和比较贵的羊肉。鱼用蒸的，其他肉类或炸或烤，典型的北方吃法。然后还有一盆子菹䔂，主食是胡饼。

菹䔂是一种腌制的蔬菜，因为价格低廉，普通百姓们也吃得起，故又也称为百岁羹。春家今天的这道菜主用材料为芹菜，也就是芹菹，中间加了荠菜、蒜泥，还有一点非常昂贵的笋和藕，拌起来吃非常清爽可口。

在春荼蘼看来，食物不是精致才美味，这种民间的家常大锅菜也非常好吃，而且若是一家人围坐而食，会更加心情愉快了。只可惜今天她能感觉到饭桌上的气氛很差，尽管春大山卖力地说笑，调节气氛，但徐氏板着一张脸，瞎子也能看出来她在表达不满的情绪。春荼蘼最恨这种情绪污染者，大家在饭桌上，也算家庭的公共场合，摆脸子明显就是让全家人不痛快。有什么事，就不能私下说吗？有什么不高兴的，不能饭后再解决吗？这徐氏，做事如此不大方、没规矩，可怎么配得上自家老爹啊。

为了表达庆贺之意，过儿还准备了酒，普通的黄酒。黄酒颜色发红，看起来有些混浊，酒劲儿也大。春大山心里有事，几杯下肚就有了醉意，从怀里摸了摸，拿出个红布包裹的物什来。

"十月初十是你的生辰，爹打这根簪子就是想做你的生辰礼。"春大山带着几分讨好的样子，把红布包往前推了推，"县大人今天堂审时，把那个抢我东西的小乞丐也拿到了，簪子就还了我。你要是不嫌弃它沾了案子的秽气，就收下吧，也别等正日子了。"

第六章　死了人，就是大事

春茶蘼不懂首饰，但因为是父亲的一份心意，打开看了看，自然喜欢得不得了。而徐氏见那银簪虽不值什么，可是花样新奇，簪头上是一只小虫落在一朵莲花上，小虫的须子卷成两个小卷儿，颤颤巍巍的，看起来别致又俏皮。

她想到春大山有好东西只想着女儿，却不想着自己，不禁又怨恨了几分，恨不能春茶蘼立即消失，却没听到春大山说这是生辰礼。她这个当继母的，连继女的生辰都没留意，更忘记春大山之前动用私房银子，送过她价值超过这根银簪的玉镯子了。

说到底，她就是被老徐氏娇惯出的小家子气。嫁了男人，身为主母，不想着怎么操持这个家，而是把自己和春大山的家人放在对立的位置上，时时只想着争宠，不想爱人，只想被宠爱着，所以才会有诸多别扭。

晚饭后，春大山就回屋躺下了。一来是有了酒意，头晕晕的。二来这几日在牢里，精神压抑又紧张，体力消耗很大。三来，明天一早还要到军府去。虽说府中的上官们已经知道他为何缺席兵训，他自己也是要亲自去回报一下才行。顺道，他还得去谢谢临水楼的方娘子。

他这么倒霉，人在家中坐，祸从天上来，人家方娘子一直不遗余力地帮忙。纵然两人平日里关系不错，这份人情却是欠下了。

还有，他心中搁着事，愁思之下，难免困意更盛。张五娘为什么要陷害他？之前居然特意设了局，显然是有目的。若不是女儿机敏、善辩，他绝对是有嘴说不清。他甚至不记得见过张五娘，难道是他无意中招惹了什么人、什么事吗？他一时想不通，头大无比，直到迷迷糊糊睡了过去。但临进入梦乡前，他还发誓决不再让女儿做这种抛头露面上公堂的事。

徐氏见春大山睡了，并没有在一边侍候，而是在外间点了灯，连忙给娘家写信，叫老徐氏最近别再踏进春家的大门。小琴本来在一边侍候着笔墨，但眼睛总往内间瞟，徐氏看得有气，干脆赶了小琴出去。

到底春大山真发火的时候，徐氏是不敢违背他的意思的。她心里倒也明白，她娘多事，看到春大山出狱，说不定又会借着送吃送喝的机会来指手画脚。她好不容易才嫁了这个男人，不能让娘闹出乱子来。

至于说她娘看到她的信会不会不高兴？老徐氏只有她一个女儿，气不了多久。等春茶蘼嫁了人，春大山的火气也会下去，春徐两家自然可以长来长往了。最好，让娘给寻一户远点的人家给春茶蘼，只要条件够好，她再慢慢劝说，春大山想必也不会不答应吧。

写完了信，想好明天一早就托人送回娘家，徐氏忍不住又伸手摸了摸平坦的小腹。春大山没有儿子，只要她能生出来，她就是春家的功臣，以后就会成为春大山心尖上的人了。春荼蘼到底是女儿，过几年嫁了人，她就能熬出头，所以就先忍忍吧。

她这边以小人之心度君子之腹，西屋里，过儿正从窗缝中看着东屋的烛火，还有窗纸上映着的徐氏身影，撇了撇嘴，不屑地道："太太这是干吗？要做针线不会去小东屋和小琴凑一起啊。老爷好几天没睡好，才躺下，她还用烛火照着，能睡踏实吗？！"

春荼蘼心里也有点不乐意，虽然东屋的内外间有屏风相隔，到底睡眠的时候还是黑沉沉的才好，只是父亲房里的事，她当女儿的怎么好开口。但徐氏不怎么体贴，总归是个问题。

说起徐氏入门，那真是一场闹剧。千百年来，这种剧情无数回地重复，却仍然让人觉得简直是狗血。

春大山英雄气概，可英雄总要跟救美两个字联系到一起。一年前春大山带几个人到涞水县公干，恰巧遇到徐氏上山进香，因为老徐氏爱显摆自家的富贵，所以，徐家人早就被人盯上了。七八个无赖冒充落草为寇的贼人先是劫了财，之后见还有色能奉送，就想顺手笑纳了。

春大山身为军官，哪能见之不理。为民除害的同时，也救了徐氏的清白。而他长相英伟魁梧，瞬间就俘获了徐氏的芳心。于是她再不理会老徐氏要帮她寻一门富贵好亲的想法，非要嫁给春大山不可。为此，母女两个闹得不可开交。徐氏虽然是个蔫巴人，说话办事从不会痛痛快快的，让人起火，偏对着她娘是又敢说又敢做。

可老徐氏也强势惯了，喜欢操纵别人，自己的宝贝女儿被救，在她看来，不过多谢几两银子就是。穷军户，小武官，所图也不过如此吧？她的女儿，是要嫁到高门富户里，去做正房太太的，哪能给个带着个女儿的鳏夫做填房。

不过她再有攀高枝的决心，也架不住女儿在此事上胆大妄为。事实上，谁也没注意到会咬人的狗果然不叫，平日里大门不出，二门不迈，摆出大家闺秀样子的徐氏，居然贪夜里跑去春大山落脚的客栈……那个……爬了床。

偏春大山当天办好了公务事，心情愉快之下喝了不少酒，意志薄弱。而他是正常且身体健康的成年男人，再加上他当了鳏夫十几年，洁身自好，从不在外面胡来，实在是没想到还有这么一出。于是，他犯了男人们经常会犯的错误……

老徐氏看到女儿自动送上门成为了人家的人，除了嫁给春大山外再无他法，气得差点吐血三升。她感觉被算计了，完全忽略了是她的好女儿很没有廉耻地算计了别人，所以从筹办婚事到正式婚娶之后，总对春家诸多挑剔和不满。骨子里，还总觉得女儿下嫁了，对春家很是轻蔑。她却不想想，徐家虽是商户，社会地位也没多高。春家虽是军户，到底春大山是武官，将来若有军功，经兵部尚书批准，是可以脱户，转为良籍的。

后来，又因为春荼蘼受伤的事情，春大山放出狠话说，如果女儿有个三长两短，就要休了徐氏。徐氏惊吓之中，小产了。

要知道，当时她是身上不爽利，才带着春荼蘼回的娘家啊，居然没找大夫看看，自己也没有意识到有了身孕。其实那孩子没了，谁知道是不是她恰好吃坏了东西，早就落下了隐患呢？最后却连带着春大山心疼好不容易才有的孩子，又对她很是愧疚。

其实这些秘事，本不该春荼蘼一个未嫁的小姑娘知道，但老徐氏闹腾的时候，很有些不顾脸面，虽然对外封口，但却不断责备着春大山，好像那是多么光荣的事，也不管她自己痛快了嘴后能让她女儿在春家抬得起头来吗？但若非有这个把柄，春荼蘼今天也拿捏不住她。

这，就是所谓的因果吧。

"别管东屋的事了，说说，跟老周叔打听到什么了？"春荼蘼换了个话题，"你刚才饭都没好好吃，想必问了个仔细吧？"

过儿到底年幼，立即就转移了注意力，眉飞色舞地道："老周叔说，幸好小姐没有亲自去接老爷，不然，指不定就给人拦在外头了。小姐代父申冤的事，已经传得全县皆知，今天县大人审第三堂，看审的人把衙门的入口都堵死了呢。太太和小琴就没敢下车，还拉着老周头保护她们。"说到这儿，过儿啐了一口，"自从她们进了春家门，什么都抢，连风头也抢。"

春荼蘼心情复杂，但确实有点无奈。能出名，对一个状师来说是好事。而且，也意味着她一出手就是巨大的成功。可是……她祖父和父亲是不会允许她继续当状师的，那么这名声就可能是坏事了。

"奴婢一听老周叔这样说，立即明白奴婢去找孙秀才要订金时，他说话为什么那样酸溜溜的惹人厌烦了。"过儿继续说着，一脸骄傲，都不忍心让人打断她，"小姐不知，当时那孙秀才还银子倒还痛快，只是一个劲儿套奴婢的话，问奴婢，是不是欧阳主典告诉了小姐什么案子的关窍。他不相信是小姐为老爷打赢了这场官司，说小姐必有高人指导。哼，他以为没有他不行吗？有什么了不起的，我家小姐就比他强好多。有这么……这么多！"过儿尽力伸开纤细的双臂，表示自家小姐有多强大。那可爱的样子，逗得春荼蘼很想笑，心头却软软的。

"堂上呢，是什么情况？"她问。

"张五娘认了罪。"过儿咬着小牙道，"但张糊涂问她，为什么要陷害老爷时，她却什么也不说。张糊涂要动刑，结果她当堂晕了过去，请了仵作[1]来看，她居然有了……身孕！"说到最后两个字，就算过儿一向泼辣敢言，也不禁红了脸，声音更是低了下去。

张五娘是寡妇，怎么会怀孕？春荼蘼皱紧了眉，一个念头敏锐地闪过脑海：难道，张五娘的身孕，与她陷害春大山有关吗？她当然不怀疑自家老爹犯糊涂搞出了这个孩子，但，其中有什么情况是被她忽略的呢？

"明天去县衙打听打听，张五娘现在如何了？"张五娘有了身孕，按律连刑罚也暂时免除，产子后过一段时间，再追补受罚。但她如果交得起赎铜[2]，杖刑也是可以抵掉的。

不过寡妇有孕，其他的人会如何反应呢？张五娘应该不至于付出生命的代价，可是肯定也不会好过。家族的宗法、邻里乡间的轻蔑、亲朋好友疏远……在这种情况下，

---

[1] 仵作不只验尸，还会验伤和验身。事关妇女，有时候是产婆等人担当。有的仵作还有一定的医学知识。
[2] 赎铜，是大唐律法的一条重要内容，类似于现代法律中的罚金。

她的奸夫会不会露出马脚呢？他到底是什么样的人，令张五娘死也不肯说出他是谁呢？

这一夜，春荼蘼翻来覆去睡不着觉，猜测着张五娘要面临什么。但大唐人民显然比她想象的办事速度还要快，态度还要果决。张五娘将春大山告官后，他夫家当然有人去听审，并把最后那匪夷所思的结果报告给了族长。

族长一听张氏不贞，大叫："这还了得！"气得像得了帕金森综合征似的，抖了半天。又觉得他们虽然不是高门大族，到底也是有脸面有礼法的人家，于是连夜召唤族中有分量的人开了个紧急会，第二天一早就把张五娘从族谱中除名，死也不能让她玷污自家名声。

张五娘不在族谱，相当于被休弃，从此不再是夫家的人。那么她所住和所租的房舍，自然就要收回。她娘家也觉得丢人万分，不愿意把她接回家里，只有她的娘家亲哥哥带了足额的赎铜，把她从牢里接了出来。又给了她一笔钱，麻利地收拾了细软，就赶着让她远走他乡。

春大山九月十八日被诬陷，二十二日无罪释放，二十三日一早去了军府办事。然而，当他晚上回家时，春荼蘼得到的消息是：张五娘那边居然连人影都没了，简直是速度得过分快了。这不能不让春荼蘼感觉怪异，甚至隐隐中嗅到了平静下的危险气息，可她对此又毫无办法。

她只是个十四岁的小姑娘，家里没权没势，更没有几个得用的人，她有劲儿也使不出。老周头奔波了一整天，得到这些消息已经非常不容易了，不可能再有精力做别的。其实，在这么短的时间内，张五娘就算离了范阳县，也不会走太远。只要能追上、盯死，她相信一定会找出蛛丝马迹的。

但是现在，她只能长叹一声，然后不断提醒自己以后要小心提防。

"爹今天怎么回来得这么晚？"晚饭后，春大山拉着女儿在正厅说话时，春荼蘼问。

"我也只当半天就能回的，哪想到这事惊动了折冲府的都尉韩大人。我为兵九年，韩都尉调任咱们范阳也有一年多，我还没和他说过话呢，今天倒被他问了个仔细。"春大山一拍大腿。

"他责骂爹了吗？"春荼蘼关切地又问。

"那倒没有。"春大山摇头，"本来我还担心此事会影响我在军府中的职位，可别看韩都尉年纪轻，却是个明事理的，知道我被冤枉，还着实安慰了我两句。他说我带队练兵不错，武艺又好，但以后要提防小人。"

"那他这个人还算是个好上司。"

"韩都尉的出身贵不可言，很是见过世面，不好糊弄，也当然看得出爹为人正派，又有能力，是个可堪重用的人物。"春大山难免有些骄傲，"你别看他现在只是个从四品下的折冲府都尉，其实前途不可限量。幽州的罗大都督年迈，而韩都尉才二十一岁，早晚那位置是他的。若能得他的赏识，爹的前程也可期待。若将来有军功好立，怎么着也得让咱家脱了军户。那时就算你嫁了人，在婆家腰杆也能挺直些。"说着，春大山情不自禁地摸了摸女儿的头发，一脸爱怜和愧疚。

他仿佛在女儿身上看到前妻白氏的影子，两张甜美可爱的脸，重叠了起来。他郑重答应过白氏,一定尽全力,让女儿过上他所能提供的最好生活。

一念及此,春大山忍不住眼睛有些湿润,连忙借由按额头的机会,顺手按了按眼睛。不过春荼蘼却没注意这些,想起当今国姓为韩,不禁问道:"难道韩都尉还是皇亲国戚?"

对于她来说,军户虽然地位不及良民,但好歹不是贱户,种田还可以免税,也不是半分好处没有,因而她没有迫切要改户籍的愿望。如果她的生活还算苦,那其他贫困的军户呢?还有那些连籍也不得入、活得如牲口般的贱民们呢?

当然若有机会,她也会让春家脱离军籍,毕竟这是祖父和父亲的愿望。而且父亲年轻,早晚会有儿子的。因为军户是父子相传,不得分家,一想到弟弟一出生就注定将来得参军,她这还没当上的姐姐就已经心疼了。

"正是,还是我家荼蘼聪明,一想就明白。"春大山笑道,"韩都尉是正经的贤王世子,将来要承王爵的。"

"贤王?"

"贤王是今上的亲弟弟,一奶同胞。据说,皇上和贤王的感情自幼深厚,如今也是如此。"

"哦,皇上的亲侄子嘛。"春荼蘼没什么敬畏感地说。

反正生活圈子不一样,就算爹升官了,他们之间没什么交集,所以那姓韩的如何,与她不相干。未来的韩大都督说是现在官职低,可到底也是从四品下,她爹却是从九品下,差到哪里去了?

她眯着眼睛看春大山,露出了骄傲的笑容。春大山见到女儿高兴,就有意说些外面的新鲜事,哄她开心:"对了对了,咱们范阳这几天还来了一位大人物呢,也是年轻才俊,天潢贵胄。"

"谁啊?"果然,春荼蘼对亲子时间很是重视,八卦之火熊熊燃烧。

"代天巡视天下的大理寺丞康正源。"春大山怕春荼蘼不懂,耐心解释,"大唐虽是在马上得的天下,皇上即位前也是带兵的常胜将军,但登位后却以仁礼治国,特别重视狱政,每年都派官员到各地州府县去录囚,防止冤狱和淹狱。所以这个人选,一般是皇上信任的臣子,职位不高,但权力很大,说的话又是皇上愿意采信的。而且,这位康大人今年才及弱冠,论年龄比韩大人还小一岁呢。说起来这二位还有亲,康大人是皇上的外甥,长公主的儿子。"

哦!金光闪闪的太子党、皇二代!全大唐地位最高的两个年轻人!

春荼蘼惊叹。但,也只是惊叹而已。

因为她不在乎,倒也没太兴奋,而且思维马上转到另一边:那天老徐氏请人去找本县的刑官们为春大山一案说情,她急忙叫人去拦。也幸好是上官要看卷宗,全县衙的人都忙着整理文档,这才叫她的人拦截成功。这么说来,那位康正源,倒是无意中帮了忙呢。

"您今天没去感谢临水楼的方娘子吗?"她突然想起一事。

"在军府耗了一天,只好明天再去了。"春大山叹了口气,但马上又精神起来,

"不然明天爹带你一起去吧？你知道的，临水楼最出名的菜是那道芙蓉鱼汤，方娘子亲自下厨房，秘法不传外人的。旁人若吃，哪怕是高官巨贾，也必要提前预订。但咱们关系与她不同，自然可以随时去的。"

听春大山这么说，春茶蘼飞快地瞄了自家老爹一眼。见春大山脸上有点甜蜜之色，但这甜蜜和小小得意却如此坦荡，没有半分遮掩，不禁对春大山与方菲方娘子的关系感到分外好奇。

是红颜知己吗？两人似乎是没有私情，可就是让人感觉暧昧，偏偏还表现得很大方。

"很贵吧？我说那鱼汤？"她试探了一句。

"你吃的话，她怎么肯收钱！"春大山瞪大一双漂亮又精神的丹凤眼，"不用担心，那菜的原料不贵，关键是手法。也只有她，能把腌鱼做得比鲜鱼还鲜，而且没有腥气，明明没有加花瓣和香料，却美味无比，还杂着浓郁的花香。那可是临水楼的招牌菜，就连你这挑嘴的丫头，也很喜欢芙蓉鱼汤呢。"

"这就是说，贵得有道理。"春茶蘼用力点头，"好，明儿我和爹一起去。咱们就赶在中午的饭点儿到，厚脸皮蹭吃就是。"

她说得耍赖，神情却俏皮，看得春大山心头软软的。而春茶蘼也是真想见见传说中的方娘子，等回屋后，她还特地叫过儿搬出衣箱里一匹料子，打算明天送给方娘子。

那料子是她受重伤时，徐家心虚之下送的，看起来挺贵重。春茶蘼打着不要白不要的旗号，阻止祖父一怒之下要还回去的举动，硬留了下来。

这不，就用上了。若她不张罗，她家那时不时犯一下傻的老爹，说不定空手去道谢，上下嘴唇一碰说个"谢"字，然后还大吃人家一顿。虽说熟不拘理吧，虽说方娘子为人豪爽吧，但到底是女人，还是哄着点好。

第二天中午，父女二人收拾妥当，咬着牙无视徐氏摆出的哀怨神情，带着过儿离开了家。

春大山穿的是军装便服，可以说这身制服非常衬他的身材，显得整个人英姿飒飒，惹得大姑娘小媳妇频频回头。有他在身边保护，春茶蘼和过儿也没穿男装胡服，而是女装打扮。

过儿是一身葱绿色的袄服，在上衣和裙子的下摆，绣了一串串小黄花，头上梳着丫髻，戴了两朵桃花样的绢花，端的是豆蔻年华、青春逼人。

春茶蘼则是穿了妃色的襦裙，外面配着牙白色绣着银朱色花纹的半臂，还搭了一条银朱色的披帛。她梳的是螺髻，因为喜欢它简单。她不爱弄好多假发顶在头上，搞得那么华丽。而且既然春大山急性子得没等她生辰就送了银簪子，她也性急得没等正日子就戴上了，旁边配了个翠玉花钿，看起来就像一只银色小虫趴在一片绿叶上似的，显得格外俏皮可爱。

春大山看在眼里，心中满是"吾家有女初长成"的幸福感。随后又觉得这种幸福不能让所有人都欣赏，非得逼着春茶蘼和过儿戴上帷帽不可。

九月已经是冬季,地里除了翻翻土外,农活不多,这也就是为什么每年年底集中兵训两个月的原因。因为养马比较费钱,春大山的职位又低,所以他并没有配马,平时上军府或者去兵训,都和普通卫士一样,是拿腿走着去的。但他心疼女儿走远路,特别向隔壁何嫂子家借了牛车。

春荼蘼见状,突然动了要买匹马养养的念头。反正春大山如果能升到队长,怎么也得骑马出行才够威风。只是那样一来,家里的负担就有点重,除非春氏父子允许她来出银子。但,要想个什么办法,才能让父亲和祖父同意呢?

一路上她都在纠结这个问题,直到春大山招呼她下车,说已经到了地方,她也没想出好办法来。

抬头望去,她第一次见到了亲生娘亲白氏留下的产业——每年出息三十五两,祖父和父亲两个人的俸禄加起来也才顶其三分之二的临水楼。

楼面在县城最热闹的一条街上,两层高。据目测,每层都有个三百来平方。再看临水楼的门面,收拾得簇新干净,门梁上挂着大大的惹眼招牌,门前人来人往的。此时正是中午的饭点,但又不及晚饭时人流多,上座率大概有个六七成,是很不错的业绩了。

"春爷和春大小姐来啦。"迎上来的,是小九哥。

这小伙计出色地完成了帮助春家打官司的差事之后,继续回到临水楼当跑堂。他的眼神伶俐,远远就见到春大山父女,连忙来打招呼,又抢着把牛车牵到侧门去安置。

春大山腾下了手,就带着女儿往里走。从他对此地以及伙计们的熟络程度来说,显然是常来常往的,根本没有一点"外人"的感觉。

可就当春荼蘼欣赏完街景,整理了衣服,就要迈进店门的一刻,突然有一个身影跌跌撞撞地从里面跑出来,直愣愣地撞向她和过儿。

春大山吓了一跳,但反应超快地一手拎一个,带着两个小姑娘跃到街心,堪堪避开了。低头见女儿仓促之间帷帽都掉了,小脸吓得发白,顿时大怒。只是他还没骂出口,那撞出来的人突然脸冲着墙根,哇哇地狂吐起来。

小九哥才把牛车拴到侧门,见状连忙跑过去,扶着那个人问:"客官,您这是怎么了?"

那人吐得天翻地覆,看得旁人都恶心不止,好不容易吐完了,回过头就高声大骂:"怎么了?还敢问爷怎么了?一定是你们临水楼做的饭菜不干净,我才喝了几口芙蓉鱼汤,胃里就翻腾……"话没说完,又吐了起来,简直像连胆汁和胃液都要吐干净了似的。

此时街上的人正多,那人这么大声叫嚷,又吐得惊天动地的,渐渐就有人停步,并围拢了过来。小九哥为人机灵,怕影响了自家的生意,连忙搀住那人的胳膊,试图往店里架,嘴里解释着:"客官,胃不舒服是常事,您先进来喝口热水,指不定早上吃了不合适的,或者走路走得急了,先歇歇再说。不然,就由小的给您请个大夫过来。"

他这话的意思明确:呕吐,有多种原因。可能是早上或者昨天晚上吃了脏东西呢?或者赶路时吸了过多的凉气,如果热汤这么一激,胃抽搐了呢?再或者,是本身身体不好呢？这是个男人就罢了，若是女的，说不定是有了身子呢？

可那人却不吃这套，用力甩脱小九哥的手，继续骂："你什么意思？是说老子活该？告诉你，老子打从昨天晚上就没吃东西，身体也一直好得很。就是吃了你们的芙蓉鱼汤，立即腹痛如绞！别拿这些好听的话来填我，也别糊弄老子！叫你们方老板娘来见我，给我说出个子丑寅卯来。不然……哼哼……你知不知道，售卖有毒吃食是犯法的。今天若给老子没交代，老子跟你们临水楼没完，一起去见官！"说着，忽然走到街心，对越来越多的围观者道："各位，可看好了。一两银子一盏的鱼汤，贵得要死，居然是有毒的！"

这地儿的生活节奏慢，闲人多，这么稍一嚷嚷，临水楼前就围得里三层、外三层的了。春大山不禁着急，可又要护着两个女孩儿，想冲进去劝架都不成。

春茶蘼冷眼旁观，总觉得有些地方不对劲儿。那呕吐者是个精瘦的矮子，穿了一套簇新的衣裳，全身上下都给她一种强烈的违和感。而且从这人的行为来看，倒像是故意来找茬的。毕竟，若他是纯粹的受害者，反应未免太怪了，似乎这人并不着急自己的身子，好像知道没什么大碍，却要把事情往大里闹。

"爹，别急。方娘子既然是开酒楼的，自然应付得了这些闹事的人，且看着，咱们慢慢往那边蹭着走就行。"春茶蘼拉了拉春大山的袖子，低声道。

她觉得，这三寸丁是来碰瓷的吧？或者是吃霸王餐的。方娘子一个女人，能在鱼龙混杂之地做生意，谁也不依靠，还做的是很赚钱的酒楼，没两下子是不成的。

春大山是关心则乱，听到女儿提醒，心下稍定，依言把女儿和过儿圈在身前，从人群边缘往临水楼的方向挤过去。

"看这位客官说的，无凭无据的，难不成毁谤他人就是不犯法的？"一个女人的声音淡淡地传来。这声音不大，却稳稳当当盖过场上的喧哗。而且，她的语气中有一种笃定，一种胸有成竹，乍听之下，形势似乎就要扭转了。

春茶蘼循声望去，就见临水楼门前走来一名二十六七岁的女子，身上穿了丁香色镶月白色滚边的曲裾襦裙，袖子和腰身都是收紧的，衬托出她纤细高挑的身姿，优雅中透着那么股子利落。浓密乌黑的秀发梳着简单的蝉髻，除了一只玉梳压发，半点饰品也无。

眼前的女子极瘦，偏偏并不给人干巴巴的感觉，也不会令人认为没有曲线美。她的五官只是普通的漂亮，高鼻大眼，嘴唇略有丰厚，皮肤偏黑。她的双手上什么镯子戒指也没戴，指甲未染，修剪得干净整齐，看起来就不是个养尊处优的人。但也不知为什么，她的这些不完美特征搭配在一起，配合着落落大方的神情，却让人觉得娇柔婀娜，风流妩媚。别说男人了，就算是女人见了，也有瞬间的迷惑。

好一个沉静大气的女人啊！春茶蘼暗赞。这就是气质，这就是气场！非美人而生生表现出了美人的风姿。她虽然是头回见，却立即认出这就是方菲方老板娘。

再抬头看自家老爹，看到方娘子后两眼发亮，虽然没有男人看女人的那股劲儿，却明显见之喜悦。这么看来，他俩的关系绝对比普通朋友多一点，却又比男女之情少一点。

"方老板娘舍得出来了?"那闹事的人白着脸,却是笑得贼,带着种宁愿挨打,也要咬下对方一口肉的狠劲儿,"要问凭据?反正我在你这儿吃坏了肚子,大家亲眼所见。你瞧,我吐的东西里还有没消化的鱼肉,你无从抵赖,必须负责!"

"本店的芙蓉鱼汤也不是卖了一天半天了,算得上是招牌菜,镇店之宝,从来也没听说过有人吃坏了的。"方娘子的神情仍然是淡淡的,"而且今天这鱼汤也不只是客官你点了,来光顾过小店的客官都知道,临水楼的芙蓉鱼汤,一日只做十盏,好巧不巧,你点的是最后一份儿。"

这话的意思太明确了。十份儿鱼汤,别人都没事,怎么偏偏他就吐成这样子呢?而在春荼蘼看来,如果真是胃难受到不行,为什么要冲出来吐?普通人大约会立即忍不住就地吐了吧。

但,所谓风云突变也不过如此。正当围观众人指指点点,认为方娘子言之有理时,店中突然传出连续不断的异样声响。其中,似乎有呼疼声。

接着,一个小伙计慌慌张张跑出来,急急地说:"不好了不好了,有好几位客人说是胃腹疼痛,吐了满地。"

方娘子平静的面容,终于变色。

"哈,方娘子,你现在还有什么说头!"那闹事者突然高声一笑,虽然看起来因为呕吐而虚弱,甚至脸色是不正常的青白,情绪却诡异地高涨,"若说我是无中生有,怎么还有客人也翻肠倒胃呢?分明是临水楼做的饭菜有毒!"

这句话才真是毒!事情还没有搞清楚,大帽子先扣上了,到后来就算证明被冤枉的,也会损失商家信誉,对开门做生意的酒楼来说,算得上巨大的打击。这,分明是要把事情往大里闹。

春荼蘼轻轻皱眉,突然有很不好的预感。

如果是敲诈勒索,从自己身上下手是可能的,自己不受点损伤,怎么能讹出银子来?但是要让其他点同样菜品的客人出现同样症状,实在是个很大的工程,非常麻烦,也要担更大的风险。为什么会如此?难道对方的目标不是银子?难道真是临水楼的食材出了问题,叫别人借题发挥?可是,眼前的闹事者又带着明显的、预谋性的赖钱特征。

那么,到底是怎么回事?

四周,议论声四起。

"到对面的布庄子里去。"正思索,春大山突然低声对春荼蘼说,并轻推她和过儿出了人群,自己则只身向人群中挤去。

"我说句公道话。"春大山大声道,因为他穿的是军装便服,身材高大,又一脸正气,看起来挺有威严的,所以才开口,众人就停止了交头接耳,望过来,"临水楼在镇上做生意也不是一天半天了,方娘子人品如何,酒楼的菜品如何,不用我说,大家也都知道。"

众人纷纷点头。

"那今天出的这档子事怎么说?"那人不依不饶,"大家都睁着眼睛看到的,难道是我诬赖，或者我是变戏法儿的吗？"

"少安毋躁，"春大山摆了摆手，却没继续再跟他说，而是转向方娘子，"快叫伙计把身子不适的客人安顿好，再找人去请了大夫来。"

方娘子本来心里有些慌，但面子上还强撑着保持镇静，此时见春大山出面，立感安定，低声吩咐了不知何时也走出来的二掌柜几句，又转身要进店。

闹事者不干了，追上来叫道："怎么？想跑？那不成！"说着，就要抓向方娘子的腰。

春大山抬手架住，皱眉道："你干什么？"

"我才要问你干什么？是不是你与这方娘子有奸情，所以处处包庇于她？"那人尖叫。

春大山怒极，拼命忍耐着火气，放开那人的手腕，大声道："你嘴里切莫不干不净，毁人名声。既然你说吃了临水楼的东西，中了毒，好歹要先给大夫看一看。你闹了病是事实，但临水楼做生意老实规矩也是事实。再者，这里面说不定有什么误会。大家乡里乡亲的，有什么事不好商量解决，非得大吵大闹的？"

周围看热闹的人纷纷赞成。还有人认出，闹事者是本县有名的泼皮无赖，名叫赵老七。众人一听是他，顿时连同情心都收起几分。

长得好看就是有优势啊！春荼蘼想。她早已经听话地退到街对面的布庄子外，却没进去，而是站在三层高的台阶上往人圈子里看，反而视线更好。她见自家的美貌老爹颇能服众，兼之相貌堂堂，更衬得那赵老七十分猥琐，心中不禁十分骄傲。老爹那一派有担当的男人气场，不让女人着迷才怪呢，包括方娘子在内。不过，她却没留神临水楼二楼的雅室窗子打开，有两个男人的目光落在了她身上。

"不行，我才不上当！"赵老七急喘了几口气，嚷嚷着，"事无不可对人言，你们把我骗进店去，指不定想什么馊招要欺侮人呢。哼，我要在父老乡亲的见证下平了此事！"说完，他按着胸口，又是一阵急喘。

众人是看热闹的居多，都没有留神到赵老七的特殊情况，但离得近的春大山、方娘子，和虽然离得远、却密切观察的春荼蘼却看到了。不知是不是赵老七太卖力了，他似乎体力消耗很大，初冬的天气里，又是北方之地，居然汗湿了衣裳。而且呼吸急促，显然极不舒服。可也许在他眼里利益大于一切，所以只强撑着在那儿闹。

"这人要不好！"春荼蘼低声惊呼，因为她敏锐地感觉到赵老七脸上闪过一层青灰的死气。

一直护在她身边的过儿一怔，还没反应过来，就见店里走出了一个妇人，四十来岁，极为瘦弱，头发枯黄，身上的衣服也是簇新的，但这衣服套在她身上却撑不起来，于是显得更加寒微。

她一出店门，就向赵老七而去，怯懦地伸手扶他，低声道："夫君，算了吧。我看你很是不好，不如就进店坐一会儿，等大夫来看看。"原来是赵老七的妻子。

不过赵老七看样子才三十出头，怎么会有年纪这么大的老婆，难道是童养媳？或者是因为生活操劳愁苦，所以他老婆显得面相苍老？

赵老七甩手就打了老婆一个耳光，破口大骂："你是死人哪！你夫君都要被人毒死了，有冤没处诉，你居然躲在里面半天不出来。也不来服侍老子，看我回家不打断你的懒骨头！"说着，又要打。

赵家的吓坏了，本能地矮下身躲避。那赵老七扑空了，反过身又要追。可不知怎么，他忽然跟跄了两步，之后身体奇异地绷直，就那么站着，眼睛瞪得大大的，正好面对着方娘子，一言不发。

"你怎么了？可是有哪里……"春大山见情况不对，上前询问。

可是话还没说完，赵老七突然哇的一声，喷出一大口血来，把春大山的衣摆都染红了。接着，他整个人就像塌倒的破木板似的，摔在地上，痛苦地翻滚，嘴里叫着："疼死我了！疼死我了！肚子疼……来人，来人，叫大夫……救……救命……啊……"

随着那声短促的惨叫声戛然而止，人也没了声息。

那赵家的先是吓坏了，此时见此情景，连忙跌跌撞撞地扑到赵老七身边，拼命摇晃，哭叫："夫君，老七，你怎么啦？你醒醒，你说句话！"神情间无半分作伪，惊恐而绝望。

春大山也惊到了，但到底还能做出反应。他两步上前，伸手在赵老七鼻端一探，再站起身来时，脸色惨白，对方娘子摇摇头："死了。"

赵家的闻言，嗷的一声，顿时晕厥过去了。

前一刻，街上是很吵闹的。后一刻，这么多人的地方，居然静得呼吸相闻。但此一刻，听到春大山的话，看到赵家的反应，人群就像冷水进了热油锅，哐啦一声爆开了。

若说吃坏了肚子，也不是什么大事。加上这赵老七是个横行乡里的无赖，就算还有其他人出现了呕吐反应，众人也没认为是多么重要的事。但现在不同了，出了人命了！

死了人，就是大事，这是古今中外的至理！

春荼蘼心里咯噔一下，冰凉透底。

尽管在这种心情和情况下，她仍然保持着几分理智，扯着嗓子大叫："保护好现场！"她是冲着春大山叫的，也相信父亲听得到。

春大山虽然当兵九年，也是第一次看到活生生的人立毙于前，心念瞬间混乱，但女儿的声音，犹如醍醐灌顶，令他又瞬间清醒："小九哥，快去衙门报案。二掌柜的，麻烦你护着方娘子进酒楼，再带着店里的其他人封上前后门，不要让人出入。你，还有你……"他指着两个小伙计："盯着点墙根处，别让人碰那堆吐出来的东西。"说完，又向临水楼内外团团施了一礼，朗声道，"各位客官请包涵，今天这里出了人命案，少不得请各位配合衙门调查，暂时不要走开。若是衙门来人之前，有哪位擅自离开，只怕事情说不清，再怀疑到谁的身上，反而不美。还有街上的邻里亲朋，请让开道路，不然若有人趁机浑水摸鱼，做出什么事来，只怕也要带累各位。"他这番话先是礼貌请求，后隐含威胁，店内外众人虽然害怕者有之，慌张者有之，兴奋者有之，觉得倒霉者有之，那几个呕吐的客人更担心自己也会暴毙，却并没有闹事。毕竟，谁也不想这桩突发的可怕事件牵连到自己。

于是，虽然一片吵闹，好事者也都伸长脖子看着横尸街头的赵老七和晕倒的赵家的，但街上和店里都没乱起来。

春荼蘼暗松一口气，才要上前去，却被过儿死死拉住："太污秽了，小姐不能上前！"

"方娘子于春家有恩，她有难，我爹也在那儿，我不能不管。"春荼蘼试图挣开过儿的手。可过儿却用力摇头："老爷在那儿帮方娘子，用不着小姐。外面这么多人，伤到小姐怎么办？不行的！老太爷说过，叫奴婢死也要护着小姐，奴婢决不让您出去。"

过儿犯了牛脾气，春荼蘼还真挣脱不了她。两人拉扯之时，有人从二楼那间雅室里飘然跳下，落在春大山身边。

春大山先是一愣，看清来人后，立即行了个军礼："末将参见都尉大人！"来人正是韩无畏。

韩无畏神情严肃地点了点头，状似无意地抬眼，瞄了一眼那窗口，见康正源的身子半探出来，对他打了个"不要管我"的手势。

一边的春荼蘼只感觉眼前一花，再一细看，不禁目瞪口呆。这不是那天爬她家墙头的登徒子吗？他如此惹眼，想不让人记得也难啊。可他怎么是都尉，那岂不是自家老爹的顶头上司？

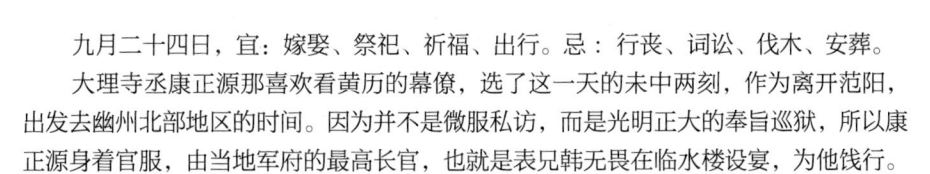

第七章　太不老实了

九月二十四日，宜：嫁娶、祭祀、祈福、出行。忌：行丧、词讼、伐木、安葬。

大理寺丞康正源那喜欢看黄历的幕僚，选了这一天的未中两刻，作为离开范阳，出发去幽州北部地区的时间。因为并不是微服私访，而是光明正大的奉旨巡狱，所以康正源身着官服，由当地军府的最高长官，也就是表兄韩无畏在临水楼设宴，为他饯行。

一般人出远门都是一早走，可那幕僚却认为吉日选了，吉时也不能错，反正离范阳县城不远就有馆驿，不会让康大人露宿野外就是了。只是没想到，就在这位大理寺刑司官员的眼皮子底下发生了命案。某种程度上来说，他暂时就走不成了。

韩无畏平时出门时不喜欢带着手下，仗着自己武功高，打扮成军中普通少年的样

子,独来独往的。可今天不同,半公半私地送自个儿的表弟离开,所以他也穿着官服,带了随从。

他的护卫个个精悍,但人数不多,约二十名,但随行保护巡狱使康正源的军士却有一百。不过大多数士兵已到城外等候,身边也只留了二十名。这四十个士兵之前就守在临水楼的后巷里,此时韩无畏一声吩咐,立即就把临水楼团团围住了。

先前春茶蘼一声喊,春大山已经初步控制住了场面,现在韩无畏和康正源带人出现,局势就再也乱不起来了。

"都尉大人,您怎么在此?"春大山恭敬地问。

"凑巧了。"韩无畏答了声,情不自禁地又往楼上雅室的窗户瞄了一眼。

那赵老七冲出临水楼时,就惊动了正推杯换盏的二人。待窗子打开,没想到看见的却是春氏父女。尤其春茶蘼,慌乱中帷帽掉了,露出认真打扮过的妆容来。虽然她算不得绝色,但也是很漂亮的。加之韩、康二人之前见到的是她身着男装,以及披头散发的样子,此一见,着实小小惊艳了一把。

只可惜情况瞬息万变,两人欣赏美貌少女没多久,赵老七就夺了他们的视线和心神,现在韩无畏想起来,还不禁有点着恼。

"那这件事,您看……"春大山试探性地问。

在本朝,司法管辖权有点混乱。按说,当地的案件该由当地的衙门负责,但如果有驻扎的军府,其长官对本地军政和民政都有权插手,就算不涉军士也可管理,只是不那么名正言顺。

"既然遇到了,哪能袖手!"韩无畏略想了想道,"你带我的十个护卫,先把街上的人遣散了,都堵在这条街上,影响民生,成何体统。"

"是。"春大山应了声,情不自禁地看向对面的布庄子。

韩无畏似是注意到了,又吩咐道:"那边是你的家眷吗?先带到酒楼里安置。这会子正乱着,若出了差错可怎么得了。"

春大山正忧心呢,听这话也没多想,立即把女儿和过儿带过来。

春茶蘼乍见韩无畏时有些吃惊,但她心理承受能力比较强大,对阶级特权又没什么意识,所以虽说想到自己曾威胁过亲军中的上司,说要挖他的眼珠子,但那也是某人无理在先。堂堂的折冲中府都尉爬人家的墙头,他自己也不好意思说出来吧。

有了这个认知,她神情和举止就很坦然,跟在春大山身后进了酒楼。在春大山介绍他的上官给女儿时,平静却又规矩地施礼见过,没有一丝慌乱和紧张,好像两人从没见过似的。

而韩无畏表面上端着长官的架子,神情严肃,甚至都有些肃杀,但见春茶蘼完全不怕,不禁觉得这姑娘胆子贼大,令人刮目相看。除非她没认出他,不然总不至于忘记,她曾经让他滚吧?就连皇上都没叫他滚过,何况这样一个小丫头片子!

好在他知道正事要紧,所以并没有刁难春茶蘼。但刚才见到她混乱中还能镇静,又回想起她在公堂上的风姿,好奇她会做些什么,想些什么,干脆也不管她,也没有安置她到楼上的雅室中回避,只由着她站在角落里观察。

这边春大山把女儿接进酒楼，就去街上维持秩序去了，倒是康正源，从二楼缓缓而下。

春茶蘼自然不认识这位大理寺丞，但她研究过大唐官服制度，见康正源一身深绿色、银带九銙、戴一梁冠，是正经又正式的六品官员章服。又联想到巡狱使在范阳的传闻，再结合父亲告诉她的事，一下子就明白了此人是谁。于是，在康正源走过她的身边时，规规矩矩地躬身行礼，姿势居然很规范，很温婉，和之前在堂上咄咄逼人的模样简直判若两人。

康正源心头一动，表面上却只略点了点头，态度矜持的没有多话，只站到韩无畏的身旁。

韩无畏穿的是很隆重的将服，或称戎服，符合他从四品下的身份。头上的抹额是红色的，绣着辟邪的文字，上身穿袍、下身着裤、脚蹬靴、左手挎刀、右边佩带箭房弓袋。这家伙穿着军装时，莫名的英姿飒飒，完全是绝对吸引视线的存在。他和康正源站在一起，一文一武，一刚一柔，一个相貌英俊，一个气质出众，真真是美少年双俊图。

这时，衙门来人了，是洪班头带着四个差役。同时，本镇最大医馆也派了有名的文大夫来。

洪班头来之前，听报案的小九哥略讲了几句情况，以为是普通的案件。只因那赵老七是他熟悉的赖子，以为是赵老七讹诈不成，自伤过量致死。虽然出了人命就是麻烦，但也没有多可怕，最多破财一番，也是可以摆平的。但到了临水楼，见到都尉大人和大理寺丞都在，他心里就没了谱，连忙叫来一名手下，吩咐他立即去禀报县大人，自己则上前见礼。

康正源看了韩无畏一眼，后者摊开手道："我是武将，案件的事，还是由你这正宗的刑司官员负责的好，我只配合你吧。"

康正源也不推辞，点了点头，眼角余光看向春茶蘼，见她带着丫头，乖乖缩在角落，低眉顺目的，若不注意，甚至都不会发现她的存在，嘴角不禁轻轻翘了翘，便也不多话，连着发出几道命令。

"韩大人，请你派一个手下，待会儿拿着我的手令，把镇外的八十军士召回，重新安置在军府里面。"当着外人的面，他公事公办，连称谓也是官称，"只怕还要叨扰个三五天。"

"没问题。"韩无畏招手，立即就有一名卫士过来。

康正源从袖中拿出一张纸，递给那名卫士。纸上早写好了字，盖好了印，墨迹和印色都是崭新的。显然，在二楼时他并没有闲着，把要做的事都已经安排好了。

那名卫士依令走后，他又叫来洪班头："今天临水楼的二楼是被韩大人包下的，并无不相干的人。现在，你带着你的人，把留下的客人都带到二楼去，用一下东边的几间雅室，依次录下他们的姓名和住址，问清楚他们当时与谁坐在一起，都看到或者听到什么异常的情况了。一定要记录准确，一次只能问一人，其他人候在别的房间。这是小事，却要细致，若做不好，本官唯你是问。"

"卑职必当尽力。"洪班头诚惶诚恐地应下，带着人去了。

随后，康正源把自己的人分成三队，一队把临水楼的老板娘、掌柜的、伙计跑堂及后厨等所有相关人员关到后院去，分别看押，不许互相说话。一队把中毒的客人安置在二楼西边的数间雅室之中，充当诊室，由那位文大夫依次看诊。至于呕吐物和灶间、水源、酒楼内各桌的饭食，则由第三队的人严加看管，等着衙门勘验的人来处理。最后，他还把韩无畏剩下的人手分为两队，一队继续看守酒楼前后门及其他可能的出口，另一队则迅速换了便装，到街上去四处打探些相关的流言与八卦。

片刻之间，一切都有条不紊起来。

春荼蘼暗暗点头，也松了口气。康正源能及时处理各处的情况，并尽力保护第一现场，并没有疏漏之处，显然非但不昏聩，反而很精明。

刚才，其实她很想提些保护现场和证人的建议，因为事关方娘子，若现场遭破坏，证人失踪，嫌疑人串供，将来极可能带来很不好的后果。但她终究忍住了，没有冒冒失失开口，打算观察一下再说。毕竟她只是一个普通的军户民女，太冒头儿的话，怕给春大山带来麻烦。她打算如果康正源出昏招，迫不得已时再开口，现在看来完全没有必要了。

"两位大人没点芙蓉鱼汤吧？"她脑海里突然冒出这个念头，吓了一身冷汗，连忙问。

依《大唐律》，如果中毒之人中有官员，那可是要罪加一等的。反过来说，如果这二位吃了鱼汤而无事，他们就是最好的证人，证明过错不在临水楼。

看这二位的模样，分明是饯行。那么到临水楼来，必定会点招牌菜吧？

"不巧得很。"康正源笑了笑，"但凡桌上有鱼，韩大人就会掀桌的。他这辈子，最恨的就是吃鱼了。"

韩无畏一愣，没想到康正源突然这么说。自个儿这位表弟一向很矜持的，与京中相熟的贵女们相处时都不冷不热，怎么会突然说这种带点调笑的，或者朋友之间才会说的话？况且，他们现在身上穿着正式的官服，还隔着一层官与民的关系。

春荼蘼也很意外，虽然她问话有点唐突无理，但这答话也挺不着调的。他们很熟悉吗？因为上回爬墙的只有韩无畏，在公堂上为父申冤时，韩、康二人又是躲在一边的，所以她觉得这是她和康正源第一回见面。

"春姑娘这样问，是认为临水楼的饭菜有问题吗？"还没回话，康正源又来了一句。

春荼蘼习惯性地挺直脊背。

原来在这儿等着她呢。之前说话那么和蔼随意，就是为了让她惊讶之下失去谨慎，随便把心里所想说出来吧？这位大理寺丞，很阴险嘛。

"回大人。"春荼蘼神色郑重地说，"民女以为，刑司之事，必以事实为依据，以律法为准绳，怎么能随便臆测呢？"

康正源一愣，只觉得这句话切中要点，却不知这种法律原则春荼蘼心里明白得很。一边的韩无畏忍着笑，看自个儿那言词犀利的表弟被噎住了，暗爽不止。

"好见解。"康正源很快就掩饰了尴尬，恢复了那让人如沐春风的态度，"看来，也只有先等调查的结果了。"说着，示意韩无畏与他坐下等。

春茶蘼一介民女，自然不能也跟着过去，远远选了个座，安静地等着。但这只是表面，其实她心里却七上八下的，总觉得这件事不是能随意就能解决的。

"过儿，你也坐。"她轻轻一拉身边小丫头的手，"只怕还要等一阵子呢。"

春家没那么多的规矩，过儿经常和春茶蘼坐在一个榻上做针线或者看书，此时也不觉得多别扭，在旁边偏着身子坐了，低声问："小姐，方娘子不会有事吧？"

"难说。"春茶蘼摇摇头，"但这事闹得不小，今天晚上方娘子肯定得入监，被证明无罪之后，才能重新回来。"

"老天爷，那可怎么办？"过儿有点着急。

"从情理上讲，方娘子是不会毒杀人的。若是下毒，也不会在自个儿的酒楼，用这么明目张胆的愚蠢手段。可一来，她需要事实证明这一点。二来，《大唐律》中有条文规定，若是明知道食物有毒而没有及时销毁，甚至还要售卖，也是很重的罪过。现在问题的关键是：客人是否因为食用鱼汤而中毒？是否是食材或者制作过程中出现的问题？鱼汤从出锅到端上桌，是否有其他人做了手脚？如果有人陷害，是为了什么？这事，可能是失误，也可能是人为，很复杂，一时说不清楚。"

"只死了一个人，还说不定是那个人自己有问题呢。不然，怎么别人没事？"过儿疑惑。

"你不懂，咱们的《大唐律》中说得明白，'脯肉有毒故与人食并出卖'，是以'故犯'为前提，并不以'即遂'为前提。"春茶蘼看过儿一脸茫然，知道没接触过律法的人，对这些术语也难以理解，干脆以一声叹息结束了这一句。

而过儿听到情况这么严重，脸都白了，试探性地问："那小姐……您要帮助方娘子吗？"

春茶蘼一时怔住，不知要怎么回答。从本心出发，她是想帮助方娘子的。别说人家方娘子在她爹的案子上给了多少帮助，有很大的恩情，单说这个案子，春茶蘼就很想接手。一来，她喜欢打官司，这是她的爱好，也是她所擅长的。二来，她多行善，多做义举，也算是为了父亲和祖父积德积福吧，为了这世上最爱她的两个男人，她愿意这么做。

只是，她为春大山出头还好说，唐律规定可以代亲申冤的。纵然她做了抛头露面的事，但一个孝字，就把她行为上的不当之处抹掉了，甚至还扬了好名声。可她若为方娘子打官司，有什么借口呢？再说，春大山固然和方娘子关系亲近，但若为了红颜知己而损害女儿的名誉，恐怕他也不乐意吧。要知道，这年头的状师几乎与恶棍被划为同类了。

而她这边踌躇着，那边的韩无畏和康正源却都支棱着耳朵听着，还互相使眼色。韩无畏武功很高，远比旁人耳聪目明，春茶蘼和过儿已经很小声说话了，他还听得真真的。康正源虽然是文官，但因为从小身子弱，也修习过内功心法，当然也能听到两个女孩的交流。

"你希望她上公堂吗？"韩无畏把声音压得极低地问。

这种分贝，别说春茶蘼离他们有四五张桌子之远，就算是在隔壁，没有半分武功底子的她，也肯定是听不到的。

"她若不来，我留下就没有意思了。"康正源正襟危坐，嘴里却似开着玩笑，"我还没见过咱大唐有哪个姑娘这般熟悉律法，又这般言辞尖锐厉害，从法理上驳得人没话说呢。难道你就不好奇，她若插手此事，结果会是什么样的？"

"我好奇。"韩无畏突然歪下身子，一手支在桌子上，手掌托着下巴，半转过头，眼神亮闪闪地看向春荼蘼，"不过春大山未必舍得女儿做那人憎鬼厌的事呢。你知道，为讼者在民间的名声非常不好，何况她还是个姑娘家。她还没嫁人呢。哦，对了，她没定亲吧？这事得旁敲侧击地问下春大山。"

"你想干什么？"康正源皱皱眉，"这丫头必不好惹，纵使她无权无势，可也不是随意可以逗弄的。"

他说的是"逗弄"二字，却根本没往其他方面想。比方：爱慕之情。因为双方地位的差距太大了，他和表兄从小就知道，他们的亲事是筹码，不是感情，必须符合家族的利益，甚至国家的利益，不能随自己高兴。到最后，皇上赐婚的可能性比较大。

而他的表兄外表看起来嘻嘻哈哈，其实心里再坚定和明白不过，断不会做无聊且无用的事。

"没有啊。"韩无畏的目光还是落在春荼蘼身上，嘴里却对康正源说，"这样好玩又奇特的小姑娘，可不能让春大山随便定出去。虽说我还年轻，却是她父亲的上级，若攀私交，与她父亲是平辈。那么，可当她一声韩叔叔吧？当叔叔的操心一下侄女的婚事，正常吧？"

康正源险些一口血喷在衣襟上。韩叔叔？亏他说得出来！

而那边，春荼蘼发现韩无畏目光灼灼地盯着她，不禁有些羞恼。

"得了空，还真得把这姓韩的眼珠子给挖出来。太不老实了！"她对韩无畏回以礼貌的微笑，可是却咬牙说着狠话，"这样的男人，年轻，却身居高位，一定是家族庇荫，不是有真本事的。不然，为什么一脸登徒子的模样？"

她却不知韩无畏听得到她的低语，只觉得这小丫头真是有趣啊。若非还在命案现场，恨不得仰天大笑几声。至于说有没有真本事……生在这样的高门，早习惯被人表面奉承，内心里鄙夷。如今这丫头直说出来，他只觉得有趣。

一边过儿也瞧见韩无畏的无礼，气得站起身，挡在春荼蘼面前，拿后背对着对方。

"注意身份。"康正源提醒了一声。

韩无畏只是恶作剧，又不是真有非礼之心，当下笑笑，转过了身去，脸朝着外面。

顿时，酒楼内安静了下来。

几个人耐心等着，差不多两刻后，县官张宏图带着欧阳主典和三班衙役，还有仵作等人一起，急急赶到了。

"下官见过康大人，韩大人。"张宏图上前行礼，额头上冒出冷汗。

范阳民风淳朴，还有高门大户坐镇。所以，他虽无大功，却也无大过。可如今就在两位上官的眼皮子底下出了这种凶事，虽然也不能怪他，但多少对他的官声，以及在康大人心目中的印象有坏影响。这位年纪轻轻的勋贵刑司官员，是会直接面圣陈情的，若这个案子处理得不干净，他连平安告老的机会也说不定会失去。

"嗯，起来吧。先叫人把死者抬到衙门里去，好好验尸。"康正源正色道，"再叫人把呕吐物和有嫌疑的鱼汤装起来，一并带走。这临水楼，只怕要暂时封了，特别是厨房，必须派人把守，不相关的人，不得靠近一步。"

张宏图连连称是。

"还有，把临水楼的人也都带回去，本官要亲自问审。"康正源说完，站起来就走了。

春荼蘼心里一凉，强抑住跟上去的脚步。

现在，她没有资格看审。

春大山找韩无畏借了个卫士，送春荼蘼和过儿回家，自己则跟去了县衙。到底，他是不能丢下方娘子不管的。

春荼蘼到家后，徐氏听闻临水楼出了事，先是一脸的幸灾乐祸，随后想到自个儿的夫君去为别的女人操心费力，顿时极为不满，阴着一张脸，摔门进了东屋。

春荼蘼懒得理她，连劝解一句都没有，径直回了房间。徐氏本来长得就不是讨喜的样，总有些娇怯怯的，看人很少用正眼，此时沉下脸来，本来的七分姿色，连三分也不到了。

午饭没吃成，晚饭也没心思吃，春荼蘼直等到酉时末天色全黑，春大山才进了家门。照这个时间算，他肯定是待到了衙门闭衙，还在大牢留了一会儿才回的。不过就算春大山回来，她这个当女儿的也不能直接把人拉走，毕竟徐氏与他是夫妻，他还是先回东屋。

"去摆饭吧。"春荼蘼强忍着初冬之夜的寒意，打开窗子，偷听对门模模糊糊地吵了一阵子后，对过儿说，"我估摸着闹腾得差不多了。"

"真没见过这么不疼人的。"过儿咕哝道，"自家夫君在外头跑了一天，得多累啊，也不弄些热饭热汤，哪怕拧个热手巾给老爷擦擦脸呢。"

"太太这是跟我爹使性子，不就是因为我爹管了方娘子的事吗？正拈酸吃醋哪。"春荼蘼敲了下过儿的头，"她傻才这样。若是我，必定好饭好茶侍候着，也不摆脸色，让男人知道自己委曲求全却又特别识大体，包管男人以后更爱重她。"

其实，在这件事上她倒是理解徐氏的。没有女人对自家男人的红颜知己有好感。但从另一方面想，人家方娘子于春家有难时，毫不惜力地帮忙，这点子感恩图报也是做人的必需。小心眼儿没关系，也得分时候不是？有恩报恩，有仇报仇也是必需的不是？人生在世，谁都得忍受点不喜欢的东西，何况春大山此人正派，绝不会在外面拈花惹草，帮方娘子，也是摆在明面儿上的事，没有偷偷摸摸的。身为妻子，她应当信任。

"小姐英明。"过儿拍了句马屁，"不然再等等，天冷了，一闪神，热乎乎的饭菜就凉了。"

"摆吧，太太就是变着法儿的让我爹重视她，不敢太过分的。若真还没完没了，我就东屋外头喊我爹，正给我爹个台阶下呢。不然由着太太，以后她那脾气还得见长。"

"得让太太掏点银子给咱们。老太爷明明说过分伙，这两天她一直不开灶，全从外面买来吃。老爷回来得晚点，就一直跟着小姐用饭。虽说孝敬父亲是应当，但也不能便宜了太太。"过儿一边说，一边跑出去了。

春荼蘼等了会儿，见过儿麻利地把饭菜已经摆在正屋的厅里，春大山却还没出来，就走到当院里大声道："爹，饭已经热过一回了，再不吃就又凉了。您胃一直不好，若犯了老病可麻烦呢。"

东屋里本来隐隐约约有矫情声传来，但她一开口，那声音立时断了。之后很快，春大山一脸烦恼地走出来，见到女儿有点尴尬，似乎强忍着脾气没有发作。

春荼蘼假装没看见，只拉了春大山往正屋走："爹快点，今天是我和过儿一起做的饭，韭菜炒鸡蛋，还有莱菔子汤汆羊肉丸子，热乎乎地喝下去，可赶寒呢。"莱菔子就是萝卜，前朝的时候，有僧人种植了，当贡品送到皇宫。本朝大力种植，渐渐成了百姓们的家常菜。

春大山见女儿似乎不知道他和徐氏吵架的事，心情略放松了些。之前过儿已经在正屋点了炭盆，此时挑起了棉门帘子，一进屋就感觉热气扑脸，喝下热汤，胡饼也是女儿亲手掰成一小块儿一小块儿地泡在汤里，片刻后，春大山全身都暖了，心情也好了些。

吃完饭，过儿收了碗碟，爷儿俩就坐在桌边说话。

"方娘子的事……"春荼蘼吞吞吐吐地问。

春大山叹了口气："今天那位看起来有些瘦弱的年轻上官，正是大理寺丞，代天巡狱的康正源康大人。方娘子倒霉，出了这种凶事，还偏巧让康大人碰到了！"

春荼蘼早就认出了康正源，因而并不惊讶，只问："他难道要从严处置吗？"

本朝律法体制下，判官对案件定性的自由度很大，因为要考虑礼法礼教什么的。而对于一个案子而言，如果定性出现差别，最后的结果简直天差地别。所以，这个定性特别重要。

春大山摇摇头："康大人今天并没有上堂审理，而是一直亲自听供。他把第一批筛选下来的重要证人，挨个单独询问。因为韩大人陪同在一边，所以我也在跟前，倒是听了些……觉得对方娘子很不利呀。"

"都说了什么？"虽然对康正源问案时允许春大山在场的情况，春荼蘼感觉怪异，但她对本案的关注超越了其他，所以自动忽略掉了这个细节。

"除了死了的赵老七，其余呕吐不适的顾客都有同样的症状。文大夫细细诊过，断定他们确实是食物中毒。只是程度不深，吃几剂解毒的汤药下去，过几天就会没事了。"春大山细细说给春荼蘼听，自自己的官非之事后，他不知不觉拿这个才十四岁的女儿当了主心骨似的。

"是鱼汤之故吗？"春荼蘼又问。

"正是。因为没有吃过鱼汤的客人，都没有出现中毒症状。而且那些呕吐物中，也没查出有其他奇怪的东西，包括赵老七吐的。"

"厨房里发现毒物了吗？"

"没有。厨房干净得很，各色作料也都查验过了。那鱼汤是方娘子亲手做的，盛汤的花盏上面有盖子，要送到桌上才能掀开，伙计一路端上时，不可能有机会下毒。"春大山眉头皱起，"所以，十之八九是鱼有问题。"

"鱼有问题，若方娘子不知，她就没有大罪过，顶多是罚银了事。"春荼蘼闻言，本想松一口气，但见春大山还是很发愁的样子，不禁心中又是一紧，问，"难道还有别的情况？照理来说，应该去查卖鱼的人呀。或者说，问题的关键是，方娘子到底知不知道鱼有问题？"

"你没明白，是因为你不知道芙蓉鱼汤的用料。"春大山耐心解释，"一般人做鱼汤，都用的是河鲜。因为海里的鱼比较腥，而且捞到岸上时间稍长，就很难保证是活的。做海鱼，大多是用烧或者煎炸，要么就是蒸的，独方娘子这一味是用海鱼做汤，却比用江河的鲜鱼做得还美味，半点不腥气不说，还有花的清香，味道又浓郁。不然，这道鱼汤为什么又贵又有名呢？而且，方娘子用的还是腌鱼。"

"哪里的海鱼？咱们这儿不靠海呀。"春荼蘼不爱海鲜，所以对吃鱼没研究。

"是鲐巴鱼。离咱们这两三百里外，海边有个运军粮的小镇子。这镇子附近，南运河、北运河和永济渠交汇，称为三会海口，总有渔人售卖腌好的鲐巴鱼。本来我也不懂，但下晌康大人问案时，我才得知，这种鱼虽然吃起来美味，但做鱼时却要格外小心，因为稍处理不好，就会使食鱼者中毒，特别是鱼背上的肉。"

春荼蘼一愣，这不是和吃河豚类似？

从另一方面说，这样方娘子会更难证明自己。如果是有人陷害、投毒，倒是比较容易推脱责任，但如果是她的失误差成食客的死亡，这事就可大可小，看判官怎么给定性了。毕竟，这鱼汤卖了这么多年也没出过事故，怎么会突然出现问题？若有心之人利用这一点，认为方娘子明明知道要细心烹制却还出了问题，有主观上的责任，往过失谋杀上靠，那就真是有口难辩了。

"爹，方娘子情况不妙。我们……要帮她吗？"春荼蘼想了想，终于问出了口。

春大山很纠结，一时说不出话来。方娘子跟他有六七年的交情，开始时只是租客与屋主，相处之下，发现彼此性情相投。她虽然是个女人，但做事豪爽大方，待人真诚有礼，很对他的脾气，互相也帮过很多忙，算是共过很多事的。曾经，他们之间也不是没有情动，但方娘子总是若即若离的，也从不提及自己从前的事。他不是个死缠烂打的人，觉得人家有难言之隐，也就再不触及，只当朋友相处。后来又有了徐氏，他彻底再没动过其他心思。

春家有难，方娘子义无反顾地伸出了援手。现在人家有了牢狱之灾，不管从哪个方面讲，也不能袖手旁观。回家之前，他去了女牢，方娘子还一个劲儿地让他抽手，免得受连累。人家把事情做到这个分儿上，他若真的不管，还算个人吗？

可是，他不懂律法，他除了奔走之外，无能为力。而女儿的问话，其实是问他，要不要她插手这件事。虽然不知道是为什么，但女儿于律法上，很有些天赋和能耐。只是，要让他拿命回报方娘子的恩情，他不会皱眉，事关女儿的名声，他却真的很不想点头。

"最差的情况，会到哪一步？"他犹豫着问。

"爹，律法虽有则，但上了公堂，案情却瞬息万变的。"春荼蘼正色道，"现在因为牵扯到了人命，所以可大可小。若判官裁量为意外，方娘子顶多就是支付伤者赔偿银子，官府所判的刑罚也可以赎铜折抵。但若定性为是过失杀人，虽然也可以赎铜代罚，却是很大的数目，方娘子非得倾家荡产不可。"

"钱财身外物，人没事最要紧。"春大山道。

"但杀，分为故杀、戏杀和过失杀，若是定性为故杀呢？"春荼蘼反问，"那可不是能拿银子摆平的。而且方娘子一介平民，没有八议之特权，最后会被判绞刑。"

什么故杀、戏杀、过失杀，什么八议、特权，春大山一概不懂，但绞刑他听清楚了。大唐律法中没有什么凌迟、腰斩、剐等五花八门的酷刑，只有五种刑罚等级：笞刑、杖刑、徒刑，为五等；流刑四等；死刑三等；二等是绞，留全尸；一等是斩，就是砍头，也是最重的刑罚了。

"为什么要判方娘子故杀？"春大山愣了愣，脸色全白了，"我听她说，她做菜时的手法并没有出问题，不知道鱼汤为什么会有毒的，指不定谁陷害她呢，怎么还要说她有意杀人？就算是有意，为什么别人都没大事，单单赵老七死了呢？"

"爹，我没说判官一定认定方娘子为故杀，只是说有这种可能。"

"那怎么办？"春大山急了，"不能眼睁睁看着方娘子被害，不能冒这个险啊。"他突然想起什么似的，腾地站起来，"不然，咱们给她请个状师？上回你不是给爹请了一个？"

"那个人不能相信。"春荼蘼对那位孙秀才极度厌恶，因为他就是民间所说的那种吃人不吐骨头的讼棍，同情心和良心从来没有，甚至连廉耻和职业道德都欠奉。

"爹，上回您的案子，我怀疑有人在背后操纵，不然那个张五娘不可能平白无故地就针对您。之后，又不可能在一天之内消失得干干净净。而那孙秀才当初应下我的请，后来却突然不来了，人品的好坏暂且不论，万一，是有人暗中给了他更多的银子，让他摆咱们爷儿俩一道呢？这样的人，难保不会第二回失信！"

"可是……可是……"春大山上下打量女儿，实在舍不得她名声受损，吞吞吐吐地说，"不然，干脆我代你上公堂。虽然我不懂律法，但你在家里教好我怎么说不就行了。"

"那哪行啊？堂审时要随机应变的！"春荼蘼无力地说，"而且除非当事人与状师，看审者都在堂外，不得入内，万一有特殊情况，我怎么和爹说上话啊。甚至非有功名者和状师，连衙门的调查纪录也看不得，爹难道要亲自去看，然后背诵下来再说给我听？那得浪费多少时间和精力。就算咱们等得，公堂上的大人们也不肯呀。"

"可是……"

春荼蘼打断春大山的第三回可是："再者，爹私下里可以说和方娘子是朋友，但这时候若替方娘子出面，外人会怎么传？无亲无故的，您护着她算怎么回事？您的名声完了，还势必影响仕途，方娘子更会被人泼脏水。她一个女人，能置办下这么一份产业，让临水楼成为范阳第一酒楼，多少人眼红她，就等着这机会在背后下刀子哪。"

"荼蘼，我是不能让你毁了名声啊。"春大山烦恼无比，"若你代讼的事传出去，以后就说不到好婆家了。咱大唐有规定,女子二十岁不嫁,就会官配。那是由不得人挑的,爹绝对不允许你随便被配给什么人成亲!"

"还有六年呢,爹不要担心,人都很健忘。也许我名声坏一时,但只要老实几年,谁还记得这么清楚?再者说了,就算我不嫁人,爹养着我就是,不过每年交重税罢了,也不一定走官配这条路。一边是方娘子的命,一边是女儿的名声,孰轻孰重,爹您要掂量啊。"

春荼蘼努力劝说春大山,其实她也是这么想的。她虽然不是滥好人,但绝对快意恩仇,人家方娘子对春家有恩,她怎么能只顾自己,对人家的苦难坐视不理?

春大山站起来,在屋里来回走动,一直挣扎纠结,根本无法决断。在他心里,当然女儿最重要,胜过一切,但如果真像女儿所说的那样,他也不能白白看着方娘子处绞刑。

春荼蘼看在眼里,心疼自家爹才吃了东西,发愁的话会不消化,就出了个折中的办法:"不然这样好了。跟官府报备时,就说我代方娘子应诉,这样方便我去衙门看调查的案卷。但我们不公开这事,那么外人也不会得知,影响不了我。如果看过案卷和各方证据、证人证言,觉得方娘子没有大碍,我就把基本的注意事项告诉她,让她自己在堂上应对。如果情况不妙……也只有先舍了我的名气,救了人以后再说。"

春荼蘼出的主意,算是暂退了一步,春大山只觉得稍微缓了口气,点头答应了。鉴于范阳县衙逢单放告,逢双听审,所以明天还有一整天的时间为案子奔走。九月二十六日的晚衙,会开始本案第一堂的公开堂审。

"小九哥他们放出来了吗?"春荼蘼又一次感到极度缺乏人手,问春大山。

"录过口供之后,不相干的人都放出来了。说不清的,或者关系比较重大的,还收在监牢里。"春大山想了想道,"小九哥和几个伙计倒是没事,但临水楼被封,他们都各回各家了。怎么?你要找他?"

"我需要人跑腿,要信得过的,机灵的,小九哥正合适。"

"那没事,他家就住在镇上,明天一早我把他找来就是。还有,别看老周年纪大了,但很见过些世面,也可一用。"

父女两人又聊了些相关的事,春荼蘼就回屋去了。不过她没有睡下,而是挑灯夜读,把相关法条又熟悉了一遍。躺在床上时,还在脑子里回想各个所知的细节,直到天色蒙蒙亮时才睡着。但那也不过一个多时辰,紧跟着她就爬起来,往县衙赶。

衙门开衙早,春大山父女紧跟着传梆声就到了。有春大山这个小武官在,又拿了银子上下打点,春荼蘼很顺利地拿到了所有卷宗到静室中去看,重要处还可以摘录,比之第一回上衙门的情况要好得多了。

她细致研读了一个上午,其间春大山已经把小九哥找来,在衙门外候着,她一出来就吩咐了一大堆事,由小九哥、老周叔和过儿,外加一个名为小吴的伙计去办。这小吴和小九哥是一起长大的,关系很亲,绝对自己人。

她却不知,她这通忙活的场面,全落在康正源和韩无畏的眼中。

"你要把她卷进来吗?"韩无畏问。

"情理上讲,方娘子应该不是故意杀人,但她缺乏证据的说服力。"康正源望着春荼蘼远去的背影道,"春姑娘说得好,刑司之事,当以事实为依据,以律法为准绳。这回,我倒要看看她怎么解开这个结,怎么说服我,说服所有人。"

"所以你故意在卷宗里暗示了很多会判重罪的证据,好引她来代诉吗?"韩无畏嘬嘬牙花子,"虽然我也对她的所作所为很好奇,但是这样做,实在是有点'诲人不倦'啊。"

"所谓名声,还不是上面人怎么说,下面人就怎么说?"康正源笑笑,"若真害了她,了不起再使点手段。一时受点委屈,今后只要有大人物褒奖她,民间还不是会趋之若鹜?"

"一时的委屈也很憋闷啊。"韩无畏夸张地叹了口气,"我这当叔叔的,实在不忍心。"

"若她没有坚定的心志,也不过尔尔,不值得关注了。"

韩无畏听这话,不禁一愣:"你要干什么?难道要让她多插手刑律的事吗?"

第八章　美男如玉

"你不觉得,她在律法上头的见解独到,是我们见所未见,闻所未闻的吗?"康正源目光流转,懒散的眼神中有着别样的认真,"虽说她是女子,到底难成大器,却也应当好好挖掘一番。若能真正理解她的所思所想,对大唐的刑狱,说不定会有好处的。"

韩无畏和康正源是表亲,从小又一起长大,彼此深深了解。所以韩无畏一听康正源的话音,略想了想就明白了,不禁吃惊,警告道:"皇上一直说要息讼、平讼、止讼,若你故意还要给她争讼的机会,岂不是违背皇上的意思吗?"

"你不知道。"康正源摇摇头,"虽说这是我头回接下巡狱录囚的差事,但前几年皇上亲自录囚时,我是跟在身边的,亲眼看到很多冤狱,完全是因为刑官被蒙蔽,而冤者有苦说不出所致。那时我就想,除了要求刑官明察秋毫、秉公执法外,如果有人替冤者说话,不让他们被恶徒构陷,这世上是不是清明很多呢?"

"你想要大唐有更多春姑娘这样的人?"韩无畏愈发惊讶。

"我也不知道自己想要什么。"康正源苦笑,"只是春姑娘在大堂上的行为,让我心里有些莫名的触动,但我不确定,所以才要再看看。若她上回的表现只是偶然呢?若只是因为担心父亲而生出的莫大力量呢?"

"我却觉得，她像是浸淫此道多年的老手，律法于她，仿佛是最称手的兵器，那种杀伐决断、意气风发、进退得宜，比之战场上的指挥者也不差分毫。可念在她的年纪和阅历……说不定是天降大才于我大唐的。"韩无畏一脸赞叹地道，"可惜她是女子，你不能提拔她做手下的刑官，我也不能招她至麾下。"

"那至少可以看清她，学到她的能耐，转用于别处。"康正源望着长安的方向，"所以，我这样做并不违背皇上的心意，因为皇上反对的挑词架讼，是怕民间为此争讼成风，置礼法谦虚于不顾，并不是反对有人为民说话。所以，掌握好那个度是最重要的。"

"照你说的……我很期待明天的堂审啊。"韩无畏咧开嘴，牙齿和眼睛都闪闪发光。

"哦，今天的事还没做完呢。"康正源无所谓地摊开手，"叫人四处张贴告示，吸引更多的百姓来看审。另外……早上不是听说她已经决定代方娘子应诉了吗？得给她找个对手啊。"

"对手？"

"是啊，就那个孙秀才吧。"康正源笑得阴阴的，像一只卑鄙的狐狸，"你不是打听过，春大山一案，孙秀才失信于春荼蘼，后来春家的丫头很不客气地把订金都要回来了吗？你想，孙秀才自诩是附近几个县最了不得的状师，结果算是被打了脸，那等小肚鸡肠的人，难道不会伺机报复，给春荼蘼一个教训吗？"

他这样一说，韩无畏立即就明白了，接口道："对啊，那就给他个机会。我猜，只要把春荼蘼要代讼的消息递给他，他自个儿就会爬来，免费也要为赵老七家的打官司呢。"

两人相视一笑，轻轻松松就把春荼蘼推坑里了。

另一边，春荼蘼一直在镇上奔走，询问证人，调查情况，忙活到天色全黑才到家。可到了家也来不及吃饭，立即伏案做辩护的准备。时间上真是紧，人手真是不足，她累得半死，但精神上却极度亢奋。而且因为不是为钱而打官司，是真正想帮助人，心情也特别好。

春大山看女儿这么辛苦，很心疼，可他又深刻感觉到，自家女儿怎么一打官司就很开心的样子？而当他注意到西屋的烛火到半夜才熄灭时，突然有点心慌，好像有什么不同了，感觉女儿正在脱离"正常"的人生道路。但同时又有些自豪，他春大山的女儿就是与一般的闺阁女子不同啊。

第二天吃过午饭，春大山就带着女儿和过儿去了县衙。到门口时，一家三口吓了一跳，就见县衙门前挤满了人，比菜场还热闹。门口站班的衙役们虽然在维持秩序，却又不驱赶。

"这是怎么了？"春大山问前来会合的小九哥和小吴。

"县衙到处张贴告示，说临水楼案今日晚衙过第一堂。"小吴皱着眉说，"镇上认识方娘子的人多，又听说今天有折冲府的都尉韩大人和大理寺丞康大人来旁审，所以都涌来看审了。"

春大山怔住，随即忧心忡忡。他们制订的策略是暂时隐瞒春荼蘼代讼的事，春荼蘼只是暗中帮手，案情实在于方娘子不利时，再由她亲自出马。话虽如此说，但春大山一直期待情况不要太严重，那么就不会暴露女儿。可是现在，这官司这么个打法，好像已经不再控制在他们手中。

"荼蘼……"他为难地望向女儿。

哪想到春荼蘼还是很镇定的样子，安抚地拉拉春大山的袖子，低声道："爹不要担心，如今是箭在弦上，不得不发。至于名声的好坏，以后自有定论。说起来，爹是武官，而且没根没基，凭自己的本事升上来的。那女儿好歹也算将门虎女，行事作为自然与其他女子不同。所谓谣言止于智者，真正的明白人，不会为此看轻女儿。就算祖父在，知道女儿是救人的，也必然不会阻止。若有糊涂人嚼舌根子，嘴长在别人身上，咱们管他们说什么呢？爹若是担心女儿将来的亲事就更不必了。那等狭隘浅薄的人家，爹也舍不得女儿嫁过去呀。"

春大山满心满腔的话，就这样被春荼蘼轻声细语地堵了回去。见女儿提起自个儿的亲事也如此坦荡光明，心里不知是什么滋味。最后，也只得无奈地点点头。

一边的小九哥却道："春爷，春小姐，赶紧的，咱们从侧门进衙门吧。镇上的人早传遍了春小姐代父申冤，如今又帮助租客应诉的事，都好奇着哪。如果他们发现春大小姐在这儿，跑过来搭话可就麻烦了。"

春大山一听，再也不犹豫，护着女儿绕到侧门去。因看门的衙役是认识的，知道他们一会儿要上堂，痛快地放了行。

进了衙门后，春荼蘼见时间还早，特意又去了趟县衙大牢看方娘子，把该嘱咐的话又交代了一遍。等听到晚衙的三声传梆响，就准时候在大堂外。过了会儿，又听得张宏图说："传相干人等。"她深深吸了口气，慢慢地、坚定地，再一次走上了公堂。

范阳县的县衙很大，也很高，只是光线有些不足，人走在其中，只觉得自己分外渺小，凭空就生出一种敬畏和恐惧来。而且今天大堂门口挤满了人，由折冲府护卫设了警戒线，纷纷扰扰中带着杀气腾腾，处于众目睽睽之下的人更容易心慌。

可春荼蘼不。

她身材娇小但背挺得直直的，身上穿着簇新的宝蓝色窄袖圆领男装胡服，一头青丝向上梳起，戴着同色的幞头，脚上黑色薄底小靴，腰带上没有挂着带扣、香包、香囊类的东西，浑身上下素素净净，干脆利落，跟这威严阴暗的大堂好似格格不入，却又奇怪的和谐。

宝蓝色本来很挑人，若皮肤黑，或者长相憨厚壮实，就会显得很土气。但春荼蘼皮肤有如细瓷样的白润，于是那讨喜中带几分妩媚的长相就被衬得更加妍丽。偏偏，她的举止与步态都镇静自信，一出场就镇住了所有人。

而堂上，其他人已经到了。

两班衙役以水火棍拄地，站得笔直，神情肃穆。方娘子和赵老七家的，跪在堂下。令春荼蘼奇怪的是，孙秀才站在堂边，与自己相对的位置。

再看堂上，正中央的公座后，坐着县令张宏图，虽然他极力正襟危坐，但明显有些坐立不安。在公座的右侧，照样是欧阳主典，担当着法庭记录员的角色。而公座的左侧，放了一张很大的长条桌子，并排坐着韩无畏和康正源，正是旁审席。

真是美男如玉啊。这二位，是大堂上唯一令人赏心悦目之所在。而春荼蘼没想到，自己无意间成了压轴出场的，顿时很有大人物的感觉。

"民女春荼蘼代犯妇方菲应诉，叩见各位大人。"春荼蘼姿态优雅地伏地行礼。

孙秀才是有功名的人，上堂不用下跪。她比不得人家，而无功名者代讼，除非是为亲人打官司，否则不管男女，按例都是要先挨二十板子的，并且是脱了裤子打。这是极丢面子的事情，谁都不愿意挨这个板子。好在，大唐的律法有一点好处，非重大到不能折抵的罪行，都可以用赎铜来充当。所以说，她这官司必须赢，不然连那一斤赎铜也赔里面了。

她娉娉婷婷跪下的姿态，韩无畏左看右看都觉得有趣，遂以胳膊肘一拐康正源，压低声音道："看到了没？这丫头一进公堂，两只眼睛都亮了，简直风采逼人。可见哪，她是真喜欢跟人打官司。"

"闭嘴吧。"康正源做惯了刑官，气势上很威严，但此时听着韩无畏的废话，有点要破功。

可韩无畏没有闭嘴，反而见张宏图有点发呆，越俎代庖地说："嗯，快起来回话。"

康正源此时真后悔把自个儿的这位表兄带来旁审，韩无畏天生勇武，兵马和武艺均娴熟高超，而且颇有智计，但就是行事不按常理，而且喜欢故意忽视礼节法度。

好在除了他，似乎没有人发觉韩无畏这话的不适当，张宏图没有觉得权威受到侵犯，春荼蘼也依言站了起来。

接下来，就是例行的程序，由欧阳主典简单宣读了一下案件的大致情况和调查结果，很快就进入了对推阶段。

到这时，春荼蘼才知道孙秀才是赵家那一边的状师。她很惊讶，因为赵家肯定出不起聘请银子，除非有人暗中资助，或者孙秀才免费提供服务。

若是有幕后人帮忙，那此案与父亲的案子有没有关系呢？毕竟，才陷害完自家爹，又来陷害自家的租客，关联性也太大了。方娘子如果因此让酒楼歇业，她家的租金就收不到了。再往外租，还要费一番心力。

若是孙秀才不收银子就肯出力，那指定是报复她，不服气她上次的表现，想让她难堪。如此，最后倒霉的一定不是她！这种自信，她有。

而按照大唐的诉讼程序，要由原告先提出控诉，于是孙秀才施施然上前。

大唐是个自由奔放的年代，体现在衣食住行上，就是风格丰富而多变。比方衣服中，既有当代的特色服装，也有很多人喜欢胡服、汉服，甚至魏晋的服饰。尤其文人士子，自诩风流潇洒，特别爱广袍大袖的样式。

孙秀才就是如此，他自以为很有文人气质，可在春荼蘼看来，却是一派装模作样的德行。

"学生孙雨村，代赵老七的遗孀，诉临水楼老板方菲毒杀赵老七一案。"他上前施了一礼。

"所诉何来，讲！"张宏图看了左边一眼，见两位上官都没反应，不得已，只得亲自主持堂审，拍了下惊堂木。

孙秀才蓦然转过身，一脸义愤填膺之状，指着方娘子，大声道："临水楼，本县有名的酒楼。方娘子，本县有名的富商。而所谓商者，奸人也，为逐利无所不用其极。临水楼的芙蓉鱼汤，远近闻名，其味固然美矣，但一盏汤取银一两，亦暴利非常。然，即是如此，食客仍络绎不绝。"

"一个愿打一个愿挨，你管得着吗？"堂外看审的人之中，有人嚷了一句，声音有些模糊，显然是捏着嗓子变了调的。而此言一出，人群中立即爆发出嗡嗡的议论声。

春茶蘼猜八成是小九哥或者小吴，神情半点不动，心里叫了声好。

"肃静！"张宏图大喝，并又拍了下惊堂木，"再有多言者，按扰乱公堂处罪，笞十！"

好吧，虽然是刑罚中最低的那档，但好歹也算是个罪名了。

人群立即安静，孙秀才接着说道："临水楼芙蓉鱼汤的烹制方法秘不外传，汤品也是方娘子一手调理，绝不假手他人。那么，若鱼汤有问题，必然是她的错处，其后果也应该由她一力承担！而此鱼汤的用料是鲐巴鱼，极普通的腌制海鱼。所谓君子远庖厨，各位大人可能有所不知，但堂下诸位乡亲父老日日操劳柴米油盐，却是明白的，那鲐巴鱼虽然美味，但烹饪之时必须格外小心，稍处理不好，就会令食者中毒。试问，这么简单的道理，一个开酒楼的老板娘会不知情吗？既然如此，为什么还会出现那样令人死伤的结果？是店大欺客，不拿上门的客人当回事，只被银子晃花了眼？还是故意为之，为杀一人而罔顾他人性命！"

"民女冤枉！"方娘子越听越急，纵然平时为人沉稳，此时被人如此泼脏水，也有些忍不住了，匍匐在地，高声喊冤。

"闭嘴！"张宏图怒喝，"本官还没问你，怎敢咆哮公堂！"

说完，又偷瞄了韩、康二位位高权重的年轻上官一眼。见他们还是没有表示，韩无畏甚至两手支在台案上，兴趣颇深的样子，只能硬着头皮继续主审下去。

"孙雨村，你接着说！"

孙秀才冷笑一声，望向春茶蘼，心中洋洋自得。可是让他心里突然纳闷的是，他的话都说到这个分儿上了，明里暗里把方娘子往死角里逼，春家的贱丫头为什么还不动声色？若说是吓傻了，为什么她的眼神如此清澈无波，神情也怡然自得，仿佛胸有成竹？

他一咬牙，继续攀咬道："事情发生时，都尉韩大人和巡狱史康大人恰巧在酒楼，目睹了全部事实经过。而在两位大人的安排下，本县张大人和县衙各位差爷反应迅速，也已经查明前因后果。学生请求传召证人，一一对质，让方娘子心服口服。"

"传证人！"张宏图扔下令签，立即有差役捡了起来，下去带证人。

然而此时，康正源突然开口道："当时我与韩大人确实在场，不过却只是看到了事件的结果，并不是事实，更不是过程。这个案子的真相是什么，还请二位状师辩驳明白。"

孙秀才闻言一怔。

他说的话里布下了文字陷阱，毕竟，如果说是两位大人目睹了一切，本身就占了几分说服力。哪想到这位年轻的大理寺丞不是好糊弄的，这点子咬文嚼字的花招也给指了出来。难道说康大人与韩大人是表亲，春大山又是韩大人的下属，于是在堂上有所偏颇？自打上了堂，韩大人的目光就落在那春家丫头的身上，难道说是……美人计？韩大人看上那臭丫头了？

他脏心烂肺地想着，春荼蘼却仍然不动不说，神态安然。

县衙大堂空阔，下午的阳光把每个人的身影都投射在阴暗的角落里，影影绰绰的，仿佛祸乱人间的魑魅魍魉。众人的脸色也各不相同，有春大山、小九哥等人的焦急，有看审众人的好奇与兴奋，有三班衙役的漠然冷酷，有堂上诸官的严肃威严，有孙秀才的神情闪烁，有方娘子和赵家的忐忑不安。而春荼蘼亭亭玉立在那儿，就像一朵开放在淤泥中的小白莲，好像她所站之处散发着微微的光芒，是吸引所有目光的所在。

韩无畏望着她，再度用胳膊肘拐了康正源一下，低声道："瞧见没？她自打上堂，看都没看我们一眼，可见全副心思都在案子上。这种全神贯注，倒真叫人佩服。这丫头，越看就越是与众不同。而且，怎么瞧着……也很漂亮哪。"

康正源哼了声，并没有回话，其实心里也愈发好奇：春荼蘼，你要怎么反驳孙秀才呢？可别让本官失望啊。

因为证人是早就候在堂外侧门处的，所以很快就被带了上来，是本县医术最高的文大夫和县衙仵作，外加上当日的客人之一黄姓郎君和当天最先到达现场的洪班头。

各人报上姓名后，除文大夫有功名外，其余三人都跪倒在原告和被告稍后一点的地方。

"请问文大夫，当日您所诊治之病患，都是什么症状？"孙秀才得了张宏图的首肯，上前询问道。

"都是食用鲐巴鱼中毒之症。"文大夫神情坦然，没有异状。

"请恕学生无理，并非学生怀疑您的医术，而是为了让狡辩之人心服口服，所以请您说得明白些。"

孙雨村这句话，完全是人身攻击，外加主观臆测了。

"我是个大夫，并不擅长解毒。但是鲐巴鱼是百姓常食用的鱼，也偶有中毒事件发生，这些年来，倒也治了几十例了，并不算什么疑难杂症。若是不信，可找邻县的医者来，对照诊断便知。"文大夫正色道。

孙秀才满意地点了点头，转向仵作："我再问你，中毒食客的呕吐物中，可有其他致毒的东西？"

"我已经细细查验数遍，再无其他致毒物。"

"那赵老七的尸体可曾验过，有无其他致死之症？"

"赵老七全身上下并无伤痕，也无其他病状。就连他的呕吐物里，也只有一点鱼肉和些许菜蔬，和他当日所点的菜品相符。"仵作很肯定地说。

孙秀才挑衅似的再瞄春荼蘼一眼,继而转向黄公子和洪班头。

"黄郎君,你是代表当日中毒之食客的。你可知,一共有多少人中毒?"

"十道鱼汤,毒十五人,死一人。"

"彼此可认识?"

"大部分互不相识,但有的因为同居于镇上,很面熟而已,彼此并没有搭话。"

"你们可都点食了芙蓉鱼汤?"

"菜品并不相同,不过芙蓉鱼汤是临水楼的招牌菜,我们这些中毒的人,每桌都点了。"

"那洪班头,学生再请问您,这鱼汤从出锅到上桌,可曾经过别人之手。换言之,别人能否做手脚呢?"

洪班头挺直脊背,大声道:"没有。衙门已经认真调查过,那鱼汤要头天晚上用秘法再腌制一回,经过整夜,第二天早上,方娘子亲手炖上。其间,那个专做鱼汤的小灶间是一直锁着的,旁人进出不得。我们查过,小灶间门窗并无破坏,也没有强行闯入的痕迹。而端汤上菜的过程中,汤盅的盖子也不曾掀开过。这些情况,衙门都有录下的口供和相关人证。"

"明白了。"孙秀才高声一笑,再度手指方娘子,"这说明,下毒害人者,正是临水楼的老板娘!人证物证俱在,看你如何抵赖!"

孙秀才这诛心之语,可谓毒辣之极。

可在春荼蘼眼里,却只觉得可笑,忍不住微笑着讽刺道:"孙秀才,民女虽无知,却明白公堂上只有主审的大人才可为案件定论。如今你诉过,我还没应呢,倒麻烦你为堂上三位大人做了决断,不累吗你?"

"哼,小小女子,些许识得几个字,就以为能颠倒乾坤吗?"孙秀才轻蔑地冷笑,"逞口舌之利,于事无补!"

春荼蘼也不理他,向堂上施了一礼道:"三位大人,民女心中有疑,想要问问证人,不知可否?"

"准。"张宏图应声道。

春荼蘼并没有摆出孙秀才那样咄咄逼人的模样,而是态度温和认真,甚至有一点讨教的样子,令证人放松了紧绷的神经。她先问文大夫道:"医者父母心,文大夫见到这么多因喝鱼汤而中毒的人,心里很恼怒吧?"

"是。"文大夫是个正派人,当下也不隐瞒,正色道,"入口之物,关乎人之性命,不管是吃食还是药品,都必须慎之又慎,否则就是害人作孽,违了道德和良心。"

"您说得对。"春荼蘼深以为然,点头道,"民女也是本县人,深知文大夫医德和医术是极高的,因而绝不怀疑您的诊断,确信那些人是食用鲐巴鱼而中毒。但,民女想弄明白的是……"

话说到这儿,她顿了一下,加重悬疑感和引起听审之官与看审之民的重视。同时,她百忙之中还抽空观察了下康正源和韩无畏的脸色,见他俩的胃口全被吊起来了,流露出格外关注的神情,心下满意,才把问话继续下去:"您肯定中毒是因为鱼汤,但能肯定赵老七之死,是鱼汤所致吗?"

医者总是习惯不把话说死的,因为医学如科学,有太多的可能。而且,关于赵老七的死,本就疑点重重,作为一个有医德的人,文大夫是不会给出定论的。

方娘子的案子,有人食物中毒是事实,众目睽睽之下,推卸不了责任。所以,她不在这个问题上纠缠,她辩护的重点就是:这起事件是个不幸的意外,或者方娘子是遭人暗中陷害。若坐实这一点,方娘子就也是受害者。换句话来讲,她本着人道主义的精神赔偿些银子,此事便了了。最差的结果,就是承担过失伤人罪,罚银赎铜了事。但过失杀人罪,是绝不能接受的。

法律,很多时候是利益及损失的衡量和取舍,并不只是非黑即白,或死或生的,而是承担自己的失误和恶念。或者,无奈。

果然,文大夫怔住,沉吟了一下才摇头道:"不能肯定。"

堂下看审的人,忍不住又发出了惊讶声。而孙秀才脸色骤变。

可春荼蘼不等他开口反驳,又转向仵作问:"那请问您,赵老七身无其他伤口和伤痕,呕吐物中也无其他毒物,但您能否看出,他身上有没有隐疾?比如心痛之症,那个疼起来也是能要了人命的。还有,若他中的毒是溶于酒水的粉末,从呕吐物中能否被发现?"

"不能。"仵作也老实地回答。

"黄郎君,请问您中毒之后有何症状?"她转向受害者代表。

"就是吐了个翻江倒海,恨不得把肠胃都掏出来洗洗。"黄郎君说到这儿,情不自禁地抚了抚腹部,显然心有余悸。

"很难受?"春荼蘼露出同情的神色。

"很难受!"

"没死?"

"啊?!"黄郎君一时没明白,但很快拍拍胸脯,"那当然活得好好的,如果死了,就不可能来做证了。吐过之后,又恶心了半晌,吃了文大夫开的解毒汤,也就没大事了,我今天中午还吃了一大碗羊肉汤饼呢。"汤饼,就是面条。

他说得滑稽,堂上众人忍不住哄堂大笑,气氛顿时不那么严肃了。

春荼蘼赶在张宏图拍惊堂木之前,迅速结束话题,问向最后一个证人:"洪班头,您之前言称,从鱼汤做好到端菜上桌,其中不可能有人做手脚。不过,在鲐巴鱼入厨之前呢?"

"鱼已成鱼汤,而且在汤中是不成形的,鱼肉做成了鱼蓉丸子,所以采购来时,鱼是什么情况,自然是无从得知的。"洪班头回答得一板一眼,生怕说错什么。

然而春荼蘼却没再细问,而是回身面向堂上公座道:"大人,民女已经问清楚了。孙秀才口口声声说的人证物证俱在,竟然没有一个确实之说,如何采信于民?又如何能凭这些间接的旁证和佐证,就定方娘子之罪呢?"

"这……"张宏图彻底糊涂了。在大唐,证据中之最有用的就是犯人的口供,但方娘子摆明不招,在前证模糊并且有上官在场的情况下又不得擅自动刑,那要怎么办?

但春荼蘼没给他思考的时间,接着说道:"还有,临水楼在本县已经开张六七年之久,芙蓉鱼汤远近闻名,之前可曾出过半点纰漏?民间食此鱼,偶尔还会出现中毒的情况,但临水楼从来没有,可见方娘子烹饪之用心。而出事当日,并无突发事件影响方娘子的情绪,她又怎么会失手做出毒鱼汤?又倘若她知道这鱼汤有问题,为着酒楼的名声着想,她也会立即销毁,至多当天不卖这道汤就是。她还要继续在临水楼不着自毁信誉。所以,这事不是出得很古怪吗?所谓反常即为妖,谁敢说具

"她从前小心,也不能证明这一次她没有出错。"孙秀才终于抓住机会

"那你又如何证明鱼汤有毒,确实是方娘子的过失?"

春荼蘼先设下了文字陷阱,提到了"过失"二字,确保至少这官司能保

"毒死了人,人命关天!不是她是谁?"孙秀才情急之下,果然没注意到。

"这么多人喝了汤,为什么单赵老七死了?而且那情形,当时韩、康两位大人亲见,应属暴毙。我倒不知,一碗鱼汤有如砒霜。"春荼蘼讽刺刺说,"如果鲐巴鱼有这等功效,朝廷恐怕早就禁捕禁食了吧?不然有心人从此鱼身上取毒,岂不便宜得很!"

之后,并不等孙秀才回答,她又突然走到赵家的面前,半弯下身问:"请问赵家嫂子,你家夫君是不是身子弱啊?"

赵家的没想到突然问到她,不禁一阵慌乱。本能中,她明白春荼蘼是以她夫君身子亏虚为借口,好证明被毒死是自个儿的原因,所以连忙辩白道:"回小姐,我夫君虽然瘦小,但身子一贯是结实的,连小病都很少得,左邻右舍都知道的。"

"哦,原来身体好得很哪。"春荼蘼拖长了声调,"我也觉得,他今年连三十都不到,正值壮年,平日里在乡间有些强悍的名声,自然不是孱弱之辈。可我又奇怪了,既然他的身体这么好,为什么食用鱼汤的别人都没事,其中包括一名七旬老者和一个六岁小儿,怎么偏偏是他立毙于当地呢?"说完,她看了看孙秀才,见后者脸都气绿了,心下暗爽。

她早就料到,孙秀才会以赵老七身体不好,所以中毒程度太深,导致死亡为辩护要点。毕竟同样是伤,弱者先死是常识。所以她以子之矛,攻子之盾,抢在孙秀才之前询问赵家的,以他的证人,废了他的心思。

而且,她提到了赵老七的名声,有强烈的暗示作用。那就是个游手好闲,欺软怕硬,以投机取巧,敲诈勒索为生的人。他有可能为了敲诈,自己服用了不当的药物,导致猝死,与鱼汤并没有直接的联系。顶多,是他没想到鱼汤也出了问题,结果两害相加,害死了自己。

"大人,春姑娘纵然巧舌如簧,但抵不过事实如山。"孙秀才反应挺快,马上不纠缠这个问题,以免越陷越深,"据学生所查知,赵老七之死,其实是方娘子故意为之!"

嚄,这可是重磅炸弹,最为严厉的指控。居然,对方也不想定方娘子过失杀人,而是要打一个故意杀人罪?胃口和胆子都不小啊。这得是什么样的仇恨,竟然要置方娘子于死地?

"我倒奇了,故杀,却在众目睽睽之下,还在自己的酒楼之内?方娘子又不疯傻,

为何要做这种自暴其罪的事？"春荼蘼冷笑，"她以后还做不做生意了？"

"说不定，这就是方娘子的聪明之处。"孙秀才也冷笑，"最危险之地就是最安全之地，这个道理大家都懂。她正是要以此迷惑世人，让世人以为她不会这么明目张胆地在乡亲们的眼皮子底下和自个儿的酒楼内做下恶事，反而能撇清自己。岂不知法网恢恢，就这点小心思、小算计，又能瞒几时？"

"这样强词夺理的话，你也说得出？"春荼蘼不怒反笑，"为什么？方娘子为什么要这么做？以酒楼的前程和后半生的生活抵一条不相干的人命？先给个理由！"

"你不知道吧？"孙秀才奸诈地眯起眼睛，"方娘子和赵老七是旧识。赵老七贪慕方娘子的美色，曾经多番撩拨，方娘子不肯，还曾起过冲突。方娘子扬言要赵老七去死，这事，我可是有人证的。"

春荼蘼看着孙秀才得意洋洋的脸，拼命努力才保持住不变色，但心里却"咯噔"一下。因为，这件事她不知道，方娘子从没有跟她说起过。她毫无准备，应对起来有些被动。

这件案子的麻烦之处在于，不管是原告还是被告，都没有确凿的证据支持自己的观点，官府也没查出什么来。可这种情况一旦耗到最后，吃亏的一定是方娘子，因为大唐的法律是有罪推论，必须要证明无罪。

此时，她听到爆出新证据，心念急转，突然想起上回春大山一案中，调查到的一点关于孙秀才的情况。虽然这样反攻有点人身攻击之嫌，但对待恶人，她无耻起来特别没有负担。对方若胡搅蛮缠，她能加个更字。

"就是说有杀人动机喽？"她不禁反问道。

"没错。"孙秀才大义凛然。

"有动机就一定有结果吗？一个动机和一个结果之间就一定有联系吗？"她又反问。

孙秀才一愣，看着对面少女笑靥如花，突然有很不好的预感。

"那我听说……"春荼蘼貌似为难地笑了笑，"孙先生坐享齐人之福，共有两房妻妾。只是妻娶于微末之日，妾纳于发达之时。偏偏孙先生之妻性格刚烈，又自忖有恩于夫君，于是曾因纳妾之事，提刀追杀了孙先生三条街。"

孙秀才一听这个，脸迅速涨得通红，额头上血管就像要爆开似的。

但春荼蘼仿佛没看到，继续道："不过，后来虽然追上了，却到底没有动手。不愧是孙先生之妻，知道律法禁止随意杀人，但后来还扬言要杀夫。当时她咬牙切齿，恨意滔天。这件事，我可不止一个证人，当时三条街上有很多人看到。那么请问孙夫人杀掉你了吗？大家都知道，妒妇之恨，能让人不寒而栗。这么强烈的情绪都没有导致杀人，何况那赵老七只是言语挑逗，不曾损方娘子分毫呢？方娘子一个女人，为了养活自己不得不抛头露面做生意，想来会遇到多少无礼宵小之辈，若每个人都要杀死，临水楼前，岂不早就尸积如山？"

"你……我……两件事不可同日而语。我的家事，又怎可作为反驳之据？"孙秀才只气得浑身发抖，本来相貌也算斯文，此时却只像斯文败类了。

"天下万事，抬不过一个理字！"春茶蘪骄傲地抬起下巴，大声道，"你以此因果来推论方娘子之杀人动机，我为什么不能反推呢？难道说恨不得某人死，说出要杀掉他，就一定会杀人吗？试问堂上堂下诸位，哪个人心里没有厌憎到恨不得其消失的人？可我们有谁，真的动手杀人了？若说无稽之谈，牵强附会，也是自你而始！"

此时辩论激烈起来，堂下众人也忍不住纷纷议论，场面一时混乱。康正源见张宏图呆坐在公座之上，目瞪口呆，完全没有反应，只得轻咳了一声道："肃静！"

张宏图回过味来，又连拍了几下惊堂木，全场才安静下来。

那孙秀才被春茶蘪顶得焦头烂额，怕这刁钻丫头又说出什么来，连忙上前道："诸位大人，本案之争的根本，在于鱼汤之毒是否为方娘子故意所为。若是故意，就有杀人之嫌。而要证明这一点，只要方娘子说出芙蓉鱼汤的制作方法和用材用料，再由其他做鱼汤的行家略研究一下便知。"

"这个……"张宏图看向韩、康二人。

春茶蘪眉头轻蹙，不着痕迹地走向方娘子，故意挡在她面前。方娘子倒也乖觉，垂着头低语道："镇上有个福运楼，一直试图模仿芙蓉鱼汤的做法，但终究未成。刚才，我好像看到福运楼的大厨子在堂下候着呢。"

原来还有另一所图，真是贪心不足！春茶蘪眯了眯眼，快步走上前，急急叫道："民女反对！"

康正源饶有兴趣一笑："你反对什么？"

"民女反对这样的求证方法。"春茶蘪一字一句说得清楚，"所谓秘方，等同于财产，要受到律法的保护。如果为破案所需，那也必须在保密的情况下进行。而且，负责鉴定之人要保证今后不得做出这种鱼汤，否则就是对他人财产的侵犯，要承担律法上的责任！"

她这种说法对堂上众人来说，确实比较新鲜，康正源和韩无畏不禁对视一眼，露出一脸兴味的神情。

春茶蘪趁热打铁，继续说："大人们不知道吧？本县的临水楼与福运楼是竞争对手，福运楼多年试做芙蓉鱼汤而不成。刚才孙先生提出这样的要求，我又看到福运楼的大厨'恰巧'在堂下看审。若大人们答应就此办理，只怕那大厨会自告奋勇。毕竟，他是行家嘛。那时临水楼的招牌菜不费吹灰之力就被福运楼得到了，孙先生真是好算计，会得到不少好处吧？"

呼，她算明白了，现在的法律秩序真是个大问题，对辩诉双方控制很少。那么，她当然也可以玩含沙射影、指桑骂槐、挖坑陷害那一套。

果然，孙秀才脸色数变，最后定格在正义之怒上，大声道："你血口喷人！"

春茶蘪耸耸肩，不说话。那种无所谓的模样，很得韩无畏的心，令他顿时露出笑容，低声对康正源道："她说得也不无道理，应当拒绝这姓孙的要求。"

康正源沉吟片刻，转头对张宏图道："张大人，依本官看，此案的审理已进了死胡同。而现在晚衙的时间已过一半，尚有其他案子要宣。不如临水楼一案，待后日再审第二堂。明天一天的时间，让双方寻找证据，胜于在某一个问题上纠缠。"他虽是上官，本人的品级和爵位也都高于张宏图，但毕竟这是在范阳县衙，于理，他不能越俎代庖。

而张宏图听了他的意思，哪有不点头的理儿，立即宣布后日晚衙再审，人犯暂时收押。

春荼蘼缓了口气儿，在县衙侧门与春大山等人会合后，提出不回家了，就在镇上找个客栈住下来，方便调查证据。

"今天审过第一堂后，我发现必须改变辩护策略。"她皱着眉说，"不然这样原地踏步，越往后，对方娘子越不利。"

事关官司，春荼蘼最近偶尔会冒出些春大山从未听过的词汇，但大体意思是不难懂的，他闻言点头道："都听你的，只是你要怎么做？不用不回家吧？"

"爹啊，时间太紧，只有一天。可是要调查的事情却很多，我有几个新想法，需要新证据支持，偏偏女儿能使唤、能信任的人不多，哪能把时间浪费在来回的路上？"

"镇里的客栈都不太好，比不得家里舒服，爹怕你不习惯。"春大山心疼地说，"吃的东西也比不得家，外面还不太安全。"

"左不过几天时间，哪那么多讲究呀？"春荼蘼拉住春大山的袍袖，"再说家里有老周头看家，替太太跑腿办事。我身边有爹在，有什么不安全的呀。"

她只有和春大山在一处时，才很自然地流露出小女儿态。可惜在这个时代，就算父女也不能有太多肢体接触，于是挽手臂这类动作就变成了抓袍袖。而春大山最架不住的就是女儿撒娇，当下就点头答应了，只发愁哪家客栈更舒服些。

就在这时，康正源和韩无畏相携走了出来。

大唐的军服尚黑，今天春大山正穿着黑色军装便服。当春荼蘼白玉般的小手搭在黑色的袍袖之上时，那种奇异的美感，被韩、康二人看个满眼。

"见过韩大人、康大人。"春大山正对着侧门，看到这二人出来，连忙行礼。

春荼蘼几不可见地皱眉，腹诽：干吗随随便便跑到侧门来啊？真讨厌！

可是没办法，她和过儿等人也得跟着行礼。

韩无畏笑着上前扶起春大山道："我和康大人是微服，现在又不是在堂上，或者在军里，不必多礼了。你家女儿心疼你要弯腰，不乐意了呢。看，嘴噘得能挂醋瓶子。"

他这样说，虽是开玩笑，春大山却更尴尬，只得道："是小女无礼了。"

春荼蘼不吭声，给他来个默认。

兴许是两人第一回正式见面时，韩无畏是个爬墙头的状态。所以，春荼蘼对他总也恭敬不起来，而且自己还没自觉。

"我听说，你们要住在镇里？"韩无畏话题一转。

"是。"春大山应道。

"客栈怪不方便的，不如我把房子借你们使使。"韩无畏大大咧咧地说，"我虽平日里住在军营，但在镇上有一处院子，虽然不大，仆役和日常用度却是都有。你带着女儿，倒是比住在外面舒服些，也安静。"

"这……不敢叨扰大人。"春大山犹豫着回答。

其实，为了女儿，他很乐意接受。不过是借住几天而已。韩无畏是自己的顶头上司，两人地位差距大，因而这事算不得是人情，倒和赏赐差不多。

"算不得叨扰。"韩无畏摆摆手，"你只管去住便了，我和康大人近几日住在军营，反正那院子空着呢。"

第九章　女游侠儿

春大山想答应，但他知道女儿经历过大难后，现在很有主见，便以目光询问春荼蘼的意思。

哪想到春荼蘼上前一步，躬身道："谢谢韩大人的好意。只是身为被告的代诉者，是要避嫌的。您和康大人都是本案的陪审官，若接触太多，怕遭对方诟病，我们还是住客栈的好。"

春荼蘼只是公事公办的意思，但听在韩无畏耳朵里，却是拒绝和划清界限的意思，反倒令他生出些逆反心理来，紧跟着道："若担心这个，实在大可不必。我是武官，负责一地的军政，至于民政，还是由文官处理。我刚才已经和康大人说了，不再参与旁审，而是和百姓一样，在堂下看审。你父亲是我的下属，他既然掺和了这事，也关系到军中的颜面，这个案子必须赢下来，如今我给些方便，哪那么多讲究呀。"说着，看了看康正源道："对吧，康大人。"

康正源微笑点头，后槽牙却咬着，心道：你刚才什么时候跟我说过不再参加旁审了？

听韩无畏这样一说，春荼蘼却不好再摇头了。毕竟，人家这么大的官，这么高的爵位，让下属到自己的院子借宿几晚，那就是恩典，不能不识抬举。再说，都已经说明院子空着，他自己和康正源都不会去的。

可是春大山还没有来得及道谢，远远就跑过来一个小丫鬟，临到前来一看，却是小琴。

"老爷，老爷，不好了。您快回家看看，太太病了！"小琴焦急地说。

但饶是如此，她神态仍然娇怯怯的，两眼含着泪水，似落非落，脸颊偏跑得红扑扑的，说话时，桃花眼对春大山瞟呀瞟的。可惜，牡丹花喂牛，春大山完全没有欣赏的意思，皱眉问："怎么回事？我早上出门时还好好的。请了大夫没有？"

"请了。"小琴点了点头，"只是太太的头疼症是老病，受点凉，思虑略重些就犯，吃着旧时候的药，可总也不大管用。"

春荼蘼在一边听到，差点翻白眼。

徐氏是个蔫了吧叽，凡事只在肚子里计较，表面柔弱，但拧起来特别有准主意的人。不然也不会天天扮小白花，看着窝囊没用，却关键时刻偷偷跑去算计春大山，把所有人都吓着了。除此之外，她还是个药罐子，三天两头地请医问药。

民间有句俗话：住破屋、用破锅，家里躺个病老婆，是男人的三大悲剧。春大山就占了最后一条。平日里看，那徐氏倒也不装病，是真正胎里带的弱症。不过她这头疼症就说不准了，请了大夫来，也来来回回就是那一套说辞，总之是死不了，但就是折腾人。她抱着头哼哼，别人也没办法拆穿她是不是装的。就像今天这样，难以分辨真假。

八成，她是不愿意春大山帮助方娘子，但又不敢明着拦，怕触怒自个儿的男人，所以玩这套从古至今都用滥了，却万试万灵的招数。可她却不想想，春大山为方娘子一案忙前忙后，如果最终没帮上忙，方娘子不管是被判误杀还是故杀，春大山的名声也会被牵累的。

官司赢了，人家会说春大山仗义相助，为人正派；官司若输了，人家会说春大山为美色所迷，助纣为虐。两个判决结果，导致两个长远的后果。这徐氏，还真是不识大体、小肚鸡肠的搅家精！怪不得人家说妻贤夫祸少呢！

再看春大山，完全陷入两难境地。他也怀疑徐氏是装病，可她毕竟是自己的老婆，万一是真病了，他哪能置之不理。而且，又是当着两位上官的面，他若无动于衷，岂不是显得太凉薄？可是，这边方娘子的案子到了紧要的关头，女儿又说不回家了，他哪能放心得下。一时之间，他左也不是，右也不是，眉头越皱越紧。

看到他这样子，春荼蘼虽然不忿徐氏所为，到底还是心疼父亲，不忍心他为难，努力压着心中的怒气，缓着声音道："爹不如回家去看看母亲，我这边的事您不用担心。咱范阳是大唐的领土，军事重镇，虽说还不至于路不拾遗，夜不闭户，但治安也一向很好的。再则镇上离家也不太远，至多女儿若有事，立即就回家还不行吗？"

"不行。你一个姑娘家，从小没出过家门，独自住在镇上，叫爹怎么放心？！"之前，本打算一行人住在韩大人府上，现在却又不能了。因为他不能留下，一个未出阁的姑娘，无长辈相陪，怎好借宿年轻男子的家里，就算主人不在，只有仆役也不像话，当真好说不好听。

"不然你还是跟我回去，明儿一早再过来。"春大山决定。

"时间太紧了，哪耽误得起。"春荼蘼摇头道，"我也不是独自住在镇上客栈，不是还有过儿、小九哥和小吴吗？不如这样，叫小九哥和小吴也住在客栈，您如果还是不放心，就请小九哥的娘亲过来照顾一二。至不济多花几个店钱，买您个安心好了。"

春大山一时踌躇。

女儿虽然说得有理，可她花骨朵一样娇嫩可爱，若不是他亲眼盯着，总觉得心中不踏实。

事发突然，爷俩儿在一边嘀嘀咕咕，倒忘记身边还站着两位朝廷大员。韩无畏竖着耳朵听了半天，忽然插嘴道："春大山，你尽管回家去，你女儿的安全，本都尉负责了。"

他这么说，大家都是一愣，各有心思。

"这位上官真是热心肠的好人啊。"春大山、过儿、小九哥和小吴想。

"哪里来的大人，长得比老爷还俊，又这么年轻。"小琴心思飘忽。

"他干吗不顾身份，总盯着人家春姑娘？"康正源面上仍然带笑，后牙也依旧咬紧。

"这个姓韩的热情过度，俗话说，无事献殷勤，非奸即盗，他到底要干什么？"春荼蘼腹诽着，心里瞬间转了好几个弯。

不过春荼蘼倒不会自作多情，以为韩无畏是贪图自己的美色。

自己什么姿色春荼蘼心里是很有数的。漂亮倒是很漂亮，却还不至于让男人见了就走不动道。而韩无畏是当今天子的亲侄子，什么样的美人儿没见过，不像那些没见过世面的小男人，很容易生出歪心思来。

那这位爬墙头的同志，你到底有什么企图？帮忙也要有个限度！

一边的春大山更进一步地考虑，认为韩无畏此话的意思是，会派兵保护女儿，当下松了口气，很真诚地行礼道："既如此，属下谢大人成全。"

"本都尉爱兵如子，荫及家人，你不必介怀。"韩无畏摆了摆手。

春大山再不婆婆妈妈的，把女儿拉到一边，又嘱咐了几句，诸如要住最好的客栈，不要怕花银子，晚上不许出门一类的，之后就和小琴匆匆离开。

春荼蘼回过身，并不说话，只向韩无畏和康正源弯了弯身，转身也走了。

望着她的背影，康正源轻轻摇了摇头："蓬门小户的姑娘，举止却如此大方端庄，举手投足似是精心教导过的，倒是难得。"

"我怎么觉得她有点面熟？"韩无畏抓了抓下巴，"我觉得她长得像一个人，可是又一时想不出像谁。"

"别找借口。"康正源嘲讽地哼了声，"你要怎么保护人家？派几个卫士？"

"派什么卫士，我自己不行吗？你不知道我是万人敌？"韩无畏仍然是若有所思，随后苦恼地甩甩头，"我真的觉得像在哪儿见过她。"

"你要跟着她？"康正源想的是另一个问题。

"我很好奇她要怎么调查。保护她，就要跟着她，这样能掌握第一手的情况。"

而已经离开县衙的春荼蘼当然不知道韩无畏的打算，她先是带人到客栈订房间。没听春大山的话，找最贵、最大的，而是就订了衙门附近的仙客来客栈。一来离衙门近，打官司出出进进的比较省时省力；二来很少有贼盗在官府眼皮子底下为恶的，相对安全。

她订了两间上房，一间是她和过儿住的，隔壁给小九哥和小吴。但她到底没麻烦人家小九哥的娘亲，刚才那么说，只是为了让春大山安心罢了。

不过少了父亲，本来就捉襟见肘的人手就更紧张了。她掂量半天，才决定派小九哥和过儿去赵老七家附近，以及他经常活动的地方打听情况。

"事无巨细，但凡与赵老七有关的，也不管他做的好事还是恶事，爱吃什么喝什么，爱玩什么穿什么，平时和谁相处得最好，在青楼里有没有相好，家中是什么情况，能打听的,都要打听。"春荼蘼吩咐,"机灵点,别显得刻意,想办法和七大姑八大姨的人搭上话就行。赵老七暴毙,正是大家议论的热点,应该有很多人热衷说他的事。"

"是,小姐放心吧。"过儿挥挥小拳头。

之所以派他们两个去,是因为他们都比较机灵,而且他们正是特别容易讨中年妇女,也就是八卦主力军欢迎的那种半大姑娘和小子。

"小吴,你去盯着孙秀才,就蹲他们家门外,带上干粮,等他们家锁门熄灯再回来。"让小吴盯梢,是因为这孩子安静,长得大众相,没什么存在感。

"交给我吧。就算孙秀才变成苍蝇飞出来,我都不会跟丢了。"小吴拍拍小胸脯道。

安排好这些,又叫小二买了几身利落的男装回来,四个人匆匆吃了饭,就各忙各的去了。

春荼蘼窝在客房里看案卷,总觉得自己走了岔路,却一时想不出错误出在哪里。眼见天色渐渐昏暗,出去的三个人还没有回来,她只得换了衣服,留下张纸条,说自己外出转转,很快就回来,然后出了门。

天一擦黑,城门关闭后,街上的行人就稀少起来。不过范阳县城内的主要商业街和"娱乐场所"所在地,还是灯火通明,人来人往的。而像京都长安和东都洛阳那样的大城市,还要实行宵禁制度。

临水楼的位置,就在这条主要商业街的中段,店面宽阔,两层的小楼,后面接了一个极大的院子。院子的格局,她在接手案件之初,就细细研究过,迎面盖了七八间厢房,供伙计们居住。东厢设有两个大厨房和一个小灶间。西厢则修了一个马厩,外加一连三间的大库房。院中间有一口水井,井四周种了些搭配用的小菜。不过现在是冬天,光秃秃的只剩下黄土。

而西厢的外墙,与一间点心铺子的高高外墙,夹出一条狭窄小巷,平时没什么人经过。于是方娘子在紧挨着马厩的地方开了道小门,通向小巷。在院外的墙面上,挖了一溜碗口大小的凹槽,里面嵌了石环,是供客人拴马用的。

方娘子本人,晚上是不住在这里的。

不过,后院紧邻的那条街一入夜就安静了下来,甚至黑漆漆的连人影也不见。因为这街上既不是住户,也不是晚上开的买卖,大多是卖粮食、布匹的地方,或者铁匠铺子,卖脂肪水粉、书画之类的。如此一来,夜晚的临水楼前后就像两个世界般,前面热闹,后面和侧面凄清无比,有着天壤之别。

春荼蘼来到临水楼时,天色正好全暗了下来,看着被官府封了的、没有一丝灯火光明的小楼,还有楼侧黑暗的小巷和后街,她心里突然有些发毛。她要做点违法的事,人少天黑当然更好,不过没人陪她一起,她也忘记带灯笼了,更不用说武器,实在是有些瘆人。

她不怕鬼。事实上,她是无神论者。既然没有神,自然也不会有鬼的。她更怕的其实是人。

若是碰到心肠坏的流浪汉、乞丐、喝醉酒的恶徒或者干脆是采花贼,她该怎么办?

虽然身上穿的是男装，可她这小身板，连胸也没勒，一看就是女人。又在这么偏僻黑暗的地方，真被谋色害命，她真的是一点反抗力量也没有。

可是事已至此，没有往回缩的道理。于是她咬咬牙，一猫身进了侧巷。

临水楼的院墙有两人高，春荼蘼左看右看也没有发现垫脚之物。比画了一下拴马环，高及自个儿的胯部。她抬高脚，试图以此为着力点，往墙上爬。只要她能站上去，再伸直手臂，攀上墙头是没问题的。正好，墙面也不知怎么，有一块凸起的地方，可以踩上去。

但是当她好容易攀上去，却趴在墙上不能动弹时，终于明白什么叫智者千虑，终有一失。她这是怎么了？大脑进水了吗？居然做这种白痴事情。可能是她太急了，所以才失去理智，因为她就算要偷偷进临水楼，也应该等小九哥他们帮忙才行呀！

现在怎么办？她是绝对爬不上去的，可若松开手……这么高，摔下去一定很疼很疼。

而正当她惊恐万状地贴在墙壁上，犹豫着要不要跳时，身后突然有风吹过，速度很快，接着她的腰带一紧，身子凌空而起。算她在恐慌中还残留着一丢丢理性，没有尖叫出声，只是低低地惊呼，随后身体下落，稳稳落在地上。

情不自禁地，她揪住胸前的衣襟，不断深呼吸，好像那样能阻止心脏跳出来似的。

身边传来男人低沉好听的笑声，抬头一看，她惊讶地认出那人是韩无畏。再往四周看看，已经进了临水楼的后院。

"我头一回见到姑娘爬墙，姿势还挺好看的。"韩无畏想保持严肃，可他忍不住。

自从认识春荼蘼，这丫头就没给过他好脸色。人哪，就是贱，越是对他冷淡疏远，毫无敬畏或者不给好脸色，他反而对她格外好奇，念念不忘。但他也奇怪，才不过十四岁的小丫头，怎么就那么厉害呢？可今天看到她这么傻气兮兮的样子……先是不自量力地爬墙，然后又像只小壁虎一样，趴在那不敢动，脸抱着，两条小腿直哆嗦了，就觉得一直想笑，心里畅快，似乎此时不是北方的初冬之夜，而是阳春时节，春暖花开。

"韩大人来抓我？"春荼蘼很快清醒了过来。

丢人现眼哪，做这种糗事，怎么偏偏就被这姓韩的发现了？春荼蘼尴尬至极，好在天黑，看不出脸色的变化。但是不对，不可能这般巧法，难道他监视她？可是为啥？

"我是保护你。"韩无畏一本正经地说。

"保护？是跟踪吧？"

"保护你，当然要跟着你了。"韩无畏大言不惭，"我答应过你父亲，不会让你有事。就算那个……摔下墙受伤，也算我保护不周。"说完，哈哈笑了几声。

春荼蘼把后牙咬得咯吱咯吱响，但脑子里却恢复了理智，问："既然如此，韩大人应该把我从墙上拉下来才是，怎么把我丢进院子来？临水楼被官府封了的，无故进来是犯法，到时候出了罪状，算民女的，还是算大人的？"

韩无畏一愣："你不是要进来吗？"

"韩大人，饭可以乱吃，话不能乱说。"春荼蘼挺直了脊背，"我只是爬墙，并没有翻墙而入。只要我没跨上墙头，没有越界，也就是没有犯法，但脚踩到院内的土地，情况可就不一样了。可我怎么会进来的？是韩大人给我扔进来的！"

"你是说，你是被害者？"韩无畏点了点头，但看到春荼蘼脸色正经，但眼神狡黠的小模样，形容上还有些狼狈，忍不住从心里又要笑出来。

"不管大人有什么想头，趁早把我带出去。民不举，官不究，我是不会告发大人的。"春荼蘼道。那意思很明显：我没犯法，是你胁迫我犯法的。如果谁也不多说一个字，这事就当没发生过。

可是韩无畏没有动："既然都进来了，不探查一番就走，不是做无用功了？"

"大人！"

韩无畏摸摸耳朵，仿佛嫌弃春荼蘼声音大了："我不是来抓你的，你尽管放心。"

可春荼蘼怎么会放心？就算韩无畏是因为看中春大山的本事，想提拔春大山，或者为着军中的脸面，也不至于帮她到这个地步吧？

"我早说了，不再掺和临水楼案的审理。现在我只是帮助下属，而且你看我像是官方的人吗？咱们现在，是以私对私。"韩无畏又解释了句。

春荼蘼这才注意到，他并没有穿军服。

大唐的军装是将帅着袍，兵士穿袄。当然官员的品级不同，袍子上绣的纹饰也不同。各种盔甲造型有十几种之多，配备的武器也是有规定的。前几回见面，韩无畏一直穿着普通军士的便服，可今天却只是平民的袍带，外面套着半臂，因为也是黑色的，她之前没太留神。

是的，男人也有半臂穿的。只是男人的半臂穿起来是像蒙古服装那样，露出一半的肩膀，又因为肩部有小棉垫，衬得人看起来身材雄伟，格外健美。

"您还穿着官靴呢。"春荼蘼挑刺儿。

没办法，韩无畏虽然摆明自己不在公务期间，纯属私下里帮忙，而且看样子是真的，但她的习惯就是从细节处找毛病。

韩无畏一听，倒也干脆，把靴子脱下来，丢在一边，倒唬了春荼蘼一跳。

"大人别吓我，快穿上吧，不然民女可罪过了，我相信您还不成吗？"现在是冬天，又已经入夜，某人脚上受了寒，生了病她可担不起。

韩无畏笑嘻嘻的，复又把靴子套上，问："去哪？查什么？"

春荼蘼转过头，免得不屑的表情被看到。虽然天很黑了，但适应黑暗后，眼睛还是可以视物的。再者韩无畏是练武的人，说不定眼力特别好呢？她算看明白了，这人不是为了正义，他是觉得查案比较有趣，所以才这么热心。

但想想也可以理解，韩无畏位高权重，但毕竟才二十出头的年纪。而大唐人成亲还没有早到女子十四五，男人十八九的分儿上，不然他现在也是拖家带口的孩儿他爸吧。

"这件案子的证据非常少，证人证言虽不足完全采信，却也没有漏洞。民女是觉得，还是要到现场来看一看为好。只是衙门不许，他们又查得不仔细，我不得不出此下策。有时候，真相就藏在最微小的细节中。还有很多时候，真相是偶然发现的。"

"这么说，你刚才是想翻墙进来喽？"韩无畏抓住机会反问。

春荼蘼笑得奸诈："韩大人，您没有证人证明。所以，这话不过白说说罢了。"

韩无畏闻言，无所谓笑笑。他算明白了，跟这小丫头斗嘴，是没有胜算的。

"那么，要查哪儿？"他问。

春荼蘼左右看看，垮下肩来。

刚才她爬墙时就太冲动，没有前后想清楚。后来吊在墙面上，韩无畏又不由分说就把她顺了进来，现在发现，根本就是做白工。因为……虽然晴空有月，毕竟是黑天，她毫无准备，能查出什么来才怪。

"韩大人，麻烦您还是把我带出去吧。"她无奈地说。

"等着。"韩无畏答得简短，人影瞬间不见了。

什么意思啊，啪的一下出现，又啪的一下消失？春荼蘼发愣，对博大精深的武学有了深刻的体会。这就是所谓的轻功啊，了不起，可姓韩的干吗去了？

片刻后，她明白了，因为韩无畏也不知打哪弄来两盏灯笼，那橙红色的温暖光芒，霎时之间就驱散了黑暗，虽然只是很小的范围，但也足够了。

这个人，看似鲁莽跳脱，实际上心细如发，办事稳妥，若再打交道，一定不能掉以轻心。

"现在，要查哪儿？"韩无畏二度发问，递给春荼蘼一盏灯笼。

春荼蘼摇摇头："我也不知道，总之四处看看吧。"

酒楼内的情况不用调查，那天在等待官府来的时候，她早就观察了个遍。再者康正源办事牢靠，连当时食客们坐在哪，店伙计们各自在做什么，都画了详细的位置图，而且每个人都有两个以上的证明人。每桌点的什么菜，吃了大约多少，也有详细的记载。所以，如果是酒楼的问题，那过错一定是出在后院。

"就这样？"韩无畏很意外。

"就这样。"春荼蘼认真地点点头，"别以为我耍你啊韩大人，要知道，这世上没有完美的犯罪，只要仔细寻找，总能有蛛丝马迹留下。也就是说，证据总是有的，关键是找不找得到。"

"打从哪儿找起？"韩无畏也不废话，行事带着军人的风格，要求明确的指令，然后执行。

春荼蘼看了看侧院门，走了过去。

两人就从那里开始，顺时针方向，沿着院子走了一圈，连墙缝也看过，然后又到水井附近观察。可是，却真的没找到一丝一毫特殊的地方。虽然事先知道证据难寻，她今晚有可能一无所获，春荼蘼却仍然失望透顶。

"不如和康大人商量一下，明天白天再来看。"韩无畏安慰道，"现在黑灯瞎火的，不知道的，还以为临水楼进贼了呢。"

春荼蘼灵机一动："你说什么？贼？"

"对啊，怎么了？"韩无畏有点摸不着头脑。

春荼蘼低下头去。

贼？！是啊。既然她能偷偷摸摸进到临水楼后院，别人也可以。不一定非得有韩无畏的武功，一般小贼也能登梯爬高，穿房越户。

而谁会半夜潜入临水楼，还避过了住在后院的伙计们的耳目，没被人发现呢？

有三种可能：一、真正的飞贼。二、想动手脚的人。三、本店的内鬼。

若是飞贼，就应该有财务损失，毕竟贼不走空是行规。鉴于临水楼没发现丢失东西，这一条基本可以排除。

若是想动手脚的人，确切地说是赵老七，那他的目标应该是小灶间。因为方娘子的秘制芙蓉鱼汤是在那里烹饪的，而且要提前腌制一夜，有很大的空间下手。他之所以这么做，无非人为破坏鱼汤，造成事故，最后敲诈勒索罢了，没想到不知哪里出了岔子，令自己死于非命。

若是本店的内鬼……动机呢？据小九哥讲，方娘子对伙计们特别大方、讲仁义，所以店内的人员之间，没有大矛盾，大家对方娘子也很感激。

说到底，第二种可能性最大。

这么想着，她情不自禁又向小灶间走去，举起灯笼，再度仔细观察，一丝一寸也不放过。

据衙门的勘验记录说，小灶间的门窗没有强行进入的痕迹，锁也没有被撬，现在看来，果真如此，别说破损了，连新鲜木渣似乎也没掉一小块。可惜这里经常有人出入，连个灰尘上的印迹也是没有的。哪怕头天下场雨，在门前的泥地上留下脚印呢？也没有。

而且，他们进不去灶间，不能更进一步调查。

心中想着，她慢慢往侧后方退了几步，想远观一下，看有没有特殊感觉。可突然，韩无畏从身后抱住了她，把她平移到了两三尺外。

"你干什么？"她有点急了，倒不是以为韩无畏要非礼她，而是被打断思维后的火气。

韩无畏沉下了脸。

他毕竟是出身显贵的宗室子弟，骨子里是很傲慢的，连皇上都对他和颜悦色，京中贵女们又四处捧着他。可他被春荼蘼三番五次地顶撞，如今好心又被当成驴肝肺，心中也有些恼怒。

他也不说话，只往春荼蘼身后的地面一指。

春荼蘼望去，就见她刚才站的地方正是小灶间的窗下。那里有一个花架子，当然现在是冬天了，已经没有花啊草的，只余木架。就在木架的下方，横端支棱出来一个锋锐的木茬，尖头儿朝外，若她再退半步，腿肚子就得被扎个血窟窿。

韩无畏是习武之人，又擅长观察，看到之后，出声提醒已经来不及，只得把春荼蘼抱过来。

"对不住，怪我不小心，韩大人见谅。"春荼蘼这才知道是错怪了人，连忙道歉。她为人坦荡大方，知错就改，虽然有点难为情，但态度很诚恳，韩无畏的火气一下就消了。

"可能是花架被外力撞过，下面的支架断裂，还没来得及修复。"他把话题牵开，掩饰略有些尴尬的气氛。

春荼蘼很配合地把灯笼放在木架前，蹲下身去看。结果一看之下，发现了问题：那木茬足有三寸长，手指粗细，前端如刀，上面还似乎缠着些东西。

她毫不犹豫地趴在地上，凑近到鼻尖处观察，判断出那东西是一块碎布，指甲盖大小，而且是新挂上不久的布，因为没有干硬。再细看，似乎上面还有些污渍，木茬前端也有些阴暗的颜色，像是……血。不过因为光线问题，她不能确定。

"怎么了？"韩无畏也趴过来，根本不介意地上脏。

春荼蘼不说话，而是扒拉了一下木架下的几片腐叶。阿弥陀佛，这几天没有刮北方常见的大风，不然可能早就毁了这微小的线索。

应该是与本案有关的，她有强烈的直觉。

"韩大人，您是上过战场的。麻烦您看看，这叶子和碎布上的印迹，是不是血？"她递过一片枯叶，又小心地把那片碎布取了下来。

韩无畏仔细地看了看，又闻闻，皱眉道："血腥味很淡了，但我十五岁时做过斥候，修习过在丛林中追踪血迹。所以我觉得，这八成就是人血。"说着又凑近了木茬，仔细观看，然后说，"这木茬扎伤过人，前面的暗黑颜色也是血，应该不超过三天。"

临水楼二十四号出事，今天是二十六号，假如二十三号有人出现在这儿，还被划伤，可不是没超过三天。

"韩大人，能否请您把这段木茬取下来？"她问。

"那有什么问题？"韩无畏说着就伸手，却又被春荼蘼拦住。

"小心！"她叮嘱。

她是怕韩无畏破坏证据，韩无畏却以为她是关心他，心里美滋滋的，两指捏住木茬后部不那么锋利的地方，用力一掰，就生生给这么掰下来了。

好大的指力。

她赞叹着爬起来，从怀中拿出提前准备的布包，小心翼翼地把碎布、枯叶、木茬包好，提在手里，同时心中又是一动。

她知道她的思路是从哪里走岔了！

食客们吃鱼汤而中毒，赵老七更因此而死亡，大家一直以为是鱼的问题。毕竟，鲐巴鱼处理不好，是容易引起中毒反应的。这是人类的思维定式，前面摆着明显的原因，自然就能与后面的结果联系上。但，能刺激肠胃、引起神经性过敏的药物也有很多。说不定，引起中毒的不是鱼汤，而是混入鱼汤的药物！

"想通了什么？"韩无畏好奇地问。

"我表现得这么明显吗？"春荼蘼愕然。

韩无畏点头，没说她的眼睛亮起来时真是好看哪。

"现在不能说，到堂上就知道了，请容我卖个关子。"春荼蘼微笑，"再说，只是一个灵感冒出来，还需要更多的证据支撑。"

"我都等不及后日开衙了。"韩无畏盯着那布包，"你出门还带着这个？"

这叫证据袋。不过春荼蘼并不回答，让他好奇去吧。她只是问："能不能请韩大人再跑一趟，带我去个地方？"

事不烦二主。韩无畏武功那么高，用他比用小九哥和过儿明显称手得多。

韩无畏毫不犹豫地答应了，于是两人出了临水楼，又去了赵老七的家。春荼蘼不认得路，幸好韩无畏除了在军营里操练，就是满范阳县乱转，倒是熟悉路。

赵老七家在县城以东，一个被称为小东巷的地方，紧邻着本县每天开市的大市场，其中的住户大多在那里做生意或者做工。房子是一间间方正的小院，墙抵着墙绵延成大片住宅区，或者在唐代，应该叫坊。而坊与坊之间的空间被夹成了细长的巷子，仅能容一辆马车通过，透着贫民区的气氛。

这里的住户密集，院墙都不太高，又因为入夜很久了，街上也没人走动。所以韩无畏只轻轻一跃，就一手扒在了墙头上，另一手伸向春荼蘼："来！"

春荼蘼本能地伸出手，但又马上缩回去了。幸好她身上的男装是现买的，不大合适，袖子非常长。她把手缩进袖中，包裹了几层，这才搭在韩无畏的手上。韩无畏也是没注意到小节，此时略觉尴尬，又觉得被嫌弃了，当下也不多话，只轻轻一提，春荼蘼也趴在了墙头上。

幸好墙面粗糙，她的脚也蹬得上力，不然仅凭她那两条细细的小胳膊，肯定得掉下去。

春荼蘼才趴稳当，忽然觉得哪里有种强烈的不对劲的感觉。她扭头看了看韩无畏，后者的下巴朝着院内一点："有人。有灯火。"他的声音压得极低，就像风掠过树梢似的，害得春荼蘼的耳朵一阵痒。

再向院内细看。果然如此。只是那灯火似乎被什么密密地蒙住了，只在紧闭的门窗处，透出一丝丝暧昧又诡异的光亮。

情况不对！赵老七家就夫妻两人，赵老七已经死了，尸体还躺在县衙的仵作房中。而赵家的因为是苦主，按例散禁在衙门。而且，从没听说过赵家有亲戚，那么屋里的人是谁？这么偷偷摸摸地藏在其中，有什么目的？应该不是有人偷住，那会不会是……

"快闪。"她低低地道。

韩无畏反应很快，拎着她又跳落到地面上。

春荼蘼东张西望，想找到落脚的地方。虽说赵家外面恰巧有一棵老树，可这是初冬，树上的叶子都掉光了，不但不能隐身，反而会成为靶子。如果想爬树隐身，真是太傻气了。

"得罪了。"耳边只听韩无畏说了一声，她的腰上就又缠上那条铁臂，身子也凌空而起。

她很有定力地保持着没出声，片刻后就趴在了屋顶上，也就是赵家对面房子的屋顶。想是刚才韩无畏上墙时，看到此处没有人，迅速做出了判断。不得不说，这个人眼力好，心念转得快，做事又果决，实在是难得。所以说，也不应该歧视皇家子弟什么的，确实有人中龙凤。

"要等着里面的人出来吗？"因为隔得远，韩无畏的声音大了些，"若嫌麻烦，不如想办法让里面的人出来。"

"不，等灯火灭了再说。"春茶蘼说着，心里突然渴望起一种东西：迷香。

若有迷香，只要往屋里一吹，她就可以想怎么查就怎么查了。

韩无畏弯身坐起，解开腰间的革带，把半臂脱下来，丢在春茶蘼身上："你以后若还做这样的事，最好雇请个游侠儿帮你吧。你身子弱，又没有武功，反而碍手碍脚。"

他这话说得不客气，但春茶蘼知道他是好意，是怕她在寒夜中冻病，或者受伤，只是说得不好听些，因而也没生气，只点了点头。当然也没有推辞，而是把那件棉质半臂裹在身上，紧了紧。

而韩无畏见她没有像京中那些贵女似的，被责备后不是委屈哭泣，就是撒娇卖嗔，而是落落大方，虚心受教，不禁对她的好感又加深了一层。

两人默默趴在屋顶上，看着对面赵家的情况。春茶蘼虽然不近视，但毕竟在夜里眼力不怎么好，主要还是靠韩无畏观察，每隔一段时间就告诉她，那边有什么动静。只是监视这种事太无聊了，过了会儿，他们干脆低声聊起来。

"我说，你的小脑袋是怎么长的？"韩无畏好奇。

"我的脑袋碍着韩大人什么了？"

"刚才在临水楼，你说真相就藏在最微小的细节中，真相是偶然发现的。还说什么……世上没有完美的犯罪，这些话，你是如何想出来的？"

"韩大人为什么见到饭桌上有鱼就掀桌？"春茶蘼反问。

"就是不喜欢呗，没有理由。"

"我也是自然就有了那样的想法。"春茶蘼摆出很认真的样子来，"也不知怎么，脑子里就冒出这样的话。"

果然，韩无畏转了话题，隔了片刻又问："你为什么会喜欢律法之事？姑娘家的，没人会喜欢这些的吧？"

"本来我也不喜欢。"春茶蘼斟酌着说，"只是我的祖父身在公门，为了了解祖父，想着若他做事有烦恼时可以开解，所以我老早就暗中注意律法之事了。后来我在家养伤，左右无事，就央祖父借了《大唐律》来看，哪想到越看越有趣。"

"哦？"韩无畏眉头一挑。他见过的姑娘，不是喜欢诗词歌赋，就是偷看话本小说，再就是爱骑马射箭。律法那么枯燥，有时候连小正也看不下，说有趣的，春茶蘼是第一个。

"韩大人不觉得吗？所谓没有规矩，不成方圆。而这一部书，包含着人生百态，规范着人们的行为。若被坏人利用，就是助纣为虐，律法或成了高门豪强的帮凶利器。但若把它作为保护性的武器，善加操纵，就能救人于水火，不令人间蒙冤，天下清平。律法，本来就应该是保护弱者的，不是吗？"

韩无畏生于身份极贵的皇家，又是武将，对律法之事本来不甚在意，此时听春茶蘼这么说，只觉得格外新鲜，但细想起来，却特别正确，还带着一股子除暴安良、路见不平，拔刀相助、为万民请命的侠义之气。

侠女，他见过，个个英姿飒爽，明朗爽利。游侠儿，他少年时偷偷向往过，也偷偷做过。但像春荼蘼这般柔柔弱弱的样子，却一身侠骨，满身侠气，似乎敢于天地相斗的模样，却别有一番风姿，令他心折。

而且她一个蓬门之家的军户女，却想得到天下啊，清平啊，可见目光和胸襟也是了不起的。

"你这是以文代武的女游侠儿啊。"他赞叹道。

春荼蘼笑笑，没有说话。真心放下利益和金钱，只遵奉真理时，她全身心真有一种很平静、很舒畅的感觉。

正要再说些什么，韩无畏突然嘘了声。

她立即紧张起来，学着韩无畏的样子，把身子伏低。夜深人静，她看到一条模糊的黑影，之后听到有落地声，接着有马蹄声由近及远，很快消失。

"怎么了？"她问，眯着眼睛用力看对院。

灯火，似乎全灭了。

"里面的人跑了？"她有点发急，怕自己错过了机会。

韩无畏摇摇头："走了一个。"

"什么意思，难道院中还有其他人？"

"走了个男的，女的相送到了墙边，然后又回屋了，门窗紧闭，灯火才熄。那男的有马匹藏在街角，之后骑马跑掉了。"

春荼蘼皱了皱眉，飞快地推理："大门从外面紧锁，院内却有人，有两种可能。一、梁上君子造访。二、有人借住。但既然那名女子仍然留在院中，没有立即就走，显然是第二种，是借住在此的。可是她这般偷偷摸摸，显然是有不可告人的秘密，说不定赵家的也知道。赵家出了这么大的事，跟这个女的有关系吗？而那个男人，翻墙而去，说明也是见不得人的。他从墙上跳落，虽有声响，却又不大，证明他身手矫健，却又不是练家子。既然他有马，肯定也不是穷人。我不明白了，赵家出事，此地未必安全，万一有差役来搜查呢？这就是说，那个女的因为某些原因，不能离开，于是只有躲。而男女黉夜相见，好明显的有奸情的感觉啊。"

"那个男人，可能是军中人物。"韩无畏突然说。

"怎么？"春荼蘼来了精神。

韩无畏摇摇头："我也说不出具体理由，但从他翻墙和骑马的动作来看，觉得应是军旅中人。"

春荼蘼愣了愣，因为范阳的军政全在韩无畏的领导之下。再展开想一下，春大山也是折冲府的军官，现在这个翻墙男也极可能是，这两者有什么联系吗？这是否就是春大山和方娘子相继惹到官非的缘故呢？

"韩大人，求您件事可以吗？"她提出要求。

第十章　挖坑让你跳

　　她想请韩无畏派两个卫士守在这儿。
　　如果院子里藏匿的女人和悄悄离开的男人与本案，甚至与春大山案有关，就要提防他们逃掉。毕竟赵家并不安全，那一对奸夫淫妇应该知道，万一在她离开时，他们找到其他落脚地，就此消失就麻烦了。
　　对这点小要求，韩无畏立马就答应了。他从怀中取出个像袖珍烟花一样的东西，也不知里面有什么机关，只一拔，就蹿上天空，爆出一团小火花，有点像是信号弹的意思。声音很小，动静不大，但升空很高，相关的人只要看到，便能迅速赶过来。
　　"我不喜欢贴身亲卫跟得太紧。"韩无畏解释道。
　　春荼蘼自然就明白了。
　　他虽然官职只有从四品下，但毕竟是天潢贵胄。和康正源不同，他是有皇室血统的，以高宗皇帝论，他是正经的龙子龙孙。这样的人，身边一定有高手保护的。只不过韩无畏本身就是高手，所以那些亲卫都暗中随行罢了。
　　要不怎么叫做贼心虚呢，外面这点小动静，一般人都不会注意到的，可是赵家小院中的女人却似乎被惊到了。就在韩无畏打算带春荼蘼跃下屋顶的同时，屋门动了一下，开了条小小的缝隙，十分轻微小心。
　　韩无畏敏锐地觉察到了，手按在荼蘼的后脑上，压低她抬起的头。
　　春荼蘼屏住呼吸，向对面的院子望去。
　　一朵乌云飘来，遮住了明月的脸。夜色，更加昏暗了。在这种光线条件下，只能看到人的身形和动作，却看不清面貌。但，那女人手中正好拿着盏油灯。那一豆火光，摇摇摆摆地映在那女人的脸上，因为黑夜的映衬，虽然阴森无比，却也更加清晰。
　　春荼蘼只觉得心中也蓦地点燃了灯火，瞬间就把阴暗的事实全照亮了！
　　那个女人，她认识的！这女人不期然地出现，把她心中一个个谜团似乎慢慢串了起来。不过她还需要好好顺一顺，然后真相，就能大白！
　　她一动不动，身边做过斥候的韩无畏，更似乎与黑夜融为了一体。过了会儿，那女人大约觉得并没有什么危险，也没看到什么特殊情况，就退回了屋。可是韩无畏还是沉默着，春荼蘼见此，也不动弹。果然，那狡猾的女人片刻后复又出来，再度确认没发生什么事，这才彻底回屋，熄了灯火。
　　韩无畏带春荼蘼跃到街心，快速走到街口去。
　　这时，四条身影飘然而至，保持着一段距离，分站四角。这个距离很讲究，韩无畏发布命令，他们能一刻不停地马上执行，但如果韩无畏不想让他们听到某些对话，他们只要不运功，就绝对什么也不会知道。
　　"要不，直接把那个女人抓起来？"韩无畏低声问。

春茶蘼摇摇头："草太多太杂，这条美女蛇还不能惊动。韩大人要知道，公堂上的事容易狡辩，还是出其不意的好。"

韩无畏点了点头，半侧过身吩咐："留两个人，盯死那个院子。"他脸色冷凝，绝无平时吊儿郎当的模样，帅得很，"不管是谁出现，许进不许出！"

"是。"两个人低声应答，身影转瞬不见。

"你们两个远远跟着，随时候命。"韩无畏再下命令，之后低头问春茶蘼，"下面，你要做什么？"

"回客栈，听听我派出去的人怎么说。"到这个份儿上，春茶蘼也不瞒他了，"不管是什么案件，细节就像一颗颗珠子，需要一条线串上放进心来。明天早上，我要去找找忤作，再探监方娘子，顺便看看散禁的赵家的。还要找找文大夫，以及其他证人，会很忙碌。如果没有出现意外事件，明晚要准备后天上堂的资料。"

"好，那一起走。"韩无畏当先带路。

"韩大人，您这是要去哪儿？"春茶蘼纳闷。

"回客栈啊。"韩无畏又恢复了轻松明朗的语调，"为了就近保护你，我订了你隔壁的房间。"

春茶蘼一愣，没想到他会这么做，随即就有些心喜。因为不管是在军营，还是他自己的住处，都比住客栈舒服得多了。所以，显见他对春大山的承诺不是随口说说的。这种一言九鼎的男人，很难让人反感得起来。

怪不得他要穿便装。他长得那样子，太容易引人注目，若再穿军服，恐怕会露了行迹的。

"谢谢你，韩大人。"春茶蘼由衷地感谢，"不过韩大人只要留两个人给我就好了，因为我这边查到了线索，还需要韩大人帮忙，找到那个可能是从赵家出来的男人。韩大人不是说，他八成是军中人士吗？必要的时候，还要监控住他的行动。"

"你能查得到线索？"韩无畏眼神一亮。

此事与军中人士有关，他刚才就想着要怎么找到那个人。可范阳折冲府不大不小，算是中府，也有一千兵员。偏刚才正赶上乌云遮月，他没看清那男人是谁，就算知道那人有马匹，调查的范围也还是太大了。况且，那马也许是租的，也许是借的。若要用笨法子筛选，倒说不上是大海捞针，但也相当于在小溪里捞针了。

"我有个想法，还没有证实。若临水楼案与我爹的案子相关，说不定明天我就能提供给大人明确的方向。且等等，不要急。不算今夜，离第二堂审还有一天半时间。"春茶蘼说，"所以大人不妨回军营坐镇，切莫露出形迹。我这边有了消息，立即请一位暗卫大人去通知就是。另留下一位，保护我就足够了。我一个小女子，不会有人特别针对的。"

韩无畏想了想，觉得春茶蘼说得对，当下叫来那两名暗卫，低声吩咐几句，就和春茶蘼分道扬镳了，行事之间，半点也不拖泥带水，完全是利落的军人风格。

回到客栈，春茶蘼进了自个儿的房间，两名暗卫则悄悄隐在隔壁，半点声响也没发出。这边过儿正急得像热锅上的蚂蚁一样，见春茶蘼终于回来，这才放下了心。

"小姐，您怎么一个人往外跑？"过儿责怪道，"奴婢回来后找不到人，都要吓死了。幸好小九哥发现您留了字条，但这么晚了，总归让人提心吊胆。"

"有什么可怕的，难道还有人要掳走我不成？"春荼蘼满不在乎地说。

"那有可能哦。"过儿一本正经地板着小脸，"孙秀才在小姐这栽了跟头，存心报复怎么办？"

"他还没栽跟头哪，之前只是不服气我自己也能救了我爹罢了。但后天，我会叫他输得连裤子也当掉。"春荼蘼坐在桌边，一连气儿倒了三杯冷茶，灌进肚子里，过儿都来不及拦。

今天晚上太刺激了，偷进犯罪现场，还飞上了屋顶，她现在觉得自己口渴难当。

"小姐，您衣服怎么啦？打哪弄得这么脏？还有，这件男人的半臂是谁的？这个布袋子里面装的什么？"过儿终于看到春荼蘼衣服上的脏污之处，还有韩无畏的衣服，以及证物袋。

略想了想，她的脸突然白了，声音也哆嗦起来："小姐，您别吓我，到底出了什么事！"

"能出什么事，你以为我被人劫财还是劫色？"春荼蘼笑。

"您还笑得出来！"过儿吓得叫起来，"快告诉奴婢，到底怎么了？"

"哎呀，你想哪儿去了！"春荼蘼赶紧安慰小丫头，压低声音道，"我偷偷跑到临水楼去找证据，要翻墙嘛，衣服自然就脏了。那布袋子你可千万别动，里面是证物哦。至于说这件半臂……是韩大人的。他答应我爹要保护我，自然帮了很大的忙。"

"阿弥陀佛，平安无事就好。"过儿双手合十，对空拜了拜。

"说说，你们都打听到了什么？"春荼蘼借机把话题拉了回来。

不然，过儿好奇之下肯定会打听韩无畏帮的什么忙，对她有没有不规矩等等。说不定，最后还会拐到粉红色遐想上。毕竟，夜深人静，孤男寡女的。

只是那样一来，八卦话题可能没完没了了。可在大唐，纵然民风开放，其实骨子里等级观念很重，真正的龙配龙，凤配凤。她不像其他女生，一门心思要嫁个好男人，平安度日。生命有限，机会难得，她要当上状师，保护自己所爱的人，不会浪费在没有机会的事情上。

了不起，她出家做道姑。其实，出家人的地位很高，就连在公堂上作证，他们的证明力都要高于普通良民，甚至某些贵族。

"不打听不知道，那个赵老七，真不是个东西。"说起这个，过儿义愤填膺，"他本是外乡人，当年大雪，他冻饿在路边，都快死了，被赵家的发现，好心救了。赵家的父母就只这么一个女儿，见他是外乡人，无亲无故，人也还算不错，就招了女婿。所以赵老七原本不姓赵，是后来娶了老婆后，改了岳家的姓。"

哦？难道整件事情中，还有其他隐情？春荼蘼来了兴趣。

"哪想到这赵老七成亲之后，立即就变了嘴脸。"过儿继续道，"他不仅不事生产，成天游手好闲，还做惯了欺压良善、调戏妇女的事。"

"就没人反抗他，管管他？"

"别看他瘦小伶仃，却是个有武艺的，力气也特别大，而且心肠凶狠。之前装成文弱的样子，好像手无缚鸡之力，其实只是为了名正言顺地占了赵家的女儿和家产，在咱们范阳落地生根。听说，赵家两老和女儿反抗过的，还告过官，但后来不知怎么被他威胁，撤了诉状。街坊邻居有看不过去眼的，都被他狠狠祸害过，赵家的一位舅爷还暗中被人砍掉了手，至今没找到行凶的人，可大家知道就是赵老七。久而久之，谁还敢惹他？！那边住的全是贫户，人人一大家子老小，就算身强力壮的男人不怕他，但男人总得出门赚钱养家吧。只剩下妇人孩子时，这赵老七是什么都敢做的。有一家曾经无缘无故失火，差点烧死了卧床的老娘，家私也全没了。当然，也是没找到凶手的。能日日当贼，还能日日防贼不成？"

"这不成了恶霸了吗？"春茶蘼越听越气，只觉得赵老七死得好。

不要怀疑天理，这种恶人，老天真的会收了他。只是之前，善良的人也必须想办法保护自己，不然在这恶棍死之前，得有多少人受他的祸害？！

"可不是嘛。"过儿也说得来了气，"他就是纠结了不少闲汉，干那敲诈勒索的事，附近的商户，无一人没被他骚扰过。"

"赵家二老呢？"

"头两年故去了，两老离世，相隔还不到一个月。"过儿唏嘘，"跟这样的女婿过活，准定是被活活气死的。他们一去，可苦了赵家的，被赵老七以多年无所出为由，经常虐待打骂。若不是他是入赘的，只怕早就休妻了。小姐，您不知道，赵家附近的婶子大娘说起赵老七的那些破事，无不咬牙切齿。甚至……甚至说……他连那些妇人的皮肉钱都坑呢。"

气死人了，这个人真是太无耻了！现在她又觉得，让他这么死掉，实在是太便宜他了。而且说起来，范阳县令张宏图多少有些失职，虽然说民不举，官不究，到底他治下出了这种无赖流氓，他却不能保护百姓，无论如何也不能算英明。

但春茶蘼知道，身为状师，最重要是保持冷静的头脑，不能激动，免得影响判断。当下她调整好自己的情绪，又细细地问了一些其他赵老七的事，还把重要的内容做了摘录，直折腾到半夜才匆匆睡下。

第二天一早，小吴来报，说孙秀才一直没出过门。春茶蘼知道孙秀才的心思，因为大唐律法实行有罪推论，所以处于下风的是她。如果双方都没有切实且不容辩驳的证据，完全支持自己的观点，方娘子就会被判刑。所以，孙秀才什么也不必准备，只死咬住杀人一条就行了。

"辛苦你再去盯着。"她对小吴说，不敢掉以轻心。

"春大小姐才辛苦，我们老板娘对我们那么好，为她做这点小事也应该啊。"小吴叹息了一声，紧接着出门了。

小吴前脚走，后脚老周头就到了。说是徐氏病得沉重，一刻离不得人。春大山早上都出门了，又被叫了回去。他放心不下女儿，就把家里唯一的老仆派来帮忙。

春茶蘼知道徐氏装病，但不知她用了什么狠招，加重了症状。考虑到春大山一个在家，怕应付不了那对主仆，她又让老周头回去了："告诉我爹，韩大人履行承诺，派了两名卫士来保护我，叫我爹放心吧，不会有事的。"

打发了老周头回去，她就派过儿和小九哥去继续打听些八卦，并且指明了重点方向，然后自己去忙别的。过儿听说有卫士跟着自家小姐，好歹也放心了。

安排好一切，春茶蘼马不停蹄地忙了起来。先后找了文大夫、仵作、洪班头，又去探望了方娘子，问了她一些很私人的问题。顺道跟赵家的聊了几句，虽然赵家的不怎么跟她说话，但她故意做出些举动，还是发现了很多之前不知道的端倪。出衙门后，她把相关的某些情况告诉了一名暗卫，叫他把话传到韩无畏耳朵里。

晚上她精疲力竭地回到客栈，却还是不能休息，听过儿和小九哥又讲了一些情况，列下证人名单，然后连夜梳理案情，转天一早就再去安排证人，中午时还把堂审的情况在脑子里预演了一遍。不到两天的时间，她简直算得上连轴转。

然后，终于到了第二堂堂审的时刻。

今天听审的官员只有康正源一个，但张宏图并没有觉得好过一点，因为看审的百姓比第一堂多了两倍不止，大堂门口黑压压的一片，连守门的衙役都感觉压力很大。

而且，因为大家都很了解案情的基本情况，欧阳主典只例行总结了几句，就直接进入了对推阶段。

"大人，学生没有其他可说的，只请大人严惩凶手，还赵老七一个公道。"作为原告方状师的孙秀才果然像春茶蘼所预料的那样，完全不提供新的证人证据，就等着被告方的代诉人推翻罪证。而且，他是觉得春茶蘼没办法推翻，所以姿态很高，甚至是得意的。

春茶蘼面带微笑，因为知道自己一定会让黑心状师孙雨村栽一个大大的跟头。不敢说从此让他绝迹公堂，至少让他帮人写诉状时不敢要那么高的价格。

她只当是给平民减负了。

"堂下犯妇，可有话讲？"张宏图问方娘子。

跪在一边的方娘子看了看春茶蘼，当接收到春茶蘼安慰的眼神时，心中不知为何，突然就安定了下来。

"民女有下情容禀。"春茶蘼开口接道。看来张糊涂还不习惯女子为他人诉讼，而他既然不理她，她就自动上前，像男人那样，对堂上的官吏，团团施了一礼。

两天来，她只睡了不到两个时辰，此时略显苍白的小脸上，浮现着一对黑眼圈。这本应该让她看起来十分憔悴的，但她的眼睛却亮闪闪的，神采奕奕，似乎整个人都散发着微光，竟然看起来十分美丽。

康正源情不自禁地用手按了按胸口，让自个儿那脆弱的心脏没事别乱跳。而堂外，春大山终于及时赶到，挤进了人群，跟过儿等人站在一处。

"讲。"张宏图应了声，喉咙发紧。

"民女这几日为了此案不眠不休地思考，想到底要怎么才能证明方娘子无罪呢？"春茶蘼面色从容地说。从她一开口，整个大堂就鸦雀无声，只余她清亮甜美的嗓音，带着绕梁余韵。

"各种证据虽然不能直接证明方娘子有罪，但却也不能完全还她清白。"她自问自答，举止娴雅地说，哪有人们印象中讼棍的恶行恶状，胡搅蛮缠？

"终于，民女发现，何必要证明方娘子无罪呢？民女只要证明杀人者是其他人，方娘子自然就解除了嫌疑，对否？"

哦……

堂上的听审官，堂下的看审民，几乎同时轻应了声。大堂内外的人，情绪都被春荼蘼有意无意地控制住了。

"以此推彼，当日，临水楼众多食客中毒呕吐，情况好不可怕，还有赵老七为此丧命。而因为鲐巴鱼稍微弄不好，就会有此后果，所以理所当然的，大家就都认为是鱼出了问题。自然，责任就落在烹饪并售卖鱼汤的方娘子的身上。"

"这是天经地义之事。"孙秀才插了一句。因为春荼蘼自信的模样，他有些吃不准了。

"非也。"春荼蘼摆摆如玉般的纤指，"鱼汤有毒，未必是鱼有毒。毕竟，汤里还会放其他作料，甚至有些是方娘子不知道的。"

"什么意思？说清楚。"张宏图听到这番议论，也好奇起来。

春荼蘼向上一拱手："请大人传被告的证人之一，本县最有名的大夫文先生。"

"传。"张宏图点头。

文大夫早和其他证人一样，依着春荼蘼的吩咐，在小九哥的带领下，就在大堂的侧门外等候，闻令立即走了进来。因为他也是有功名在身的，不必跪下，只行了个文士礼。

"文大夫，民女请问，当日临水楼食客的病状，是否因中毒而呕吐？"春荼蘼问。

文大夫才要回答，孙秀才就不耐烦地插嘴道："这个问题早就问过，你何必反复纠缠！"

张宏图本来也是如此想法，但见康正源的眉头轻轻蹙起，当即一拍惊堂木，喝道："本官允许被告提问，你别打断！不然，本官判你咆哮公堂。"

孙秀才吓了一跳，连忙闭了嘴。

"文大夫，你回答吧。"张宏图和颜悦色地说，偷看到康正源眉头展开，暗道自己猜对了上官之意，暗叹自己真是聪明哪。

"回大人，是。"

"那么，有这种中毒症状的，一定是误食未处理好的鲐巴鱼造成的吗？"

"那倒不是，有几味催吐的药物，造成的后果与之相似。从脉象上看，也似中毒。"

"比如呢？"

"比如瓜蒂、藜芦、常山、夹竹桃。"

底下人嗡的一声。

虽然还没有结论，但这个观点一出，孙秀才以前十拿九稳的局面顿时产生了变化。

孙秀才脸都绿了，没等张宏图允许，就再度插嘴道："中药会有药味，谁都知道，临水楼的芙蓉鱼汤鲜香浓郁，隐有花香。若说是有药物掺在里面，有点说不过吧？"

"若下的分量轻，药味是会被遮盖过去的。"文大夫道。

"可是若分量轻，就只会致人呕吐，不伤人命。那为什么，赵老七会当场暴毙？"孙秀才逮到理，大声反驳。

"是啊。"张宏图也这么认为。

孙秀才一看有县官支持，立即又凶猛地反咬一口："若真用了毒物，一定是方娘子因为赵老七调戏在先，给赵老七的鱼汤中加了猛料！"真是连过失杀也不行，非要往故杀上打。

孙秀才与方娘子无怨，他把人往死里整，只是为了报复打击春茶蘪。一条人命，在他眼里居然轻贱至此，他还只是个小小秀才便如此，若这种人身居高位，可还有百姓的活路？

所以今天，必让他一败涂地，在状师界再无立足的资格！

"慢来慢来，先说集体中毒的事，再来谈赵老七之死。"春茶蘪稳住局面，转而向张宏图道，"请大人传被告证人二，本县的仵作。"

"难道你又要问问赵老七的死况？"孙秀才讽刺道。

春茶蘪只当他是猪哼哼，根本不理，等仵作上堂后，上前询问道："请问，除了尸体，您是否还负责检验了其他东西？"

"依张大人的吩咐，我还检验了当日拿回来的鱼汤以及呕吐物。"仵作这时候对眼前的小姑娘已经格外佩服，所以答得恭恭敬敬。

"这些物证可还在？"

"在。因为天气渐冷，虽然不能保证和当日完全一样，可却没有完全腐败。"

"那么昨日，我请您再度检查了这些物证，可有新发现？"

仵作深吸了一口气，点头道："有。之前一直以为是鱼汤的问题，只是鱼肉已成残渣，无法检验，就仔细观察了鱼汤和呕吐物中有无其他致毒的东西，结果是没有。但昨天，我又仔细查验了一遍，发现疑似切碎的生姜，其实并非是真正的姜。"

"文大夫，小女于医道上一窍不通，请问生姜可有药用？"春茶蘪转而问文大夫。

"生姜有止吐泻的功效。"

"那我就不明白了，若照对方状师所言，方娘子是故意让人呕吐，甚至令赵老七致死，为什么要放入中和那些症状的东西呢？要知道鱼肉去腥，可不止用生姜一途。或者，那根本就不是姜，而是别的！"说着，她目光闪闪，又看向文大夫。

文大夫摸了摸胡子："那确实不是姜，我找医馆里药材的炮制师傅仔细辨认过，那是切碎的瓜蒂，因为腌入腌制了一夜的鱼肉之中，从颜色和形状上很难分清。必须再切碎些，有经验的药材师傅才能分辨。"

"看看！"孙秀才跳起来，又来捡漏，"方娘子就是以瓜蒂冒充生姜，致多名食客中毒，还毒死了赵老七！"

春茶蘪眉尖一挑。

康正源听到这儿，情不自禁地微笑起来。因为他知道，这小丫头又挖坑让孙秀才跳了。

果然，春荼蘼露出疑惑的表情道："刚才孙秀才不是和文大夫论证过，此味药放得过重会留下气味，放得轻才遮掩得住？既然放得轻，又怎么会毒死人？当日的食客都是老饕，鱼汤若有异味，怎么会不知？要不要传来黄郎君一问？"

孙秀才被她噎得张了两下嘴，却没说出话来。

春荼蘼丢下一个轻蔑的眼神，对张宏图说："但是，不管此药下得轻重，都是草菅人命的行为。下药人虽不能完全说是杀人者，至少与此案有着重大关系。所以，必须把这个人找出来！"

张宏图听两面的话都让她说着，而孙秀才无论说什么，她都两边给堵住，不禁头疼，为难道："那要如何找出来呢？"

"但凡下药，必须进入小灶间。毕竟，这药是充作作料的。也就是说，下药的时间，是在方娘子收拾好鲐巴鱼，剁成鱼蓉，并以秘料腌制以后。却，又必须在当夜进行，因为此鱼要腌制整夜才能入味，切碎的瓜蒂也才会变色，让人误以为是生姜。"

"有理。"张宏图点头。

"但，临水楼后院是住着伙计的。酒楼打烊后，伙计们要先收拾干净，然后才能各自回屋入睡。民女问过，那时正是戌时末。若有贼人进入，必在此时之后。而临水楼的院墙颇高，不会两下拳脚之人，想翻墙而入却不惊动伙计，是根本不可能的。"

"分明是方娘子自己下的药。"孙秀才凉凉地说，"何必翻墙那么麻烦？"

"孙秀才！"春荼蘼冷冷的眼光扫过去，"我敬你是个读书人，你也不要太辱没斯文，这样胡搅蛮缠有什么意思？人情大道理，谁人不懂？若方娘子真有心杀人，且不说其在众目睽睽之下，在自家酒楼之中这么做是否不智，是否因牵连太多人，而惹得官府关注，单说众人只是略有中毒，偏赵老七暴死就是个巨大的疑点。我正要为诸位大人和在场众人分说明白，你三番五次捣乱，难不成你与那凶手有关联？"哼，诛心之论，谁不会？小爷懒得说，你真当我不会反击不成？

她对孙秀才从没有故意而直接的针对，在堂上只是就事论事，此时小脸一板，又说得头头是道，孙秀才一口气提不上来，差点憋死过去。都这样了，他哪还敢废话，难道不怕张糊涂真的怀疑上他吗？

"再胡乱插话，本官就叫人掌你的嘴！"张宏图正听到关键处，被打断也分外恼火。而当他转头对上春荼蘼，就又换成和颜悦色的模样说："你接着说，不要理会那酸儒。"

春荼蘼点了点头道："多谢大人成全。刚才说到，民女怀疑有人趁夜翻墙而入，再潜入小灶间，在腌制的鱼肉中投入药物。此人必定有梁上君子之能，才可不惊动院中住的伙计。再者说，洪班头当日查得明白，小灶间并无强行闯入的迹象，门窗完好。也就是说，此人必会拧门撬锁之技。这么一说，问题又来了，此人为什么那么做呢？是临水楼的竞争对手，故意坏临水楼的招牌，雇请人这么做的？还是有人与方娘子有仇，因而陷害？然后，第二天，赵老七就出现了，请问，这是不是太巧合了呢？"

嗡的一声，堂上堂下顿时议论纷纷，就连康正源和张宏图都露出沉思的神色。

春荼蘼略等了等，当气氛渐渐热之时，再度开口说话，清亮的声音，比张宏图拍惊堂木管用多了，四周立即寂静下来，只听她说："民女昨天遇到了折冲都尉韩大人，他与民女论及此案，民女就把心中疑惑与他提了。于是韩大人亲入临水楼，倒是查到几桩物证。"

她把这事赖在韩无畏身上，也是没办法。因为她拿物证就是非法的，可能不会被采用。但韩无畏是此地的军政大员，涉及民政的事也有权力管。至于他为什么没通过衙门，直接就去搜集证据了，谁也不敢问，而且也不觉得有必要问。

康正源的眉心，不禁又跳了两跳，不知道何时他那表兄做了这么件大事。不过，他并不开口，只是听着。而见到他的态度，张宏图当然没有异议。

证物是交由过儿带着的，放在一个托盘里，上面盖着布。听春茶蘼一说，过儿立即就对维持秩序的衙役行了一礼，之后端着托盘上堂。依着早上自家小姐的吩咐，掀开盖布，沿着大堂走了一圈，让众人看清托盘上的东西，最后呈给欧阳主典，再由欧阳主典放在公案之上。

"这是什么？"张宏图纳闷。

"这是临水楼小灶间的窗下花架。确切地说，是花架子下面的一段木茬。那片叶子是落在花架之下的，碎布则是缠在木茬之上。民女有理由相信……"春茶蘼拖长了声调，"这都是下药人所留下的蛛丝马迹，足可证明他是谁！"

"哦？此话怎讲？"张宏图急着问。

"民女找临水楼的伙计问过，那花架当日遭重物砸了一下，导致下端的横梁碎裂脱出，因为当时太忙碌，就好歹把架子立好，并没有立即处理，前端留下约三寸长的茬口，比尖刀还要锋利几分。所谓做贼心虚，据韩大人和民女推想，当时那下药人趁夜在腌制的鱼肉中做了手脚，之后又慌乱地跑出来。因为夜黑，又不熟悉地形，于是他不小心撞在这木茬之下，划破了裤子，扎伤了腿，因而留下了血迹和碎布。"

"可是范阳这么大，到哪儿去找这个人？万一他是有人雇用的飞贼，作案之后就跑了，又要本县去哪里寻？"张宏图皱眉，一脸的褶子都拧在一块，像一朵盛放的菊花。

"大人，您一问仵作便知。"春茶蘼侧身退了一步，那意思让张宏图自己问。

普通的状师，只想自己说，都想让对方闭嘴。但春茶蘼从不这样，因为相关人物的自问自答，有很多时候，比她的话要更有说服力。一个好的状师，要学会如何引导别人说出对己方有利的话，而不是光让别人闭嘴。

"你说。"张宏图一指仵作。

"回禀大人，那死者赵老七身上留下了奇怪伤痕。"仵作回道。

"你当日不是说他身上没有致死的伤痕吗？"张宏图瞪眼道。

"确实没有致命的，因为那伤在小腿之上。切口参差不平，边缘处有类似针刺的伤，肌肉中还有没有挑净的木刺。从伤口结痂的情况看，顶多是在死前一两天伤的。"

"你不早说？"

"是属下疏忽了，没想到这点小伤与命案有关。直到昨日，春家小姐找到属下，并奉上那截木茬，属下细细对照，可以断定他腿上的伤，正由那木茬而来。而且，死者的裤腿破损了一处，以针线缝补过，拆开来看，与那块碎布相贴，完全吻合。那针线，也是新迹。"

"原来是赵老七偷入临水楼的小灶间投毒吗？"张宏图太惊讶了，几乎冲口而出。

堂下也是议论纷纷。

孙秀才见势不妙，心思急转，上前道："大人，仅凭此事，不足以证明赵老七下毒。也许他是想……是某天想去偷窃，结果误伤自身。他去过临水楼的后院又如何，与投毒之事，没有直接的联系啊。"

"那好，我就再给你说说其他证据，必让你心服口服。"没等张宏图反应，春荼蘼就手指孙秀才，接过话来。

之后，她向堂上深施一礼："请大人传被告证人之三，吉余堂的伙计严华，被告证人之四卜大郎。"她早知道孙秀才会负隅顽抗，也准备了后招。因为真正有风度的输家不多，那是让人敬佩的。而孙秀才，没那种气度和水平。

吉余堂是一间小医馆药铺，与本县的回春堂没办法比，文大夫就是回春堂的坐馆大夫。但回春堂价位稍高，穷人家有个小灾小病，还是奔着吉余堂去。

吉余堂的伙计严华作证道："赵老七在九月二十三日晚上，在小店买了瓜蒂，还有一点常山。因为小店出货入货都是有记录的，所以有账本可以查。"

"确定买者是赵老七？"春荼蘼问，是为了加深他人的印象。

严华点头道："小的确定。因为赵老七经常骚扰四邻，我们吉庆堂离赵家不远，他常常拿了药不给钱的，所以小的太认得他了。"

"当天他给钱了吗？"

"给了。"

"想必是怕纠缠起来被人注意吧？"春荼蘼主观猜测，还好对方状师不懂反对。

严华却又点了点头："他当时的表情是很奇怪，东张西望，之后拿了药包，扔下银子就走了，好像生怕被人瞧见似的。"

"有毒之物，你们吉余堂也敢卖？"张宏图怒声道。

一言出，春荼蘼似乎看到好几个人的额头上都冒出一大滴汗。

张糊涂张大人啊，那两味也是寻常的药物好不好，有催吐清痰的功能，只是其性微毒，用之不当会刺激胃部，造成呕吐。那赵老七把瓜蒂切碎，因为腌制而变了颜色，混在生姜中，其苦味又因为秘制方法所出的花香所掩盖。加上一点常山叶子，是为了加重效果吧？鱼汤的烹饪时间较长，常山说不定化于汤中，所以一时没有查到实物。

春荼蘼一贯伶牙俐齿，反应超快，可现在居然被张宏图的突然插话，生生给哽住了，不知下面要如何进行。可见此人真是个人才，虽然医术自成其道，但身为从科举出身的官员，连这点常识也没有，不是太让人无语了吗？

"第四证人卜大郎，所证为何？"康正源第一次开口，化解了张宏图的尴尬。

春荼蘼看了康正源一眼。

这个男人虽然比韩无畏还年轻一点，但办事沉稳，能不露痕迹地化解僵局，很会办事啊。

"卜大郎要证明的是，赵老七有本事偷入临水楼后院，并且无需破坏门窗和铜锁，就可自由出入。"她回道。

那卜大郎是个胆子大的急性子，闻言也不等询问，自己就上前跪倒，回禀道："小人是赵老七的邻居，之前糊涂，见他身有武功，甚为羡慕，曾引为知交。那时小人好酒好菜地招待着他，想拜他为师。他贪图小人的财物，曾在小人面前演示过，虽算不得飞檐走壁，但两人高的墙，可上下自如。后来他又向小人显摆他的开锁之术，普通铜锁，他只需要一根铜钎子就能在眨眼之间捅开，半点痕迹不留。小人见他还有这等本事，才明白他不是个好人，与他断绝了来往。后来的事证明小人眼光不错，这赵老七忒不是东西，为祸乡里，欺压良善。小人曾想为民除害，哪承想他以小人的老母幼子相威胁，逼小人不敢泄露他的事。小人说的，大人们若不信，可随便找来附近的街坊询问，绝无半句虚言。现在他终于死了，死得好啊，真真是老天有眼！"说到后面，他居然鼓起掌来。

张宏图咳嗽了一声，挥挥手道："下去下去！莫要扰乱公堂。"立即有衙役上来，把差点手舞足蹈的卜大郎带到一边。

春荼蘼再度上前，躬身向张宏图道："大人，人证物证俱在，证明临水楼投毒案，是赵老七一人所为，以致害己害人。还有很多人可以证明，赵老七平日里以敲诈勒索为生，他此举的目的不言而明。就是想闹出事来，一来报复方娘子拒绝其调戏，二来想讹诈钱财。而既然已经证明此事与方娘子无关，她也是被陷害之人，是否请大人当堂释放方娘子呢？"

她说得头头是道，张宏图频频点头，但孙秀才却做了临死前最后的挣扎，喊道："学生不服！学生不服！"

"你有什么不服的？"张宏图有点不耐烦了。

孙秀才一咬牙："说是赵老七投毒陷害方娘子，学生认！但是之前春家小姐也说过，为什么老弱妇孺吃了鱼汤都只是呕吐，赵老七身负武功的人却死了？此乃最大的疑点，方娘子还不能完全撇清！除非，春大小姐真有大本领，再交出个凶手来！"以子之矛，攻子之盾，他现学现卖。

春荼蘼心中一叹。

果然，自作孽，不可活。但，孙秀才在彻底让自己栽个大跟头的同时，也连累了别人。赵老七该死，所以她明知道是谁下的手，却本打算含糊过去。律法虽然庄严，但也不外乎人情啊。

她半转过身，看向跪在堂上，一直一言不发的所谓苦主，也就是赵老七的老婆，那个懦弱可怜的女人。虽然为难，春荼蘼却不得不硬起心肠。因为，她现在的当事人是方娘子。要怪，就怪那个品格低下、心狠无良的孙秀才吧！

"赵家嫂子，赵老七待你如何？"她问道，嗓子发干发涩，听起来带些苦楚。

而她突然转变方向，令堂上堂下都惊讶莫名，立即都息了声音，场面一时鸦雀无声。

"还……还好。"赵家的也没料到焦点会转移到自己身上，惊慌之下，结结巴巴地说，双手无意识地揪着那件簇新袄子的下摆，手指白得没有血色。

"还好吗?"春荼蘼苦笑,"你街坊邻居的大婶大嫂子们可不是这么说的。她们都说,赵老七对你非打即骂,百般虐待。他本是入赘之婿,却占了你的家产,不给你一口饱饭吃。你辛辛苦苦帮工赚点微薄的银子,他抢去吃喝嫖赌。还有,你的爹娘就是被他气死的吧?"

春荼蘼说一句,赵家的就克制不住地哽咽一声,直到最后泪流满面,不可自抑。

春荼蘼微微摇头,同情无比。在牢里时,她去看过这女人,见她吃牢饭时都有如美味,可见平时过的是什么日子。而略一肢体接触,赵家的就吓得不行,疼得不行。

"大人,请您派女监的婆子给赵家嫂子验身。"她提出要求。

女监的看守婆,有时还顶着件作的差事,为女犯验身啊什么的。

张宏图不知春荼蘼是何意,但却没多废话,照做了。而康正源则闭了下眼睛,全明白了。

过了片刻,那监婆又把赵家的带了上来,回禀说赵家的身上伤痕累累,新伤加旧伤,全身上下,居然没有一块完好的地方,还有一根手指明显是断过的,痊愈后长歪了。而且她瘦得可怜,可见是长期吃不饱的。

众人听到这些,全都唏嘘不已。而赵家的却没有眼泪了,只呆呆跪在那儿,眼神空洞。

"来人,拿个垫子给她跪着吧。"连张宏图都起了恻隐之心。

其实,赵家的很有几分姿色,只是太瘦弱,头发稀薄枯黄,所以看起来憔悴苍老。

"他这般待你,为什么给了你一件新衣,还要带你下馆子呢?"春荼蘼咬着牙,逼自己狠心问下去。

"他说要狠狠敲方娘子一笔,最好方娘子求到他头上,他还能讨些便宜。"赵家的机械地回道,眼神都无法聚焦,"他说他不吃点苦头,以方娘子的八面玲珑,断不能中招。还说他中毒倒地后,要我作为苦主,陪他告上公堂。"

第十一章　姑娘我就是会赢

"你就应了吗?"

"不应?"赵家的笑笑,那笑容就像从地狱深处浮上来似的,"不应又能如何?早晚是个死罢了。"

"然后呢?"

"然后……就那样了。"赵家的眼睛中又现出一丝慌乱,迫得她低下头去。

"让我代你来说吧。"春荼蘼叹息了一声道,"你恨赵老七,恨他骗嫁于你,恨他私占赵家财产,恨他虐待爹娘,恨他残害毒打,恨他禽兽之行,恨他虎狼之性。你恨不得他死!可是你抗争不了,于是你忍气吞声。但是有一天,机会来了。赵老七要讹诈方娘子,要你随行。你知道,那鱼汤是赵老七提前加了料的,赵老七喝过后,也会出现中毒症状,于是你想,如果再加点料呢?就能把这个天下间最烂的男人,不知不觉地毒死。为父母报仇,为自己解脱,为街坊四邻除了这个祸害。"

"不不不,没有……没有……不……不是我!"赵家的突然激动起来,也不知是吓的还是怎么的,浑身颤抖得像风中的落叶。

"当时,赵老七是把鱼汤和着米饭吃的对不对?"春荼蘼硬起心肠,继续说,"你们毕竟夫妻多年,知道他最喜欢这样的吃法。当时,你们的旁桌,坐的正是黄郎君。我问过他,他清楚地记得,赵老七吃饭时都要你侍候,是你帮着他把鱼汤倒入米饭里,搅拌均匀的。"

"不是我……我没有……不是……不是……"赵家的继续否认。但看她的神情,似乎理智早已经不在,只剩下恐惧的本能。

春荼蘼从袖中取出一物,递给赵家的看:"这个,是荆花吧?昨天我去散禁大牢看你的时候,见到此花瓣从你袖子中掉落。实话说,若不是你有这个疏忽,我虽然能推论出是你杀了赵老七,却不知道用的什么方法。"

"不,不是,我没杀人。"

"荆花不能直接入汤,因为赵老七会看见。为了悄无声息地下手,荆花必要捣成汁,或者粉状。那么,在你家里一定找得到物证,比如捣蒜槌的上面或者陶碗的里面。而你们夫妻动手仓促,必来不及收拾。顺带着,还可以从你家找些没用完的瓜蒂和常山。我猜,不是藏在屋子里头,就是埋在院子里。土若是新翻的,倒也不难看出来。"

"来人,去赵老七家查找物证。"张宏图一听,立即拿起令签。

可他还没扔出去,春荼蘼就拦住他道:"大人且等等,好戏还在后面。到时候要搜查的东西挺多,不如一起,免得差役大哥们要多跑好几趟,怪累的不说,还浪费衙门的人力。"

张宏图点点头,忽然觉得这个小丫头知情识趣,倒是不错,但他非常好奇,就问道:"那个荆花,是怎么回事?"

春荼蘼高举着荆花花瓣:"这荆花,在咱们这边是寻常花草,漫山遍野地长着很多,并不难得。民女也不知道有毒没毒,但小时候听闻过一件事,说有人食用了荆花、米饭与鱼汤相混的食物,特别是在热乎的情况下,是会毒死人的,而且是暴毙。此说,民女不敢确定,不如逮一头猪来,当场试试?"

之后,她又找补了一句:"请大人找一头待杀的猪,毕竟反正要死的,毒死比挨刀还能减轻点痛苦。而且这毒是不会进入肉里的,完全不影响食用。"

康正源忍不住微笑了。

春荼蘼打起官司来咄咄逼人,对一头猪却又如此心软,真是个有趣的姑娘呢。

张宏图此时对春荼蘼已经完全信服，当下叫人去弄一头猪来，这边又叫负责牢饭的杂役们煮鱼汤，蒸米饭，之后又请康大人一起到县衙大门外的空地上等着看实验。

其时，晚衙的时间都快过了，但是张宏图没有散衙的打算，看审的百姓们也没有离开的意思，大家都兴致勃勃等着看结果。

春荼蘼看到人群中的春大山，见父亲一脸担忧，不由得给了他一个安抚的微笑，递了一个"您放心吧"的眼神。却不知春大山疑惑的是：女儿什么时候听闻过那么奇怪的事？女儿自小娇弱，几乎不怎么出门的呀。不过这种情况下，他也没办法问，只得和众人一起等。

过了会儿，差役牵着一头足有两百来斤的猪来。空地上，热腾腾的米饭和鱼汤也摆上了。

春荼蘼从过儿手中拿过一袋子提前采摘的荆花呈上，张宏图来了兴致，居然挽起官服的袍袖，亲自把米饭、鱼汤和荆花倒在一个大盆子里搅拌，然后着人牵猪过来吃。

百姓们把四周围了个水泄不通，连附近屋顶上都站了人，那热闹的场景就跟过大年似的。不时地，众人还要互相议论，啧啧称奇。

那猪在生命将尽之时还吃了顿好的，只是片刻后就满地打滚，嚎叫着很快死去。

众人哗然，随即就有些后怕。荆花在范阳到处都是，但之前没人知道它和鱼汤、米饭和在一起，是有毒的。春荼蘼今天也算做了件大好事，不仅证实了真正的杀人凶手是谁，还提醒了当地人，以后千万要注意这个事情。

这一幕，被差役押着的赵家的也是看到了，顿时面如死灰。

张宏图就算再糊涂，这时候也明白了，一边叫人驱散看热闹的百姓，一边组织重回到大堂之上，正式审问。

在事实面前，赵家的再也绷不住了，伏地大哭道："民妇认罪！确实是赵老七陷害临水楼的方娘子，也确实是民妇借机以荆花之毒毒杀亲夫。可是民妇不悔，因为他该死！他早该下十八层地狱去！"

"为什么早不反抗，要逼自己到此时的绝境？"春荼蘼怒其不争。

"我……我不敢，我死没关系，我怕丢了祖宗的脸。"赵氏绝望之下，什么也顾不得，哭诉道，"他不仅打骂我，还给我下了迷药，侍候……侍候他那帮狐朋狗友！"

她哭得椎心泣血，春荼蘼听得头皮发麻。

怪不得！怪不得赵家的这样忍气吞声。大唐风气再开放，女人都是弱势得不能再弱势的群体，遇到这种事被人以此要挟，肯定不敢反抗，也只有吃暗亏的分儿。

堂上堂下所有正常的、还有心肝的人都气得不行，又同情得不行。只听那赵家的继续哭道："我的爹娘，好心救了他的命。可是他不仅不孝顺我父母，反而动辄打骂，还不给饭吃。我爹与他争执，让他一把推在地上，头撞到石阶，鲜血直流。从那天开始，他老人家就一病不起，就这么……没了。我娘连气带恨，偏偏为着我这不肖女，不敢吭声，生生怄死自己。他一手办理丧事，不让任何人插手，都没人知道他的罪行。我的亲娘舅，被他叫人砍掉一只手，如今连冤都无处诉。这叫我除了杀掉他，还有什么办法！众位乡亲，春大小姐，各位青天大老爷，如果不杀他，你们给我指一条路，我要怎么走！你们说，要我怎么活！"说完，她不住地磕头，血肉之躯撞在冷硬的青石地板上，片刻就血迹斑斑。

"快拦着她！"张宏图急得直拍桌子，"快拦着她！"在他任上出了这种事，于情于理说出来也不好看。

有差役上来，拉住赵家的，可她的哭声却似无数钢针，刺入每个人心头最柔软的部分。

"你这样恨他，为什么早不动手，要等到今天？"春荼蘼强迫自己冷静，咬着牙问，"别说到现在才有机会！你就招了吧，是谁指使的你。"

"没有！"赵家的矢口否认。

"没有吗？"春荼蘼第一次对这个糊涂的女人产生了怒意，"我告诉你，《大唐律》是怎么说的。凡预谋杀人的，处徒刑三年，已致伤的，处绞。已致死的，处斩。从犯中对杀人起推动促进作用的，处绞。随从杀人而不起推动促进作用的，处流刑三千里。最先表达犯意的，即使不参与杀人，仍是首犯。知道什么叫表达犯意吗？就是最先提出杀人的人，那才是首犯。就算是你动的手，你也只是从犯。所谓造意者为首，随从者减一等。难道，你愿意为了个猪狗不如的赵老七去偿命？难道你不明白，那个教唆你杀人的，并非是出于好意？不过是借刀杀人罢了。"

赵家的被春荼蘼的话问得愣住。但她仍然紧咬牙关，眼神虽然挣扎，却还是不开口。

春荼蘼再下猛药，冷笑道："赵家嫂子，你是好心人，一人做事一人当，不牵累旁人。可是，你为什么任由临水楼的方娘子被人冤枉，你知不知道，若她被叛故杀，是会丢命！你是可怜，可难道就能伤害旁人？！你说你不能丢祖宗的脸，可你的所作所为，就能让赵家祖宗得脸吗？"

这句话，击溃了赵家的的心理防线。

她挣脱拉着她的差役，扑通一下跪在地上，哭道："我不知道，我不知道会这样，不知道会害人。她说，方娘子顶多被判成过失杀人，交赎铜就会没事。临水楼开在咱们范阳这么多年，是最红火的酒楼，方娘子有的是钱。就算我这样做对不起方娘子，好歹先除了这个祸害乡里的恶霸才是。以后，至不济我当牛做马，还方娘子的恩情就行了！"

"她说？！"春荼蘼一挑眉，加重了这两个字，让所有人都听得清清楚楚。

"她是谁？"张宏图忍不住站了起来，欠着身子大声问。

这案子，还真是一波三折啊。一环套着一环，就算抽丝剥茧，到现在也没见着底。

"张大人，您可以发令签了。只要到了赵家，就能把那个'她'捉拿归案。"春荼蘼不再追问赵家的，而是直接胸有成竹地说。

只是张宏图刚要照办，堂外就传来一阵喧哗，听审的百姓自动向两边分开，韩无畏带着人走了进来。

他身穿正式的武官戎装，看起来英姿飒爽，俊美非凡。他的身后，跟着几名亲卫，再往后就是卫士押着的两个人。

一男一女。男人也穿着军装，三十来岁，长得倒是人模狗样的，但一脸沮丧和仓皇。那女的倒是认识，正是藏匿在赵老七家的人。

"张五娘！"张宏图失声喊了起来。

众人哗然。

张五娘这个女人，可能很多人不认识她的脸，但最近没听过她大名的人却是很少。春家的女儿在打官司这块崭露头角，就是拜这个女人所赐，此事整个范阳县都传遍了。

可是，那不是春大山案中的犯妇吗？怎么又和临水楼案扯上了关系？听说这女人不贞，居寡而有孕，是不是她身边的那个男人的啊。

围观者猜测纷纷，春大山却是震惊的，因为那男人他认识，是他的直属上司，队正付贵。

折冲府最小的武官是队副，两个队副配一名队正。但平时兵训，都是他和另一个队副，也就是他的好朋友魏然负责的。付贵和他们关系非常冷淡，只不知他在这些事中扮演着什么角色？

"韩大人，您这是……"张宏图慌得从公座上跑下来迎接。

康正源也站了起来。

韩无畏一摆手，一副公事公办的样子："不必多礼，只是我早就派人盯着赵老七家，今天这女人鬼鬼祟祟地想逃，本都尉就给带来了。当然，还有接应她的人。"说着，冷冽的目光瞄向了付贵，一眼也没有看向春荼蘼。

事儿做得真漂亮！春荼蘼暗暗地想，把唇角抿起，免得忍不住微笑起来。她没有嘱咐韩无畏，他却明白要担起调查的名头，不然她一介民女是不能把手伸这么长的。如果彼此间显得熟络，于她的名声又有碍了。反观他现在的表现，半点不拖泥带水，不错，实在不错。

"这女人怎么在赵老七家？"张宏图惊讶，随即就意识到，赵家的口中的那个"她"，不会真的就是……情不自禁地，他望向春荼蘼，好像在这一团团的迷雾中，只有这小丫头才能拨云见日。

春荼蘼没让他失望，走到大堂的中央道："这是一个复杂的故事，不如就由小女子解释给大家听听。"

"春姑娘请讲。"康正源二度开口，眉间挂着舒畅之意，因为他知道，不用第三堂了，今天这案子就会结束。有他在，也不必再走形式，可快速结案。

另一边，韩无畏也不见外，由自己的亲卫搬了把椅子来，放在康正源身边，就那么大喇喇地坐了下来，端足了威严的架子，并不开口说半个字。

"赵老七之死的造意者、首犯，正是张五娘。"春荼蘼伸出手，白嫩的指尖，正对着那女人一张慌乱中带着凶狠和不甘的脸。

"你有什么证据？"张五娘大叫。

"别狡辩了好吗？好歹留点傲性吧。"春荼蘼嘲讽地道，"赵家嫂子已经全招了，你还抵赖个什么劲儿。"

康正源怔住，随即又觉得好笑。

这不是睁眼说瞎话吗？这个春家的小姑娘实在是诡计多端，先是诈出赵家的心里话，现在又来诈张五娘，其中连犹豫片刻都没有，真是黑心肠啊。

其他人也是愣住，特别是赵家的，居然一时没来得及反驳。

张五娘见状，信以为真，干脆破罐子破摔，豁出去叫道："是我又如何？"转头啐了赵家的一口，恶狠狠地道："你就是个窝囊废，成事不足，败事有余，活该你男人不把你当人，活该你爹娘被你带累死！你怎么不去死，不然也牵连不到我！"

这话太毒了！

赵家的此时已经回过神来，本想着为张五娘分辩，把罪过揽在自己身上，却被她这番话噎得喘不上气儿，也终于明白春茶蘼说得对，她是想赵老七死，但却被人当枪使了！

"到底是怎么回事？"张糊涂一拍惊堂木，阻止了张五娘继续骂下去。

"各位大人，各位乡亲。"春茶蘼又像男人那样，朝周围的人施了一礼，"张五娘无端诬陷我爹的案子审结之后，她转天就离开了范阳县。当然，是有人帮她出的赎铜，并安置了去处。那个人是谁，咱们待会儿再说，总之与她肚子里的孩子是有关的。可是那个人不方便露面，于是张五娘就一人外出。不巧，遇到了赵老七。"

"此事，你是如何得知？"康正源好奇地问。

春茶蘼轻轻一笑道："赵老七有很多狐朋狗友，他又是惯爱吹嘘的，做了哪些事，岂能瞒得了人呢？！何况他是把人劫持到自家去的。"说着，从袖中拿出几张纸，上前放到欧阳主典的桌上，"这是那些人的口供，是真是假，派人带他们来，一问便知。"

康正源侧过头来，以极低的声音问韩无畏："这种抓人逼供的事，是表兄代劳的吧？"

"为不善乎显明之中者，人得而诛之。"意思是：在光天化日下做了坏事，人人都可以谴责他、处罚他。

韩无畏板着脸说了句庄子的话，但心里却好笑。

昨天，堂上那丫头请他派人捉拿了几个人，并亲自讯问。那方法，啧啧……就四个字，威逼利诱。现在想想她那小恶徒的模样还觉得好笑，可是，却真真管用啊。吓唬人的时候往死里整，给好处时简直让人无法拒绝，之后还概不认账，只一句：我说谎了，刚才是骗你的，不好意思。哈哈，不得不说，连他都学了几招，以后逮到突厥的奸细可以用。

"之后又如何呢？"那边，张宏图继续问案。如果说开始时，他还顾虑两位上官，现在却已经完全进入了角色。他为官几十年，虽然一直没得升迁，倒也见过些世面。把案子问得这么丰富有趣的，他还是第一次。

"赵老七就是个欺男霸女的混账东西，但却是有几分眼色的。他见一个有些姿色的女子匆匆赶路，而且专门走小路，就知道不是正经人家的娘子。正像我之前所说，他立即出手，把张五娘劫持到自个儿家里。"春茶蘼说得绘声绘色，就像她亲眼看到了一样，吸引了所有人的注意力，"他本来欲图不轨，可张五娘以身怀有孕为由，保全了自己。"

"哪想到两人纠缠之间，竟然发现是彼此认识的。那赵老七虽然没有看审，但也知道我爹那件案子。而张五娘更是很清楚赵家的情形，心知赵老七觊觎方娘子许久，因不得手而一直不甘。为了摆脱赵老七，也为了报复方娘子，她想出了一条毒计。"

"什么方娘子，分明就是个贱妇。四处勾搭男人，却许看不许吃，引得男人朝思暮想。全是她！所有事全是她搞出来的！贱妇！贱妇！贱妇！"张五娘突然爆发，又挣扎着摆脱束缚，要跳起来去抓方娘子的脸。其状之疯狂，很是骇人。

因为没有结案，方娘子还站在一边，被吓得差点坐在地上。幸好押着张五娘的两个卫士很快反应过来，又控制住她。其中一个恼羞成怒，恨张五娘在都尉大人面前给他没脸，主动掌嘴两下，让她暂时噤声。

"张五娘知道赵老七的本事，就给他献计，让他半夜去临水楼，破坏芙蓉鱼汤的原料，然后第二天去酒楼吃饭，以便讹诈。赵老七不是没想过这一招，但他担心方娘子在镇上做生意日久，人脉广，到时候偷鸡不成反蚀把米，所以一直没有动作。可是这一次，张五娘以自己为例，说明自己能从诬陷案中全身而退，只因她在衙门和当地折冲府中有人护着。如果赵老七这回去讹诈方娘子，她能保赵老七无事。"

"胡说！"听到这儿，张宏图不乐意了，"张五娘诬陷春大山一案，本县秉公依例办理，哪有徇私枉法之处！"

"确实如此，本官看得清楚，张大人不必介意小人的诛心之言。"康正源适时开口安抚。

张宏图顿时精神大振，问春荼蘼道："本县有一事不明。那张五娘为赵老七献计，可以说是为了自己脱身，还为了报复方娘子。但一来，赵老七明知道是自己把人掳来的，怎么会信任张五娘？二来，张五娘为什么要报复方娘子？"

"大人果然英明，真是问到点儿上了。"春荼蘼顺手拍了张宏图的马屁，"那是因为张五娘抓住了赵老七的心思，约定只要帮赵老七得到方娘子，赵老七就要放了她。她还可以先在赵家为人质，这才让赵老七真正放下心来。她还声称，只要赵老七把事情闹到官府，那位大人物就会利用手中的权力，圆了赵老七的心思。话里话外，她几次暗示腹中的孩子与那大人物有关，而且自己和方娘子有仇。赵老七信以为真，又觉得自己手中握着把柄，如何能不听从？至于说张五娘为什么要报复方娘子，就要问问付大人了。"

付贵自从被押来，就一直萎靡地跪在一边。

突然听到张宏图叫他："堂下付贵，你可有什么可说的？"

他下意识地挺直身子，随后也不说别的，只对着韩无畏，伏在地上道："属下失德，请大人责罚。"这个"大人"，自然是指韩无畏，而不是公座上的县官。

而这话，摆明就是推卸责任了。他的意思很明确：他与这桩杀人案无关，他只是道德品质的问题，与个寡妇有染而已。

这时候，春荼蘼都忍不住同情张五娘了。看她找的什么渣男，为这种男人生儿育女、拈酸吃醋，变得疯狂失态，不可理喻，最后落到杀人犯的份上，值当吗？

而她，绝对不能允许伤害自家老爹的人逃脱法网。

"张五娘,知道我为什么要对此案追查到底吗?"她蹲下身子,冷冷地与张五娘对视,"因为,伤害我爹的人,我春荼蘼必要他十倍奉还!"

她的话说得铿锵有力,掷地有声,也没有避讳人的意思,于是堂上堂下的人都听得清清楚楚。很多人为春大山有这样的女儿而羡慕的同时,韩无畏和康正源却担心张五娘突然暴起伤人。

但张五娘没有,因为春荼蘼下面的话,直刺入她的心坎:"儿女之于父母就是这样,父母之于儿女,恐怕会加个更字。若我有麻烦,我爹也会豁出命帮我。你呢?对你的孩子呢?"

"我?"张五娘很茫然。但下意识地,她摸摸自己还平坦的腹部。

"临水楼一案,赵老七身死,你是首犯,尽管你并没有动手,却是你计划的,也是你给了赵家嫂子荆花。虽然我不知道,你是从何知道荆花与鱼汤、米饭相配,就会产生剧毒。"

"无意的。"张五娘喃喃地说,"有一次,我做了鱼汤泡米饭吃,可是不小心,让院子里的荆花落在了里面。后来,我有事走开,一只野猫闻到了鱼味,偷吃了那饭,很快就死了。"她本来还是一副鱼死网破的样子,但刚才看到付贵的反应,顿时心灰意冷,没了生志。

而春荼蘼断定荆花是张五娘给赵家嫂子的,是因为如果赵家嫂子知道这件事,以她对赵老七滔天的恨意,不会让他活这么久。

"赵老七该死。"春荼蘼叹了口气,"他死上十回八回,也不能赎他罪孽于万一。但是任谁也好,都不能罔顾律法行事,这就是律法存在的意义。你是此案首犯,按律当斩。只是你有了身子,应该是产子一月后行刑。可你想没想过,孩子将来怎么办呢?那个男人,指望得上吗?"

张五娘呜咽了一声,眼中流露出绝望的神色。

当状师的,就是要口才好,因为要说服很多人,说明很多事。春荼蘼,就是其中翘楚。虽然在本案中,可怜人必有可恨之处,但张五娘毕竟也有被可怜的情由。而但凡是个人,总有弱点和不能触碰的地方。从此处下手,就能打动人心。对张五娘来说,就是未出世的孩子吧。

"但是,只要你肯主动交代前因后果,包括为什么陷害我爹,我就答应你,帮你的孩子找一户好人家,至少让他平安长大成人。至于他今后的造化,就要看你怎么积阴德了。"春荼蘼诚恳地说,"而且,你有自首情节,罪罚可减一等。虽仍免不了一死,但绞刑,却可保留全尸。行刑之时,也不用上刑场,让众人围观。好歹,给孩子留点脸面吧。"

"你此话当真?"张五娘死灰一样的眼睛终于亮了起来。

"举头三尺有神明,何况在这大堂之上,在众位大人和乡亲的见证之下?"春荼蘼站起身来,居高临下地望着张五娘,"人之将死,其言也善。鸟之将亡,其鸣也哀。你不为自己的孩子想,也得想想,为这样的男人……"她一指付贵,"值得吗?"

张五娘也看向那个男人,见他缩着身子,抖成一团,眼睛中流露出乞怜之色,不禁一阵厌恶,一阵可笑,一阵绝望。

爹娘为着丰厚的彩礼,把她嫁给一个病秧子,成亲后不久,男人就死了。她年轻守寡,日子过得多么孤单寂寞,还要提防无赖闲汉的觊觎。那苦处,有谁知道。直到某天遇到付贵,她以为他是个有担当的真汉子,听信了他的花言巧语,把一切都给了他。然而,过了很久后她才知道,他心里却惦记的是另一个女人。

她恨,她怨,她想过断绝这份关系,却发现自己怀孕了。她从没有过孩子,肚子里这块肉可能是她这辈子唯一最珍贵的。于是她委屈自己,为他做事,只想要他回头,肯放弃那个得不到的女人,给她们母子一个名分,哪怕远走他乡也没有关系。

只是,一步错,步步错,付贵怕被人发现,不愿意亲自送她到外乡。可怜连老天都不放过她,让她半路上遇到赵老七。为了保全自己、保全孩子,为了报复付贵所惦记的女人,为了绝了付贵的心思,让他能在意她和孩子,她起了歹毒之心,犯下杀孽。更大的罪责是,她最想害死的,是一个她明知无辜的女人。

"怎么知道的?"张五娘问春荼蘼,"你怎么知道我的奸夫是谁的?"

"我安排了人盯着赵家,结果看到一个男人半夜三更地从里面出来,看身手,像是军旅中人。后来,又认出了偷藏在赵家的人是你。"春荼蘼道。

"原来不是我听错了,当晚果然有人在外面。"张五娘恍然大悟,"这是天意吗?"

"这不是天意,这叫若要人不知,除非己莫为。"春荼蘼目光冷然,"之后,我去牢里见方娘子,问她有没有军中人士对她纠缠不清。她当即就想起付贵,尽管付队长行事小心,但外人不知道,当事人方娘子怎么会不清楚?我打听到这么重要的消息,只要报与都尉韩大人,一切不就简单了吗?现在,是你最后的机会,快说吧,到底是怎么一回事。"

"贱妇!贱妇!都是你害我!"张五娘还没说话,付贵突然爆发,大叫着要扑过来。他叫得声嘶力竭,青筋暴跳,看起来分外可怖。两名卫士用力抓住他,可他仍然拼命挣扎不止。

一时,大堂上又乱起来。

"把他带下去!"韩无畏低喝一声,十分威严,"简直丢折冲府的脸!"

他一开口,付贵就蔫了。两名卫士立即拖死猪一样把付贵拖下去,看样子,韩无畏会以军法处置他。付贵是折冲府武官,而韩无畏有权管辖治下所有人和事。所以,虽然这司法管辖权有点混乱重叠,但他并没有逾越官场上的规矩。

张五娘神色平静,似乎再也不把付贵看在眼里,放在心里,不管他是深情款款,还是疯狂恐怖都一样。她深吸一口气,口齿清楚地道:"春大山一案,正是付贵暗中布置,由我照着计划实行的。"

"为什么?"春荼蘼问。

堂上韩无畏,与堂下春大山也都皱起眉。因为付贵虽然对手下的两名队副很冷淡,私下并不交往,搞到要陷害这种程度,实在之前没露出半点端倪。

"一来,他妒忌春大山之能,不管是练兵还是比武,样样远胜于他。他怕自己队长的位置坐不稳,早晚要被春大山挤下来。二来,他妒忌春大山的女人缘好,走到哪里都受欢迎。三来……就是因为方娘子。他喜欢了方娘子好多年，虽然做得不明显，但他是死了老婆的，一直想把方娘子娶过门做填房。可他费尽心思，方娘子对他却一直淡淡的，对他与旁人并无半点不同，反而与春大山很亲近。"张五娘声音平静地说，好像在说一件与自己无关的事，"他觉得方娘子是因为春大山才不给他机会，又认为他一直不能升迁，是因为属下才能盖过他，因而他被上官不喜。于是，他安排了那样的计策，想让春大山陷入泥里，永远也拔不出脚。我本不想答应，毕竟这事会影响我的名节，可我架不住他的苦求。后来事情败露，他仍然不肯出头，只借我娘家哥哥的手，出了赎铜，要我尽快到高碑店去，他在那边安排了房子和侍候的人手。可惜，事情不像他想的那样顺利，赵老七劫了我。我想，若不是方娘子，我也不会如此悲惨，妒恨之下，我要借机把她陷到狱里，才能解心头之恨。所以，我哄骗赵老七，让他讹诈临水楼。之后又哄骗他的老婆，利用那糊涂软弱的东西杀人灭口。最后，再传信儿给付贵，让他来救我。哪想到他头天晚上来，不敢直接带我走。转天再来时，却被逮个正着。"

说到这儿，她伏在地上，哽咽道："一桩桩，一件件，俱是民妇所为，均有民妇参与。民妇自知罪孽深重，罪无可恕。只请各位青天大老爷等民妇生下孩子，赐我速死！"

咚的一声，张五娘一个头重重磕在地上。至此，这两件案子全弄清楚了。

全场诡异的寂静，好半天后，张宏图才不自在地轻咳了一声，伸手拿起惊堂木，犹豫着要怎么读鞠，也就是宣判。

正在此时，春荼蘼却上前一步，大声道："大人且慢，民女还有话说。"

"你还有什么话啊？"张宏图都怕了她了。

"民女当堂决定，要做张五娘和赵家嫂子的状师，为她们一辩。"

一边的孙秀才本来已经灰溜溜的，连存在感也没了。现在听说春荼蘼要抢了他的差事，只觉得被人抽了大嘴巴子，以后绝对再没脸再见人了。

张五娘和赵家的也很惊讶。

"所辩何来？"张宏图不得已，苦着脸问。

春荼蘼大声道："民女一辩，那张五娘虽犯下命案，是为首犯，但刚才她当堂自首，还揭露了前一桩案件中的幕后主使人，依律当减等处置，改斩为绞。况且，她计杀赵老七，是在失去人身自由的情况下，算得上半胁迫的性质，也是为了自己脱身，才行此违背律法之事。所以请堂上诸位大人酌情，改判她流放三千里。产子后，孤身前往，非大赦，不得还。"

说着，她又走到赵家的跟前，气势十足："民女二辩，赵氏女谋杀亲夫，虽为从犯，但赵老七既然身死，依例当绞。只是她此举，是为爹娘报仇，法不容情，却情有可恕。想必各位大人们，还有堂上众位乡亲们都知道，大唐律法，曰有十恶，为万恶之首。一曰谋反、二曰谋大逆、三曰谋叛、四曰恶逆、五曰不道、六曰大不敬、七曰不孝、八曰不睦、九曰不义、十曰内乱。不孝，乃十恶之七。而何为不孝？其义甚广，但最基本的就是善待父母。若供养有缺，外出不禀亲，返家而不告都算不孝，何况咒骂殴打，不给饱饭？最后，更被凌虐致死？赵老七犯此大罪，当处极刑。"

随后，她又拉起赵家的手，让堂上众人看那几根扭曲的手指，因衣服滑落，连手腕上似被烙铁烫伤的疤痕也露了出来。看清此景的人，都感觉心口不适，别过眼去，不忍细看。

"民女三辩，赵老七无故殴伤妻妾。殴伤罪，破骨及汤火伤人者，徒一年，折二指、二齿以上，及剪剃人发者，徒一年半。殴伤妻妾，依大唐律法，比照殴伤外人，减一等。"

"可是赵老七已经死了啊。"张宏图头大地说，"他再十恶不赦，人即死，法不究。"

"虽然不追究，但他犯下的罪行，伤害却还在。更不用说他横行乡里，祸害邻居。"春荼蘼放缓了调子说，"因而，赵氏女杀夫固然有错，却也有可减罪的条件。为妻者，替人赎罪也是应该的。虽然，手段是激烈了点，应该受到惩罚。所以民女以为，赵家嫂子可在绞刑上再减三等，甚至……四等。"

"这个……"张宏图看了看欧阳主典。

欧阳主典立即上前，低声在他耳边说："大人，春家小姐所说，于律法上，确定有这些规定，而且刑罚之对应，分毫无错。"

张宏图闻言，又看了看康正源，见后者点了点头，还对春荼蘼流露出赞赏的神色，遂轻了轻喉咙，当堂读鞠："犯妇张氏五娘，受人指使，诬陷春大山于先。因妒生恨，陷害方非于其后，并造意杀人。前罪已罚，后罪按例当斩，却因自主供述罪证，减一等为绞，又因其受胁迫于先，并非原始本意，再减一等，流放三千里，无大赦，不得返。犯妇赵氏大娘，受人教唆挑拨，谋杀亲夫。盖因其夫忤逆不孝，殴打妻妾，为祸乡里，杀之，情有可恕，特改判绞为三年徒刑。犯妇方非，被告之罪已查明，纯属子虚乌有，当堂释放。然，其管理酒楼灶间不力，被有心恶徒利用，亦算疏忽，罚其为受累食客支付汤药及养病银子。以上。若有不服，可于十日内乞鞠（上诉）。"

不得不说，张宏图办事糊涂，不熟悉律法，但后面这番文绉绉的话，说得还怪好听的。

读鞠完毕，堂上众人神态各异，议论纷纷。

韩无畏和康正源对春荼蘼很是赞赏，韩无畏更是站起身来，鼓了一下掌，对春荼蘼竖起了拇指。由他带动，掌声很快响起一片，这热闹之声，差点掀翻县衙大堂的屋顶。

春大山又是欣慰，又是骄傲，眼眶都湿润了。一边的方娘子，对春荼蘼感激无比。而张宏图则是抹了一把汗，暗叹可算结束了。

另一边，孙秀才则面如死灰，有如丧家之犬。他想趁着乱乎劲儿偷偷溜走，春荼蘼却一步劫住他，低声道："怎么样，可服？"

"投机取巧。"他没有认输的风度，一味嘴硬。

"记住，在范阳，只要有我春荼蘼出现的大堂，你就给我滚得远远的。因为，姑娘我总是会赢的。"春荼蘼笑得像个小恶魔。

可是，当个这样的坏人，她可真是快乐啊。

再看余下看审的人，均是高兴又赞叹。想不到春家一个小小的女孩儿家，居然在大堂之上侃侃而谈，不仅赢了临水楼的官司，还似把律法掌握在股掌之间，意气风发，比那跨马游街的状元和凯旋的大将军也不差嘛。

此时，案件的当事人，张五娘与赵家的，都瘫坐在地上，泣不成声。她们两人，算是在鬼门关前走了一遭，结果却算是被法外施恩，各得其所。张五娘虽然要被流放到苦寒之地去，并且要丢下孩子，孤身上路，但到底本是必死之局，却有了生路。赵家的纵然要坐三年大牢，可却摆脱了禽兽丈夫的纠缠，还为爹娘报了仇，只觉得分外值得。

同时，二人对春茶蘼感激万分，恨不能以命相报。她们对视一眼，忽然有种"同是天涯沦落人"的感觉，几乎一起跪伏在春茶蘼脚下，只是磕头，也说不出什么话来。

春茶蘼对四周的掌声，对张赵二女的感激眼神，也不是无感的。她只是尽了一个状师应尽的职责，却得到这样英雄般的对待，实在太有成就感了。可见，百姓太缺乏律法的保护，一切权利都束缚在道德与强权之下。他们，需要有人为他们说话！

她弯下腰，想阻止张赵二女再磕头。可突然眼前一黑，向前栽倒，接着就失去了知觉。

众人都吓了一跳，韩无畏和康正源都失态地一下子从座位上欠过身子。到底春大山最是麻利，扑过去把女儿扶起，急得眼泪都快掉下来了，只喊着："茶蘼，女儿，你怎么啦？醒醒！"

"文大夫，您快给看看。"方娘子比较冷静，立即拉了把身边的文大夫。

文大夫上前诊脉，细细诊了回，又诊了回，才面皮一松道："无碍的。想必春小姐这几天夜以继日地为案件奔忙，实在太累了。她本来身子就娇弱，几天来不眠不休，失于调养，这才突然晕倒。"

过儿闻言，鼻子一酸道："可不是。小姐两天来，总共都没睡到两个时辰。这是大病才好没多久呢，怎么受得住。"

"那怎么办？"春大山环着女儿，心就像放在滚油里煎一样。

刚才看女儿在堂上的模样，似乎千军万马也抵挡不住，挥洒风流。可一转眼，在自己怀里时显得那么脆弱，和当年她才出生时，自个儿捧在手心里的感觉是一样的。

这是他亲生女儿啊，唯一的，疼爱到骨子里的亲生女儿啊。

"无妨，等老夫待会儿开个调养的方子，慢慢调理就成了。"文大夫摸摸胡子，也不希望这样有趣的女娃出事，对春大山说，"你现在别摇她，赶紧叫人准备马车。她这是借此睡了过去，莫吵。"

"马车颠簸，不如坐我的轿子走。"张宏图突然插嘴，"来人，快把本官的轿子抬出来，送春家小姐回府。"旁边的差役一听，没等春大山说话，一溜烟儿就跑走了。

张糊涂这时候可不糊涂，他瞄见两位高爵上官，四只眼睛都盯在这春家姑娘身上，还有什么不明白的。他本来以为自己年纪大了，没有拿得出手的政绩，可惜胆子小，心又不狠，此生也就是如此。可说不定，巴结好春氏父女，将来就有机会呢。虽然春家小门小户的，高攀不上天潢贵胄，但有时候妾室说话，可比大老婆管用多了。他家，不就是如此嘛。

对张宏图的热情，春大山本想婉拒，总觉得哪里不妥，可见怀中的女儿小脸苍白，很有些心疼和不舍，当下硬着头皮接受了。也没注意，韩无畏和康正源的眼神，一直追随他们的身影到消失的时候。

而这一切，对于春茶蘼来说都只是一睁眼、一闭眼的事。

她只是陷入无知觉的黑暗中，可能之前时间紧、任务重，她耗尽了心力，累个半死，所以睡了个昏天黑地，香甜无比，人事不知。然后，她梦到了爷爷春青阳慈爱宠溺的脸。

不知怎么，她忍不住地心酸起来，叫了一声："爷爷！"猛然就醒了，居然泪流满面。

第十二章　我要走了

"怎么啦？梦到什么？可是哪里不舒服？"关切的声音就来自床边。接着，一只大手轻抚在她的额头上。

春大山坐在床边，一脸焦急，满眼血丝，显然是一直守在旁边的。

"没事。"春茶蘼看到春大山，梦里那种虚无的感觉消失了，特别踏实。

"我梦到祖父了，我想他了。"她哽咽了声。

春大山微笑，有点吃醋地说："都快说亲的大姑娘了，还像奶娃子一样，身子一不舒服就要找祖父。"

"祖父出门的时间很长了哪，不知还要多久才回来。"春茶蘼略怔了怔后，就拉着春大山的袍袖撒娇，安抚着一颗吃醋的老父之心，"再说，祖父在外面受风吹雨淋，眼看就要冬至了，爹也心疼是不是？"

这话说到了春大山的心坎上，他也担忧起父亲，但随即就又高兴起来："今儿都九月三十。十一月初一，我就要去军府，参加岁末的集中兵训，你祖父说过，之前必会赶回来。左右还不过一个月时间，他总会提前到，所以差不了二十天了。"

春茶蘼听到这个消息，也挺高兴，但她注意到两个细节，立即问："三十号？今天都三十号了？！这么说，我睡了两天？"

案子，可是二十八号黄昏的时候就结了。虽说，判徒刑或者流刑，要送到州府去复核，若是死刑，还要提交刑部复核。大理寺倒不管这一摊，它到底是审判机关，而且主要负责京中百官。但想来，案子翻供的可能性不大，只是她没想到能睡这么久。

这不成了猪了嘛。虽然之前,她是累得够呛来着。

"是睡了很久,把爹吓坏了。"春大山似乎还有点心有余悸。

这时候,过儿挑门帘进来,笑着接口道:"老爷当时可吓坏了,又不敢叫醒小姐,硬是把文大夫给拎了来,再诊了一遍脉才放心。"

春大山闻言有点为自己的大惊小怪不好意思,春荼蘼却感觉心中暖暖的。

人都道,有后娘就有后爹。意思是男人死了老婆,再娶的话,就不会对前妻留下的儿女有多好。还说,能跟着要饭的娘,不跟着当官的爹。意思是爹不如娘爱儿女。但其实,父亲疼起儿女来,有时候比母亲还要溺爱,春大山就是个例子。而且在这个重男轻女的时代,他能这样无限疼爱女儿,真是极品好男人,可怎么就被徐氏盯死了呢?

果然是,好白菜都被猪拱了。就自家老爹这相貌,这身材,这人品,真是一朵男鲜花,插在了女牛粪上。

"过儿,你有点规矩好不?"为了舒缓春大山的不自在,春荼蘼佯装教训过儿。反正这丫头皮厚,跟她没大没小的惯了,根本也不会害怕。

"在正经人家,哪有老爷说话,你一个婢女随便插嘴的。"春荼蘼给过儿丢了个眼色,"规矩大点的世家,说不定就打你板子,把你卖出府呢。狠点的,直接杖毙。"

过儿会意,立即上前,一脸哀求地对春大山说:"老爷我错了,奴婢下回再也不敢了,您别卖了我!"那小模样逗得春大山一笑,一指点在她脑门子上,把她推开。

春荼蘼这时候非常庆幸自己生在小门小户,多温馨的家庭环境啊,谁愿意去高门大宅斗得鸡飞狗跳的,还要面对冰冷的亲人,利益的纠纷。可就算她生在高门大户,她也不会谨微慎地活着。有句话说得好,得罪不得罪其实不重要,因为你没得罪人,但利益所在,人家还会灭掉你。得罪了人,但有利可图,照样亲亲热热地对待你。所以,做个有用的人,比什么都强。

但在这样的小家,吃得饱,穿得暖,有屋住,有余粮,亲人相爱,虽然也有各色的事,但却很幸福了。

"每旬旬底的两天,父亲不是要去军府报到吗?上次就因为张五娘诬陷爹而没去成,怎么这次……"春荼蘼笑了一阵后,问道。

"你病了,韩大人特别准了我的假,让我在家看护你。至于军里,你魏然叔叔已然公干归来,他顶多辛苦一点,队里的事就全负责了。"春大山说着站起身,走到窗根底下。

那里原来放着一张条案,但此时搬空了,放置着一个烧炭火的小茶炉子。炉子上,架着一把小铜壶,有氤氲的热水汽慢慢从壶嘴处弥漫开来,给屋里温馨的气氛添加了柔和感。

春大山拿起圆桌上的一只上面带盖子的白瓷茶盏,釉色有点发黄,然后把铜壶中的水倒出来一盏,走到床边道,递到春荼蘼唇边道:"你睡了一天两夜,水米没沾牙,先来喝点温水,待会儿再吃东西。放心吧,不凉。"

春荼蘼很不喜欢喝茶,那茶饼要事先碾成末儿,还要在水中加香料或者盐什么的,她实在受不了。所以,她只喝水,春大山自然是知道的。

春荼蘼犹豫了下，张了张嘴，却终究没有再开口说话，只温顺地喝净了水，之后肚子里就传来咕咕的叫声。

"早煮好了鸡汤，现在爹去给你下点汤饼。"春大山就笑道，"菹齑也预备了，放点芝麻拌一拌就行。是笋齑，你最爱吃的嘛。"

春荼蘼想说话，春大山却摆摆手道："知道知道，多放芫荽，不要卧鸡蛋，飞成蛋花。"

卧鸡蛋是北方的说法，也可能只是范阳这边的口语，意思是把鸡蛋直接打在热汤中，却不搅散搅碎，到时候面条熟了，鸡蛋也煮成像荷包蛋的样子，清清爽爽，原汤原味很好吃，但春荼蘼不太喜欢。而春大山在娶徐氏之前，是和父亲春青阳独自生活的，两个大男人养育一个小女娃，所以什么家务都会做，春青阳甚至会缝衣服。

事实上，娶了徐氏后，徐氏也没做什么家务。又不是大家族的太太奶奶，她却连碗热汤也没给公爹做过，没为自个儿的男人洗过一回衣服，做过一双鞋子，更不用提给前房的女儿做什么了，算得上是十指不沾阳春水，连春荼蘼也不如。至于她屋里的事，自有小琴帮手，院子里其他大大小小的活计都是过儿和老周头干的。真不知道，平民之家娶来这种老婆是做什么用的。她本是商户之女，却给她那个娘娇宠成这般废物样子。

"爹，我是说，这些事交给过儿做就成。"春荼蘼好不容易逮到个机会，连忙道，"你一直守着我没睡，现在赶紧歇着去。"

"爹又不累。"春大山摊开手，"以前做野战兵训时，三天三夜没睡过的事也常有。"

"那不同。"春荼蘼坚持，"那时女儿没在您身边管着。再说，我明天想上镇上逛逛呢，爹不养好精神，怎么陪我去呀。过儿，愣着干吗，送送老爷。"

在这个家，过儿最听春老太爷的话，简直就当成圣旨。其次，就是自家小姐。此时得了令，没大没小地拽着春大山的手臂，不容分说，直接给人拉到当院里。

小琴似乎在院子中偷听，此时想躲也来不及，连忙扔掉帕子，蹲在地上，假装去拾，之后又很快地站起来，甜笑道："老爷要回屋歇着吗？还是先吃口东西？太太已经都预备好了，放在东屋呢。"

春大山没办法，点了点头，就向东屋而去。

小琴忙不迭地跟在后面，过儿看不惯她那扭着腰肢的模样，气呼呼地直接跑进厨房，麻利地做好鸡汤汤饼，又把腌在小瓦罐里的菹齑倒出来，加芝麻拌好，放在托盘里，送给春荼蘼。

"小姐也是的，老爷想多陪陪您，干吗轰老爷走啊。"见春荼蘼猛吃一阵，肚子里有了点底儿之后，过儿抱怨，"真受不了小琴那个欢天喜地的劲儿，好像咱们西屋是火坑似的。"

"家和万事兴，我爹又不能休了太太，如果咱们不忍忍，为难的是我爹，何必让他夹在女儿和妻子之间难做人。"春荼蘼叹了口气，"无七出之条而休妻，是违反咱大唐户律之法的。若乱来，我爹的前程还要不要了？若是我爹在我屋里待的时间长了，太太又得给我爹甩脸子。她那样的人，也不大吵，就这么腻歪着，眼泪汪汪，跟受了多大委屈似的，更让人受不了。"

过儿咬咬牙，虽不甘心，却也没办法，只恨声道："都说男怕入错行，女怕嫁错郎。其实这男人娶错了老婆，一样像风箱里的耗子，两头受气。"

"那是因为我爹心好，咱们家厚道罢了。让她换一个那不讲理的人家看看？"春荼蘼又喝了口鸡汤，满足地叹了口气道，"不说这些了，告诉我，我昏睡这两天，家里出了什么事？为什么我爹刚才提起说亲的事？"

刚才，她从春大山的话里逮到了两个疑问。一个是今天的日期。第二个，就是春大山说她是"快要说亲的大姑娘"。

世上没有无缘无故的爱与恨，也没有无缘无故的话。可能是无意间说漏了嘴，那也是因为这几天有相应的意识在脑海里出现过。看春大山的样子又很自然，难道是徐氏又说了什么，或者做了什么？

日防夜防，家贼难防，她不得不小心应对，未雨绸缪。

"细节嘛，奴婢不知道，但断断续续听到老爷和太太吵了几句。"过儿摸摸下巴道，"这可得多谢小琴，若不是她一直往老爷跟前儿凑，没人守在门外，奴婢也没机会。"

"吵什么了？"春荼蘼皱眉，"她不是犯了头疼症？"

过儿撇撇嘴："头疼症最是没个准儿，她说自个儿疼得厉害，就算大夫来了，还能说她没事不成？！到底怎么样，只有她自己知道。反正那两天拘着老爷，不让老爷到县衙去，二十八那天，老爷把小姐接回来后，她听说方娘子没事了，脸色就不大好。后来小姐在屋里睡觉，我隐隐约约听她跟老爷说，小姐上了公堂，只怕现在一时风光，但名声却坏了。人家可能都赞扬小姐您威风又聪明，但谁家会娶这样的姑娘做老婆？"

春荼蘼没说话，因为她不得不承认，这次徐氏说得对。人们欣赏你是一回事，能不能娶回家是另一回事了。她本没有嫁人的打算，就算到了二十岁还单身要收税也没关系，她会想办法赚到银子的。至不济，出家当个道姑也行，反正道家不那么辛苦，可以在家修行。但春青阳和春大山肯定是不会同意的，说不定会伤心。但是，她也不会以为徐氏这样做是出于好心，不过是想拔掉眼中钉、肉中刺罢了。

"我爹怎么说？"她问。

"老爷半晌也没吭声，后来就说会想办法的。"过儿继续道，"然后太太也不知低声说了什么，奴婢实在听不清，只听到老爷发火了，摔了茶杯，然后太太就哭了声说她是为小姐好。老爷很大声很大声地回她说：荼蘼是个有主意的，我的女儿自然不是寻常女子。你不用说了，她的亲事，要她自己点头。若她不应，我宁愿养她一辈子！说完，摔了门就出来了，一直坐在小姐床边，刚才才被小姐轰走了。依我猜，徐氏指不定给小姐说了什么不堪的人家，不然小姐也知道的，老爷虽然在外面挺有威严的，在家却极少发脾气。我呀，听完这话，面儿上半点也没露，等小姐醒了才禀报。"

"过儿，做得好。"春荼蘼夸奖道。

她家的丫头与大户人家的不一样，不是非要赏赐银子的。只要夸一句，就特别高兴。其实论起贴心，她们名为主仆，实为姐妹。

而想到春大山的话，春荼蘼心里热乎乎的，随即就踏踏实实地放下了。既然她爹说婚事要由她自己点头，爷爷只怕会比爹更宠她，那她就不必再担心了。

她也不是说不成亲，只是她才十四岁，过了年才十五，离朝廷规定的二十岁必须成亲还有五年，她还有机会和时间，只要老少徐氏别总琢磨她就行。

"好像没再闹起来。"她侧耳听了下院外，轻声道。

"老爷真发火时，太太每回都会怕。可老爷一给好脸色，她立马就作妖。"过儿嗤之以鼻，随后又想起什么，凑过来，鬼头鬼脑地笑着问，"小姐，对于亲事，您自个儿是怎么想的啊？"

"小丫头片子，别听风就是雨的。"春荼蘼也学自家美貌老爹，一指头点在过儿光洁的额头上，"我怎么想的？我还没想呢。我啊，现在就想着跟我爹和祖父好好过日子，如果有什么好机会，让春家脱了军籍就好了。"那可是祖父的心愿。

"听说咱家要脱军籍，得兵部尚书亲自批呢，那老爷得当个大官才行。"过儿一知半解地道，却还纠缠刚才的问题，"小姐，我瞧那个韩大人和康大人都不错，比老爷长得还俊俏。年纪虽然大了点，但他们官大又有钱，小姐嫁给这样的老头子，也不算太亏。"

春荼蘼忍不住就乐了起来。

过儿从小被卖，后来生活在春家，性子又直又辣，但却少了成算，有点不谙世事。韩无畏和康正源是什么身份，她从一开始就清楚得很，所以半分心思也没动。就算没有阶级阻碍，她也是不乐意的。那样的家庭，得多么复杂，有那参加女子乱斗的精力，她还不如看案例呢。再者说了，这样的男人必会三妻四妾。康正源还好说，韩无畏是世子，未来会承爵为王，还可能弄个大都督当当，那样的人纳妾是规矩、祖制，不是他不想就可以拒绝的。

不过，听过儿还有些嫌弃那二位，觉得他们配不上自己的样子，还真是好笑。两个二十出头的青年才俊，只因为她年纪小了点，就成了过儿口中的老头子。如果他们知道，想必会吐血吧？而这个时候，康正源应该离开了范阳，当时他就是被临水楼案拖住了脚才留下的。

春荼蘼想了一回，也就扔在脖子后面去了，只笑道："我呀，我要找个我爹这样的男人。长得又好看，心地又善良，家世又简单。"

"可是这样的很难找啊。"过儿苦着脸道。

"那咱慢慢找，不急。"

"小姐不急，东屋里的可急呢。"过儿哼了声，"不然，等老太爷回来，咱分家吧？"

春荼蘼摇摇头，知道这是不可能的。

父母在，儿女不能分家，除非长辈同意。春青阳是同意，但春大山死活也不肯点头。再提这事，不是扎他的心吗？

有时候，春荼蘼真希望老爹能休了徐氏。她既不能主外，又不能主内，对家里没贡献，还总挑三拣四的。可春大山心软，春青阳厚道，又认为春家没那个休妻的家风，所以在徐氏没有犯大错的情况下，谁也开不了这个口。除非，她犯下七出之条。

所谓七出是指妇人七去，包括不顺父母，为其逆德也；无子，为其绝世也；淫，为其乱族也；妒，为其乱家也；有恶疾，为其不可与共粢盛也；口多言，为其离亲也；窃盗，为其反义也。

仔细想想，有好几条徐氏都打了擦边球，可算可不算。比如不顺父母，她对春青阳就是表面客气一下，并没有真正尽到儿媳的责任，可你也不能说她就虐待了。比如无子，她确实再没有怀孕过，可是她进春家门的时间也不算长。比如妒，她经常因为春大山和方娘子的关系而表现出不快，偏偏她只是闹别扭，却没做什么。比如窃盗，不是指偷东西，而是存私房。她娘家的东西，从来不肯和婆家分享的，可若说她藏了大把家私也不对，因为老徐氏怕春家占便宜，所以小徐氏还真没有。

愁人啊！

而且身为女儿，她不知道她爹和徐氏私下里的感情如何。春大山重情，前妻白氏去世了那么多年，他都没有续弦，而所谓一日夫妻百日恩，百日夫妻似海深，也许他和徐氏是有感情的呢？春荼蘼也不想为了自己痛快，就让自家爹伤怀。

最为难的是，春大山已经死了一个老婆，如果再休掉一个，除非将来他真的当大官，不然很难再有清白人家的好姑娘肯嫁过来做填房。

对这个事，她是左右为难的。但是，若徐氏不消停过日子，只要影响到她爹的前程和生活，让春大山痛苦烦闷，她有的是法子把七出之罪安在徐氏的头上！她一心向善，但为了保护家人，她也是做得出来的。

说来说去，就是遗憾，当初春大山为什么没娶了方娘子呢？

而她这边才想到方娘子，第二天一早，方娘子就登了门。当时春荼蘼刚梳洗打扮好，要和春大山到镇上逛逛。其实，她是想打听临水楼案，有没有什么后续新闻。

春大山早就收拾好了，仍然是穿着军装便服。因为他的身材健美，穿什么衣服也不如军装好看。春大山自己似乎知道这一点，所以从不穿别的。想来，男人也臭美得很哪。其实，韩无畏也是一样的，穿制服很好看。

春荼蘼甩甩头，心道想那个人干什么，差点把帷帽给甩下来。

过儿正要埋怨她，老周头就来报，说临水楼的方娘子求见。

本来，徐氏和小琴站在东屋的台阶上，说是送他们出门，但两人都一脸迷醉地看着春大山，还给春大山念叨，要捎点什么东西回来。听闻此报，一主一仆的脸，吧哒就掉下来了。

"她来干什么？"徐氏尖声问道。

"来者是客。"春大山有点尴尬，但更多的是坦然，对老周头说，"快请进来，正厅说话。"

严格意义上来说，方娘子的容貌在大唐算不得顶美。

方娘子的肤色微黑，身段高挑而瘦削，嘴也略大了些。可是她却有一双镇静又灵动的大眼,于是举手投足间,就弥漫着说不清的风情,特别招人。而且她那风情不是流俗的、表面上的,只若隐若现、若即若离地散发出来,令男人很容易着迷。

大唐民风开放,体现在细节处就是海纳百川,兼收并蓄。比如服装的风格,就是晋汉、胡服,甚至波斯那边的款式,加上本朝流行的服饰,算得上百花齐放。方娘子就很知道自己要穿什么,才最能体现她的优点。

今天她穿了件樱桃色的衣裙,腰带和衣服下摆及袖子边缘,是两寸宽的牙白色滚边,同色绣花的腰带,一头浓密乌黑的长发只以一根珊瑚簪子绾住。衣裙的式样是汉式的曲裾,特别衬她的身段,走起来路来娉娉婷婷,风摆杨柳般的优雅轻柔。

这时代的女人喜欢大红大绿的颜色,但穿的人多了就俗气了,而且这种颜色不适合皮肤较黑的人,可是这些缺点到了方娘子身上就成了优点了。

"方老板娘,您怎么来了,快里面请。"春大山迎上去。不知是不是当着徐氏的面儿,言语间有些客气。

"春大哥。"方娘子敛衽为礼,姿态大方,不卑不亢,"有些事情想和您谈谈。"

要是自家美貌老爹娶了方娘子多好啊!春荼蘼又忍不住暗中感叹。

春大山做了个"请"的姿势,就头前带路,进了正房正厅。

方娘子跟在后面,举止就像受过特殊训练似的,连耳朵上那对小玉坠子都不怎么晃动。经过徐氏身边时,她略停了停,温婉地略施一礼。

她这样,更衬得徐氏服饰俗艳,而且目光闪烁,半点不大方。不知道的,还以为方娘子是大老婆,徐氏只是个妾呢。

不过,徐氏马上反应过来,犹豫一下,咬着牙拉了小琴一把,双双跟进了正厅。

春荼蘼愕然之下,只好带着过儿,有样学样。

人家方娘子都说有事情要和春大山谈,正厅的门又敞开着,而徐氏虽然挂着礼貌的笑,但气势却似捉奸,丢不丢人啊。人家又不是闲聊,犯得着你一个正室娘子作陪,目光烁烁地盯着吗?真上不得台面!其实春大山如果和方娘子有奸情,方娘子怎么会大大方方找到家里来?两人认识很早,若有些什么,徐氏也不会有机会进门了。再说,她又一次不信任自己的丈夫,实在令人光火。

而当春大山一回头,发现空旷的屋子里居然挤满了人,顿时尴尬。

"去烹点茶来。"他吩咐徐氏。

徐氏却没动,指着小琴道:"还不快去。茶饼要碾细一些,但也别让客人久等。"然后,走到桌边,看样子是要坐下了。

春大山眉头一皱,强压着怒气。

他和徐氏过得不顺之处,方娘子是知道的。所谓知己,就是把心里的苦向对方倒。他去临水楼喝酒时,经常把不快的事对方娘子提提,包括对那位岳母的万分不满。方娘子还曾给他出过不少好主意,希望他和徐氏能白头偕老。可徐氏现在这是做什么?偏偏,他还不好发作。

但,方娘子却开口了,神色和语气都非常坦然,可也很直接:"春家小嫂子,我和春大哥有些生意上的事要说说,可否请您暂时回避回避?"

徐氏的腿才弯下，却顿时坐不下去了。她还没有她娘的厚脸皮，话说到这种程度了，她也不能再留下去。于是，她尴尬地复又站直，眼中的恼火都掩饰不住了。

"既如此……"她看了眼春荼蘼，想拿这继女当台阶，就伸出手道，"你爹要谈正事，你也出来吧。"

哪知道方娘子却又说："荼蘼姑娘倒是要留下听一听。一来，我要谢谢荼蘼姑娘帮我从官非中脱身。二来嘛，这临水楼的生意说起来也与荼蘼姑娘相关。到底，是前面的大嫂子留下的产业不是？"三来，只怕是有女儿在场，徐氏之后不至于和春大山闹太大的别扭吧。

"好，那我就听听吧。"春荼蘼一脸老实，心里却乐开了花。

春家，包括她在内，就是缺少这么一个拉得下来脸，关键时刻说话不客气的人。方娘子似乎对徐氏不太喜欢，看起来那么温雅又会做人的人，居然绵里藏针。这是告诉徐氏，别总拿着继母的架子，人家的亲娘可留下了大把银子，至少比你的嫁妆多。

不过，方娘子是打开门做生意的，每天与各色人等打交道，今天这么不给徐氏留脸，好像是故意这样做的，又为的什么？

徐氏涨红了脸，扭头就走了。

春荼蘼一见，不禁又叹了口气。

如果是她，开始就不会跟进来。但既然进来了，就不会走。前面表现得不大方，后面做事又不硬气，倒像个小三似的，以后春大山若能升职，官太太们一起交往，以徐氏的行事风格可怎么办？真愁死人了！

"生意的事怎么了？可是有人去捣乱？"春大山见徐氏离开，直接就问。

他如此开门见山，半点客套没有，显然和方娘子的关系相当好。有些像老夫老妻，却又像特别要好的朋友。

"我要走了。"方娘子倒也直接。

春大山和春荼蘼都愣住。父女二人忍不住对视一眼，再看方娘子，又不像是开玩笑。

场面一时僵住，春荼蘼连忙上前，微微搡了方娘子一下，微笑道："方娘子请坐，有什么事什么话，慢慢说。爹，您也坐。"

两人坐下，各怀心事。

春荼蘼给过儿使了个眼色。过儿立即跑出去，假意烹茶，其实是守着门，免得人偷听。春荼蘼自己则悄悄立在春大山身后，静默不语，决心当透明人，给父亲一点空间。

过了半天，方娘子重复道："我要走了。"声音里却有着浓浓的叹息。显然，是不舍得的。

"好好的，为什么说走就走？你说说看，到底是怎么了，让你连生意也做不下去？"春大山也镇静了些。

方娘子微微摇头："没有。这两天临水楼正在修整，也并无人前来捣乱。"

"那你……"春大山不理解。

"我做的是酒楼生意，出了中毒的事情，就算事后我被判定为被人陷害，不好的影响还是很大的。"方娘子轻声细语地说，有些无奈，却没有焦急，很理智清醒的样子，"而且这样一来，知道我的人会很多。"

"你为人如何，行事如何，镇上的人都清楚。"春大山认真地说，"就算有一时的影响，过一阵子也会好的。若说知道你的人多，你也不是不知道，咱们范阳有两个女人最出名，说起来县里不知道你的人很少，哪儿还有更多的人？"

"茶蘼这么本事，这桩案子打得这么出色，简直算得上轰动，恐怕以后不止范阳，连京里甚至南边都会念叨起这个案子。我是案中的犯妇，名声要传遍大唐呢。"方娘子笑笑，却隐含着苦涩，"今天我和春大哥说了实话吧。咱们认识这么多年，你的为人如何，心意如何，我心里比谁都清楚。只是我身怀隐秘，所以没有资格接受。但是，这辈子能遇见你，却是我最大的福气。只请大哥原谅，之前我从来没有告诉你这些话。"

春大山脸色微红，局促起来。方娘子这是把两人的感情事摊开来说啊，可女儿还站在他身后呢。但，春荼蘼却一声不吭，好像老僧入定一般，其实心里却惊涛骇浪。

她知道，方娘子说出这番话，证明是非走不可了。从字里行间中，她看得出方娘子是个有决断、有担当的女子，敢于当着别人的面，把对春大山的爱意说出口。之所以她不应下爹的情意，就是因为她说的隐秘。而她今天坦白，是证明她要以这种方式报答春大山这么多年来的照顾和帮助，也是决然的道别。

这是个坦率勇敢的女子，那么，她的隐秘就肯定是解不开的困局，所以她才躲到范阳县来。年纪轻轻的单身女子，好不容易安身立命，却因为一桩轰动的官司，不得不再次远离，隐姓埋名。由此可见，她的隐秘不是小事，不然她也不可能如此信任春大山，却单单隐瞒了这件事。而且，那秘密涉及之人应该是很有能力的。不然，就不会因为一桩官司而查到这里来，逼得方娘子不得不逃走。那秘密，是不是与方娘子从来秘而不宣的身世有关？

可若她身上真的背着重大秘密，就算她再好，春荼蘼也不想自家老爹和她有瓜葛了。毕竟在春荼蘼眼里，天大地大，也大不过祖父和父亲的安危。

春大山是聪明人，略怔了片刻，也想明白了其中关键，不禁内疚道："说来，都要怪我对不住你，若这官司不打，你就不会要离开了。"

"当着孩子呢，怎么能这样说！"方娘子正色道，"若不是茶蘼，我逃不了牢监之灾，岂不更容易被找到？！说起来，茶蘼是我的救命大恩人。就连你，若不是我的连累，付贵和张五娘怎么会害你？说到底，我是不吉祥的人，我走了，大哥一定会过得更好的。只可惜这份恩情，只有来世再报了。"

春大山此时也明白，人，他是拦不住的。话说到这个份儿上，也是方娘子的极限了，其他人家不开口，他也不方便再问。只是几年的感情，哪怕只是普通朋友，对他这种重情的人来说，心里也是热辣辣的不好受。

"你若再有难处，就回来找我。能帮的，我必会帮你到底。"半响，他才说出这一句。说完之后，就觉得嘴里心里都是苦的。这么些年，他有心事不会和父亲说，怕父亲担心，不会和女儿说，女儿太小，倒是方娘子，是最交心的人。可惜，天下无不散之筵席。而就算他这话说了，方娘子再难也不会来拖累他。

"盘缠有吗？"他实在不知道给予什么帮助，于是又找补一句，然后紧紧闭上嘴。临水楼的生意相当好，方娘子可比他有钱多了。

"不用担心我，只是此去天涯两隔，请春大哥保重。"方娘子红了眼圈道，"临水楼的房租我付到了年底，这两个月只当是给你们找新主顾的时间。还有……"她把一直提着的一个小竹篮放在桌上，"这是我给荼蘼出嫁时的添箱，虽然不知道是哪一天，但我相信，她一定会嫁一个比大哥还要疼爱她、珍惜她的男人。我会每天都为她祈福的。"说完就站起来。

"以后还能见吗？"春大山急着说了句。

方娘子凄然一笑："可能不会了。除非……我们特别有缘分。"

"何时走？"

"明天，也许今晚。"方娘子轻声道，"不用担心，我宅子里的宋妈妈两口子会跟着我，我也不喜欢别离的场面，所以你别来送我。两两相误，何必呢？"

春大山默然。

那一对老夫妻，粗手大脚的，他曾以为是方娘子到了范阳才请的用人，为她守院子、贴身侍候的，没想到，居然是一直跟在她身边的老人。自己，果然是不了解她啊。

"还有，我不叫方菲。我名叫方宝儿。"走到门口时，方娘子转过头，轻声道。

这是最大的信任了吧？若她一直躲藏的人寻到这里，知道她的真实名字，就能确认她的身份。她此时告诉春大山，是知道春大山绝对不会说出去。而若真有人来找，春大山虽然免不了麻烦，但到底没有太大关碍。一个隐姓埋名的女人，和某些男人有点暧昧很正常，未必就是知情人。这些年她始终不与春大山有太深的瓜葛，其实也是为了保护他。

她躲的人是谁，让她怕成这个样子？春荼蘼不禁好奇，脑子里自然闪出律法的条款：娶逃奴或者逃妻，也是犯法的呀。难道……

然而不等她再猜测，方娘子已经走了出去。春大山就当真坐在那里没动，因为他也是不喜欢离别的。只是他坐得很用力，身子绷紧，好像略一放松，就会追出去似的。

春荼蘼不能让他追出去，那种身世神秘、背负麻烦的女人，就算再好，也还是离自家爹远点为好。请老天原谅她的自私吧，其实方娘子让她在一边旁听，只怕也是存了让她拦着春大山的意思。方娘子必是看到春荼蘼是个脑子清楚，春大山也是重视这个女儿的，所以才这样做。

于是她上前一步，打开篮子，分散父亲的注意力，阻断他胸中不断积蓄的某些力量。结果发现，篮子里面有一只小巧的红漆首饰盒子，上面压着张纸，是临水楼那处院子的租约。而首饰盒内，则是一整套赤金镶红宝石的首饰，荼蘼花的式样，并不像是新打制的，大概只是凑巧罢了，倒应了她的名字。

"爹，这个太贵重了吧？"她有点犹豫。

"拿着吧。"春大山叹息了声，"她是个爽利人，极会说话办事的，从不拖泥带水。既然送你，你就大方收着。推托……反倒寒了她的心。"

春荼蘼点点头，对外面喊了一句："过儿。"

她一边叫，一边把篮子又盖好，等过儿进来，就直接交到这小丫头手上："先锁到我屋里的柜子中，等我回来再收拾。"

"嗯。"过儿应着，麻利地跑了。大约是为了防止东屋的人好奇，脚下快得很。

"等会儿回来？你要去哪儿？"真不容易，春大山那纷乱成一团糨糊般的脑子还能思考。

"反正要出家门，去哪儿倒不一定。"春荼蘼拉着春大山的袖子摇晃，让他没时间伤春悲秋。自家老爹肯定会难过的，但慢慢地就会好起来，现在不能让他一下子陷入负面情绪。

有朋自远方来，不亦乐乎。现在有朋要向未知的远方去，肯定会悲伤。

也不是她这种时候还要去玩，方娘子刚来过又走了，以徐氏的性格，肯定会暗中观察和揣测，然后做判断，再耍些小心思。春大山又肯定不愿意让徐氏看出什么，还得费力掩饰。要知道强颜欢笑是伤身的，还不如出去大醉一场。当然，在女儿面前，春大山也会不自在，但她想好了做心情垃圾桶的其他人选。

"爹呀，旬末的兵训不是只有半天？"春荼蘼道，"过了晌午，魏然叔叔就会回来了。干脆爹去接两步。你们很久没见了，不如在镇子上一起吃个饭，晚上再回家？"她琢磨着，春大山和魏然是很好的朋友，还是战友，春大山应该可以把他当成一个发泄的渠道。两人可以再喝点小酒，虽说酒入愁肠不好，但春大山可以借着酒劲儿睡觉，省得徐氏东问西问。

而且，他们父女照常出门，徐氏反而不会怀疑。如果因为方娘子来了就不去了，后面她嘟嘟哝哝，疑神疑鬼才烦人。

春大山也确实感觉心中像堵着什么似的，感觉到女儿的体贴，当下就点了点头，但还是担心地问："那你去哪里？"

"我就去镇上逛逛。"春荼蘼努力显得轻松些，"若爹不放心，回头我让小九哥送我回来就是了。"

提到小九哥，春大山一怔。但随即想到临水楼要关了，以方娘子的利落性子，只怕伙计们都被安排回家了，那小九哥定然有时间陪着女儿，于是就犹豫着答应了。而父女二人早就收拾停当，只是因为这意外事件耽误了这么一下下，所以立即就能出门。徐氏大约在生气，根本没出东屋的门槛。可惜春大山心情正不好，没有注意到。

到了镇上，春荼蘼嘱咐春大山不要喝太多，之后父女两个就分手。她先是找了小九哥，约定晚上麻烦他一趟。其实说实在的，范阳县治安算是好的，只要她不在天黑后往家赶，就不会出什么事，只是为了安春大山的心罢了。

见到小九哥后，悄悄一问，果然方娘子给他们把工钱都结了，但没说自个儿离开，只说临水楼暂时关闭，但每个人都给了好大笔安家费。

"那些钱，够我们拿去做点小生意了。"小九哥很沮丧，"虽然方老板娘没说，但我们觉得她定是让这件诬陷的事伤了心。春大小姐，您说话在理，有空您劝劝她吧，那安家银子我还没动呢，就等着回去还当跑堂。"

春荼蘼叹了口气，当然不能把真实情况说出来，只道："你虽是好意，人也够忠诚,但方娘子一个女人,支撑这么大个店,也实在辛苦。现在她心灰意冷,正要休息休息,你们不如自谋出路去,她那样为人着想,你们这样岂不是逼她了?!倒不如先做点营生,临水楼重开,你们再过去就好了。家里也不是没有其他人,开个小买卖,以后交给家里人做也一样呀。"

小九哥一听在理,就点了点头,之后告诉春荼蘼一个消息:"我们老板娘好心,还去大牢里探望过张五娘和赵家的,听说她们在牢里结拜了姐妹,张五娘肚子里的孩子生出来后,要交给赵家的抚养,倒省得春小姐再费心了。我们老板娘还拿了笔银子就存在我这儿,说等赵家的出来,让我交给她呢。您说,我们老板娘是不是心眼儿太好了,人家陷害她,她还这么帮人家。"

女人何苦为难女人?说不定,方娘子的遭遇与张五娘、赵家的相似,所以起了恻隐之心。

和小九哥分开后,春荼蘼漫无目的地逛着,心里想着事情。她不说话,过儿也不说,主仆俩就这么沉默着。所以,当突然有人叫她时,实在吓了她一跳。

"春姑娘,请上来说话。"声音不大,但绝对让她听得清楚。

循声望去,就见街边是一间酒楼,当然不是临水楼,而是另一家。就在二楼的窗边,康正源探出头来,温文地说:"有事请春姑娘一叙。"旁边,是韩无畏明朗的笑容。

第十三章　防的就是她

春荼蘼当下就皱了皱眉。

她最烦人家喊她春姑娘。而且这两个男人当她是什么,招之即来,挥之即去吗?就算他们爵位高,权位重,她也不理!

于是她很规矩地敛衽为礼,但却并没有往酒楼走,而是施施然离开了。

见她纤弱的背影慢慢远去,康正源一愣。

韩无畏却笑道:"我说如何?我跟她接触过几次,早知道她是与众不同的。普通百姓见了官,或者上了公堂,都会害怕。偏她,非但不怕,好像还很兴奋,就像我们当兵的上了演武场似的。不过从她言谈举止中看得出,她对什么高门大阀、皇亲贵胄,从骨子里也真没有什么敬畏之意。以势压她,她为了自身安危,也不是不会低头,只是不甘愿罢了。"

"嗯,看出她刚才行的那个礼有多么敷衍了。"康正源突然轻笑一声,"那就麻烦表兄去亲自请她吧？免得过后还得去她家一趟。就春家那种情况，只怕都没地儿好好说话。"

韩无畏怔了怔："你是真心要带她走吗？"

"真的。"康正源点点头，一脸正色，"本来，临水楼的案子，我是想看看她的能力，摸摸她的路子。可结果，我却更加好奇了，很想看看她对那些与她无关的案子有什么特别的想法和做法。她虽是女子，但她对律法的理解却真是透彻，在刑狱上做了很多年的官吏，都未必有她思虑精深、运用得当。何况，她的洞察力和在公堂上使用的手段，实在是太……"

"只怕你是以权谋私，醉翁之意不在酒啊。"韩无畏嘴里这么说，却还是站起了身。也不走门，直接从窗子跳下楼去。

"不过才跟着我两个月，还得回来过年呢，看你舍不得的。到底谁是醉翁啊。"康正源笑骂道。当然是对着空气，韩无畏早就没有影子了。

街上，春荼蘼逛街想事情的心思被打扰了，正有点不爽，韩无畏却追了上来。

"春姑娘。"韩无畏挡在春荼蘼前面。若非他长得那样好看，笑得那样正派，就好像一个当街调戏少女的登徒子。

"韩大人，你当街直接叫我春姑娘，不好吧？"春荼蘼皮笑肉不笑地说，因为实在受不了这个称呼了。虽然，叫名字会显得关系比较亲近。等等，人都爱多想，一句话都得翻来覆去地分析出十几个意思来，那……韩无畏不会误会，以为她是想拉关系吧。

想到这儿，她就有点后悔。但韩无畏却没有半点不适应，直接说："那荼蘼，我和康大人确实有很重要的事要和你说，不如到酒楼一聚？不会耽误你多长时间的。"

春荼蘼真心想给他跪了，叫名字请连名带姓的好不好？不然叫她春小娘子也行啊。干吗这么亲热啊，他们彼此很熟吗？

这个年代，姑娘家和男人去酒楼吃饭是可以的，特别是小门小户的人家，更没有太大的规矩，何况她身边还带着丫头呢。只是，她总觉得韩、康二人跟她不是一路人，太亲近难免惹出事来，本能地就有点抗拒。

于是，她又后悔为什么和春大山分手后，因为嫌闷气，就把帷帽摘了。看吧，现在就麻烦了。可是跟韩无畏走吧，她不太乐意。不走吧，又抹不开面子。所谓民不与官斗，想她一介小人物，也不好把人得罪得太过。韩无畏从四品下，康正源从六品上，她一个白丁若端架子，不是太娇情了吗？

"两位大人都是朝廷重臣、栋梁，有什么要紧的事和小女子有关哪？"她挣扎道。

"去了不就知道了？"韩无畏笑得见牙不见眼，不知为什么，令春荼蘼脑海里浮现出鲨鱼的形象，"你若不喜欢那个地方，我们去前面的茶楼也可以。只是必须找个雅室，要谈的事，不方便让别人知道的。"

听他这样说，不似有假，春荼蘼产生了一点好奇，当即就坡下驴道："让两位大人久等，倒是小女子的错了，哪里还敢挑地方？！这就去吧。"

她躬了躬身，摆明不和韩无畏并排走。韩无畏倒也明白，并不多说，带着她去了酒楼雅间。

照例，又一番见礼与客气，假得没边儿，可这是礼节，又不得不遵循。等三人坐下，过儿虎视眈眈地站在春荼蘼身后，才正经说话。

"不知道康大人找小女子何事？"春荼蘼开门见山，因为不想和他们寒暄或者聊天，那都是会拉近彼此距离的，她可不想和这二位有什么交情和瓜葛。和与自己社会地位相差太大的人交朋友，其实是会很累的，她深知这一点。

"我奉皇上之命，代天巡狱，主管幽州地带。所以，你想不想跟我去巡狱？"康正源也直截了当，倒把春荼蘼吓了一跳。

"巡狱？"她眼睛一亮，但随即又黯淡了下去，苦笑着摇了摇头。

她当然想看看大唐河山，想四处走走。她不想被困在宅子里，可谁让她是个女的呢？大唐民风再开放，对女子也是有诸多限制。她有什么理由跟着一个男人到处跑？那样不仅名声坏了，还得把祖父和父亲气死。

幽州很大的，虽然她不清楚具体的地理位置，但整个东北、京津地区和河北省这块，应该全包括在内了。康正源据说已经走了一部分地方，而虽说大唐官道馆驿发达，可再往其他地方走上一趟，至少也得两个月，就是说，过年前能回来就不错了。

"可是……"她很好奇，"为什么要带我一起去？"她坚信人家不是因为看上她了，要带个暖床小妾什么的。

"因为你对律法的理解独特又准确，判断和行事也有独到之处。"康正源很正经地说，"虽然皇上一直以德仁治国，又对刑狱之事非常重视，但各地民间仍有冤狱的存在，这也是我这趟差事的主要目的。而你，虽然只是个姑娘家，我却坚信你能帮我做出很多正确判断。"

春荼蘼目瞪口呆，虽说被人承认和夸奖是很快乐的事，但康正源的意思，难道是想让她当助手？如果他真是这个想法，只能说他也是不理世俗理法，敢作敢为的人。

"我观之，你是个勇敢的姑娘，喜欢帮助别人从冤枉中脱身。你就只当就游山玩水，看看我大唐壮丽江山，干脆就应下吧。"韩无畏在一边帮口道。

春荼蘼暗暗吞了吞口水。且不说康正源这个提议是否惊世骇俗了些，反正她听了就心动得很。不，应该说是有些狂喜。

如果说，她真的能与康正源巡狱幽州一带，能还很多人清白，能把很多恶人绳之以法，她万万没有不愿的。只是，她以什么身份去呢？助手？可以。但表面上呢？总得有个由头吧。

最重要的是，春大山那关怎么过？

韩无畏和康正源对视一眼，见春荼蘼虽然面无表情，但眼神挣扎，心知此事有门，连忙加上一把火。

"以前我查阅古案，听闻过一件事。"康正源道，"一老者趁夜溜到自家儿子的厨房，想偷些吃食，结果被当成是贼，当场打死了。官员最后判这个儿子斩首，很多人不服，认为量刑过重，你认为，县官为什么这么判？"

他这是想以案件吸引春荼蘼的注意力，但韩无畏之前没听过这件事，顿时大感新奇，插口道："是重了些吧？毕竟儿子打死老子虽然十恶不赦，可是当时是半夜，光线不明,他又不知道来人是他老子,只当是贼,打死了顶多算过失才对呀。"

春茶蘼想了想,却道:"这县官是谁?判得真是好。"

"为什么?"韩无畏不甚理解,一直沉默的过儿也好奇地瞪大了一双眼睛。

"他打死老子固然是过失,但,儿子生活富足,家有余粮可被人偷,却让老子饿到半夜去偷食的地步,如此不孝,不奉养父母,为十大恶之一,判斩首都是轻的。"

韩无畏和过儿几乎同时惊叹地哦了声。

康正源则点点头,对春茶蘼更加满意了,笑道:"看吧,一个刑判之官是否糊涂,是否清明,直接关系到百姓的生与死。律法是否公平,实在是非常重要的事。所以,如果春姑娘能帮我,对幽州百姓可是一件幸事呢。"

不用捧我,我很想去,但是我有切身的困难。春茶蘼心道。

而正当她不知要怎么拒绝,也不舍得拒绝之时,过儿插口道:"两位大人,小姐,奴婢本不该多嘴的,但请让奴婢说一句逾矩的话:我们小姐毕竟是一位还没出阁的大姑娘,跟在康大人身边做事固然荣耀,可只怕于名声有碍呀。"

对啊对啊。好丫头,把小姐我的心声说出来了。春茶蘼心中赞赏,却低下了头。

韩无畏笑道:"你这丫头不错。不过,既然是诚心相邀,我们怎么会不考虑到这一点?!茶蘼帮助康大人是好事,若为此陷她于尴尬,或者不利,便是我们的大错了。"

他直接叫了春茶蘼的名字,康正源眉头一挑。

"那怎么办?还有两全之法吗?"过儿问。

"自然是有的。"韩无畏又是一笑,"康大人代天巡狱,来到范阳时,我身为折冲都尉,又是他的表哥,认为随行他的兵士有些少了,怕一路上会有危险。毕竟,他要为人翻案,调查冤狱,必定得罪不少人,安全很重要。所以呢,我会派武艺高强的四名卫士随行于他。"

"韩大人是想让我爹跟着?"春茶蘼眼中一亮,明白了韩、康二人的意思。

话说,这真是好办法啊。春大山作为执行公务的卫士,随行巡狱史,身为他的女儿,如果以顺便到外地探望亲戚为由,也跟着一起走,虽说也不合理,却是合情。而且,有很多人就是这么干的,怕路遇强人,就跟着有公务的军中队伍一路同行。若严谨些的,假装成两批人也可以,反正事实上是走在一起的。

而只要远离范阳县,她换了男装,到时就说是康大人跟前侍候笔墨的小书童,只要不太露面,又没人太注意,随行卫士也不会多嘴,蒙混过去是完全可能的。

"春姑娘果然聪明。"康正源微笑点头。

春茶蘼低下头,摆出"最是那一低头的温柔,像一朵水莲花不胜凉风的娇羞"的模样,其实心里一个劲儿地往外冒坏水儿。

康正源看似真的很希望她能随行,当然,她也非常乐意。一来,这也是她自己的愿望,行万里路,不用读万卷书,但要辨万宗案。二来,这样对春大山也有好处。方娘子突然走掉,让他寄情于山水,心情会比较开朗吧。而下个月就集中兵训了,听说很艰苦,若外出公干,就能躲过去这回。三来,冷一冷徐氏,让她明白春大山是她的天,离开春大山,她就什么也不是,以后别再使小性子,背地里闹。最好送回娘家住些日子,让家里清静几天。特别是祖父快回来了，到时家中虽然没有儿子孙女，好歹也没徐氏在眼跟前儿堵心。这一趟大约会走两个来月，动作快点就能赶上过年，那时她和父亲就回来了，一家人再好好团聚。

想来想去，这事百利而无一害。而她看准了康正源非常想要她随行的意愿，所以琢磨着要多交换些利益才是。

"这事对我爹，还有什么好处？"她直接问。

都是聪明人，遮遮掩掩的，就恶心了。之所以看向韩无畏，因为他是折冲府最高长官。

"临水楼一案，付贵已经军法处置，处以流刑，到边境做军奴了。"韩无畏慢慢开口。

春荼蘼心头一凛，暗道这处罚好重。如果付贵不以军法处置，顶多就是挨个几十杖，毕竟他只是教唆诬陷未遂，再加一个知情不报的罪名，比照律法要减等的。可做了军奴……军队中的其他事她不懂，但却知道军奴是军中奴隶，比普通奴隶的地位还不如，平时过着猪狗不如的生活，打仗就是第一拨炮灰。就算侥幸不死，后辈儿孙也是任人宰割的命运。想他一个折冲府的小武官，最后沦落到那般境地，想必和从云端跌入泥里的感觉也差不多。

所以说，虽然防人之心不可无，但最重要的，是害人之心不可有。人在做，天在看，法网恢恢，确实疏而不漏的。

"所以，他的职位就空下来了。"韩无畏继续说，"春大山平时练兵认真，武艺也好，而且还比较有人望，所以就由他接替付贵的队长之缺。"

哦！连升两级呢。折冲府队正，是正九品下阶。之前的队副，是从九品下阶。不过虽说连升两级，越过了从九品上阶，其实却只有一级，因为同品的上阶官，全是文职人员。

不过不能喜形于色！也不许脸红害臊！目标要更远大！她拼命告诫自己，之后声音突然小了起来，好像很不好意思似的。实际上，她好意思得很。

"我……民女还有一个请求，不知可否请韩大人答应。"她"怯怯"地说。

韩无畏的眉尖抖了抖。

这丫头，叫的是韩大人，看来还是和春大山的军中职位有关啊。怎么？没有军功，没有背景，连升了两级还不满意。小丫头，很贪心嘛。而且为什么他有种被算计的感觉？

"说来听听。"他故意打了个官腔。

春荼蘼抬起头来，为难的样子表演得极好："其实，民女也知道这样太无礼了。但，我也是为了能顺利跟随康大人出行才说这番话的。韩大人知道，我爹身为折冲府的武官，只要有军令，必然不会违抗。但若让他女儿同行，却不在军令的范围之内。我爹是极疼爱我的，若舍不得我受风霜，就不一定会让我跟着，哪怕……得罪了上官也不会点头。"

韩无畏和康正源怔住。

只春大山随行，还有什么意义？带春大山的目的，就是让他陪着女儿，免得春荼蘼孤身上路，传扬出去毁了名声。可是春大山不是最重要的那个呀。到时候若他死也不肯让女儿抛头露面，他们也不好强迫，这番安排就白瞎了。

他们俩自以为安排得很妥帖了，却没把为父者的心理算进去。毕竟，他们都才二十出头的年纪，再青年才俊，再足智多谋，却不懂身为人父的责任和思虑的细致处。再者，他们出身极高，在那种高门之中，舐犊情深这种事，表达得比较含蓄。反倒是小门小户，父母能毫不掩饰地把孩子捧在心尖子上。

"所以，民女需要一个说服他的理由。"春荼蘼继续说，"这个理由要大到他不能拒绝，不得不忍下心疼，让女儿辛苦一趟。"

"是什么理由？"韩无畏和康正源几乎异口同声地问。哎呀，好好奇啊。

而一边的过儿都愣了，不知自家小姐要干吗。

"不瞒二位大人。"春荼蘼叹了一口气说，"你们可知，压在我父亲和祖父心头最重要的事是什么吗？"然后不等回答，就自己接着说，"是脱离军籍，改为良民！"

这样，就算春大山还要当兵，春青阳还做县衙大牢的差役，仍然是贱籍，但等春大山生出儿子来，长大了若是聪明好学，就可以参加科考，走上仕途，光宗耀祖。

春荼蘼对光耀门楣这种事倒不怎么在意，但一想到将来白白胖胖的可爱弟弟十五岁就要去当兵，然后到五十岁才能退下来就心疼。这还是在有命活下来的情况下，万一有战事，那就是九死一生，能不能成亲生子都难说。

而如果，春大山后面生很多儿子呢？现在春大山就是一人肩挑三房，可她却连那两房人长什么模样都没见过。她受了那么重的伤，都快死了，那两房也没来人看她一眼。这样疏冷的亲戚，却根据军籍不分家的情况，仍属于一家。也就是说，春大山要生出六个儿子，一房顶两丁，第七个儿子才得自由。

当她爹是啥啊。

若是有大战，六个儿子都没能回来，不是要坑死她家美貌老爹了吗？

所以春家脱离军籍的事，势在必行。可惜大唐军法严苛，要做到这一点，需要立下很大的军功，或者由兵部尚书亲自批准。

目前突厥内乱，侵边时只是小打小闹，就跟土匪抢劫似的，抢一票就走，还走得飞快，所以立军功的机会不大，何况范阳折冲府的位置还稍微腹地了一点，不算真正的边境。再者，她也不想让春大山立军功。因为有多大的功，就得付出多大的代价，她可舍不得老爹受伤受苦，甚至拿命去拼。

只是，本来一筹莫展的事情，现在突然却出现了转机和曙光，她怎么能不拼命抓住，加以利用？军功一途走不通，就只能麻烦兵部尚书他老人家特批。她不知道这位老人家是谁，但韩无畏是贤王，也就是唯一的一字王侯的世子，金光闪闪的招牌，再加上另一个金枝玉叶，长公主的儿子康正源，人情部分足够了。

韩无畏和康正源交换眼色，明白了春荼蘼的意思，觉得确实是好办法。而且只是免除一家人小小的军籍，对他们来说，这点子人情还真不算什么。不过兵部尚书那人比较刚直耿介，跟他那老子完全是两个类型。所以，他们如果没点由头，只怕也不好开口，吃瘪也说不定。

春茶蘼看到他们的神色，立即又退了一步。毕竟，她想要达成目的，条件可灵活掌握。

"民女也知道这件事让两位大人为难了，那不如这样。"她诚恳地道，"两位大人只答应民女，为民女一家求个情，成功不成功的，就要看天意了。不过民女这回跟随康大人巡狱，必定勤勉努力。若是半路上……有恶徒要对康大人不利，我爹必是拼死保护的。若是如此，我们父女也算是有些许功劳，那时两位大人就好说话了，是不？"说完，递了一个"你们懂的"神色。

韩无畏扑哧一声笑出来。

这丫头，当着他们的面，居然就敢怂恿他们去糊弄兵部尚书和皇上啊。但是也好，多大点事。就冲这丫头如此可爱，这点小忙还是帮得的。再说，这是小正第一回单独录囚，当然要把差事办得漂漂亮亮的。小正固然有本事，但有个春茶蘼在旁边协助，不是更好嘛。到时候……左右不过在皇上面前提一句就是。

"我看行。"他对康正源点点头。

从酒楼出来，春茶蘼心情舒畅极了。

人生的际遇就是这样，开始，她只是想救父亲，然后又想要帮方娘子，哪想到就遇到了两个贵人。进而，看起来遥不可及的脱籍之梦，就吧唧一下砸在头上。

至于说那点必需的功劳，她坚信自己的实力，会最大程度地帮助康正源。而父亲的保护之功就更简单，找几个武生戏子，演一出忠诚手下，尽忠保护上峰的戏，事先想办法让康正源知道并配合。最后，齐活！

她心里高兴，也不逛街了，绕了几步路，告诉小九哥不用送她和过儿之后，就直接回了家。

一路上，过儿都惛惛懂懂的，进了西屋的门，她才狠狠扭了一把自己的脸蛋儿，带着哭音儿说："小姐，这是真的吗？咱们家能脱军籍？"

"嘘，小声点儿。"春茶蘼上前把房门关紧，看到小琴在院子里东张西望，"这事还不能往外说，否则就不定就有变数。只你、我、我爹和我爷爷知道就行。"

"那咱家也没别人了啊。"过儿想了想，"除了老周叔，就是太太她们了。"

"防的就是她！"春茶蘼又走到窗边，拉开一条缝往外看，防止有人偷听，"虽说这是春家的事，虽说太太是春家的媳妇，但她真的一心在春家过日子吗？她那个娘，不总吵吵着不行就和离吗？好像这是多光荣的事似的。"

"嗯嗯。"过儿小鸡啄米似的点头，"老周叔厚道，不知道就罢了，知道了就怕别人来套话儿，还是瞒着点的好。"随后又哼了一声，"一个和离的女人，还有谁肯娶？！真不知亲家老太太脑袋是怎么长的，心里是怎么想的。哼，当自个儿的闺女是金雕玉琢的啊。"

怎么想的？她当然就觉得小徐氏是金玉堆出来的，又觉得徐家有钱，小徐氏若真肯离了春大山，到时她再给女儿招个女婿就行。人长得好坏，人品优劣都无所谓的，能让她随意摆布是第一要求。反正，吃软饭的男人自古就有，而且数量不少。春荼蘼活了两辈子，第一次见到老徐氏控制欲这么强的人。

"你去和老周叔说一声，我爹只怕会回来得晚。但不管什么时辰，都让他先通报我。"春荼蘼吩咐过儿，自己则躺到床上去，把今天这事翻来覆去地想个透，看看有无漏洞。

她知道徐氏在窥探她，就努力装出若无其事的样子，下午把她那一手绝不能见人的字练了一会儿，又看了会儿书。晚上吃饭的时候，徐氏难得地叫小琴到外面买了饭菜来，招呼春荼蘼到正屋去一起吃。要知道，平时春氏父子不在家，她总是回屋吃自己的，从来不管春荼蘼主仆。

春荼蘼很坦然，知道徐氏是借着春大山不在的时机，向她打听方娘子的事，以及今天父女二人到镇上是做什么去了，为什么春大山还没回来什么的。她也不好不回答，只拣无关紧要的说了。比如方娘子来是谈临水楼租约的事，父女俩到镇上只是随便逛逛，只是正好遇到兵训回来的魏叔叔，于是魏就拉着父亲一起去喝酒了，她只好先回来等等。

但凡女人，都有敏锐的第六感。徐氏总觉得春荼蘼说得不尽然，似乎家里和春荼蘼身上有大事发生，却又看不出丁点端倪，也只得作罢，不冷不热，不咸不淡地假装关怀了几句春荼蘼的身体，就各自散了。

差不多到了二更初刻，也就是戌时末，春大山才回来。

"老爷，您慢点。"老周头的声音传来，"小姐，快来帮忙，老爷只怕有点醉了！"

春大山没回来，东西两屋就都还留有烛火。不过徐氏怪春大山什么也不跟她说，赌气不出来接，春荼蘼却是和衣歪在榻上，听见动静，一骨碌就爬起来，跑到院子里。过儿本来就着烛火做针线，也立即扔下活计，跟上来。因为知道三天后要出远门，这小丫头正连夜赶制鞋子呢。

"爹，怎么回来得这么晚啊！入冬了，仔细着凉。"春荼蘼一边说，一边把春大山的左臂搭在自己肩头，用力扶住他。过儿机灵，立即在另一边搀扶，然后给老周头递了个感谢的眼色。

春大山有些愕然。

他是喝了点酒，不过他酒量很大，在军中是有名的千盏不醉，今天又很节制，所以虽有微醺之意，却并没有醉。他不知道为什么老周头要扶着他，还那么大声禀报，更不知道女儿要干什么，但只见女儿丢了个眼色过来，就聪明地没有吭气儿，生生被架到西屋去。

他这边刚进了屋，趴在门缝上偷看的小琴就把情况告诉了赌气不出来的徐氏。徐氏也不拿架子了，立即就蹦起来，快步到西屋的门口，扬声道："荼蘼，可是你爹回来了？"

这不废话吗？老周头闹出这么大的动静，隔壁家都听见了，现在还问什么问？

虽是这么想，春荼蘼还是掀开帘子，走到当院说："是我爹回来了。"

"怎么不回东屋呢？"徐氏很少见地当面呛声道，"荼蘼，不是我说你。你也老大不小的了，哪有爹在外面喝多了，直接架到女儿屋子里的道理。"可见，会咬人的狗是不叫的。她表面上看起来蔫了吧叽的，但该拉下脸的时候，从来不会犹豫。

"太太这话说的。"春荼蘼也不生气，笑嘻嘻的，看起来脾气好得很，"我有很重要的事要和我爹商量呢，耽误不得。拉到我这儿说几句，总比当女儿的直接闯进父母的房里要好吧？"

"就不能等到明天？"徐氏的声音压低了些，又露出平时那委委屈屈的模样，幸好没有外人在场，不然会以为春荼蘼欺侮继母呢。

"回太太。"春荼蘼一脸诚恳，"还真不能。"

徐氏气得低下头，嘴唇紧抿。她平时心里不乐意，但嘴上却不说时，就是这副模样。

春荼蘼可不理她这些，躬了躬身道："天太晚了，太太快歇着吧。我跟我爹就几句话的事儿，完了就送我爹回去。"说完，也不等徐氏答应，转身就走。

进了屋，见春大山正坐在榻上喝醒酒汤。那是早做好的，一直在小茶炉上用炭火煨着，此时不凉不热，刚刚好。这令春大山不禁想到东屋那边，只怕什么也没有预备，连口热水都没得喝。而且，他听见了徐氏在院子中说的话，不禁有点尴尬。

"荼蘼，什么事这么急？"他问，突然想到一种可能，不禁吃惊，"是不是方娘子……"

"不，爹别乱瞎说，跟方娘子无关，是天大的好事呢。"春荼蘼使了个眼色，过儿立即端着个碗，跑到厨房去。

在厨房门口站着，可以把整个院子一览无余。徐氏要想派小琴偷听，那是门儿也没有。果不其然，过儿出门时差点和小琴撞上。而当过儿进了厨房，小琴只好悻悻地又回到徐氏那里了。

唉，小门小户就这点不好，听窗户根儿、听壁角这种事太容易，也太经常。

"什么好事？不是又有人请你打官司吧？"春大山想了想道，"那可不行。以后啊，爹再也不让你做那种事。"

"爹啊，凡事别说满了。"春荼蘼缩了缩脖子，挨在春大山身边坐下，"爹要答应我，一会不要笑得太大声，也先别让太太知道。太太凡事听她娘家的，爹您那位岳母又是大嘴巴，若泄露出去，恐怕好事变坏事，最后牵连到咱们春家全家也说不定。"

"什么事，还能让爹大笑出来？"春大山亲昵地拍了女儿的额头一下。

今天他心情十分不好，那点子酒意也入了愁肠。只是见了女儿这副鬼头鬼脑的模样，整颗心都似轻松了不少。他和方娘子是有些超过朋友的情分，却又没到心上人的程度，只惆怅几天就会好起来。

"爹，我有办法，让咱家脱离军籍。"春荼蘼故作神秘地说。

"什么？"春大山怔住，有些难以相信。可又深知，女儿绝对不会和他开这种玩笑。这是他们全家三代人的愿望，很沉重的目标，不能拿来说笑的。

"怎么说？"他紧接着问。

春荼蘼就把遇到韩无畏和康正源，以及他们三人之间的约定，详详细细地说了出来。除了自己的歪心思没提，其余全无隐瞒。

春大山听了，更是一时无法接受。老实人就是这样，习惯踏实努力，随遇而安，对突然降临的奇迹，总是觉得不真实。

他熬到一个从九品下的小官，用了多少年啊，可这一眨眼，就是正九品下阶了。而且脱军籍的事，他和父亲虽然都极度渴望，但心底深处，却也觉得其实没多大机会。这也就是他没有儿子，将来死了都没人顶丧架灵，没人往坟头添土，他却丝毫不着急的原因。

他不希望他的儿子，从一生下来就注定要上战场。如果孩子自己乐意当兵倒没什么，他只是害怕孩子会跟他一样，从来没有选择。可是，要接受这个几乎算天上掉下来的好事，就得牺牲女儿的安静生活。或许，还有名声。

韩康二位大人固然安排得不错，但这世上没有不透风的墙……

好半天，他才定下了神，眼神挣扎复杂地看向春荼蘼，迟疑地道："要不，咱等下次机会？"

春荼蘼愣住，没想到开出这样难以拒绝的条件，春大山却还不能答应。但随即，她心里就生出一股暖流，因为她明白，父亲是为她放弃这不会有第二回再出现的好事。

虽然很多人重男轻女，可她的父亲却把她视若珍宝，因为怕委屈她，宁愿搭上一家子的前程和梦想。她是如此幸运，所以就要更对得起这难得的缘分。

"爹，您不要以为我为了脱籍的事受了苦。"春荼蘼老实地承认，"其实，我是自愿的。我非常乐意跟康大人走这一趟，因为我喜欢刑狱上的事。我想给那些被踩在脚下的人申冤，我想让那些恶徒被绳之以法。爹啊，人只能活一辈子，如果不能做自己喜欢的事，多可惜，死的时候得多后悔啊。"

"可是，你是个姑娘家……这于礼法不容。"

"我知道我做的这些事有多么惊世骇俗，有多么前所未有。可是如果爹和祖父愿意成全我，别人谁管得着？！求您了爹，就让我做点自己喜欢的事吧，行吗？我这样做，也算是行善积德，当是给祖父祈福也好。"春大山非常孝顺，这话最打动他的心。

"你名声若是坏了，将来怎么找个好婆家啊？"说来说去，春大山担心的重点在这儿，"过了年，你都十五了。而且前两次的事，已经于你有碍。"

"已经有碍了，咱也不遮掩，干脆一点。"春荼蘼果断地说，"若是有心要坏女儿的名声，就算埋到坟墓里的事都能扒出来，何况近跟前儿的事？可是，听蝲蝲蛄叫，咱还不种庄稼不？再说，介意这些，容不下女儿的，女儿还不稀罕他们呢。爹也明白吧？嫁得不好，还不如不嫁，这世上的男人，有谁比爹和祖父更疼我。"

这话说得，让春大山分外舒服，但他的担心和纠结也是真的："话是这么说，到底是爹连累了你。若不是爹惹了官司……"

"我可不许爹说这样的话。"春荼蘼打断父亲，"像您这么疼女儿的爹，世间打着灯笼也难找。我若倒霉，天底下就没有不倒霉的了。"

她又捧又哄，当然也是实话，到底把春大山逗笑了，凝重的气氛顿时轻松不少。

春荼蘼趁热打铁道："别的女子怕嫁不出，是因为娘家不给力。我不同，我有倚仗,爹会一直养我、疼我的,爹只要把身体养得棒棒的,就能保护我到老。再者说了,现在哪里就到了犯愁的时候?爹已经是正九品的武官了,将来努力升官发财,别说我只是上公堂当讼棍,就算我是傻子或者残疾,也有人抢着要。你就把心放肚子里吧,爹。"

春大山一想也是,他认识一位亲王府的副典军,从五品上的官位,女儿和离在家,长得丑陋,性格不好,还不能生养,却照样再嫁了一次,男人长得不错,还服服帖帖的,不就是因为娘家爹……茶蘼怎么说来着……哦,给力。所以,女儿想做什么,要不……就由着她?只要他努力为女儿挣出前程,想必也不会影响婚事吧?他的女儿多好呀,长得漂亮,人又聪明,还识大体,谁不要是谁没福气。再者,他又不要女儿嫁进高门大宅,普通家庭的憨厚孩子就行,还敢嫌他的心肝宝贝?

只要……别跟白家扯上关系。

想通这一点,他脸色就松了下来。还有一点原因是,康正源开出的这个条件,实在真的让他拒绝不起。想到要推开这机会,他的心肝都抽紧了。这次要对不起女儿了,以后会加倍补偿。

"好吧,只是你辛苦了。"他叹了口气,说出这话时,还是有些愧疚的。

春茶蘼乐得蹦起来:"谢谢爹,我就知道您最疼我了。"她故意说成是春大山成全他,好减轻父亲的负罪感。

"就怕你祖父回来会不高兴。"春大山现在完全是患得患失,又顾虑起新问题来。

"我祖父比您可纵容我多了。"春茶蘼笑得得意,"您不还抱怨说,祖父太宠我了,早晚也不是个事吗?再说,如果能脱了军籍,祖父会有多高兴啊。"

春大山想到父亲的心愿得偿,心里终于好过了些,想了想,又问:"但这事,算是人家点头帮忙,到最后成功的机会有多大?"

"谋事在人,成事在天。只要我们尽到最大努力,女儿瞧着,那韩无畏和康正源都不是言而无信的小人。而且脱离军籍,对咱们来说是天大的事,于人家,不过是一句话。甚至,都算不得人情。再说,咱也不白利用人,这次的巡狱,您瞧着吧,女儿定能帮上大忙。"

"姑娘家,怎么就喜欢律法呢?怎么就喜欢律法呢?"春大山本是个爽利干脆的汉子,只是事关女儿,马上就变啰唆了。

"爹啊,这事我跟您提前说,就是咱爷俩商量商量,您可不能往外说。"春茶蘼谈及具体安排,转移春大山的思绪,"一来,您的任命还没有下来,军令也没下达。二来,这事没到最后,就存在变数,若被旁人知道了,只怕生出是非。"想了想,加上一句,"尤其不能对太太说。"

春大山一怔,立即就明白了女儿的意思,苦笑道:"放心吧,那不能。"

春茶蘼点点头:"回头咱们写封信,说明前因后果,偷偷交给老周叔。等祖父回来,看了信,就一切都明白了。"

"很快就会走吗?"春大山还有点不踏实的感觉。

"应该就这三两天。"春茶蘼点头,"毕竟事情太多,幽州又这么大,若要赶在过年之前回来，时间上就耽误不得。还有……您看是不是把太太送回娘家去住？咱爷俩都不在家，祖父也还没回来，她一个女人，事事又都要依赖人的，多少有点不方便，不如送回她娘家，咱家就留老周叔看门就行。"

春大山想也没想，立即点头。

春荼蘼迟疑了下又说："咱爷俩还得统一说辞，不然太太会怀疑的。您想，您接到军令去执行公务，有的可说，怎么解释我也跟着？"

"这倒是个事。"春大山怔住，站起来，在屋子里踱了几步，"不然，就说你去走亲戚？"

"我看行。"春荼蘼赞成，因为这和她之前想的不谋而合，"关键是，这个亲戚的背景要做好。爹要知道，魔鬼总是藏身于细节之中啊。"

"什么魔鬼？"

"没事，我说着玩的。我的意思是，咱们要编个亲戚出来，最好有模有样，身份背景什么的都想好，让人家不会轻易怀疑。"春荼蘼试探性地说，"咱家在范阳也住了几代了，老街坊邻居或者是军中老人都知道咱家的底细，现在突然冒出来一门亲戚，不是很奇怪吗？除非……是我亲娘那边的……"

春荼蘼说着，就偷看春大山的反应。见他正在走动，却突然僵住身子，还保持着一脚前一脚后的姿势。不过因为才走过她的面前，只给了她一个背影。

难道，这个话题太禁忌了？可是她想了一个下午，才想出这个万全之策。

她的亲娘白氏在这个家是个奇怪又虚无的存在，过儿和老周头都是白氏去世后买的人，什么都不知道，而祖父和父亲对生下她的那个女人却绝口不提。

按理说，白氏应该不是不受待见的，毕竟人都有爱屋及乌的心思。就算不考虑这一点，父亲多年不续弦，除了疼她，也肯定有与前妻的情分在。那为什么，白氏除了留下的嫁妆，就好像再没有存在过的痕迹呢？

今天她和父亲提及此事，一来这是唯一掩饰她随行的好办法。二来她对亲生母亲很是好奇，想借机打听打听。而从春大山的反应看，白氏，弄不好是这个家里的伤疤。

"不行吗？"看到春大山宽阔的肩膀像要塌下来似的，她忽然很后悔。

春大山没回头，也没说话，半天，才声音发苦地说："大约，也只有这个办法了。"

"爹，您是说我娘……"

"我是说……"春大山转过身来，脸色平静，神情坚定，但眼圈有才隐去的微红，"你亲娘的事，除了你祖父和我，范阳没人知道。当年，她是我领回来的，她的家世没对外透露过。现在，正好用上。"他像是为了保护女儿，毅然揭开心头的伤疤，眼神中透着的伤痛，似乎心上正鲜血淋漓，是无论如何努力也掩盖不了的。

看着这样的父亲，春荼蘼难过得要命，哪忍心再挖下去。算了，人都已经死了多年，那些生前身后的事，计较那么多干吗？反正她的人生目标就是：孝顺祖父与父亲。还有，发挥她在打官司上的能力，多帮助弱势的人。顺带着，多赚些银子，让父亲和祖父不再辛苦，也做做悠闲的富家翁。

"嗯，没人知道最好，方便我们瞎编。"春荼蘼努力笑得轻松，"我听说，幽州最远的边界是辽东郡那边,就把白家安在那儿,可好?"

"挺好。"春大山点头道,"明天我出门一趟,弄出有外地客来找我的假象,到时候就说你外祖家找人捎信儿,想接你去住些日子,正好我公务时把你送去。要不,就说他病重好了,若不见外孙女一面,死不瞑目。"

嗯?爹说起白氏的父亲,好像没什么尊敬似的。毕竟对方是老人,哪有这么咒法的。何况春大山一向是最厚道、最善良不过的人。

第十四章　药

韩无畏动作挺快,外出公干的军令及升任官职的文书,第二天一早就下达了。因为正九品也是很低的品级,所以任免都无须兵部批准,只要本地折冲府最高长官同意,并在送往兵部的公文上报备就行了。

春大山接了军令,立即去军府办理相关的手续。他办起正事来很有速度,顺道把白氏老家托人捎信儿,想要外孙女去一趟的戏也演足了。虽然有点突然,但也顺理成章。等回到家,左邻右舍,略有点亲好的人来了一大院子,都是祝贺他升职的。

面子情,不得不做。于是春大山很低调地在当天晚上,于镇上的酒楼摆了几桌酒席,请来道贺的军中兄弟和邻居们吃了个饭。席上说起两日后启程公干,又逢春荼蘼的外祖正好要她去住些日子,他请示了上官,打算一起带去,免得他不放心女儿一个人上路。然后,又说了些托请各位军中好友和乡邻,帮他多照看家里的场面话。

大家自然都热情地答应下来,表示让春大山放心外出,等春老爷子回来后,有事自管使唤他们去办。其实,根本没人在意春荼蘼去哪儿,虽然她的事情现在大大的有名,大家却也只当个小八卦听听,还夸了许多父慈女孝,所以上天才给了这么赶巧的机会的话。也有人暗中嘀咕说,春家的女儿大闹公堂,泼辣又刁钻,名声坏了,这是找个托词,到外祖家避避风头哪。奇怪的是,没有人怀疑白氏的娘家是不是真的在辽东郡。

所以说,舍本逐末的事大部分人天天做。

这些事,女眷们自然没有掺和的份儿,大多是到春家来串个门子,道声喜。偏这时,徐氏的"头痛症"又犯了。没办法,没有顶事的女主人,只有春荼蘼一个小姑娘出面。她在正屋的正厅里摆了些点心水果,烹了香茶,以此招待客人。

结果,她自己被围观了。那些七大姑、八大姨拉住她,问了一大车有关上公堂、打官司的话。而且全是没营养的,比如:进了大堂,腿肚子没吓得抽筋吗?听说来了京里的大人物，长得可俊？咱大唐的律法，你可都懂？真没看出来这丫头，平时娇娇弱弱的，说起话来连县大人都得接着。听说挨板子是要脱了裤子打的，那个陷害你爹的贱妇，有没有挨打？"

春茶蘼正应付得焦头烂额之际，忽然见东屋的帘子一挑，小琴悄无息地溜了出来，趁人不备，走出了院门。那举止和姿态，透着那么一股子鬼祟。春茶蘼心中当即一凛，借口去看看水烧开了没，跑进了厨房。

过儿正忙着蒸点心，嘴里嘟囔着："平时也没见怎么来往，这会子就跟知亲知近的亲朋似的，喝了足有一缸水，点心端上去，眨眼就没，简直跟闹蝗虫没两样。"

"过儿。"春茶蘼低声叫她，"把手里的活儿先放一放。小琴出去了，你去跟着。小心别让她发现，看清她都做了什么。"

"好。"过儿一怔，但没有多问，随手解下围裙，小跑着就出了门。

春茶蘼微微皱眉，总觉得有些古怪。

得知春大山和春茶蘼在后天就要离家的消息后，徐氏表现得太平静了。她不是大吵大闹的人，但安静顺从这种品质，于她而言也只是表面。难道，她憋着什么坏，打算搞什么事情？如果真是这样，这个女人也太坏了。小事上闹腾闹腾就得了，大事上拎不清，那是自找麻烦哪。

"春大姑娘，快来。"她在厨房才小站了一会儿，就有个大嗓门的婶子叫，"咱们县那个有名的孙秀才，听说还要跟你争哪，结果在大堂上被骂得狗血淋头。现今，他都不敢给人写状子了呢。快来，细细跟婶子说说。"

这都什么跟什么！春茶蘼忍着把人轰走的冲动，又回到正厅，但一脸担忧地说："婶子小声点，我母亲犯了头疼症，在东屋睡着呢，可别吵醒她。"对外，为了维护春家的脸面，还得叫徐氏为母亲。当然，徐氏做人不地道，谁都看得明白。

几位大妈大婶闻言，就眉毛鼻子眼睛的一通乱动，互动着传递心思，其中一个撇撇嘴，低声咕哝道："也不是什么大家千金小姐，就是有几个钱，偏要得这富贵病。家里但凡有事，就得犯上一回，成心扯后腿哪。"好像是自言自语，却绝对能让春茶蘼听到。

"可不，跟白氏弟妹比，可差得远了。"又一人说。

后娘不好当，甚至是邪恶的代名词，这观念在人的心中是根深蒂固的。所以，这些人故意让春茶蘼听到这些话，有挑拨，但更多是有卖好的意思。因为前房的儿女，对父亲后来续娶的，总是有几分不喜欢，继母女之间的关系也不会太亲密的。

春茶蘼本待不理会的。毕竟，徐氏没有直面惹上她，万一可以改造好，她还是希望父亲婚姻稳定。对于一个男人来说，后院平安，才能建功立业，也能过得幸福美满。再说，徐氏再怎么不好，到底算是春家人，要修理也是自家动手，没的让外人插手，反而影响父亲的声誉。

只是有人提到白氏，她心头忽地一动，想打听打听，可又不能问得太明了，好像家里对她隐瞒着什么秘密似的，于是就叹了一声道："我娘是个没福的。可惜，她去的时候我还小，什么也不记得了。"说完这些，目光还专门往那些三四十岁的妇人们身上扫,看起来好不哀怨可怜。

装小可怜,她也会。虽然平时不屑,可运用起来还蛮熟练的。

她过了年都十五岁了,春大山则是三十出头的年纪,那么白氏的年岁也应该差不多。论起来,春大山生娃很早,由此可见,要打听白氏,得找他们的同龄人。

"你娘那可不是一般人。"有一位姓李的婶子轻声道,"她去得早,老春家不喜欢别人提这事,想是你爹太难过了,大家伙儿自然也不说。"

"可不,你娘虽是外乡人,可论起相貌才学和本事,却是咱们范阳头一份儿。"另个人也说,"长得多漂亮呀,还识文断字的,就连你爹的武艺,也是你娘教的哪。"

啊?春荼蘼愣住。

她一开始以为春大山的功夫是在军中学的,哪想到是来自她那能文能武的娘。这么说,白氏可真够传奇的呀。

"是啊,你娘又有钱,又能干,家里外面一把手,为人又和气。哪像……新的这位。"

"大山和白氏娘子好着哪,当年那伤心的啊,真怕他就这么随着一起去了!"

这么说,她爹还是个情种?

"虽然是流落咱们这儿的,可瞧那模样,说不定是个好出身。看来后来是找到娘家了,这不,人家外祖来接外孙女去住些日子哪。"

"荼蘼是个有福的。对老人家来说,女儿没了,外孙女就是心尖子,碰不得的。"

"可不是!但白家是在辽东郡啊,紧挨着突厥那边,冬天可冷,怎么这会子叫孩子去?"

"大山兄弟不是说了,他那岳父身体不好,怕熬不到明年开春。不过听说辽东那边,有钱人挺老多,还有不少军中大员。白家,肯定是大户人家。"

"呀,荼蘼一去,老爷子一高兴,这病兴许就好了。"

女人们东一句、西一句,春荼蘼认真听着,搜集着点点滴滴的情报。只可惜,聊八卦的人都习惯性地越说越离题千里,很快,话题就转到县令大人娶的第八房小妾的身上去了。

春荼蘼也不好多问,虽然好奇心给勾了上来,却也只能听着。

好不容易挨到了天擦黑,来客们都回家去做饭了。男人们去吃酒席,家里还有老人孩子要侍候,白天只不过是借着春大山升官的事开了个邻里妇女大聚会,白吃了不少果子点心,灌了一肚子茶罢了。之后,就各回各家,各找各妈。

其间,东屋门窗紧闭,徐氏一次都没出来过。

春荼蘼收拾了正屋,又打扫了院子,这才转回自己的房间。还没坐稳,就听到大门响。算时间,酒席应该还没散,那么就是过儿或者小琴回来了。所以她歪在屋外间的榻上,并没有动。果然,片刻后过儿进了屋,手里拿着个荷叶包。

"买的什么?"

"夹羊肉的胡饼。"过儿把荷叶包塞到春荼蘼手上,"今天来来回回的那么多人,小姐要照应着,指定饿坏了。先垫垫,奴婢待会再做个汤。还有……"她指指东屋,

"奴婢跑出去，总得有个由头，万一太太问起怎么办？奴婢去给小姐买吃食，就算贪玩，出去的时间久了，却也说得过。"

"谢谢你。"春荼蘼对过儿真诚地微笑，但并没有立即就吃，因为有更重要的事做。

"怎么这么久才回来？"她问，"小琴呢？"

"不说还好，一说，奴婢就觉得累得两条腿都断了。死小琴，也太能逛了。小姐，奴婢坐着回您成不？"过儿略弯下身，伸着拳头，轻捶着自己的小腿。

"坐呗，平时没大没小的，这时候装什么装。快说。"春荼蘼笑骂，转瞬又露出疑惑的神色，"小琴跑出去只为逛街？她怎么就敢扔下太太不管？"

"她就是四处逛啊。"过儿也很纳闷，"主人在屋里'病'着，她倒是有心情。直接去了镇上，什么铺子都要进去看一看，七零八碎的东西买了一堆，就算徐家有钱，银子也不是这么糟蹋的。小姐你说，主人派她出去买药，她怎么敢自己先玩，最后才办正事？徐家家风还真是好啊，怪道徐家老太太天天吹呢。"过儿讽刺着。

可春荼蘼是擅长抓住细节部分的人，因此一皱眉："买药？太太吃的药不都是特配的吗？"徐氏派小琴去了药铺子？她早上犯病犯得这么突然，连大夫都请。没有方子，抓什么药？若吃以前的，家里还有。再说，她那病明明是装的，扮娇弱让春大山心疼怜惜，哪里用吃什么药。

"小姐，奴婢是不是做错了什么？"过儿看到春荼蘼的神色，忽地一惊，"哎呀，奴婢应该在她离开后也去药铺子，问问她买的什么！"

这是习惯性思维啊！春荼蘼暗叹。因为徐氏是药罐子，所以过儿本能地就认为小琴是去抓治头疼的药了，没想过其他。

"小姐等着，奴婢现在回去问。"过儿急慌慌地又要出去，被春荼蘼一把拉住。

"天已经晚了，你还往镇上跑，不安全。再说，人家药铺子也关门了，若非急症用药，不会搭理你的。"春荼蘼安慰，"其实即便你问，人家也未必告诉你。"这年头，大家还是很讲究诚信的，不会轻易泄露顾客的私密。当然，有银子铺路的话另当别论……

"都怪奴婢不好，把事情办砸了。"过儿很沮丧。

"吃一堑长一智，下回注意就行了，先不忙自责。"春荼蘼拍拍过儿的肩膀，"你看清楚没有，她买的药有多少，什么包装，共有几包？"

"不知道。"过儿苦恼地摇摇头，怯生生地回答，"她买了好多东西，混在一起，哪里看得出。刚才她又去东街买馒头，大概是晚上吃的，我就先回……"说到后来，声音越来越小。

春荼蘼心里又是一凛，感觉越发古怪了。

难不成，小琴这一通逛，就是为了把药包混在其他物品中，让人看不出来？之后徐氏把小琴买的那些东西就赏给她，还能堵她的嘴。

不错嘛，徐氏耍起心机来，还有几分小聪明。不过，她虽然不知徐氏具体要做什么，却知道凡事必有因，通过她的性格和以往的行为推理她的动机，也不算完全没有防备。

什么药？用来干什么？有什么好背着人的？

顺着思路捋一下，首先，今天早上，徐氏为什么突然行动有异？答案是：因为春大山要外出公干，至少两个多月，年前才会回来。

其次，徐氏如果为此行动，目的是什么？答案是：肯定是不想让春大山走。

再次，那她要怎么做呢？当然，不是要毒死自家相公。鉴于春大山是要远行，所以只要让他身体有恙，也就是生个病，那军中就不得不另换人手……

这死女人！

想通了前因后果，春荼蘼不禁大怒。徐氏只会耍小心眼儿，却愚蠢成这样！她知不知道这样会害死春大山啊？他出的是公差！而她耍这花枪，若被人捉住，倒霉的就是春大山。人家不会以为是她舍不得男人，而会以为是春大山不愿吃这个苦。

在军令上做手脚，不是找死是什么！没听过军令如山啊？那比圣旨也差不到哪儿去！她想把男人拴在她的裤腰带上，也不是这么个拴法！就算不被军法处置，《大唐律》上也规定了关于自残以逃避义务时相应的处罚！

见春荼蘼先是沉默不语，接着像是想到什么事似的，身子绷得笔直，怒气冲冲的，过儿明显吓着了，轻拉着她的手臂道："小姐您别生气，是过儿笨，小姐打过儿几下出气。"

"没你的事。"春荼蘼强迫自己缓下脸色，"我是想到别的事，与你无关。别担心了，咱们还有法子补救。那药也不能干吃，她们必定要熬的。你盯紧厨房，只要她们把药端进东屋，等老爷回来后，你就跟我便宜行事。"

过儿自觉做错了事，当即用力点头，抬步就要走。

春荼蘼主仆占据的西屋共一大一小两间，过儿住那间小房。旁边隔着一条仅容人侧身过的小夹道，就是全家的大厨房。如果过儿蹲在自个儿屋里的窗根底下，厨房那边的动静，就能完全掌握。

"拿上这个再走。"春荼蘼把荷叶包的羊肉胡饼塞给过儿一个，"自个儿弄点热乎水喝，别喝冷的。"

过儿见状，这才相信春荼蘼真的没有生她的气，脆生生地答应了，快步出去。因为短榻就贴窗摆着，春荼蘼把烛火挪到侧面去，免得在窗纸上映出身影，然后就趴在窗缝那儿听动静。

很快，又有开门声传来，小琴抱着大包小包的东西进了院子。

春荼蘼立即掀起窗子，故意弄得特别突然，吓了小琴一跳，手里的东西掉了几件。

"小……小姐。"她有点忙乱地略施一礼。然后，馒头包又掉了，滚出了两个来。

这个丫头，人大心大，虽然很有眼色，反应力也很不错。只可惜心长歪了，天天惦记着自家那美貌老爹。不过，她可不能眼看着亲爹上了圈套。一个徐氏就够瞧的了，再弄一个刻薄轻浮的丫头，春家非得从此败落不可。妻贤夫祸少，家和万事兴，这话是至理名言。

"哦，是小琴啊。我还以为是我爹回来了。"她故作无意地道，"你怎么回来这么晚？去哪儿玩了？从下晌就没见你。"说着，目光在那些大包小包上巡视。

"回小姐，我们太太犯了头疼，看奴婢在眼前就烦心，赶奴婢出去，好清静半日。"小琴的瞎话张嘴就来，"这不，奴婢又捎了些吃食回来，不知小姐用过晚饭没有？"

春荼蘼只点了点头，并不正面回答，干脆一手支着窗户，身子半趴着，笑嘻嘻地说："都买了什么好吃的、好玩的？不少东西呢。要不，叫过儿帮你捡起来吧。"

过儿本来就竖着耳朵听着外面的动静，此时听春荼蘼这么说，险些立即就出去。但顿了顿，生生把踏出的脚又收了回来。

"不用不用，奴婢自己能行。"小琴说着，就去捡掉在地上的东西。大约是怕过儿真跑出来帮忙。可她跟狗熊掰棒子似的，捡一样就掉一样，虽然脸上还尽量保持镇定，但动作真算得上手忙脚乱，额头也冒出了细细密密的汗水。

这摆明了心虚啊。

春荼蘼眯着眼睛，同时，心里为过儿叫了声好。果然主仆二人心有灵犀，过儿此时要沉不住气跑出来，会显得她们刻意盯着院子里的事，待会儿就不好监视厨房了，也可能打草惊蛇。

"小琴，是你吗？还不进来？"徐氏的声音适时响起，听起来虚弱无比，好不可怜。

小琴似乎立即就有了主心骨，也不管掉在地上的东西了，先抱着怀里的几件东西，快步进了东屋。然后又转出来，把剩下的也捡回去。

春荼蘼注意到，小琴手中有一个似乎是用藤纸包的小包，被抱得最紧。

在大唐，纸还是比较贵重的东西，所以搞得书也很贵，算是奢侈品。一般买食物，都用各色洗干净的大叶子来包，生食就穿一根绳子提着。衣物什么的是捆扎得漂漂亮亮的，胭脂水粉和首饰或者贵重的东西用各色各料的匣子，倒是药材或者点心，才常用藤纸包起来。

是点心吗？还是与她推测的无二，是能让春大山滞留在家的药物？若非她习惯性的多疑，又特别注意了徐氏，父亲这回会着了她的道吧。她一个当女儿的，插手不了父亲房里的事，但是，让父亲知道这件事还是必要的。

如果她所料不错，徐氏理亏，至少会安静几个月吧？

"我爹怎么还不回来。"春荼蘼故意在小琴最后一趟来捡东西时，自言自语道。之后，就关紧了窗子，再不出声。

她坐在榻上安静地等，细嚼慢咽地吃了胡饼当晚饭。过儿在隔壁，也做着同样的事。两个小丫头，就像两只小豹子，在扑杀猎物之前，耐心地潜伏着。她们听着徐氏特意高声叫小琴去煮醒酒汤，说回来给老爷解酒，听着小琴在厨房鼓捣，却半点也不发出声响。直到酉时末，春大山终于回来了。

虽然因为春荼蘼随行的事，他内心深处还是不太得劲儿，可到底是升了官，重要的是春家脱离军籍有望，他心情愉快，席上就喝多了点，此时脚下有点飘。而进了院子，看东西两屋都亮着灯，犹豫了一下，还是回了自己的屋子。

满身酒气，熏坏女儿怎么办？

这回徐氏倒殷勤，很快迎出来，亲自把春大山扶进去。还特地小声道："莫吵，茶蘼可能快睡了呢。你赶紧进屋，喝点醒酒汤，然后烫烫脚，酒气就散了。"

春大山对徐氏这个态度很满意，而徐氏则向小琴使了个眼色。后者点了点头，去厨房把煨在火上的小砂锅拿下来，满满倒了一碗汤汁，向外走来。

"这是给我爹做的醒酒汤吗？太太真心疼我爹啊。"小琴一出门，就见到春茶蘼笑眯眯地挡在路上，虽说是家常打扮，却丝毫没有要就寝的样子，倒像是等了很久了。

小琴心中一紧，手上却一松，端药的托盘被不知从哪儿窜出来的过儿夺了过去。

"过儿，别闹，快给我！"小琴一急，当着春茶蘼的面儿，就训斥起过儿来。

"小琴姐姐累了一天了，这汤又不重，就由我端去给老爷好了。"过儿是个一根肠子通到底的直脾气，平时和小琴不和，开口就呛声的，但此时却客气得很，倒让小琴心里发毛。

她还要说什么，春茶蘼却摆了摆手道："就叫过儿端着吧，多大点事。正好，我还找我爹有事，就一起去东屋吧？"说着，扭身就走。

小琴想也没想就张开手拦住，但春茶蘼似笑非笑的眼神甩过来，也不知怎么，吓得她就退了半步，不禁有些讪讪的。

这位春大小姐，再不是从前那个谁都可以捏一下的软柿子了。打从死过一回后，虽然表面上看起来还娇娇柔柔的，笑得也仍然甜美，可浑身上下却都透着"别来惹我"的气息。后来又上过两次公堂，听人家说，连打惯官司的孙秀才和县令大人都让她问得哑口无言。而两个本该判死刑的女人，则硬让她从鬼门关上拉了回来。

不论什么时代的人，对知识都有一种天然的崇拜。虽说状师对现在的大唐人而言是一种反面存在，但仍然不影响令他们心存畏惧。而于小琴而言，这还不是最可怕的。最可怕的是，那天就在院子里，春茶蘼连徐家老太太这么强势的人都给压下去了，事后还惹得老爷对太太大发脾气，简直……真是……多大的本事啊！

小琴就在这种心态的支配下，心虚了。不过有的事，容不得她往后缩，不然也落不得好。

于是她干笑着，壮着胆子说："小姐，老爷醉了，身上似乎不大爽利，不如您明天再来请安。您看，天也晚了，让过儿服侍你去歇着吧。"

"我爹哪有醉，就是脚下有点轻飘罢了。"春茶蘼略沉下脸，"你当我没看到，还是当我如此不孝，亲爹还没回来，就踏实地躺下？再或者，你是无故咒我爹生病？"

这个指控就严重了，而且暗合了某些事，小琴吓了一跳，好在编起瞎话仍然很利索："小姐，奴婢不是这个意思，只是担心小姐和老爷的身子！"

"不必。"春茶蘼的眼神比夜色还冰凉，"你不过是陪嫁过来的奴婢，春家的事还轮不到你来操心，做好自己的本分就行。"说完，继续向东屋步去。

过儿哼了声，紧紧跟上，手中端汤水的托盘拿得稳稳的。

小琴呆愣片刻，随即明白自个儿是拦不住眼前这位的。好在春家的院子很宽敞，从西到东要走二十来大步，她有机会追上去道："小姐，今天云遮月的天儿，当院里怪黑的,您注意脚底下。"一边讨好地说着,还一边抢上前去,做出要帮助春荼蘼挑帘子的样子。

"小琴姐姐,你这么大声干什么?"过儿就不满地问,"我们小姐也没隔着你十万八千里地,用得着喊吗!还是……你要通知谁啊?"

"别胡说。一家子的人,还用通知谁!"小琴瞪了过儿一眼,不过没什么底气。

"过儿说得有理。"春荼蘼却接过话来道,"小琴,你这么大声,太太倒罢了,吵到我爹怎么办?"

小琴的脸都绿了,春荼蘼是摆明告诉她,她这样会招来徐氏不假,可也会让春大山听到院子里的动静。

而正当她愕然之时,徐氏还真从东屋出来了,看到春荼蘼,脸色立即就阴沉了下来:"这又是怎么的?活活闹腾了一天还不够?"

她这是摆太太的架子,拿继母的身份压春荼蘼,责怪她招待客人时太吵闹。可那本该是谁的责任?即便真病了,不方便接待,也该由她这个当家主母出面拒绝,或者再定日子。难道坏事要别人去做,好人由她来当?

"是荼蘼的不是。"春荼蘼态度良好地说,"不过荼蘼年幼,那些必要的礼尚往来,实在是不太懂的,以后还要请太太教导我。"她这话说得无可挑剔,底下的意思却是说徐氏不懂人情世故,让她当女儿的出面,其实更没脸。

徐氏听出这话里面的意思,气得就一哽,但她又没办法反驳,只冷声道:"你回吧,有什么事,明天再说。"全然忘记春大山被诬陷时,她眼泪汪汪摆出可怜的样子,凡事都让春荼蘼出头时的事了。

春荼蘼不介意这个。毕竟,她代父申冤上公堂不是为了徐氏,是为了春大山和春家。

"我有重要的事要跟我爹说。"春荼蘼仍然不急不躁,可态度坚决,半步不退,"反正我爹也要喝醒酒汤,就由我这当女儿的侍候好了,也是我一片孝心。"

她要走上东屋台阶,徐氏却横移半步,继续阻挡道:"上回你不是说,当女儿的,不好随便闯父母的屋子吗?"然后缓了缓脸色,软下声音道,"先回吧,就算天大的事,等明天早上再说也是一样。"

春荼蘼后退两步,深深吸了口气。可正当徐氏和小琴都松了口气时,她突然冲着东屋大喊一声:"爹!女儿求见。"清脆的声音在夜色的陪衬下,显得格外清亮,穿透力当然也相当强。

徐氏和小琴都吓了一跳,唯独过儿忍着笑,低下头,心道:小姐这招釜底抽薪真好。

屋里的春大山,正斜靠着胡椅上打盹。本来就迷迷糊糊地听到有人说话,声音还挺大,搅得他无法入睡,此时女儿的呼唤直灌入耳底,当即就精神了,身子坐直,下意识地回道:"荼蘼啊,进来。"

春荼蘼嘿嘿一笑,无视徐氏僵硬的神色,带着过儿进了屋。徐氏狠狠瞪了小琴一眼,也一同急急忙忙地跟了进来。

"爹。"进了屋,春荼蘼脆生生地叫了声。

春大山看到女儿，马上就联想起自家脱籍的事全是女儿的功劳，还有自己逃了牢监之灾及升官的事，不禁有吾家有女初长成的感叹，越看女儿越喜欢。可能是有些醉了，慢慢地，女儿的脸似乎与白氏重叠在一起，令他的心陡然温柔起来，软着声音问："这么晚了，怎么还不睡？"

　　"爹没回来，女儿如何放心？"春荼蘼笑得像只无辜的小白兔，"不如让女儿来服侍爹喝醒酒汤吧？"说着，向过儿伸出手，还瞄了徐氏一眼。

　　这个时候，若徐氏阻拦，或者她不会做得那么绝。为人处世，还是留点余地的好。俗语不是说：凡事留一线，日后好见面吗？人，不管做什么，都不能只求痛快，还要顾忌到旁人。所以，虽然她在公堂上寸步不让、寸土必争，但私下，绝对没有那么强势，也绝不会把一切都控制在自己的手里，想怎样就怎样。不然，她不就成了另一个老徐氏了吗？

　　可是她失望了，因为徐氏的眼神里明显露出一点慌乱，之后居然变成窃喜！这是要拿她当替罪羊吧？哈，人若没有自知之明，那真是自作孽，不可活。她是谁？她不陷害别人，别人都得去烧高香还神，何况还反过来？

　　于是那碗醒酒汤才端起来，就又放下了。徐氏的心相反，本来放下的，结果又提了起来。

　　"爹啊，这醒酒汤其实是太太为您预备的，小琴一直在火边守着，特别上心。"春荼蘼笑说，"还是让太太亲手拿给您吧。"

　　春大山一听，自个儿那十指不沾阳春水，也不懂得照顾体贴人的老婆这回居然这么好，不禁也对徐氏笑了笑，颇感欣慰。

　　都说灯下看美人，其实看美男也一样美好。春大山长得本来就好看，又因为醉意而多了一分随意，一分慵散，那双眼尾微挑的大眼睛可能是因为困意，双眼皮的皱褶比平时要深，于是显得有些眼神迷离，姿色更胜往常。

　　春荼蘼看在眼里，就只是赞叹：自家老爹真是美丽啊！可看在徐氏和小琴眼里，就变成了迷醉，一时都没说话。

　　"谁拿不一样，快给我吧。"春大山以为女儿是调侃他，有点不好意思，清了清喉咙道。

　　"好。"正当徐氏以为春荼蘼会拒绝时，她却痛快地应下，让徐氏的心有如过山车，忽上忽下的。可这正是春荼蘼要送给她的感觉，不然，怎么对得起她的精心谋划？

　　只是这么脑残，这么不识大体的女人，春荼蘼还是第一次见到。乐观的角度说，还是庆幸一下好了，毕竟极品不是随便能遇到的。

　　她端起汤碗，作势要送到春大山的手中。别说一边的徐氏和小琴了，就连过儿也紧张得屏住了呼吸。眼见春大山就要接过，春荼蘼忽然收回手，变了脸色道："这汤不对！"

　　"怎么不对？"春大山还在愣怔间，徐氏就急着问。话头接着春荼蘼的话尾，带着那么一股子掩饰不住的急切和令人怀疑的快速反应。

　　"有药味！"春荼蘼端着药碗闻了闻，"有人想毒死我爹！"她一顶大帽子就先砸下来。

其实醒酒汤本身就有些怪味，而且这碗里的药味遮掩得很好，她又不是小狗，根本就闻不出来，不过是诈术罢了。

徐氏一哆嗦，身子向旁边歪去。小琴连忙抱住她，脸色也是发白。

春荼蘼暗中翻个白眼，心说当真好汉无好妻！

首先，徐氏不识大体。春大山是要出公差，是她能拦的吗？是她应该拦的吗？她做这种事，万一伤了春大山的身子根本怎么办？她根本没考虑过后果。

其次，徐氏愚蠢。因为这件事前后想来，漏洞百出，首尾有无数把柄。她随便就能找出五六个能让人抓的小辫子来，若被有心人利用，就是超级大麻烦。

再次，徐氏还糊涂，她从来不知道自己要的是什么，偏偏骨子里继承了老徐氏那种以自我为中心的毛病，恨不能全天下的人都以她为重。

当年她被春大山所救，又见恩人长得那般英伟，就动了春心，用很不入流的方法强嫁了过来，从来没有考虑过对方是鳏夫，带着女儿，守着老父，无钱无权。而作为一个男人，春大山要背负的责任非常多，娶老婆是风雨同舟的，不是娶过来供着的。她若想要男人放下所有事，天天围着她转，不如真像她娘所希望的那样，招一个爱财又没有骨气的女婿，多放心啊，免得后来生出这么多闲事。毕竟，养条狗也不比养个小白脸省钱。

总之这个徐氏胆小又鲁莽，既粗心又不够果敢，天生就是成事不足、败事有余的类型。

"荼蘼，你说什么？"春大山的那点子微不足道的酒意顿时就醒了。

他知道女儿不会开玩笑，顿时就向徐氏看过去。

刚才说得明白，这醒酒汤是徐氏准备的，他还为此欣慰来着。如果说里面有问题，不管是有意还是无意，都是徐氏的错。他几天前才眼看着女儿打了一堂谋杀亲夫的官司，深深知道女人如果狠起来，比男人还要可怕。而且，他接到军令后，徐氏是不太高兴的，还装病不肯帮他招待道贺的人，为什么晚上突然就变体贴了？反常即为妖啊，徐氏从来也不是个会侍候人的。

还有，他和徐氏成亲后，其实过得并不和美。新婚之时还好，徐氏娇娇柔柔的，看起来性格也温顺。但很快，他发现两人对过日子的想法差距太大。

徐氏总恨不能让他陪着天天风花雪月，还想分出去单过。可他是军人、儿子、父亲，是必须挑起一大家子责任的人。于他而言，娶了徐氏之后，生活并没有变得轻松，反而负担加重了。他好像……又养了一个女儿，而且是不懂事，与家中其他人关系处不好的那种。特别是，他放在手心里十四年宝贝着的荼蘼，差点被他那不省心的岳母给害死，让他心里如何不存疙瘩。

都要怪他当年一时把持不定，犯下那个错。或者，该听了父亲的话，早早娶一房老实本分的妻子回来。纵然他的心仍然空着，也好过家里乱成一团。

"不是我！"徐氏看到春大山的目光，尖叫一声。

"什么不是太太啊？"春荼蘼接过话来，"是说这碗毒药不是太太亲自预备，小琴一直在炉火边守着的？"刚才她就是这么说的，徐氏和小琴为了表功，当时表示了默认。其实她们不知道，这是春荼蘼早就挖好的坑，就等着人往里跳。若她们主仆有一分不自私的念头，没有好事揽在身、坏事推别人的恶习，也不至于掉坑里面爬不出来。

"我……太太是说，那醒酒汤中没有毒。"小琴反应快，赶紧把话题拉了回来，还拼命点头以示真实，"对对，没有毒。真的没有毒！"

"可我真的闻到有药味，又说不出子丑寅卯来，只能往坏处打算。"春荼蘼一脸担忧，双手把汤碗递到徐氏面前，"若没毒，太太敢不敢喝？或者，小琴来？"

徐氏和小琴本能地往后缩，拒不接碗。

春荼蘼也就是这么比画一下，当即不给她们反悔的机会，把醒酒汤摆在桌上。

她肯定徐氏不会毒杀亲夫，所以这碗汤是药汤，而不是毒汤。其实是徐氏心里爱煞了春大山，这才舍不得他走，想把他扣在自己身边。可她不明白，春大山不是玩物，不是窝囊废，怎么可能天天围着老婆转。就算不出公差，十一月也要去集中兵训练了。这也就罢了，最可恨的是她为达目的，不惜伤害春大山的身体，她春荼蘼决不容忍！

对这碗加了料的醒酒汤，徐氏和小琴是本能地害怕，因为它一定有后果。但如果那后果和春大山暴怒相比要轻得多的话，她们一旦想明白了，可能会喝下去。只要不是当场发作，她们就会反诬于春荼蘼，就算春大山不信，就算她们事后有症状，也可赖在别的方面，但父女间说不定会产生裂痕。

事实证明，徐家这对主仆，没有狠劲儿，也没有担当。那么，就别跟人家学玩诡计不好吗？

当然，如果徐氏反应快，当时敢喝，她也不会给的。而徐氏现在这个反应，只能让春大山疑虑更重罢了。

"喝不喝都无所谓了，就算是毒药，我爹那样厚道的人，也不能看着你们去死。"春荼蘼不给这对主仆想托词的时间，"其实这事简单得很，去厨房找找有没有药渣子就知道了。"

"不用查！"这下轮到了小琴尖叫，"真的什么也没有。"

"有没有的，看过才知道。"过儿插嘴。

春大山听到这儿，缓缓站起身来，那意思是要上厨房。

小琴就暗中拉了徐氏一把，递了个焦急的眼色。徐氏领悟，上前阻拦春大山，无意中看到春荼蘼俏生生地站在那儿，心念急转，突然大声道："夫君，今天家里人来人往的，保不齐是外人做的手脚。"她这一叫，还把春大山的脚步拉住了。

她垂下头，眼珠子乱转，换了一种比较委屈的声调："今天来的人最少有四五十口子，荼蘼一个姑娘家，照料不周也是有的。那些人，看到夫君连升两级，心中妒忌，还有什么事做不出来？借此教咱们家宅不宁罢了。"

看看！看看！徐氏就是这样的人，平时是拙嘴笨舌的样子，关键时刻就牙尖嘴利，半点亏不吃，还把别人拉下水。她这话是什么意思？择干净了自己不说，那意思是春荼蘼的疏忽，才造成了现在的局面。

当时有那么多人来道贺，春大山难道还一一去调查，肯定吃了这哑巴亏，她也就脱身了。

可是，春荼蘼怎么会给她这种机会？

"这个太太倒说错了。"春荼蘼正色道，"虽然我年岁小，却知道厨房是重地，我一直坐在正厅的门边，就没看到任何人进厨房。除了小琴……"

"不是我！"小琴和徐氏一样推卸责任，语气、神情、连用词都一样，完全可以打上标签：徐氏出品。

"不是你？"春荼蘼绕了一大圈，终于进入正题，找准了对方的弱点下狠手，"你今天可是出去了多半天，在镇上逛，买了很多东西回来，有的是机会做手脚。给我爹下毒的事，如果是来道贺的人做的，很难查清是谁，而且我爹定不想事情闹大的。但是，如果是家贼做的就简单得多，明天去镇上，把各家药铺子都问一问，想必毒杀正九品折冲府队正大人的罪名谁也不敢担，你有没有买了毒药，不是一查便知吗？现在不说是吧？好，好得很。明天查到是你买的毒药就带你见官！那时，这罪名可不是家法能处置的了。最后是判你脱了衣服当场打板子，让全镇上的人围观，还是直接处绞刑，就要看运气了。下毒杀害朝廷命官，那是活得不耐烦！"

凡事都要有策略，哪怕只是家务事。今天她的策略就是让徐氏和小琴在否认中露出破绽，那样也比较容易令春大山信服。人，都是习惯更依赖自己的眼睛和耳朵，这是生物本能。然后她再拉一个，打一个，认准一个方向穷追猛打。被打的人会以为自己被孤立，随着她心理防线彻底崩溃，最后就能说出事实。

毕竟，犯不着为了这点小事大肆调查，扬了家丑。那样别人会以为春大山治家不严，于他的前程仍然有损。但，通过这件事也必须让春大山心里有个成算，或休或修理，做个决定，顺便再压压这主仆二人的气焰！

当然，她还不断重复"毒药"这两个字。那是一种很强烈的心理暗示，因为人在慌乱和压力之下，本能地就会寻找更轻的罪行和处罚。

果然，狡猾又嘴巧的小琴扛不住了，因为她感觉小姐非常生气，定要人承担毒杀老爷的罪名，而太太是要拿她当替罪羊。

她倒没想到，春荼蘼这样一番话说下来，嘴皮子利索，一气呵成，气势又足，震得所有人都说不出话，徐氏想救她也开不了口。

"不是！不是！"她激烈反驳，脑子一片空白，自然吐出了心里话，"不是毒药！是太太叫奴婢买的泻药！"

哦……泻药！太太叫买的！

第十五章　多美好啊，少年！

要的就是这个！

其实，春茶蘼根本不知道徐氏要对春大山下什么药，但就这么让她把真话诈出来了！

春大山的脸变得雪白。气的。

徐氏倒也精乖，立即跪倒在春大山脚下，抱着他的大腿，什么话也不说，就那么嘤嘤地哭起来。小琴当然也照样学样，一时之间，房间内被哭声充斥，虽然不是老徐氏那样的号啕，可仍旧震得人耳膜发疼，丧气得很，就像家里死了人似的。

春大山厌烦地皱紧了眉，深呼吸了好几次才没有立即发作。他转头见女儿还在场，无奈又苦涩地叹了口气："茶蘼，你先出去。"

春茶蘼二话没说，立即就回了自个儿屋，还没踏进门槛，就听到东屋那边碎裂的声音，大约是春大山一怒之下把汤碗砸了。她忽然有点后悔，早知道多拿几个碗过去，让春大山发泄一下，怒火老憋在心里不好。

她从不赞成打女人，可徐氏这种女人真的很欠抽。不过春大山虽然身材强壮，却从不对女人动粗。在平常看起来，这是极好的品行，此时就觉得有点不解气。

"小姐，咱出来干吗？要好好看太太和小琴丢脸呢。"过儿气鼓鼓的。之前春茶蘼跟她说得也不多，所以她也是到现在才明白徐氏具体做了什么，气恨得很。

"我爹是觉得自己丢脸，才叫我出来。我在，他只会更尴尬。"春茶蘼叹了声。说着打开一道门缝，往外看了看，之后蹑手蹑脚地跑到东屋窗根底下，毫无道德感地听壁角。

屋里，春大山甩开徐氏的手，气得来回踱步，好半天才沉着脸说："明天，我送你回娘家。"

徐氏闻听，立即发出一声悲鸣，又上前去抱春大山的脚，哭求道："我错了！我错了！饶我这一次吧！夫君，别休了我！不然我没有活路了！求你别休我！"

"现在后悔了？那为什么这样做？"春大山的声音冷得像冰，平平的，没有感情色彩，"你的坏主意怎么就这么正！你怎么就敢！"

哀莫大于心死，春大山对徐氏太失望了，所以才会这样。平时，他再怎么气，也鲜少这么疾言厉色的。

"我就想让夫君留下来。"徐氏继续展开哭功，"幽州这么大，天气又冷了，我心疼夫君千里迢迢……是我一时糊涂，求夫君饶了我这一次吧。"

"你知道茶蘼要去辽东郡的外祖家吧？"春大山提到女儿，突然提高了声音，"我若去不成，她一个才十四岁的姑娘家，要怎么去那么远的地方？就算跟着康大人的队伍，一路住官家的馆驿而不是民家的邸舍，就算再请托几个名声好的游侠儿护送，到底是她孤身一人，难道我就放心？难道你就放心？你怎么当人继母的？还是你跟你娘想的一样，要害死我女儿，好为你后来再生的孩子扫清道路？告诉你，荼蘼的娘留下的哪怕一文钱我也不会动，死了你那份歹毒的心思！"

这话说得很重，徐氏就想像往常一样晕倒，但考虑到春大山正在火头上，愣是硬挺着没敢晕，只哭道："夫君冤枉死我了，我哪有那样的心思。我就是怕你吃苦，你去不成，荼蘼也就不去了吧，多少年不联系的亲戚，这时候上赶着来干什么呢？"

"那是荼蘼的外祖家，你说不来往就不来往？你这时候拿主意了，平时怎么不见关心她的饮食起卧！你怕我吃苦？若泻得轻了，我照样得走。泻得重了，你倒不怕那泻药霸道，伤了我的根本。"春大山冷笑，并不信徐氏的花言巧语，"你真会异想天开啊！以为我腹泻就可以不用出门了吗？除非我死了残了，军令哪那么好更改的！再者，我今天晚上吃酒席，明天就泻得走不了路，会受军法处置的知不知道！从军者，连身体都属于军中，不好好爱惜，非战斗或者训练受伤也是过错。何况，那么多人吃了一样的东西，为什么独我泻得下不了床，走不了路！你是打算让上峰疑心我，还是让手下的卫士们嘲笑我贪吃？"

徐氏愣住，因为她还真没想过这些。春荼蘼也有些后怕，因为她并没看过大唐的军中法规，不知道居然这样严厉。

"若再被查出我是造假自残以逃避公差，几十军棍那是轻的，难道你想害死我吗？"

"不会的，不会的，我一直很小心。"徐氏解释。

"不会？连荼蘼一个小丫头都看出了破绽，你当那些军中的上级是瞎子？"春大山越说越气，伸手拎了徐氏的衣领，"这么想我死，是好改嫁去吗？行，我成全你，连夜就把你送回娘家！到时候咱们各自婚配，再无瓜葛！"

徐氏嘤的一声，真晕过去了。

她把事情想得太简单，不考虑前因后果，想怎样就要怎样，果然是被她那个极品娘给养废了，却不知自己是小姐的身子、丫鬟的命。结果自己不够名门淑女的资格，却成了个连普通日子也不会过，满脑子不切实际想法的废物点心！

说起她有多大错？错最多的是她那个极品娘。

"太太！太太！"小琴声嘶力竭地呼唤，然后又求春大山，"老爷开恩，太太只是一时糊涂了。可不管怎么说，太太是老爷明媒正娶来的，求老爷念在往日的情分上，好歹给太太请个大夫看看。求您了，老爷。"

"她死不了！旁人都死了，她也会活得好好的！"春大山只感觉心里被怒火烧着，没把徐氏丢出大门外，就算很仁义。可一低头，见徐氏面白如纸，似乎不是装的，到底不忍，上前把徐氏抱起来，放在床上，转身就出来了。

请什么大夫？！徐氏身体不好，不仅头疼，还有心悸症，常常犯一犯。他久在旁边看，早就习惯了。只要让徐氏躺一会儿，喝点热水便能恢复。今晚的事是家丑，对他来说算是极大的侮辱，他不想让任何外人知道。

他胸口发闷，急于呼吸冬夜里凉得让人舒畅的空气，可站在台阶上一转头，就看到春茶蘼和过儿站在窗户那儿，不禁有些羞恼。

"这毛病跟谁学的，以后不许这样！"他是说听壁角的事。

春茶蘼搓搓手，有些尴尬。春大山冲出来得太突然了，院子大而空旷，她一时没躲开。

"爹啊，我是关心您。"她解释了一句，却又觉得不如不解释。在公堂上，或者是与公堂相似的环境中，她是绝对的伶牙俐齿，可面对在意的人，她的嘴有时候很笨的。

想了想，春茶蘼干脆跑过去，拉着春大山的胳膊就往自个儿屋里走。过儿很有眼色地没跟着，而是跑到厨房去烹茶。酒醉的人，会很口渴的，老爷刚才又发了脾气，喉咙一定干得很了。

"爹，您别不好意思，我是您亲闺女，还有什么说不得的。"春茶蘼哄着春大山，知道这件事其实对父亲的伤害最大。父亲也知道徐氏不是能和他好好生活的，但总想忍耐着过，将就过去这一生便罢。

"您想怎么办？"她小心地问。

春大山的眉头皱得死紧，帅脸上弥漫着烦恼和忧愁，让春茶蘼看着心疼。过了半响，春大山才慢慢地摇了摇头。

春茶蘼以为春大山的意思是说：不休了徐氏。可春大山却开口道："没有时间，爹没有时间处理家务事了。"他无比烦恼地叹气，"明天我还要去军府，与韩、康两位大人商定出发的时辰。之后，要与随行的另外三名同僚彼此熟悉一下。下响，还要把兵训的准备事宜跟你魏叔叔交代一番。总不能让康大人因为咱家的家事耽误了行程，那咱成什么了？人家也不会等的。"

"您不是说要送太太回娘家？"春茶蘼提醒。

休妻，也不是给张纸就完了，大唐的户律法也算是完整，不能随意违背。比方嫁妆财产要弄清楚，男方也得请人见证，还得等人把女方接走等等，也很复杂的。

之前，徐氏没犯七出之条，休妻之说不可能，可现在她想给相公下药，休她的理由相当充足，只是正如春大山所说……不管怎么处理，时间上来不及。就算是她，明天只是收拾行李就得用整整一天。更别说这次走得急，父亲也有好多军务要处理收尾，或者移交别人。

但徐氏独自留在春家，就像一颗不定时的炸弹。所以，徐氏的麻烦，就应该丢给她娘家的妈来解决，所谓子不教，父之过嘛。而这次，也只有先把徐氏送回家，冷上两三个月，等他们父女回来后，看春大山的心意再做决定。

"我在酒席上跟隔壁的老何说好了。"春大山身子向后倚去，显得非常疲惫，"他只是军中普通的卫士，平时不用去军府办事，我托了他把东屋的送回娘家。老何办事严谨规整，到时候雇辆马车，再找两个信得过的人一起跟去，肯定没什么问题的。"老何是何嫂子的相公，为人憨厚踏实，确实像托付得了大事的人。而听春大山的语气，把徐氏叫成东屋的，可见心里有多气了。

"我待会儿会写封信给徐家，再叫小琴把细软收拾了。不管她怎么闹，明天一早，必须送她走!"春大山站起来道,"我去给徐家写封信。"

"别写。"春荼蘼阻拦,"太太一回家,自然会说的,父亲不必多事。"若写信,气势上就弱了。这种把人丢回去,什么也不提,让徐家看着办的感觉更好。

转天一早,徐氏哭哭啼啼被送走时,春荼蘼窝在屋子里装睡,顾不得什么相送的礼仪。

第三天辰时初,春大山带着她和过儿,到镇外的官道处相候,会合了康正源等人,开始了幽州的巡狱之旅。

韩无畏自然来送行了,不过是官方行事,因而没和春荼蘼单独说话。他穿着一套正式的军官袍服,主色为黑,抹额却是大红色的,衣服的袍角和衣袖边缘绣着类似于吉祥符文的花纹,因为品级没到三品,也还没有承爵,倒没有绣豺狼虎豹鹰隼等猛兽猛禽。但尽管如此,当他骑在那匹大白马上,端的是丰神如玉,英姿飒飒。

春荼蘼在一边静静地注视,心里只能发出一句感叹:多美好啊,少年!

相比起来,康正源就低调得多,身着深绿色官服,银带九銙,戴一梁冠,也是因为品级比较低,并不配鱼袋。不得不说,深绿色非常配他略显苍白的面色,他那懒散中掺杂着玩味的神情和严肃的官服奇异的相合,给人一种不由自主的信赖感,会觉得他一定是个明察秋毫的好官。

春荼蘼只好再叹一声:多美好啊,少年!

而她,低调地穿了灰色窄袖胡服,像一只小老鼠般,隐身在春大山之后。虽然是男装,但她没有掩饰性别,因为大唐女子经常穿男装胡服,倒也不显得特别扎眼。她头上还戴了垂了厚厚纱幕的帷帽,春大山是不想让人多看他女儿,春荼蘼却是为了遮挡风沙。在她身边的过儿是黛青色的男装短打,她发育晚,过了年都十四了,此时穿得利落些,看起来却像个小男生似的。

大唐的气候算是温暖为主,因而北方的冬天不是特别寒冷。即便这一行人先在范阳附近公干,然后深入辽东郡的南部和临近高丽的北部,也会遇到大雪天气,但比起深冬的极端低温,还是要舒服多了。

这个时候过冬的衣服就是织得厚厚的纺织品,冷的时候多穿几件,或者是用木棉纤维做填充物的所谓棉服。

春荼蘼本人比较怕冷,又因为走得急,来不及现做,只从成衣铺子买了四件"棉服",过儿及春大山一人一件,她两件。就这样,她还考虑回头弄点鸭绒,自个儿做一件防寒服穿。

至于被褥,春大山认为姑娘家不应该用外面的,所以过儿就带了两套出来,到时候铺在人家馆驿本来的被褥上,又保暖又干净。至于鞋帽什么的,过儿随身带了针线和材料,打算路上边走边做的。

韩无畏为人看似粗豪,却细心体贴,春荼蘼上路后才发现,他也不知打哪找来一队要赶在年前去幽州各地收年货做生意的商家,就坠在队伍后面。这家商队的主家姓钱,除了老板和几个伙计外,同行的还有老板娘和一个李姓粗使婆子,春荼蘼和过儿被安排与这两个大婶坐一辆车，这样就有成年的已婚妇女照顾她们了。

钱老板一家乐得能有机会随行护送官吏的军队，能蹭住馆驿不说，还保证了安全。虽说馆驿不接待平民，但私下出点银子，谁也不会多说什么。这原是常事，但他们知道是沾了春茶蘼的光，因而对她格外客气周到。

整队护军中，五十名在前面开道，康正源的座驾居中，后面是另五十名。春大山和三个据说是贴身保镖的折冲府卫士坠在更后面，离商队倒近些。说白了，就是就近保护春茶蘼的。

不过，一队人还没走出五里地，就有马蹄声从后方传来，到了春茶蘼乘坐的那辆马车旁边才停下。春茶蘼先是有点紧张，毕竟她没出过远门，但她随即意识到，就在附近保护的春大山并没有发出示警，于是知道来人必是熟识，就叫李大娘打开了帘子。于是，韩无畏英俊的脸就出现了，牙齿白晃晃的。

"韩……韩大人，您这是？"春茶蘼很惊讶，然后连忙好心地说道，"我爹在前面。"她以为韩无畏是有要紧事情忘记交代了，所以是来找春大山的。

韩无畏眨了眨眼，只说："在钱老板那，有个小匣子是本都尉送给你的，别忘记了看。"说完，两指放入自己口中，打了个响亮的呼哨，一牵马头，又狂奔离开。

春茶蘼很茫然，不明白韩无畏这没头没脑子的一句是什么意思，他这样来去无踪，又是什么意思？她看向钱大娘和李大娘，见这二位大婶正笑得暧昧，倒让她不好开口询问，却很想高声说：我跟那个帅哥没什么的，是非常纯洁的下级家属与上级的关系。而一边的过儿也不明她里，就连远远瞧着的春大山，也以为是韩无畏来嘱咐一些让自家女儿好好帮助康大人的话，就没有上前询问。

第一站很顺利，傍晚时分，一行人就到了一处馆驿。

唐代的官道四通八达，设施完备，有的繁华地区，甚至有两条以上的官道。根据馆驿的数量计算，官道大约得有六七万公里，虽然和现代没办法比，但重要的州府间，通行非常方便。

在官道两侧，除了官设的馆驿外，附近还有相应的邸舍，也就是旅店，私人所有，是专门招待过往平民和商队的。住馆驿需要官方的文书，也就是一种纸券。康正源不是一般的朝廷使者，自然有人提前去交涉了，然后就有负责馆驿的官吏前来迎接，请他去最好的楼舍中。其余兵士和随行人员，另行安排在附近的房间。

唐代馆驿的规模都很大，包括了驿楼、驿厩、驿厅和驿库，这么多人一起涌进来，也完全住得开。康正源为了不让春茶蘼太扎眼，并没有给她特殊待遇。但那个驿官是个伶俐人，迎来送往的，早锻炼出了眼色，从康正源的话中听出了隐含的意思，给春大山父女安排的房间是仅次一等的，隔壁的两间。

冬天天短，众人住进馆驿时，天色已经完全黑了下来。因为第二天一早就要离开，大家也不卸车，只把骡马卸下，由粗使小吏去侍候，然后就拿了随身用的东西，各自吃饭。

春茶蘼和春大山父女是和钱老板一家吃的，虽然不及康正源的精细，却因为钱老板使了银子，倒也很不错。包括一大盘价格比较高的煮羊肉，一大盆由芥菜、芹菜和萝卜拌的菹齑，一大盘炒菘菜，还有一个蒸熟后洒了特制调料的昆仑瓜。主食，是一盘子白白胖胖、软软乎乎的蒸饼。

昆仑瓜，也就是茄子，因为这时候还没有普遍种植，价钱比较贵。非时令蔬菜也是放在菜窖中储存下来的，普通人根本吃不起。

托钱老板的福，春荼蘼吃到了自己最喜欢吃的昆仑瓜。对这种也被称为胡瓜的蔬菜，不管怎么做，烧、蒸、炸、做馅，她都爱吃。春大山和钱老板看出她的喜好，一个劲儿地给她夹。

吃了饭，春荼蘼见钱老板一家脸上带着倦意，看样子要去睡了，连忙抓紧时间，问起钱老板关于某个姓韩的人托付的小匣子。

钱老板一拍脑门道："瞧我这记性。那可是韩大人托付的，我不敢怠慢，并没有与货物放在一处，春小姐等等，我这就亲自给您送过去。"

春荼蘼道了谢，说明自己住在哪一间，就回去等。春大山这才问起匣子是怎么一回事。

"韩大人说送给我的，送行时可能忘记了，后来追上来，就为了这个事。"春荼蘼坦然又老实地回答。

春大山心头微动，思量自己这个上司对荼蘼是不是热情了点。他虽然想升官，想在军中一展才华，但绝对不会卖女求荣。韩无畏权高位重，将来要承爵为王，军中又传说将来要接任幽州大都督，他这个人虽然不错，绝对的青年才俊，可却和自家地位相距太大，攀不上交情也攀不上亲，还是保持距离的好。若韩无畏有其他想法，他宁死也不让女儿给人做妾。

再说，要跟贵人结缘，被白家发现怎么办？

他这一想，就想多了。随即又觉得可能是韩无畏爱才，毕竟韩无畏在军中没传出不好的流言，总体上，是个正派有为的好青年。

但有了这层顾虑，他就没立即回去，而是进了女儿房间，也没表明要一起看匣子，只磨磨唧唧地说："累了吧？一会儿拿了东西早点睡。坐车也很辛苦呢，你又没出过远门。"

春荼蘼还真是腰酸背痛，但见春大山怕她和韩无畏私相授受的样子又觉得好笑，却也不揭穿，只笑道："可不是吗。但是和爹一起出门，还是觉得很值得。"

这马屁拍的，春大山浑身舒泰，全天的疲乏一扫而光。

又过了一小会儿，钱老板带着伙计，抬着东西上来了。

春荼蘼愣住。这叫"匣子"吗？而且据说是"小"匣子？

所谓的匣子二尺见方，红漆，外表并不华丽，看起来倒是蛮结实的，可它不仅体积像个小箱子，看起来还分量十足，不然，用得着一个伙计搬，钱老板还得搭把手吗？

"春小姐请收好这个。"钱老板奉上一把钥匙。

"多谢您了。"春荼蘼点点头，看到箱子上有锁，但没有贴封条什么的。由此可见，韩无畏要么绝对相信钱老板，要么就是箱子中的东西没有多么重要，至少是不怕偷窃、偷看，而且事后方便问责的。

一边的春大山在观察了半天后，也暗松了一口气。之前，他还真怕那位韩大人会送一些不合时宜的东西。但同时，他又非常好奇。什么东西这么重啊，他顺手掂了掂，沉得很。要说是金银，这礼就太大了，可分量却又太轻。若不是金银，而衣服吃食首饰什么的，应当不会用这么粗笨的家伙，更不会随便托人。

春茶蘼干脆也不猜，等钱老板客气了几句告辞之后，立即上前开锁开箱。

箱内，整整齐齐、四四方方地码放着盒子样的东西，因为上面盖着块红绫，没有第一时间暴露出真面目。看到春大山愕然又失望的模样，春茶蘼突然想笑，想起听过的一个笑话：说有个人卖止痒药的，号称绝对有效，而且好大一包才几分钱，很便宜。有人买回家打开一看，白纸包里套着个红纸包，红纸包里套着个绿纸包，绿纸包里套着个黄纸包，一共十几来层，最后只有一张纸条，上面写着两个字：挠挠。

哈哈。春大山现在的模样，就像是需要有人给他挠挠心上的痒。不过春茶蘼还是不会让父亲抓心挠肺的，一把揭开红绫……

全是书！一套套精装硬壳，簇新整洁。而当春茶蘼看清上面的书名时，惊喜地叫了声，扑过去连箱子一起抱住，脸颊还在上面蹭了蹭，更恨不能抱着书亲几口，喜爱之情，溢于言表。

《大唐律》！全套的《大唐律》！她的梦啊！她的爱啊！以前祖父给她借的那套只是其中一部分，而且残缺不全，她读起来总是觉得有什么哽在那儿。自从看了不全的那套后，她就想一睹整部唐律的真容，今天终于被她得到了。在大唐，平民教育程度不高，识字的都不多，书籍更是等同于奢侈品，尤其这种事关朝廷律法的，虽然不限制购买，却也不是有银子就买得到的！

"就那么喜欢律法吗？"春大山看女儿两眼放光，就像见到宝贝似的，不禁好笑又好奇。

"爹不知道，律法看着枯燥，但若真读进去，是多么有趣哪。"春茶蘼站起来，从小箱子拿出一册书，抱在怀中。

"可是……这个礼物太贵重了吧？"春大山略皱了眉。虽然到不了等重金银的程度，但这么一套大唐律法书，只怕也价值不菲。他那点俸禄，虽然升为正九品了，月俸也只是多了一两而已，一年才二十四两，连十分之一也付不起吧。

"不碍的，真不碍的。"春茶蘼连忙道，特别怕春大山要把这整套唐律还回去，身子都不由自主地挡在小箱子前，"韩大人一份心意，定是要我更加努力帮助康大人的。律法就是武器，就像……就像……宝剑赠壮士，红粉送佳人是一样的。好比爹要出征，作为看重爹的上峰，也会赠弓箭和骏马吧？他期待的，不过是打胜仗，我是一定会帮康大人打胜仗的。若爹还不放心，顶多以后我赚了银子还他！"

春大山本来还真有把书还回去的一点意思，但见女儿稀罕得跟什么似的，心头就忽然不忍起来。都怪自己没本事，女儿喜欢的东西，他买不起，也没地方淘换来。现在，难不成连女儿的这点开心也要抢走吗？幸好不是私信或者别的见不得光的东西，也只好先收下，有情后补。只是，女儿好好一个佳人，得不到红粉，得到了重之又重的国之律法书，总让他感觉有些别扭。

"再怎么喜欢，晚上也不许熬夜。今天累了一天，赶紧洗洗就上炕歇着去，明儿在车上也不许看，仔细花了眼睛。" 春大山想了想，故意板着脸道。

"那什么时候才能看？"春荼蘼有点发急，脸上露出祈求之意。

"到了前面的州县，康大人自然会停下来，查阅当地的案卷，那时不是有的是时间？"春大山点了一下女儿的脑门儿，又转过来对过儿说："盯着你家小姐，不然我回头写信给家里的老太爷，看他怎么说你！"

过儿是春青阳的第一号绝对忠仆，提起老太爷，那是连小姐也要靠边站的，当然就点头应下。春荼蘼一看父亲来这招釜底抽薪，知道不可能偷偷摸摸看书了，不禁有点失望，但突然想到她也要写封信回去。不是给春青阳，而是韩无畏。

这家伙，看起来大大咧咧的，但细心之处，令人觉得十分妥帖。不然，又怎么会送这么贴心的礼物呢。他真是只为了让她更好地帮助康正源吗？在这个封建朝代，他难道不介意女子习律法，断刑狱，上公堂吗？那他，倒真是个特立独行的人。

不得不说，韩无畏这份礼真送到了春荼蘼的心坎上。虽然春荼蘼明知道这会增加她对他的好感值，也许他就是讨巧，就是故意的，可仍然心甘情愿地把好人卡上的分给韩无畏加上不少。

洗漱完毕，换了家居的舒服衣裳，春荼蘼没有立即就睡，而是叫过儿去找驿吏讨要了纸张和笔墨，提笔给韩无畏写信。因为唐代的馆驿还有通信的功能，所以明天就可以把信给韩无畏捎回去了。

只是想了半天，也不知说些什么，干脆只写了两个字：谢谢。

想必，韩无畏也不是想听她说得天花乱坠吧？就算她能口吐莲花，却也不及这两个发自内心的真诚字眼更能表达自己的意思。

写完，端详了半天，虽然那两个字扭七扭八的不好看，但这就是她本来写字的实力呀。她不怕嘲笑，真实展现自我。哼哼，佩服自己一下。

想着就把信折好，封进信封，然后放在桌上，等着第二天一早，直接交给驿吏就行了。转头间，见过儿对着她暧昧地笑，立即明白了她是什么意思，很坦然地笑骂："把你小脑袋瓜子里想的东西统统扔掉，根本不是那回事。"说完，又叹了口气，现在的女孩太早熟了，虽然十三四岁也是情窦初开的年纪，但怎么也不会联想到婚姻大事吧？

"奴婢想的哪回事啊小姐？"过儿笑问。

哎呀，今天被个小丫头调戏了。春荼蘼简直哭笑不得，然后正了脸色道："听说过一句话吗？人贵有自知之明。韩大人和康大人那样的男人，咱们家是攀不上的，所以别往歪处想，对咱们没有好处的。"

"太上皇可也起于微末呢。"过儿不服气，"老太爷这回押流犯去岭南，他老人家临走之前跟我说起那边的风俗，还说那边有句俗语，叫宁欺白头翁，莫笑少年贫。咱家现在是小门小户的，保不齐将来就因为小姐大富大贵呢。"

"没错没错。"春荼蘼点头，正色道，"可人家说的是少年，并不是少女。过儿啊，我知道你是为了我好，但是有些话，咱们开开玩笑倒没什么，千万不能真这么想，不能往心里去,更不能说啊说啊说漏了嘴,让外人听到,不然就会有人觉得咱们痴心妄想,坏了祖父和父亲的名声,说不定还有小姐我的,白白让人笑话去。"

"哪有这么严重!"过儿吃了一惊。

"就有这么严重。"春荼蘼借机敲打一下过儿。这丫头性格天真烂漫,在家就算了,出门在外,祸从口出,当然要小心。而且,这也是要她凡事多想想,别走了歪路。毕竟,这个世界是有等级存在的,而且很森严。

"或者有那登徒子,以为我有这样的念想就是轻浮的,前来纠缠不清。若是好人家,又觉我攀高枝儿,不肯来往。那可就……真的让小姐我嫁不出去了。"临了,她又添了把火。

过儿的脸都白了,一屁股坐在椅子上,也不知想些什么。春荼蘼看她真的有些明白了,也不吵她,自己收拾了床铺,睡觉去了。

只是,就算睡觉,她也要抱着一册书,睡得那叫一个美,一个香。

第二天一早,春荼蘼醒来后,见过儿眼睛红红的,但神色清明,就明白是这丫头是想了半宿,终于明白有些玩笑是开不得的。主仆两个心照不宣,都不再提起这事,麻利地洗漱,吃了早餐,就随队伍继续出发。

大唐的幽州,辖下幽、易、平、檀、燕、北燕、营、辽八州,北到长城,东至山海关,包括关外辽东郡南部地区,形成一条大致与长城平行的带状防御区。幽州大都督府治所在幽州城,也就是今天的蓟县附近。

而巡狱使的出行路线,春荼蘼完全没兴趣知道,也想不去打听,反正整个幽州的重要府县都是要走一遍的。怎么走,先去哪儿,后去哪儿,有什么关系?

何况,之前她听春大山说过,要先往辽东郡去,避开冬天最寒冷的雪天,然后再返回,最后到达幽州城的大都督府。据说,康正源要带去皇帝给罗大都督的褒奖。蓟县离范阳县很近,所以到了那儿,春荼蘼父女基本就可以回家了。

就这么着,一行人走走停停的将近两个来月,才进腊月就到达了幽州城附近。

一路上,春荼蘼冷眼旁观,发现康正源虽然出身高贵,却很体谅民间疾苦,绝对算是好官。他录囚时特别认真,还时常派手下人去明察暗访,怕有官吏隐瞒淹狱和冤狱的情况。或者是因为当今圣上英武,又或者是因为朝中提倡法礼、律法严明,再或者各地知道要巡狱,集中突击处理过案件。所以,走了那么多地方,真的没发现特大冤狱事件。

春荼蘼离范阳远了后,就化装成康正源的书童,近距离跟随他做事。当然,春大山寸步不离,后来看到康正源实在是正人君子,除了公事,从不与春荼蘼多说一个字,才放松了些。

在平州的时候,她算是做了件大好事。当时,那边有一个案子,引起了春荼蘼的注意。

被判有罪的是一个二十岁的妇人周娘子,才成亲两年,男人就死了,只守着婆婆吴氏,也是个寡妇。其实说吴氏是婆婆,也不过四十来岁年纪。她们娘俩儿相依为命地过日子,因为怕惹来是非,尽管民风开放淳朴,周氏却从不出门,必要的采买,都是婆婆吴氏去。不过周氏非常孝顺,每天早早起床做家务,然后给婆婆吴氏送去洗漱的热水,再去厨房做早饭,然后做针线或者给人浆洗,赚些钱贴补家用,两年来毫无怨言,婆媳俩也非常和睦。

可是突然有一天,吴氏上吊死了。等官府的差役到了,周氏却自首说,是自己昨晚与婆婆发生口角,导致婆婆一气之下自缢。有人自首,又有强有力的犯人口供,案子很快就结了。因为不孝是大罪,周氏因不孝导致了婆婆吴氏死亡,判的是斩刑,已经报到州府,送刑部核准。

在这个年代,自首算不算从轻减等的情节,完全看判官怎么判,并没有明确的规定。

看到这个案子,春荼蘼本能地觉得不对劲。一来,周氏贤名于外,怎么会和婆婆吴氏争吵,最后导致吴氏要上吊自杀?二,这吴氏据闻是个开朗大方的性子,这也排除了因性格偏执而引起的、出于激愤的自杀行为。三,周氏承认罪名太快了,而且一口咬定是自己的错,总透着一股子急切和想要掩盖什么的意味。四,被判刑后,周氏又表现得太安静了。虽说,街坊邻居们都吃惊不小,说没想到这周氏平时一副贤良模样,却是这种人。可春荼蘼觉得,反常即为妖,于是提出要重审此案。

"周氏不是自动做供,承认是自己的罪过吗?为什么要重审?"康正源皱了皱眉。

他们走得越来越往北后,康正源的身子似乎有点受不住,三天两头地伤风感冒,神情中总带着一丝病态。但让春荼蘼觉得自己变态的是,她居然觉得康正源这副有点虚弱的模样,相当有艺术的美感。就像最上等的美玉,看起来很脆弱,一碰就会碎似的。又宛如,易醒的美梦。

她这才明白,西子捧心为什么是褒义词。因为不在于那形态,只在于做此形态的本就是个美人。所以,后来才有东施效颦一说。总之,美人做什么都是美的。

这样的康正源,总会让人想体贴他,连说话也温柔起来。偏他的神色看起来懒散,其实却是坚毅的,拒人于千里之外。那种让人又怜又怕的感觉特别打动女人的心,就连过儿,都恨不能替他病上一场。

不过春荼蘼并不迷失,她仍然是带着欣赏美丽的态度,就像对韩无畏时一样。如果说韩无畏是烈阳,康正源就是冰雪。谁能分得清,这两样哪一样更让人放不下地喜欢?

"律法是死的,人是活的。而且虽说民不举、官不究,但身为上官,要有主动精神,因为生活在最下层的小民,有可能会有说不出的苦衷。律法,本来应该是保护弱者的。难道百姓们受了苦,有口难言,上官们就不闻不问?"春荼蘼正义感爆发,直言不讳,"一州一县,主官刑司的官员,也不能因为怕麻烦,明摆着疑点重重,却草草结案呀。"

事实上,跟康正源相处日久,她虽然在私事上很划清界限,但于公务处,只要不当着外人的面,说话一向是直抒胸臆。康正源对此很习惯,而且,似乎很欣赏。

"哪里有疑点?"康正源问。

哪怕之前已经共同研究过好多件案子,他已经充分信任春荼蘼,却仍然公事公办,若说不出什么，是不会允许人乱来的。

春茶藨没有说出那些主观的猜测，而是提出客观疑点："我看卷宗上说，周氏说是头一天晚上和吴氏吵的，但隔壁的邻居却什么也没听到。紧接着第二天早上，周氏发现婆婆已自缢而死，报到了官府。周氏一向起得早，发现时是卯初一刻，而忤作说，吴氏却已经死了两个时辰以上了。那时，正是夜深人静，为什么周氏没有听到吴氏房间里的动静？上面可是说，吴氏踢倒了椅子，而且还有一只鞋掉在了地上。这样的声响，除非是睡得特别死的人，不可能听不到吧？"

"也许她听到了，却因为和婆婆吵架不久，误以为摔了什么东西，所以不曾起身去看？"

"这就是要查明的疑点啊！而且供词中，周氏也没有说明这件事，似乎不清楚忤作的证词似的，必须要查一下才能解疑。"

康正源轻蹙起眉头，想了想，然后又指着面前堆积的案卷道："那就你来负责吧，我在这里看卷宗。但不要耽误太久的时间，两天后我们就要出发去营州。"

春茶藨应下，又把相应的卷宗仔细看了一遍，然后点了五个人，跟她出去走了一圈。那五个人，一个是过儿，另四个是以春大山为首的折冲府卫士。这四人说是保护康正源的，实际上一直保护她。这让她有时候感叹，自己什么时候能找几个帮手来，以后再有案子时，就有人数充足的调查员了。

她先去了案发现场，也就是周氏和吴氏的家，仔细巡视了一遍吴氏的卧室，又找附近的邻居闲聊了几句，最后去了附近的"市"一趟。这时的市，是指商业街，有关衣食住行的商品和服务，应有尽有。不过，这个市是专门面对普通百姓的。大市，在镇子的另一端。

都逛完，她就带人回去了，立即提审周氏。也没用大堂，就在县衙后面的私堂上。身边更没设差役，而是站着康正源自带的兵士。

"说吧，为谁顶的罪？"周氏一带上来，春茶藨就问。

今天，她坐的正位。康正源坐在侧座上，歪着身子，托着腮，另一手拿着一盏热茶，氤氲的白色雾气，半遮掩着他的神情。但尽管如此，也没有人能忽视他的存在，或者以为他站没站相，坐没坐相。这就叫骨子里的气质，学不来的。

春大山见女儿大喇喇坐在主审位上，不禁为她捏了一把汗。他的宝贝女儿这是怎么了？经历了一次生死，性格完全变了，以前多胆小啊，能被老徐氏那个老虎婆吓得逃跑，可现在居然敢在六品大员、皇亲贵戚面前，坐在正位上问话，半点不怯场。

当然，所谓六品"大员"是相对他而言。

而周氏，显然被春茶藨开门见山的问话震着了，一时不知所措。

第十六章 一个贴心，一个贴身

春荼蘼定定地看着跪在堂下的年轻女人，见她算不得漂亮，但五官端正，眼神清明，白白净净的，即便在牢里一个多月了，却仍然尽量把自己收拾得齐齐整整，很让人有好感。

相由心生，不是说漂亮的人就是好人，也不是说丑陋的人一定是坏人，但其神色和气质，确实可以看出一个人的个性与心灵。

此时看到周氏，春荼蘼更断定：吴氏之死，与跪在下面的女人一点关系也没有。

"问你话呢，如何不答？"她催问。

周氏掩饰起惊慌的神色，平静地道："民妇没有替谁顶罪，民妇罪有应得。"

"你坚持这样说，可是有什么苦衷？"她放缓了语气问。

周氏此时已经镇静下来，坚定地摇头："民妇没有苦衷，民妇自知罪孽深重，只求速死。"

明知道吴氏之死不是周氏造成，春荼蘼不禁对促使周氏这么做的原因更加好奇起来。不过她知道这是死胡同，干脆绕道而行，叹了口气道："你一味隐瞒，却不知真正害死你婆婆的凶手还逍遥法外。你说自己不孝，但让你婆婆死不瞑目，才是最大的不孝！"

她这话，有如丢进热油锅的冷水滴，一下就在周氏的心中炸开了。

"大……这位郎君，不知您说的是什么意思？"周氏脸上和嘴唇上的血色瞬间消失。

想叫大人，是因为春荼蘼坐在主审位上。可又看出她分明是个男装女子，非官非吏，只得改口，胡乱称呼。

"意思是，你婆婆吴氏并非自杀，而是被人杀死的！"

砰！康正源把手中的茶盏放在桌上，因为屋内所有人都在愕然之中，甚至屏住了呼吸，所以这一声显得特别突兀。

"不可能！不可能！"周氏拼命摇头，显得难以置信。

"为什么不可能？"春荼蘼紧接着逼问，让周氏没有思考的时间。

果然，周氏冲口而出道："因为民妇睡觉很轻，可那晚却没有听到任何动静！若是歹徒杀人，怎么会不发出声响……"她说到这儿，忽然顿了顿，情不自禁地，手还按在了嘴上。

春荼蘼看了康正源一眼，那意思是：如何？我说此案有蹊跷吧？

吴氏身死，周氏把罪过揽在自己身上，是要给吴氏之死找个合理的借口。那么，她必定知道吴氏真正的死因，但基于某种目的，宁死也不能说。

所以，虽然她刚才只说了一句话，但却从侧面证明了春荼蘼的怀疑。

"你从何断定此案为他杀?"康正源的声音缓缓响起。

春荼蘼站起来,踱到周氏的身前,一字一句地说:"首先一点,周氏刚刚说得很明白,她睡觉很轻,却没听见响动。可是木椅沉重,若被踢倒,怎么可能不发出半点声响?第二,案卷中清楚地注明,当时吴氏掉了一只鞋子。试问,人之将死,谁不把自己打扮得利落些,怎么会无缘无故掉了一只?除非,是在用力挣扎中踢掉的。第三,我注意了卷宗中记录的吴氏的身高,以及自缢所用绳子的长度,刚才又去吴氏家里,观察了一下房梁……"说到这儿,她看了一眼周氏。

周氏两手下意识地揪住衣领,好像要掐住自己的脖子一样,显然已经想到了什么可能。

春荼蘼不理,继续说:"把那些高度和长度加加减减,会发现吴氏若要把自己的脖子套进绳套,站在椅子上是不成的,至少也得是桌子的高度。或者,有一个身材高大的人,把她挂了上去。第四,也是最重要的一点,我在吴氏房间的床前发现了一个泥印子。时间太久了,不容易判断出是什么形状。但显然,是个男人的脚印!"

周氏闷哼一声,已经跌坐在地上。

"还不肯说吗?"春荼蘼笑了笑,"那我就替你说。"

她转向康正源:"两个寡妇的家,尤其还是内室之中,怎么会有男人的泥脚印?我和附近的邻居打听过了,在发现吴氏尸体的前一天傍晚下过雨。那片坊间全是没有压实的土路,一遇雨雪,就泥泞不堪。而脚印并不明显,说明那凶手进屋时,雨才下不久,和吴氏的死亡时间对得上号。平时,周娘子大门不出,二门不迈,且性子文静内向。而婆婆吴氏,却是个爱说爱笑的人,凡事也由她出头露面。所以,若有奸情,当事人必是吴氏!再说那脚印,比普通男人的还要大些,所以,其主必是个身材高大的男人。加之那一片的房子院墙虽然不高,但若要来来回回跳墙不被发现,显然也得有点功夫。于是我就到镇上去逛了逛,打听到吴氏经常把自家婆媳做的绣活儿拿到一家杂货铺子里代卖,再从杂货铺子中买些日用品回来。偏巧,那铺子的老板王勇,身高有六尺三四,年轻时还做过游侠儿,有一身好拳脚功夫。再细一打听,王勇与吴氏青梅竹马,还有过婚约,只是因为王勇出门游侠,多年无音讯,吴氏才嫁了别人。最后一点,遇到杀人者,普通人都会挣扎反抗或者大声呼救,而周氏却什么也没听到,只能证明杀吴氏的是她所熟悉,甚至喜爱的人。"

说到这儿,她顿了顿,因为真凶已经呼之欲出了。不过她看向周氏的目光中,充满了同情和无奈:"人都说婆婆和媳妇难相处,但吴氏和周娘子婆媳却相处得很好。邻居们都说,吴氏疼爱周娘子如同亲生女儿,周娘子侍奉婆母也非常孝顺。每天早上,她都很早就起床,为婆婆送去热水热茶,好让婆婆起床后梳洗,日日如此,风雨无阻。我猜,就在某天早上,周娘子照例轻手轻脚地进了婆婆的屋子,偏那天吴氏和王掌柜不小心,早上王掌柜离得太晚,正被周娘子撞个正着。不,应该是周娘子发现了什么,慌忙躲了出去,和吴氏心照不宣。对此,王掌柜必不知情,不然周娘子也会没命的。可是,做婆婆的被媳妇发现这种事,一定羞愧难当。所以,当吴氏死了,看情形又像自缢,周娘子就以为婆婆是因为羞愤而自尽。于是为保全婆婆的名声,为免于被追查缘由,她自愿顶罪,掩盖事实,以自个儿的骂名换来婆婆的清白。只是,周娘子并不知道,那吴氏因为私情被儿媳发现后,除了羞愧之外,还想干脆过了明路,和心上人远走高飞。可那王勇已经有妻有子,和吴氏做做露水夫妻野鸳鸯是可以的,却不愿意抛家舍业。吴氏逼得他急了,他干脆就把人勒死,挂在房梁上,造成自缢的假象,唬得周娘子自动顶罪!"

一番话,入情入理,就像在人们面前重现了那阴暗中的一幕幕似的。旁边,周氏已经泣不成声。康正源看向春茶蘼,对她颇为赞赏。随后又问周氏:"你可还坚持说,吴氏之死是与你口角后,一时想不开所致?"

周氏神色挣扎,好半天才咬咬牙,一个头磕在地上:"民妇说了谎,愿受相应的处罚。只求大人,为婆母申冤昭雪!"她是个聪明人,只是太孝顺了,太想报答吴氏的好,所以坚称是自己的错。现在,她明白吴氏的名声已经保不住了,当然要抓住凶手,才能解她心头之恨,也能让吴氏地下安宁。

"来人,去找县令拿差票,叫他亲自带人,把王勇捉拿归案。"康正源轻声吩咐,但眼神中厉色,一闪而过。

春茶蘼知道,这里的县令要倒霉喽。毕竟这件案子中虽然有周娘子的自首口供,但衙门也有失察之罪。他们因为有人投案自首,就疏忽了证据的收集,这是不对的。不管有没有人认罪,证据都必须完备,否则会让人找到空子,轻易驳倒,若是别有用心的人,自然会利用这一点。

王勇被带来后,立即明白是逃不掉的。他倒也不啰唆,干脆招认了全部罪行,免得再上堂连累妻儿,或者因用刑而受皮肉之苦。只是他杀人是出于激愤,因为吴氏跟他闹起来,他失手之下,掐死了吴氏,然后伪装了自杀现场。

"我每天晚上都梦到她来找我索命,干脆以命相偿,到阴间再分辩清楚。"王勇说。

最后的判决是:王勇的杀人罪为故杀,但他是在激愤中突生杀念,之前并无杀心,所以只判绞,给了他一个全尸。说来也是报应,他掐死吴氏,自己却受到绞刑,真是公平之至。

周娘子,冒认罪行,属于扰乱公堂。但念其孝心一片,为其婆母的名声而宁愿舍命,算是有大功,因而功过相抵,当堂释放。不过,周氏的名声变得更好了,州府还给了嘉奖,那是后话不表。

对于春茶蘼来说,则是进一步适应了现在的司法制度和程序。就这个案子而言,推理和判断,心理和技巧,成了破案的关键。若让她辩护,也当然是辩护的关键。

这一趟,她总算没跟康正源白来。

还有一个案子,是在辽州。

辽州已经快到幽州的边界了,到达辽州后,一行就要从另一条线路折返而回。

巡狱史一行到达的时候,有人拦路喊冤。康正源倒也负责,并没有发怒,而是叫手下人把上告者带到下榻处。不得不说,他所到之处,官员们都热情接待,好吃好住好招待,还有人给送美人。可康正源同学虽然收点小礼,但出格的不要,而且只住在馆驿里，就算在范阳，韩无畏是他的表兄，他也是住在军营而已。若对他太过热情了，他查得反而更严，有错处的，罚得也更狠。到后来，就没人敢这样明着暗着贿赂他了。有那工夫，不如把案卷整理一下，该补的补，该改的改倒便宜些。

不过有人拦路喊冤就是大事了，想想，得多大的冤情才会这样做啊，吓得当地州府的刑司官员麻溜儿地跑了来，头上和手心都是冷汗。他们这些当官的，很少彻底干净的，所以不管做没做过亏心事，底气都很不足，也想不出到底是谁出了岔子，让刁民逮住机会上告了。

可当大家坐在馆驿的驿厅里看到那个上告人，中级官员倒还不怎么，现管的县官差点把鼻子气歪了。因为上告者是个二十来岁的年轻人，典型的东北小伙儿，高大，憨厚，认死理。用东北方言说：有点彪。或者说，是个彪子。

但春荼蘼看到这个叫刘二郎的家伙，却是很喜欢。因为他够直白，说的话比较容易懂。他所要求的，也非常简单明了，还因为他是戍边的军士。

春大山就是军人，她爱屋及乌。

刘二郎要告的，是他的亲娘舅王某。三年前，才年满十八岁的他被调换到边界戍卫，当时他家在村里算排名前列的有钱人，足养了五头牛。牛是相当重要的生产力，杀牛是犯罪，更不用说吃牛肉什么的了。普通的农家，有一头牛就不错了，何况五头，所以说，那是很大一笔财产。只可惜家里除了他，再无旁人，父母和祖父母全都去世了，也无兄弟姐妹，他只好把牛托付给王某来养着。他想，娘舅是很近的亲戚，总不能坑他的。

好不容易，三年期限到了，他又换防回到家乡。然而，当他找娘舅王某要回牛时，王某却告诉他，只有三头了，之前死掉两头。他不信，因为他把牛送给舅舅代养时，五头牛都是才成年的，其中四母一公。而当他偷偷到牛棚去看时，发现牛有快二十头之多。他找舅舅理论，舅舅却说除了那三头，其他全是王家的。

刘二郎很生气，因为王家一向很穷，以前还要靠他家来接济，哪有钱买牛犊饲养！可王某坚称如此，甥舅两个人分说不清，就吵嚷起来，连里正、村长都劝和不了，最后见了官。

可是这案子要县官怎么判啊，他又不认得牛，偏刘二郎拿不出证据，连人证也没有，于是这无头官司纠缠了好久也没个结果。谁也没想到，为了几头牛，刘二郎居然来拦轿告状了。

真真是，岂有此理！

康正源也头大，可以说，他管了这么多年的刑司之事，第一回头大如斗。若不接这个案子吧，实在有负皇上所托，传扬出去也不好听。因为案子不管大小，他的职责就是审理清楚，不然公平就无从谈起。若接手吧，还真是哭笑不得。而且他一时也想不出如何判案，何况还有这么多人看着哪。

情不自禁地，他看向春荼蘼。

两人相处日久，春荼蘼关于各类案件的奇思妙想层出不穷，他觉得她就是天纵奇才，越来越有把她留在身边的想法。

此时，他遇到为难处，就自然而然地想听听她的意见。

因为驿厅里人多，春荼蘼一直不显山不露水地站在离康正源不远不近的地方，低着头，旁边站着春大山，做足了书童的样子。此时感觉到康正源的目光，连眨了几下眼，向厅后努了努嘴。康正源会意，站起身来说道："此案本官接受了，你过几天再来听判。其余各位大人，也先散了吧，本官才到贵地，要先安顿一下。"说完，起身就走到后面的驿楼去了。

春荼蘼紧紧跟在后面。

进了居处的小待客厅，康正源不等坐下，就急着问："这案子，你有什么好办法吗？"

春荼蘼顿了顿，脑海里想起刘二郎那愣怔却倔强的样子，忍不住笑道："那个人还蛮有意思的。再说了，他是戍边的军士，若连他的利益也保护不好，令他为国征战在外，回到家却连衣食财物也让人坑了去，只怕寒了将士们的心。"

"这么说，这个案子不仅接得好，还要判得漂亮？"康正源发愁道，"只是，也不能随便把牛判还刘二郎，没有切实的证据，又似对民不公，怕引来不满之言。"

"没有证据，找证据不就得了？"春荼蘼胸有成竹地说，"或者说，让被告自动供述，那不就是最直接、最有力的证据？"

"说说，到底有什么鬼点子？"康正源见春荼蘼笑得双眼眯眯，心情也跟着好起来。

"对付说谎的人，最好的办法就是以更大的谎言诈他。"春荼蘼毫无负罪感地说。

"说谎？只怕不好吧！"康正源从小受的是正统教育，一时无法接受。

但春荼蘼振振有词，理直气壮："谎言本身没有善恶，只分为善果的，还是恶果的。咱们是为了断案，说点小谎只是策略。我听人说过：目标，永远会证明手段是正确的。"

康正源立即就败了，或者说，他本来对那些所谓的正人君子言辞也只是表面尊重，于是就说："你干脆直说好了。"

春荼蘼就笑道："康大人只要传出个消息，说逮到个偷牛贼，公开在县衙审理。偷牛啊，这可是大罪。当然，这个偷牛贼要找当地公门中人假扮，但最好是脸生的。然后，这个贼就供出是两个人共同犯罪，他的同谋就是刘二郎的娘舅，偷的牛的数目正好是他牛栏中的数目。我把话都说到这个份儿上了，康大人可明白了？"

康正源恍然大悟，脸上也带了笑："明白了。这样一来，刘二郎的娘舅要脱了偷牛贼的大罪，就要解释他怎么会有这么多头牛。如果解释不清……会判很重的。为了脱险，他必然会交代，到时候他自己的话，就是证据。"

"康大人聪明。"春荼蘼小小拍了拍马屁。

康正源没说话，心道：你这丫头才是鬼精灵哩。天地孕育万物万人，真有集其灵秀者。

第二天，康正源就照春荼蘼的计策办理。果然那王某吓得半死，不得已承认那些牛并非偷来的，而是自家外甥寄养的牛，及三年来所生出的小牛。

如此一来，案子判得干脆利落，少不得众官谀词如潮。那刘二郎更是高兴，四处大力宣扬康正源的清明廉洁，结果他们离开辽州时，康正源居然得了把万民伞。虽说其实只是几百个乡绅、士子或者识字的军士们共同捐的，但仍然是很大的荣誉了。

"这是托了你的福。"在返回的路上，康正源对春荼蘼说，然后拿出个包袱来，"这是送给你的谢礼。其实也不是专门给你的，本是给我做的，可惜短了些。"

看起来，应该是衣物，但春荼蘼并不敢收，毕竟她还指望多办事，让康正源和韩无畏高兴了，好为春家脱离军籍的事，和那位兵部尚书多说几句好话哪，因而坚辞不收。

康正源多好的眼力，多灵透的心，看出她的顾虑，笑道："这次出行，因为你的缘故，我比往常跟在皇上身边还要轻闲。说起来，此次巡狱，你是首功。不过你是女子，所以功劳自然会记在你爹头上。放心吧，兵部尚书虽然为人古板，做事很少通融，却还是明理的。"

有了他这话，春荼蘼自然就不好推辞了。等回到自己住的屋，打开一看，发现竟然是件皮袍子，普通的灰色，也不知是狐皮还是什么皮，总之拿在手里虽轻，但那毛油光水滑，摸起来柔软又厚实，居然是上品裘皮。

"康大人也送礼给你了？"春大山进了屋，看到她手中的皮袍子问。

春荼蘼点了点头："是怕我冻着吧？"

到了辽东郡的地界后，她把自己包成了个球状。两件填充了木棉的袍子全裹在身上不说，过儿还给她做了手套和护耳，还有一双大好几号的靴子，外面缝了羊皮，内里是好几层的厚布，还在鞋内填充一种名为乌拉草的野草。

当地人说，穷人能熬过寒冬，多亏了这种柔软又保暖的草，不然手脚一定会冻伤的。

"这个，也很贵重。"春大山摸了摸袍子说，神情间有些不自然。

这虽然并非白狐、红狐、紫貂那样的极品，但也相当不错了。头些天，他看到当地官员送了康正源些皮子，没想到，他转送给了女儿。

"要不，还回去？"春荼蘼看到父亲的表情，也有些迟疑。

春大山想了想，叹了口气道："留着吧，爹没本事让你暖和，难道还拦着！放心，这人情债，由爹来还。你把心放肚子里，踏踏实实穿你的。等回了范阳，爹打几只兔子。往年不知道你这样怕冷的，回头叫过儿给你做兔皮靴子、手套和护耳。"

"谢谢爹。"春荼蘼高兴地对春大山笑。

韩无畏和康正源给的礼物一个贴心，一个贴身，不可谓不好。可她，更爱她爹送的。

幽州的治所在幽州城，也称为蓟城，南北九里，东西七里，开十门，是一座长方形的城市。

不过巡狱使一行为了能在吉日吉时入城，头一天有意停止前进，就在幽州城外十里的地方休整，准备第二天一早再出发。

行军的速度为轻兵五十，重兵三十。是说轻装前进，日行四个时辰，约走五十里。所以从此处进发，最慢一个时辰也能进城。

这一路行来，他们大多数时候住在馆驿，但有时错过宿头，或者两个馆驿间距离较远，也会露宿在野外。只是今天倒不必，因为幽州城外有长年驻扎的军营。幽州的罗大都督早就得了准信儿，虽然因为官职、辈分等诸多原因没有亲自来迎，却叫手下早做了准备，为一行人妥善安排好了住处。

康正源只是从六品的小官不假，可他是长公主的儿子，今上的亲外甥，深得皇上信赖，还担着皇差的名头，怠慢不得。只是军营不可无故进入女眷，春荼蘼主仆就不能跟着了。至于钱老板一家，因为采买的货物已经置办齐全，幽州城离范阳又不远，所以前天已经分道扬镳，提前回家了。

好在，距离军营不远的地方，有一处私人的邸舍，专门招待因错过开关城门的时间而不得进城的人们，环境还很不错。

康正源为了安全着想，又希望春荼蘼住得安静舒服，本想把邸舍全包下来，但春荼蘼认为这个邸舍的存在就是为了方便行人的，若为了自己，而使得其他来不及入城的人失了歇脚的地方，实在有点于心不忍。何况，今年雪少，他们到辽东郡都没遇到大雪，但天却在阴沉了整整三天后，自清晨时飘起了鹅毛大雪。这种天气露宿于外，说不定会冻死人的。

"有我爹保护我呢，不会有事。再说了，邸舍离军营这么近，那店老板就是为着安全着想才这么建的吧？若真有什么事，顺着风大声嚷嚷都能听得到。至不济骑上马片刻也到了，大人只管安心。"春荼蘼劝康正源，"若大人实在不放心，再拨几个军士过来不就得了。"

康正源当然不能拂了罗大都督的好意，必要住在军营里的，又见春荼蘼坚决不肯扰民，也只好应了。除了以春大山为首的四个卫士外，又拨了八名士兵，虽说没包下邸舍，却也占了七间房，足有这家邸舍的一半地方。

那邸舍的老板一看是一群军爷保护着两个小姑娘住店，而且占了最好的房间，愁眉苦脸地以为店钱是收不到了，哪想到春大山拿着康正源的银子，花着一点不心疼，出手大方，喜得那老板好酒好菜地招待。

春荼蘼等人安顿好时，已经快到晌午了，因为两个月来一起行路，大家早就混熟了，又都饿得要命，因此并没有很讲究地分桌而食，只是让店老板把饭摆在二楼的厅里，拼起了三张桌子，多多加上炭火盆，大家坐在一起热热闹闹地吃起来。

冬天，时令的新鲜蔬菜是没有的，只以储存在菜窖里的菘菜（大白菜）、胡豆（豌豆）和冻豆腐为主要的菜品，如果舍得花钱，还有些秋天储存下来的菠菜、芹菜、芥菜等。看着自家女儿因两个月来不停奔波而瘦得尖小的下巴，春大山绝对舍得银子，于是店老板拿出了看家本事，用足了材料，以"羌煮貊炙"为烹饪方法。

所谓"羌煮"即为煮或涮羊、鹿肉，"貊炙"类似于烤全羊。当然，绝对没有现代那么细致，貊炙上桌后，要自己用刀割肉吃。羌煮也不是让客人自己涮着吃，而是煮好了一大盆，热气腾腾地端上来。

春大山本来以为自己娇滴滴的女儿会不喜欢这种有点粗野的气氛和吃法，哪想到女儿眼睛亮闪闪的，还捏着袖口给他倒酒，似乎很喜欢这样的气氛，也就放下心，不断用刀把烤肉切成小片，堆放在女儿面前的碗里。

其实春荼蘼不但不介意，还很喜欢这种自由奔放的感觉。不知为什么，她忽然想起江湖儿女常说的几个字：大口喝酒，大块吃肉。只见外面白雪飘舞，屋内热气腾腾。烫得滚热的酒水下肚，虽然酒色浑浊有杂质，却酒香怡人，身子也立刻暖了起来。搭配着饭香四溢，真的很舒服，心情跟着大好。

主食，是毕罗。

那是一种面粉做皮儿，里面包着馅心，或烤或蒸的一种面食。常见的馅有猪肝的、羊腰子的，临海的地方还有蟹黄馅的。当然，只怕皇宫里也会有。春大山知道自家女儿不爱吃动物内脏，又嫌烤制的面食发干，于是早吩咐了下去，单做一种芥菜肉末的蒸毕罗。

春荼蘼还不到十五岁，身段又纤细，所以饭量不大，加上又陪着自家爹喝了一盏小酒，此时笑眯眯地看着大家尽兴吃喝，自己却只吃了一角巴掌大的毕罗，以及春大山切割好的大半盘子羊肉、鹿肉和一些蔬菜。但"肉面饱十分"，尽管如此，她也吃得很撑，以至饭后她都不敢坐着。

所以，当春大山说要去军营一趟时，她非要跟着一起去。

"外面怪冷的，这雪就没停过。"春大山不愿意带上她，"我是受人之托，到军营里送点东西去。你魏叔叔在这边军中有亲戚，刚才我一打听，巧了，就在那军营做事，若此时不去，怕过几天忙起来就抽不出空。你乖乖在这里等着，爹去去就回。"

"女儿是想消消食嘛。"春荼蘼展开撒娇大法，"羊肉吃得太饱，刚才一时贪嘴吃多了，消化不了的话，半夜会难受的。而且古语有云，霜前冷，雪后寒。现在雪正在下，路不滑，外面也不会太冷的。"

"你就是想玩雪是不是？"春大山无奈，"咱们这儿冬天不算太冷，倒是有几年没下这么大的雪了。"

春荼蘼一听春大山的语气松动，立即上前抱住父亲的胳膊，轻轻摇着说："爹啊，你就让我跟着吧，顶多我穿得暖和点不就行了？不让女人进军营，我就在外面玩会儿，您送了东西出来，咱们再一起回，一来一去也不会在外面多长时间。"

见春大山犹豫着要点头，又加了一句："军营中自然有好酒好菜招待康大人，可他未必能吃到这么好吃的毕罗。刚才我对店老板说了，让他再烤上几个好消化又容易保温的，到时候爹帮我给康大人送过去。虽然是不值什么的东西，但却算是咱们有心。他送了贵重的皮袍子给女儿，这算不得还情，好歹用行动告诉他，咱们父女记在心里了，那毕罗也算个村味儿。"

春大山哪里说得过她，又被她磨得没办法，也就点了头，只一再嘱咐要她穿得多些。

此时，已是申时中，因为大雪未停，天色虽然阴沉，光线却很好。在过儿的帮助下，春荼蘼里面穿着夹袄夹裤，再穿一层絮了木棉的棉衣棉裤，外面套着康正源送的皮袍子，还戴了在辽东郡时人家送给春大山的皮帽子，拉下两侧的帽檐，全当护耳了。脚上，是大了好几号，填充了乌拉草的靴子，最后还戴上了手套（类似于手筒，只是袖口扎紧）。只要她把脖子一缩，大半张脸都能埋在领子里，什么寒风也奈何不了她。

当她就这么像小乌龟一样蹭啊蹭地到了楼下时，春大山正等着她。见女儿这滑稽的样子,他忍不住笑出来。再看跟在后面的过儿,虽然也是里三层、外三层地套着衣服,却还看出个人模样来。

"我让她别跟着,这死丫头不听。"春荼蘼告状。

"奴婢又不像小姐这样怕冷。"过儿一脸坚决,"刚才也吃多了,怕停食,就侍候小姐一起走走呗。"

"给康大人的毕罗带了没?"春大山问。

春荼蘼刚想回话,一边的过儿生怕不带她去,已经紧着上前打开邸舍的大门。

寒风,立即就涌了进来,差点把胖乌龟春荼蘼同学吹倒了。而且她被风噎得说不出话,只举起了两只"前蹄",捶了捶胸口,表示在怀里揣着呢,又逗得春大山想笑。

春荼蘼怕春大山再啰唆,紧跟着过儿跑进雪地里。

下了大半天的大雪,地上已经积了很厚,都没了脚脖子了。春大山出了大门,不知第几次又想把女儿再送回邸舍里去。可春荼蘼却已经跑进大雪里了,没两步,她就因为穿得太多,太笨重了而摔倒在雪地上。但春大山的惊呼还没出口,她利索地爬了起来,还追着要抓过儿,一时之间,两个小姑娘笑得嘻嘻哈哈的。

漫天风雪,一片银白,两个球状少女在雪地上追逐、欢笑。虽然那天仍然是苍灰色,此刻在春大山眼里,却是无比晴朗。

从邸舍到军营,只几步路,因为地势平缓,远远的都能互相看到。不过因为春荼蘼玩得特别高兴,春大山微笑着在后面慢慢跟行,却足走了两刻多时间。

春荼蘼玩得兴高采烈,恨不得这路一直走不完,然而不管她在雪地上怎么撒泼打滚,这段路还是走到了。春大山见她脸色红扑扑的,别说冻着了,甚至还有些微微出汗,故意板了脸道:"别闹腾了,刚才雪地上没人,才许你这么疯的,这会儿军营有人出入,给我安分点。"

春荼蘼乖巧地点头,一脸乖巧,看得春大山心又软了。

他叹口气,抬步要往军营里走,又回过头,不放心地嘱咐:"雪地里不能出汗,不然容易伤风。"见春荼蘼点了头,才快步走向军营。

在军营的大门口,有站岗的卫兵,还有定时巡逻的。春大山上前通报,还好那卫兵认得他是跟康大人一起来的,盘问两句就放行了,然后,目光烁烁地盯着春荼蘼和过儿,好像她俩是窥探军营的胡人奸细。春荼蘼被他盯得不自在,就拉着过儿往一边走了走。

幽州大都督统兵九万一千人,有马六千五百匹,分为九个军。经略军三万人,驻扎在幽州城。而城外,有点像前哨的设置,大约只有兵丁一千不到。不过,这个大营建设得倒是很规整的,四面用削尖的木头围了栅栏,里面军帐的布置和安放也有窍门,只不过春荼蘼不太懂。但她觉得,大营正门的这个门楼还是挺威风的。

带着过儿,春荼蘼沿着大营向南边溜达了几步,深呼吸,只觉得雪中空气真是好。向远方看去,天地苍茫,近看……咦,什么东西?

就在与她所站之地的平行之位,大营的栅栏之下,堆着一个雪人。说是雪人,其实只是个模糊的人形,个头儿倒是挺大,可惜不精致,下面一个长方形,上面堆着个圆球。

"过儿，我们把那个雪人弄得漂亮点吧？"春荼蘼忽然玩心大起。

"好啊好啊。"过儿今天跟春荼蘼玩疯了，毕竟不到十四岁的小姑娘，当即点头答应，随后又有点犯愁，"弄成什么样子呢？奴婢看挺难的，反正雪这么厚，不如再堆一个。"

"来不及呀，说不定我爹待会儿就出来了。"春荼蘼边说边拉着过儿向雪人走，"这个雪人的形状挺不错的，只要稍微修饰一下……"

说着，已经到了雪人跟前儿。她弯下身去，先是在雪人的身上拍拍打打，手下的感觉很松软，并不像普通雪人那样，把雪砸得实在。

"谁堆的呀这是，一点不负责，这样，风一大就会塌掉的。"她一边抱怨，一边用手去抚动上方的圆球，也就是雪人的头。哪想到雪居然是浮的，抹了两下，大片大片地掉落。然后在不经意间，她正对上一双眼睛！

瞬间，她僵在那儿，无法动作也无法思考，只和那双眼睛对视。那眸子黑沉沉的没有生气，却幽幽发出碧色光芒。

几秒之后，她惊呼一声："狼啊！"双腿一软，一下就跌坐在雪地里。

过儿本来站在一边四处看景，听到春荼蘼的惊呼，立即就来扶她。抬头间，也见到那双眼睛，不由得惊叫一声。可恰巧在此时，有一阵寒风卷起，生生把她的声音给顶回到胸腔中，害得她不停地咳嗽。

两个人都极度害怕，偏偏腿脚都挪动不得。

到底春荼蘼胆子大，她很快清醒过来，见那不管是狼还是人的东西一动不动，不禁又是大骇，又是好奇。

她咬紧牙，先强迫自己支撑着双腿爬起来。然而，她并没有逃走，而是再度小心翼翼地上前，想看看那究竟是什么东西。

过儿在后面哆哆嗦嗦地拉她不让她去，她忽然犯了倔性，就不理。

是……狼的标本吗？那双眼睛……看不清，但眸光可真是像狼。是被兵士们扔在这儿，因为落了大半天的雪，全身被覆盖住了，所以刚才她误以为是雪人吧？可它的样子，真像个人形。不会在这里放个死人那么变态吧！

她极缓慢地靠近，推了推。

"雪人"晃动了几下，却没有反应，也没倒下，眼睛还是死盯着一个方向。可是天哪，这应该是个人吧？她刚才推的时候，好像碰到了肩膀。犬科动物的肩膀不可能这么宽阔！那这个人是死是活？

情急之下，她两下扯下手套，赤着手把"雪人"身上的雪全拍掉。过儿也缓过神来了，急得一直拉她："小姐，小姐，您要干吗啊！小姐，您停手！奴婢去叫人。小姐！"

几乎是下意识的，春荼蘼手上片刻不停。很快，"雪人"身上厚厚的浮雪都掉落了，露出下面的人。是的，确实是个人！男人！

这个男人非常高大，因为他跪在地上，腰板挺得笔直，头顶几乎到了春荼蘼的肩膀。他的头发又脏又乱，浓密打结，蓬乱地覆盖在脸上，除了那对绿眸，长什么样完

· 180 ·

看不清楚。而当没有了雪的阻隔,他身上传来浓烈的血腥味,显然有很重的外伤。他的双手和双脚都被很粗的铁链子锁住,链子长长地延伸,牢牢绑在栅栏内的一棵大树上。

"是死人!"过儿颤抖着声音说,再度跌坐在雪里。

春荼蘼被吓住了。

这一刻,她感觉如此诡异。是的,诡异。因为她不确定,眼前的真是死人吗?若说是死的,她拍打他的胸膛时,似乎感觉到了有微弱的心跳。若是活的,为什么眼珠子都不动一动,也不发出半点声响?

而且,活人应该有热乎气儿,在这种天气里,呼吸会喷出白雾,雪落在皮肤上,也会融化的。为什么,他不喷白雾,雪落在他的睫毛上,就慢慢结了冰花,都不化!

无意识地,她的食指划过那男人裸露的下巴,冰凉一片。而当她伸出食指,哆嗦着、缓慢地、试探地伸到他鼻子下面时,他动了。

他张开嘴,雪白的牙齿一下咬在那根嫩白纤细、因为冻了片刻而发红的手指上。

春荼蘼再也控制不住,大声尖叫起来。她都不知道,她能这样叫的。以前,她总以为自己特别冷静,绝不会发出这种噪音!

她几乎能感觉到手指被牙齿钳制,感觉那口腔里微温的气息,感觉坚硬的牙齿要噬入她的皮肤!

可怕的是,她连抽了两下,都抽不出手来。但,那极度的恐慌过后,她又发现手指没被咬断!他捉住她不放,却没有下狠劲儿。两人的距离太近了,她又撞入他的眸色,蓦然觉得那双眼睛不正常。这个人,就像没有魂魄似的。

而她的尖叫,终于引来了不远处的卫兵。那卫兵三步并作两步跑过来,拎起手中的长枪,狠狠打在那人的肩膀上!

嘭的一声,这样的力度,这样的寒天里,骨头会断吧?

春荼蘼心里一紧,还是不习惯这样的暴力。

那人闷哼了声,终于松开了嘴,春荼蘼抽手太用力了,往后便倒,把才爬起来的过儿又撞翻在雪窝里。

那人受伤颇重,哇地喷出一口血,溅在春荼蘼手上数滴。

雪白的皮肤,艳红的雪,看起来妖异异常,却也凄厉无比。

"我说小姑娘,你是跟刚才那位春大哥来的吧?好好的,你招惹这个人干什么?"卫兵不满地道。

"他是谁啊?"春荼蘼问着,可眼睛还黏在那男人的身上。

只见他刚有了点活人的表现,很快就又陷入那种类似植物人状态了。身子不动,直挺挺地跪着,眼珠子也不动。好像刚才突然咬她,只是她出现的幻觉。

可是,她提起手,看到食指上有几个牙印子。可能是她往回拉扯时太用力了,一处皮肤被划破,隐约渗出血来。

第十七章　自信的女人最美丽

"小姐，你手流血了！"过儿终于站稳，看到春荼蘼的手，惊呼。

"没事。"春荼蘼把手揣在袖筒里。

立即，温暖的感觉包裹住她的指尖，产生了微微的刺痛感，被那人的牙齿划伤的地方，也火辣辣的。

此时，她身上穿着暖和的皮袍子，好像风雪都不往身上落似的。面前这个野兽一样的男人，却只穿着一件单薄的麻衣，可是从他裸露的脖子和手脚来看，却又没有冻伤。

这也……太奇怪了吧？而且对比一下，她觉得自己特别"为富不仁"。瞬间，她犯了心存正义的状师们常犯的毛病：喜欢同情弱者。所以，她的恐惧很快就消散，只剩下怜悯。

"他是谁？"她再度开口问。

"本营的军奴！"那卫兵轻蔑地说，那语气，好像这个男人连条狗都不如。

春荼蘼知道，这是个等级森严的社会。比方说春家是军籍，就比不上普通百姓的良籍。老徐氏在祖父面前总是抬着下巴，就是觉得自家女儿良籍商户下嫁春家，将来生了儿子都脱不了军户，算是巨大牺牲。

比军籍更低的是贱籍，再下等是奴籍。身为奴隶，像过儿和老周头那样，随主人家的户籍在官府登记造册的还算不错，有大量奴隶根本不在册。这类奴隶就像黑户，像是不存在，是死是活，是杀是卖，都没地儿说理去。

但，他们还不是最可怜的，最可怜的是军奴，他们生活在社会的最底层，是被人踩在泥里的存在。春荼蘼并不怪这卫兵的态度，因为对于大唐人来说，自己的财产，比如牛羊等等，确实是比军奴更值钱，更要爱护。

"那你们也不能这样对待他，好歹是条性命！"过儿怒道。

她自己就是奴籍，虽然主人家对她非常好，但此刻估计也对这军奴有点同病相怜的感觉。

"你们知道什么？这个军奴是半个胡人、是疯子。不仅如此，力大无穷，还身负邪术。若不这么锁着他，谁知道他会不会又伤人！"那卫兵也有点生气了，觉得眼前两个不谙世事的小姑娘什么也不懂，却还跟着瞎掺和，"若非罗大都督有令，不得擅杀军奴，他早就见阎王了！"

所以，他若被虐待、被冻死在雪地里，就算不得"擅杀"！看起来，这个人应该来军营不久，不然肯定熬不过去。但这些话，她只是在心里想想，却没说出来，免得闹出不愉快，对父亲和康大人此行不利。有道是阎王好见，小鬼难缠，这是人家的地盘，她不会那么没眼色的。

"他是疯子？还有邪术？"春荼蘼假装好奇地问，目光一瞬不瞬地落在这个军奴身上。

大唐西部和北部，胡汉杂居，胡人是很多的。而庆平帝实行民族融合的政策，也并不排挤外族人。在这种大环境下，虽然胡汉通婚的极少，却也不是没有。半个胡人什么的，并不稀奇。

奇怪的是，这个男人本身。这半天了，他确实在微弱地呼吸，可是呼出来的气息似乎是冰的，仍然没有起白雾。而且，雪片落在他的脸上，也仍然不融化。再看他的眼神，空洞、死气沉沉的，就像丢了魂似的。偶尔眼珠子动一动，那目光就像是野兽般戒备、警惕、残酷，却又冷漠孤独，令她的心都揪起来。

"来的时候就疯。"那卫兵似厌恶，又似恐惧地缩了缩脖子，"三天了，一句话没说过，一口水和饭也没吃过。派他到马厩干活，战马吓得不断嘶鸣、刨蹄子，连草料也不吃。军中养的猎狗，被他看一眼，就夹着尾巴跑得远远的。那可是连虎狼也不怕的凶犬呀。要制服他，最后几十个人都带了伤。还有，你叫他，他没有反应，就像个活死人，用刀怎么戳他，血流得哗哗的，他却也不喊疼。要不，我试一下你看？"说道，就要抽出腰中的配刀。

"不用！"春荼蘼连忙阻止。

就算是个怪物，也不能这样对待他。她不是滥好人，更算不上同情心泛滥的人，却绝对不接受无缘无故的暴力。若不能留，若为了公众的平安，他必须死，至少给他个痛快，给他最后的生命尊严。

他身上那些伤，就是这么来的吧？可他真是怪物吗？不，怪物不应该有那种眼神，刚才也不会放过她的手指头，没咬断。明明是她冒犯了他，可他却放过了她，咬她的力道恰到好处，既没有伤害她，也不让她闪开。

怪物，会这么做吗？

"你们别不信。"那卫兵似乎是害怕，急于找人分享，所以什么都对春荼蘼主仆说，"他跪在这儿一天一夜了，我们还用雪把他埋了多半截，看看他，还不是没死！"

原来那雪是卫兵们堆的，怪不得这军奴如此高大，又跪得直挺挺的，却还是被雪淹没。能说是营里的卫兵们残忍吗？说不清。人，是最复杂的动物。心中有最柔软的地方，也可能残酷到令人发指。

"他若真是有邪术的，只怕早跑了吧？"春荼蘼柔和了面色，对那卫兵道。同时，动手解开身上的皮袍子。

那卫兵吃了一惊，不知道春荼蘼要干什么。春荼蘼却一边解衣，一边仔细注意着那军奴的眼睛，发现他似乎有些怔然，但那"人类的表情"一闪而过。

"兵哥哥，请你吃毕罗。"终于，她解开皮袍，把揣在怀里，用布包裹了几层的毕罗拿出来。那本来是给康正源带的，可是刚才玩得太高兴，春大山进营时，父女俩把这茬都忘记了。

那卫兵愣住。

叫他军爷的多了，兵哥哥这词倒新鲜，而且由一个娇滴滴的小姑娘叫出来，在这寒天雪地里听着就更顺耳了。

"多……多谢,不必客气了。"卫兵抓抓头。

春茶蘼给过儿使了个眼色。过儿立即上前,把毕罗塞到那士兵的手里,脆生生地道:"兵哥哥,这也算不得孝敬,不过是想着,您肚子里有吃食,可以御寒呢。"

天寒地冻的,一线暖暖的食物香气,钻入卫兵的鼻子。他们两个时辰一轮岗,在这种鬼天气里,他冻得要命,自然也需要食物带来的热量。闻起来,这是猪肝毕罗,他最爱的。

毕罗一共三个,拿给他两个,另一个还在春茶蘼手里,而春茶蘼正同情地看着那疯子。他立即明白是怎么回事,觉得是小姑娘心软,同情心泛滥。不过算了,反正这批军奴很快就被其他营带走了,听说要修什么防御工事。这疯子能力拔千钧,兴许很有用。再说了,这个可恶的军奴身有邪术,若真死在这儿,指不定谁倒霉呢,干脆放开手,反正责任落不到他头上就行。

"若不是听到你们叫,我本不能离开大门的。"卫兵把毕罗揣在怀里,挥了挥手,好心地说,"还是快走吧,当心他咬你们!"说完,就又回到岗位上去了。找个背风的角度,拿出毕罗咬了一口。嗯,真香。要是,能有点酒就更好了。

这边,春茶蘼略弯下身,把剩下的毕罗递到那军奴的嘴边:"吃吧。若你没做坏事,可老天非要折磨你,要你死,你就一定要活下去!"

被卖做军奴的人,很多是罪犯,比如临水楼一案的付贵。但也有很多是被株连的、被冤枉的。不管庆平帝多么英明,大唐司法也有其黑暗和可怕的地方。尤其是关于人的等级制度,有的人有特权,除非谋反等大罪,杀人都不用偿命。可有的人则命如草芥,随便就被充军为奴。

"活下去!"她又说,胸中涌动着郁闷难平的气息。

那军奴没动,但眼睛里突然浮现了一种莫名其妙的情绪。

春茶蘼暗喜,因为这证明此人的智商没问题,他表现得不像正常人,可能是心理原因。至于他全身发寒,与这天气像是融为一体了,或者令动物产生恐惧感,也未必是邪术,说不定是特异功能呢。

"活下去!"她用力点了点头,把毕罗又向那军奴的嘴边凑了凑。

那军奴还是没反应,但春茶蘼却犯了倔性,手举着毕罗,也保持不动。每隔几秒,她就重复一句:"活下去!"

这样也不知多久,那军奴终于张开了嘴,露出一排雪白整齐的牙齿。

过儿一看到,怕他咬自己小姐,连忙上前阻拦。春茶蘼却摆摆手,让过儿别管,虽然她也紧张得心跳加速,可就是不肯躲。

终于,手上感觉到了拉扯力,那军奴终于咬了一口毕罗。而有了开始,接下来就顺利得多了,就着寒风,军奴很快就吃完,显然已经饿到极致。奇怪的是,他算是吃得狼吞虎咽,可却不给人粗鲁感。甚至,带着点从容。

而此时,春茶蘼的手快冻僵了,可看到军奴干裂出血的嘴唇,心想好人做到底,就又跑到一边,捧了一捧雪给他,权当是水了。只是那军奴大约渴极,吃得凶猛,到最后一口雪时，舌尖无意中舔到了春茶蘼的手心。那奇怪的触感，害得她慌忙缩回手，在袍子上猛擦了几下。

是她逾矩了，就算对方真是疯子，也是个男人，她不该赤着手喂食。幸好没人看到，不然说出去就不好听了。

"小姐，他咬你啦？"过儿看到春茶蘼的激烈反应，惊问。

见春茶蘼一时之间没有回答，过儿大怒，上前捡起春茶蘼随手丢在地上的手套，抽了那军奴几下："你这个人还知不知点好歹？就算是疯傻之人，也得懂得感恩吧。你居然，还咬我家小姐！我打死你个坏东西！打死你！"她本来对这个怪人极怕，可事关春茶蘼，她连命都豁得出，恐惧感早扔到一边了，最后更是气得把手套掼在那军奴的头上。

军奴并不吭声。

春茶蘼上前拦住过儿，涨红着脸解释："没有啦，没有啦，他没咬我。"

"那小姐怎么吓成那样？"

只是……舔到而已。

不过春茶蘼还没回话，就看到春大山正向军营的大门处走，连忙一拉过儿道："别吵，我爹回来了。这事回去不许说，免得我爹担心，咱们快走吧。"

想到小姐刚才被吓到，老爷知道了指定要责怪，过儿有点心虚，当下点头应下，和春茶蘼快走上前，迎接春大山。

主仆两个把那军奴扔在后头，没注意那对绿眸追着她们的身影看了好一会儿。

而春大山事情办得顺利，心情愉悦，虽然见到春茶蘼和过儿的脸色都有点发白，还只道是冻的，当下就催着她们往回走。这时候春茶蘼也早就没有了玩乐的心思，所以一家三口很快回到了客栈。

当天晚上，春茶蘼不断做起怪梦。开始时梦到自己赤着双手双脚，在一片树林里走着，雪有齐大腿那么深。可是天大地大，除她之外，再无一人。也分不清是白天还是黑夜，整个空间里只是一片灰暗的光线。接着，她看到前面有一匹狼盯着她，好像它是在等她，等了很久，那双碧绿的眼睛冷酷地盯着她。她吓醒了，发现半夜踢了被子，冻得手脚冰凉。迷迷糊糊睡过去后，又不断梦见逃跑，不知为什么，就是心中恐慌，只一个劲儿地跑……第二天起床后腰酸腿疼。她明白，这是因为她不常运动，昨天在雪地上玩得太疯了所致。

吃过早饭，一行人就收拾了东西，等在客栈之外。他们算是跟随巡狱史的编外人员，所以不必一本正经地跟着队伍开拔，待会儿大家过来时，他们坠在后面就行了。

春茶蘼没有多事地去看看那军奴如何了，她既然不能彻底解决问题，就只能尽一丝善念和善行。至于将来怎样，看各人的造化吧。

天色，昨晚已经放晴，此时太阳明晃晃地在头顶上挂着，空气质量相当好，就是干冷干冷的。但很快，康正源的人马就到了。也不用人吩咐，春大山带着十几个人跟在最后面。

队伍分为了三段，最先一段是军营里的士兵，充当开路先锋，把积雪大致清扫到

· 185 ·

路的两边。中间那段是康正源那一百人的护卫队,最后面还是军营里的士兵,做殿后保护。康正源今天骑马,身边还陪着一个职位差不多的军官。而当他们走到离城门两里处时,遇到了罗大都督派来迎接的一队骑兵。只见骏马昂扬,甲胄鲜亮。到此时,春茶蘼算是第一次深刻地感受到大唐的华丽之风,那真是……杠杠的。果然不愧是幽州大都督驻扎的地方啊,排场就是大!

因为皇差也有带家眷出行的,况且春茶蘼和过儿都是男装打扮,行事低调,所以倒没引人注目。于是她调整自己的心情,专心观察和欣赏沿路的景致。

一路上一直挺顺利的,可是快到城门的时候,突然却从前方隐约传来吵闹声,队伍也停了。

"出了什么事?"春茶蘼很惊疑。

"我去看看,你乖乖待在这儿别动。"春大山说着,也皱紧了眉。

再怎么说,他实际的任务虽然是保护女儿,但明面儿上的公务却是康正源的贴身侍卫,还是韩无畏派的。若他遇事只一味缩着,韩无畏面儿上不好看,春家脱籍的事也说不定有变数。而且他是军人,凡事不管,自个儿心里也会过不去的。

"爹放心。"春茶蘼干脆利落地点头,不多问,也不多说。

过了好半响,春大山才跑回来。春茶蘼见到父亲的脸色虽然严肃,但也没有多少紧张,心就先放下一半。

"城门口本来因为要迎接康大人来而戒严。"春大山低声解释,"不巧的是,今早有一家出殡的。虽说民不比官大,但幽州城这边的规矩是不能误了死者的吉期,死者大过天呀。"

"结果哩?"春茶蘼问。

"守城门的士兵不肯让人家通过到城外的坟地去。偏那家子人至孝,宁得罪官府,也不肯误了老爷子入土为安的时辰,就闹了起来。我过去的时候,康大人已经派人去看情况,说死者为大,让那家人出了城。其实官道这么宽,本不相干的。"

"可是这样迎头撞上,很不吉利哪。"过儿叹气道。

"康大人有皇家真龙的血统,最是驱邪避秽,不怕的。"春茶蘼道。

当然,她心里是不信的,但大唐人民相信,她也就不介意随意说说。而且,她声音故意放大了,周围的人听得直点头。想必之后就会传遍全队伍,事情就慢慢过去了。不管到哪儿,可不要小看群众舆论的力量呀。

正说着,队伍又缓缓向前了,并且仍然占据着宽大官道的中央位置。而那队出殡的人,当然再不能冲撞官家,只溜着路边走。

春茶蘼有意无意地看了看,可惜她不懂丧服制度,从服饰上看不出送葬人与死者的关系及互相之间的远近,不过仔细辨别了下,发现还是有区别的。另外,她还惊异地看到一行二三十人中,居然有一少半是胡人!

对悲伤的人紧盯着看,是极失礼的。所以春茶蘼虽然有点好奇,但还是很有素质,只瞄了几眼就不再理会。进了城后,因为她的位置在队伍的最后,也没看到罗大都督和康正源怎么相见甚欢,只是作为康正源的贴身随从,被妥帖地安排到了一处别院中。

到了晚上，罗大都督宴请康正源。人家是从二品大员，还是叔辈的重臣，康正源可以拒绝其他官员的请吃和礼物，却不能拒绝罗大都督，当然就痛快地应下。奇怪的是，罗大都督先是召见了春大山，之后还点名要春荼蘼参加晚上的宴会。

"说是家宴，不请外人。"春大山郁闷地说，"罗大都督的家眷也会参加的。"

"为什么请我？"春荼蘼惊讶得不行。

"范阳和幽州城这么近，你上堂打官司的事都传过来了。"春大山本以为出门这么久，传言会慢慢消失，哪想到居然越传越厉害，"罗大都督听说了你的事，非说要见见不让须眉的巾帼小英雄。"

听了这话，春荼蘼心里觉得硌硬得慌。

虽然她是有意以状师为业，但那只是个模糊的目标。她生在这个时代，我行我素可以，却也要顾及父亲和祖父的想法，一点一点，循序渐进才成。如果阻力大到她会为此失去家庭和亲情，她宁愿自己的愿望全部不能实现。可是现在，被一个这么高官位的人捧着，倒像把她架在火上烤似的，连个转圜的余地也没有了。

可是，她又不能不去。当她看到春大山忧愁的脸时，心下不禁一横：她要去！若是她自己惹出的恶名，她就自己承担！

到了晚上，她果然打扮得大大方方，带着过儿，跟着康正源和父亲到了幽州大都督府。按理说，春大山是没有资格入席的，但今天他是以春荼蘼父亲的身份论。怎么说呢，算特邀吧。

她穿着女装，上身是桃红色的短襦，下系樱草色的裙子，胸前的飘带和上衣的滚边全是葱青色。既没加件半臂，也没有用披帛，干净利索、清爽自然。头发仍然是简单的单螺髻，故意偏梳，插着春大山在她生日时送的那根银簪子，除此之外，身上再无半点饰物。

罗大都督家的女眷，一定都是华服美食里泡大的。她不管多么精心打扮，也落了下风。所以她不会自暴其短，跟人家比衣服的华丽和料子的高级，或者首饰的精美。事实上，她什么也不跟人家比，就这么坦然、自信，到哪儿也不会被人压下一头去。虽然打扮普通，却掩盖不住她的气质。刚才上车前，康正源看到了她，嘴上没说什么，但眼神中有嘉许之意。

看来，自信的女人最美丽，这说法现在她才深刻体会到了。